대왕 광해군

1

대왕 광해군 1

지은이 / 박혁문
발행인 / 조유현
발행처 / 늘봄
편　집 / 이부섭
디자인 / 박준철

등록번호 / 제1-2070 1996년 8월 8일
주　소 / 서울시 종로구 충신동 189-11
전　화 / (02)743-7784
팩　스 / (02)743-7078

초판 1쇄 펴냄 2011년 3월 31일

ISBN 978-89-6555-002-0 04810 대왕 광해군 1
ISBN 978-89-6555-001-3 04810 대왕 광해군(전2권)

*가격은 표지에 있습니다.

대왕 광해군

1

박혁문 장편 역사소설

제 1 권

차례

제 2 권

4부 | 전운 戰運

5부 | 인조반정

에 필 로 그 II

1. 병자호란

“우리의 전법은 지난 천총 1년(天聰 1627년, 정묘년)과 동일합니다. 강이 얼어붙으면 강을 따라 한성까지 쳐들어가, 선왕이신 누루하치 칸의 전법대로 조선 왕을 공격하여 사로잡아 오는 것입니다.”

“천총 1년의 전쟁에서는 조선 왕이 강화도로 피난하여 전투에서는 이기고도 아무 성과 없이 돌아오고 말았다. 그에 대한 대비책이 있는가?”

“조선 왕이 강화도에 들어갈 시간을 주지 않아야 합니다.”

“그것이 가능한가?”

“조선의 얼어붙은 물길은 우리 기병대를 순식간에 한양 땅으로 인도할 것입니다.”

“그러기 위해서는 조선군이 눈치 채지 못해야 하는데 백마산성에서 임경업이 우리를 감시하고 있지 않는가?”

“심경에서 조선에 이르는 길은 해성을 지나 봉황성과 구련성을 거쳐 의주로 이르는 길밖에 없는 것으로 알고 있습니다만 다른 길이 있습니다."

"다른 길?"

"심경(沈京)에서 혼하를 따라 북상하다가 보면 무순성 근처에서 소자하를 만나게 됩니다. 그 강을 따라 남하하면 동가강과 만나게 되고 동가강을 따라 다시 남하하면 압록강이 나옵니다. 그곳에서 조선 땅으로 들어간다면 의주와 평양을 거치지 않고 곧바로 한양으로 갈 수 있습니다. 저에게 몇천의 군사만 준다면 주력군이 봉황성을 지나 압록강을 도하할 무렵 한양에서 강화도로 가는 길목을 차단하겠습니다."

"조선인 출신이라 지리에 밝군."

"조선인이기 때문이 아니라 만주족과 조선인이 함께 만들었던 고구려 역사를 알기 때문입니다. 한나라, 수나라, 당나라에 맞섰던 고구려 역사 말입니다."

여름날 넓지 못한 잎으로 인해 외면 받던 침엽수만이 여전히 갈맷빛 푸름을 빛내며 생명을 이어가는 1636년 늦가을, 청나라의 수도 심양에 있는 홍타시의 궁궐 깊숙한 곳에서는 팔기군의 대왕들이 모여 조선 침공에 대한 작전을 세우고 있다. 누루하치에 이어 후금국의 칸이 된 홍타시는 몽골을 완전히 점령한 후 국호를 청이라 하고, 중국대륙을 공략하기 앞서 친명 정책을 펴고 있는 조선을 공격하기 위해 팔기군의 대왕들을 불러 모았던 것이었다. 이 자리에는 팔기군의 최정예 부대인 정황군의 우두머리이기도 한 홍타시 뿐 아니라, 정홍군의 사할리언, 정람군의 요토, 정백군의 소토리 장군 등 쟁쟁한 청나라의 장수들이 다 모여 있다. 이들 팔기군의 대왕들 앞에서 조선 공략의 계획을 말하고 그들의 날카로운 질문에 대답하는 사람은 정동식의 뒤를 이어 조선 공략의 책임자가 된 마부태였다.

"강화도가 아니라면 조선 임금은 어디로 갈 것 같은가?"

마부태의 주군인 사할리언이 물었다.

"남한산성으로 들어갈 것입니다."

"조선의 산성은 견고하여 쉽게 함락할 수 없을 것인데…."

"힘들게 공격할 필요 없이 외곽을 방어하면 저들은 식량이 떨어져 항복하게 될 것입니다."

"장기전으로 가자는 말인가?"

"그렇습니다."

"장기전을 치를 식량은?"

"마초를 충분히 비축하였다가 마차로 운반하면 됩니다."

"조선은 외적의 침입을 막기 위해 길을 만들지도 넓히지도 않아, 소금 장수들과 나무꾼들이 지나다니는 오솔길밖에 없어 지난 전쟁에서 고생하지 않았는가?"

"조선은 높은 산도 많지만 깊은 강도 많습니다. 겨울에 기병을 하면 조선의 얼어붙은 물길은 양식을 가득 실은 마차가 한양 땅까지 큰 어려움 없이 도착할 것입니다."

"그 사이 명나라가 공격할 가능성은?"

"명나라는 이자성의 난 이후 큰 내란에 빠졌습니다. 걱정 안 하셔도 됩니다."

"우리가 남한산성을 포위하고 있는 사이 평양의 삼수병과 삼남의 군사들이 공격한다면?"

"우리의 주력은 삼 대로 나누어 하나는 강화도를 공격하고, 다른 하나는 평양삼수병의 침입로에 매복하였다 공격하고, 또 하나는 삼남의 군사를 공격할 것입니다. 그렇게 되면 조선의 군왕은 고립되어 항복하고 말 것입니다."

"평양삼수병의 전력은?"

"박엽이 죽은 지 오래 되었기 때문에 천총 1년 때보다 훨씬 못합니다. 따라서 평양삼수병은 더 이상 두려움의 대상이 아닙니다. 또한 저들은 보병 중심이면서 수비훈련을 주로 받았기 때문에 평야에서 저들을 기습한다면 기병 중심인 우리가 손쉽게 승리할 수 있으리라 생각됩니다. 사르허 전투 때 명나라 군과 벌였던 전투와 비슷한 양상이 될 것이기 때문에 승리를 확신합니다."

"훌륭하다."

"북방의 정세를 살피고 있는 백마산성의 임경업으로부터 청나라의 낌새가 이상하다는 첩보가 들어와 경들을 불렀소. 경들의 생각은 어떻소, 청나라가 과연 조선을 침공할 가능성이 있다고 보시오?"

"전쟁이 벌어질 가능성은 있습니다만 쉽게 전쟁을 일으키진 못 할 것입니다."

"이유는?"

"정묘년에 저들은 기세 좋게 조선을 쳐들어 왔습니다만 길이 험하여 식량을 제대로 가져오지 못해 결국은 강화를 맺고 돌아갔습니다. 또한 돌아가는 길에 평양삼수병의 공격을 받아 많은 피해를 보았습니다. 더군다나 예전 같지 못하지만 명나라가 등 뒤에 버티고 있는 상황에서 쉽게 조선을 공격하지 못할 것입니다."

김자점은 임금의 물음에 전쟁이 일어날 가능성을 일축하는 답변을 했다.

"그렇더라도 저들의 침입에 대한 준비는 철저하여야 할 것이오."

같은 시각, 창경궁에서도 인조 임금이 영의정 김류와 도원수 김자점, 그리고 도성을 지키는 훈련대장 신경진 등 인조반정의 주역들이면서 동시에 조선의 권력자들을 불러 춧농이 오보록하도록 열띤 논의를 하고 있었다.

"영상은 어떻게 생각하시오?"

"지금의 사세(事勢)로 봐서는 전쟁이 벌어질 가능성이 농후하옵니다."

"큰일이군. 지난 정묘년 전쟁 때 겪어보니 적의 기세가 예사롭지 않았는데 대비책은 있으시오?"

"고구려 군이 수와 당과 싸울 때 즐겨 사용한 청야전술이라는 것이 있습니다."

"청야전술?"

"수양제가 고구려를 침공했을 때 을지문덕 장군이 쓴 전술로, 주변의 백성들과 양식을 전부 성 안으로 끌어 들인 후 적들이 올만한 길목의 풀과 곡식을 다 불태워버리는 전술입니다. 성 안에서 적의 공격을 막는 동안 성 밖에서는 기동력 있는 기병들을 이용해 적의 보급로를 끊고, 적의 배후를 괴롭혀 스스로 물러나게 하는 전술입니다."

"천 년 전의 전술이 지금에도 먹힐까?"

"적들은 대부분 기병입니다. 10년 전에 있었던 정묘년 전쟁 때도 저들은 군량과 마초가 부족하여 결국은 물러나고 말았습니다. 우리나라는 산이 높고 강이 깊어 저들은 쉽게 군량을 들여오기가 힘듭니다. 때문에 만약 저들이 전쟁을 일으킨다면 이번에는 그 시기가 봄이 될 것입니다.

사방에 풀이 파릇파릇 날 때쯤 기병(起兵)을 해야 말 먹이가 풍족하기 때문입니다. 그때 한양으로 향하는 길목의 풀과 곡식을 태워버린 후 산성에서 성문을 닫고 있으면 저들은 오래 버티지 못하고 물러날 것입니다."

"적의 공격을 이겨낼 산성은 준비되었는가?"

"의주진을 백마산성으로, 평양은 자모산성, 황주는 정방산성으로 옮겼습니다. 또한 한양 근처에는 남한산성을 쌓아 요새화시켰습니다."

"잘 하셨소."

김류의 말에 고개를 끄덕이며 듣고 있던 인조 임금은 그의 말이 끝나자 김자점에게 다시 질문을 던졌다.

"청나라의 침공에 대한 도원수의 전략은 무엇이오."

"적이 쉽게 침략하지는 못하겠지만 영상대감과 함께 이에 대한 전략을 이미 수립해 두었습니다. 적이 침공했다는 소식이 들리면 여자들과 노약자들 그리고 어가(御駕)는 강화도로 피난할 것입니다. 그 사이 적이 들어올 만한 길목에 쌓은 의주진의 백마산성, 평양의 자모산성, 황주의 정방산성의 군사들이 이중, 삼중의 방어벽을 쳐서 적을 도성에 접근하지 못하게 할 것입니다."

김자점은 질문을 예상한 듯 막힘 없이 대답했다.

"만약에 적들이 도성까지 접근한다면 어떻게 할 것이오?"

"신(臣)이 이끄는 훈련도감의 군사들이 주축이 되어 남한산성에서 적들을 막을 것입니다. 우리는 저들의 공격에 대비하여 견고한 산성을 쌓았습니다. 또한 훈련도감의 군사는 매우 날래고 강하여 저들은 절대 남한산성을 함락시킬 수 없을 것입니다."

훈련도감 대장 신경진이 자신 있게 대답했다.

"방어만 하는가?"

"남한산성에서 소신과 신경진이 적군을 막는 동안 도원수 김자점은 삼남의 군사들과 평양의 삼수병을 동원하여 오랑캐들의 등 뒤를 칠 것입니다. 저들은 장기전을 벌일 수 없기 때문에 오래지 않아 후퇴하고 말 것입니다. 그때는 정묘년 때처럼 숨겨 놓았던 평안도 군사들을 동원하여 후퇴하는 적을 추격하여 괴멸시킬 것입니다."

영의정 김류 또한 자신감 넘치는 목소리로 임금의 물음에 답했다.

"경들의 말을 들으니 든든하오. 지금까지 잘 해왔지만 오랑캐의 공격에 대비하여 만반의 준비를 하시오."

인조는 김류의 말에 안심한 듯 고개를 끄덕이며 주의를 당부했다. 문밖에는 차가운 북풍이 세차게 불어 연약한 나뭇가지들을 심하게 흔들고 있었다.

"우리는 요동 땅은 물론 몽골마저 점령하였다. 몽고인들은 칭기즈 칸 이후 처음으로 나를 대칸으로 섬기고 있다. 나는 이에 만족할 수 없다. 금나라를 세웠던 조상들처럼 중국 본토를 공격하여 거대한 제국을 만드려고 한다. 허나 명나라와의 전쟁에서 중립을 지켜달라는 우리의 말을 조선이 듣지 않는다. 누루하치 칸 때부터 우리는 소신에 대해 고구려와 발해를 세운, 같은 조상을 모시는 형제국으로 대우하였다. 하지만 조선은 우리를 예의를 모르는 오랑캐 취급하면서, 한족이 세운 명나라에 대해서는 군신의 예를 갖추어 온갖 정성을 다해 섬기고 있다. 저들은 우리 상인들을 핍박하였을 뿐 아니라, 심지어 올 해 초에는 우리의 사신인 용골대를 목 베려고까지 했다. 이에 내가 조선을 완전히 정복하여 장차 명나라 본토 공격에 대한 우리의 배후를 안정시키려 한다."

청나라 2대 임금 홍타시는 때로는 격한 마음을 이기지 못해 두 주먹을 불끈 쥐기도 하고 때로는 결의에 가득 찬 표정을 지으며 팔기군 대장들 앞에서 자신의 결심을 밝혔다.

"이번에는 조선 왕의 항복을 받고 왕자들과 대신들을 인질로 데려올 것이다. 그 전에는 절대 군사를 돌려 화친을 맺지 않을 것이다. 이번 전쟁에는 팔기군 내의 만주부는 물론 한군부, 몽골부를 전원 동원하여 공격한다. 선봉은 사할리언. 별동대장은 마부태다."

장독대를 묻고 창호지를 새롭게 바르고 마룻바닥 빼곡하게 장작더미를 채우자 바람이 거세졌다. 여린 나뭇가지에 짚더미를 감는 것으로 겨우살이 준비를 끝낸 궁인들은 밤이 깊어지자 화로의 재속에 묻어두었던 고구마를 꺼내 보기 좋게 김치를 올린 후 한 입 성큼 깨무는 것으로 그간의 고단함을 위로 받으려 했다. 임란 때 들어온 고추를 이용하여 만든 김치는 이전의 백채와는 비교할 수 없는 맛이었고, 함께 들어온 고구마는 한 끼 식사를 대신할 만큼 속이 알찼을 뿐 아니라 맛이 있었다. 구들장이 달아오르자 고구마를 한 입 가득 베어 물고, 묵은 이야기를 꺼내며 기울어가는 병자년의 꼬리를 아쉽게 붙잡으며 궁인들은 길고 긴 추운 겨울밤을 보냈다. 평화롭고 배고프지 않은 조선과 조선의 백성들이 되기를 기원하며.

눈이 내렸다. 궁인들은 싸리비를 꺼내들고 뜰을 쓸기 시작했다. 눈은 한해의 마무리를 알리는 하늘의 계시이고 동시에 새로운 세계를 알리는 서막이었다. 눈이 온 세상을 뒤엎은 뒤 따뜻한 바람이 불기까지의 길고 긴 동면의 시간, 그 시간은 긴 침묵의 시간이었다. 한해를 마무리하고 새로운 세계를 준비하는. 그러나 병자년의 눈은 한 해의 끝을 알리는 하늘의 울림이 아니었다. 침묵의 시간은 더욱 아니었다. 새로운 세상을 위한 준비도 아니었다. 북방으로부터 이어지는 대전을 향한 다급한 발길들은 끝이 아닌 길고 지루한 병자년이 될 것임을 알리는 하늘의 울림이었다.

"전하, 압록강을 지키는 백마산성 임경업의 장계이옵니다."

"임경업이!"

인조 임금의 목소리는 떨려 나왔다.

병자년 12월 9일

오랑캐가 압록강을 건넜습니다. 적의 동태가 심상치 않아 백마산성을 굳게 지키고 있었지만 적은 백마산성 쪽으로 접근하지 않고 곧바로 남하하였습니다.

어전으로 불려간 영의정 김류, 도원수 김자점, 훈련도감대장 신경진의 입이 딱 벌어졌다. 설마….

병자년 12월 10일

오랑캐가 안주를 통과하였습니다.

'평안 감사는 자모산성의 군사들을 동원하여 오랑캐를 막으라.'

병자년 12월 13일

오랑캐가 평양성을 우회하여 통과하였습니다.

'황해 감사는 정방산성의 군사들을 동원하여 적들이 임진강을 건

너지 못하게 막으라.'

'노약자들과 여자들을 강화도로 피신 시켜라.'

병자년 12월 14일

경기도 장단부사 황직, 졸지에 적의 기습을 받고 항복하여 머리를 깎고 오랑캐 군사가 되었습니다.

"이게 어떻게 된 일이오? 어제 적들이 평양성을 통과했다는 보고를 받았는데 어떻게 오늘 황해도 장단에 오랑캐가 나타날 수 있단 말인가?"

청나라의 기습에 속수무책으로 당하고 있는 조선군의 우두머리 김자점은 물론 조복대신 쾌자를 입고 앉아 있던 영의정 김류와 훈련도감 대장 신경진은 임금의 질책에 고개를 들지 못했다.

"적 별동대가 있는 것 같습니다."

영의정 김류가 조심스럽게 말했다.

"무슨 의미요?"

"본대와는 달리 별동대가 다른 길을 통해 임진강을 건넌 것 같습니다."

"무슨 의도로?"

"아무래도…."

침울한 표정의 김류는 차마 말을 잇지 못했다.

"말해 보시오."

"황송하오나, 강화도로 가는 길을 막으려는 것 같습니다."

인조의 거듭된 재촉에 김류는 고개를 들지 못한 채 말했다.

"무엇이라고!"

인조는 가슴을 쓸어내렸다.

"이제 어떻게 해야 하는가?"

"강화도로 향하는 발걸음을 재촉해야 합니다. 왕실의 부녀자들은 물론이고 어가도 급히 서둘러야 할 것으로 사료되옵니다."

"아니다. 부녀자들부터 먼저 보내라."

"급한 것은 어가입니다."

"백성들을 안전하게 대피시킨 후 짐은 맨 마지막이다."

눈이나 쓸며 한 해를 마무리하려던 궁인들은 뜻하지 않은 날벼락을 만나 이삿짐 꾸리기에 여념이 없었다. 겨울옷이야 당연하지만 여름옷도 챙겨야 할지, 식량은 얼마나 꾸려야 할지, 당장 필요한 것만 챙겨야 할지 아니면 사계절 필수품을 다 구비해야 할지, 도무지 알 수가 없었다. 내시부에서는 급히 서두르라는 말을 계속하지만 전쟁이 어떻게 진행되고 있는지 도무지 알 수 없었다.

영의정 김류의 아들 한성판윤 김경징을 강화도 감찰사로 삼아 강화도 방어의 책임을 진다. 사직참봉이 종사(宗社)의 위패를 보호하여 떠나고, 승지 한승일이 빈궁과 원손(元孫)을 모시고 봉림 인평 두 대군이 김경징을 보좌하고, 여러 부인들과 두 공주와 옹주를 보호하여 지금 입고 있는 옷 그대로 당장 강화도로 출발하라.

다급한 임금의 조서가 발표된 뒤에야 궁인들은 사세(事勢)가 급박하게 돌아감을 알고 서둘러 피난 보따리를 꾸려 궁궐을 떠났다.

강화나룻가에는 수많은 사람들이 머리에 이불보따리를 이고 등에는 아이를 업은 채 바다 건너 쪽과 뒤쪽을 번갈아 쳐다보며 초조한 모습으로 발만 동동 구르고 있었다. 뻔히 보이는 나루 건너 저편의 강화도에는 군인들이 나룻배를 묶어 놓고 이쪽을 쳐다만 보고 있었다. 양반부녀자라고 예외는 아니었다. 그들은 가마 속에서 추위에 벌벌 떨며 강 건너 감찰사의 자비만을 기다리고 있었다. 이들 속에는 세자빈 강 씨도 섞여 있었다. 그녀도 차가운 바닷바람을 맞으며 하룻밤을 가마 속에서 지새워야 했다. 임진왜란 때의 고통이 어떠했는지 아버지로부터 들은 적이 있는 세자빈은 백성들과 고통을 함께 하려는 생각에 참았다. '머잖아 배를 내어주겠지' 라는 생각과 함께. 그러나 아침이 밝아오면서 기다림은 분노로 바뀌었다. 오랑캐가 이곳을 향해 달려온다는 급보를 받은 뒤는 더했다. 이것은 비례(非禮)였다. 머잖아 국모가 되는 몸인데, 국모는 나라님이나 마찬가진데. 마침내 문을 밀쳤다. 세자빈을 한데서 재웠다는 송구스러운 마음에 궁인들은 어쩔 줄 몰라 하며 땅에 몸을 엎드렸다.

"오랑캐가 금방 쫓아온다는데 왜 여기서 이러고 있는가?"

"군인들이 배를 내어주지 않습니다."

"뭐라고, 그럼 이 많은 백성들이 오랑캐의 칼날에 짓밟히고 노리개가 되어도 좋단 말인가?"

세자빈은 마치 눈앞에 김경징이 있는 듯 불같이 화를 냈다.

"황송하옵니다."

세자빈은 나룻가로 나섰다. 그리고 분노한 마음을 실어 소리를 질렀다.

"나는 세자빈이다. 경징아! 경징아! 네가 어찌 나에게 이럴 수가 있나? 네 아비 김류의 권세를 믿고 이제는 세자빈도 우롱하는 것이냐? 경징아, 네 이놈 경징아! 네놈을 용서치 않을 것이다!"

세자빈의 절규가 바다 저쪽에 전달되었는지 군관하나가 급하게 움직이는 것이 보였다. 그리고 얼마 후 김경징이 나타나더니 마침내 세 척의 배가 나루터를 향해 움직이기 시작했다.

"강화도 감찰사 김경징입니다."

배가 나루에 도착하자 강화감찰사 김경징이 배에서 내려 세자빈에게 고개를 숙였다.

"어떻게 감찰사가 나에게 이럴 수 있단 말이오?"

세자빈은 김경징을 질책하며 말했다.

"황송하옵니다. 제가 잠깐 자리를 비운 사이 부하들이 그만 세자빈마마를 알아보지 못하였사옵니다."

머리를 조아리는 김경징의 입에서 술 냄새가 났다. 세자빈의 얼굴이 더욱 일그러졌다.

"술을 마시고 있었소?"

"아, 아닙니다. 워낙 경황이 없어서, 오랑캐가 추적하고 있으니 일단 배에 오르시고 나중에 꾸짖어 주십시오."

조선 왕은 손사래를 치며 세자빈의 얼굴을 회피했다.

"여기 있는 이 백성들은 어떻게 할 것이오?"

"강화도에 군사만 일만 명이 있습니다. 피난민까지 다 합치면 이만 명이 넘습니다. 우리가 가진 식량으로는 더 이상 피난민을 받아들일 수 없사옵니다."

"그럼 이들은 어떡하란 말인가?

"황송하옵니다."

김경징의 표정은 냉랭했다.

"이 백성들은 다 오랑캐의 노예가 되어도 좋단 말인가?"

"지금은 종묘사직을 구하는 것이 우선입니다."

"군대는 백성을 지키기 위해 존재하는 것이다. 군인이 목숨을 잃더라도 백성은 지켜야한다. 얼른 나머지 배를 내어 저들을 실어 나르라. 그러기 전에는 배에 못 오른다."

"……."

"얼른!"

김경징은 고개만 숙이고 한참동안 말이 없었다.

"서두르라는 데도!"

또다시 질책이 이어지자 그때야 조선 왕은 바다 건너편을 향해 명령을 내렸다.

"배를 내어라!"

"만세, 세자빈마마 만세!"

두 사람의 대화를 숨죽이며 지켜보던 백성들의 입에서 저절로 만세 소리가 나왔다.

"배를 내었으니 마마께서는 먼저 배에 오르십시오."

세자빈 일행은 건너 편의 나머지 배들이 움직이는 것을 보고 배에 올랐다. 세자빈을 태운 배가 강화 여울목 중간쯤에 떴을 무렵, 강화도에서 출발한 배와 조우하여 손을 뻗으면 서로 닿을 만큼 가까운 거리가 되었을 무렵이었다.

"배 돌려!"

김경징이 다급하게 건너편 도사공을 향해 명령했다.

"그게 무슨 말인가?"

세자빈이 당황하여 말했다.

"조선말 못 알아들어. 배를 돌리란 말이야!"

김경징은 세자빈의 말을 무시한 채 도사공을 향해 거듭 명령했다. 그때서야 무슨 뜻인지 알아 챈 도사공은 오던 뱃길을 되돌렸다.

"이게 무슨 짓이야!"

세자빈은 소리를 질렀지만 소용이 없었다. 이 모습을 본 강 건너편의 백성들은 비명을 지르며 일부의 사람들은 돌멩이를 찾아 던졌다. 돌멩이 하나가 세자빈에게도 날아들었다. 아픔을 참을 수밖에 없었다. 눈물이 흘렀다. 안타까운 마음으로 눈물을 닦고 고개를 들었을 때 눈밭 너머로 달려드는 오랑캐의 모습이 보였다.

"악!"

아우성 소리를 이어 비명소리가 온 나루터를 진동했다. 사족이 찢기는 모습과 억센 오랑캐의 손에 머리채를 잡혀 끌려가는 아낙들…. 그러나 세자빈인 그녀가 할 수 있는 것은 아무 것도 없었다.

"적장 마부태가 이미 홍제원에 도착하여 양천강을 차단하여 강화도로 가는 길을 막았습니다."

"벌써 강화도로 가는 길이 막혔단 말인가?"

강화도로 피난 갈 준비를 하고 있던 창경궁에 날벼락 같은 소식이 날아들었다. 두려웠다. 예상을 할 수 없는 움직임이었다. 소문을 들은 궁인들은 어쩔 줄 몰라 하며 눈치를 살폈다. 임진란 때 임금이 백성들을 버리고 몰래 도성을 빠져나가 가족들이 해를 입은 경험이 있는 일꾼들은 임금이고 뭐고 일단 내 가족부터 살리자는 심정으로 몰래 궁궐을 빠져나갔다. 쾌자로 갈아입은 문신들과 무장을 한 무신들은 급히 어전에 모여들었다.

"이제 어디로 가야 하나?"

임금의 무거운 탄식소리를 듣자 이 지경이 되도록 아무런 손도 쓰지 못한 대신들은 무거운 마음으로 뒤늦게 대책을 쏟아내기 시작했다.

"남한산성으로 들어가는 길밖에 없습니다."

"하지만 영상대감, 남한산성 가는 길도 위험합니다."

"그럼 여기서 적을 맞이하잔 말이오?"

"……."

"신(臣) 최명길 심양을 오가면서 적장 마부태와 인연이 있으니 적장을 만나 시간을 끌겠습니다. 그 틈을 이용하여 남한산성으로 어가를 재촉하십시오."

"훈련도감 대장 신(臣) 신경진이 수하의 군사들과 함께 죽음으로써 저들을 막을 것이니 원컨대 전하께서는 곧 강화도로 어가를 옮기시옵소서."

"전하께서 그와 같은 위태로운 방법을 택할 수 없소."

신경진이 죽기를 각오하고 임금을 강화도로 피난시키겠다는 결의를 비추자 남한산성으로 기울어졌던 의견이 다시 팽팽한 갑론을박으로 바뀌었다.

"강화도로 가는 길을 차단한 적장 마부태가 도성을 향하여 달려오고 있다하옵니다."

대신들의 갑론을박을 멈춘 것은 파발마의 다급한 전갈이었다.

'최명길이 적장을 만나 시간을 끌고 훈련도감의 군사들이 도성을 방어하는 동안 어가는 남한산성으로 향한다.'

마침내 인조 임금이 결론을 내렸다.

"어가의 말고삐를 잡던 자가 도망갔습니다."

제대로 되는 것이 하나도 없었다.

"소자 직접 말고삐를 잡고 아바마마를 모시겠습니다."

너무나 어이없는 일에 소현세자가 직접 마부가 되어 아버지를 모시겠다고 나섰다.

"아직 한강물이 얼지 않았습니다. 저녁 무렵이 되어야만 강이 얼어붙습니다."

당장 출발하는 것마저 애로가 있었다.

"일단 신천나루터로 가자"

임란 때 선조 임금은 한 밤중에 몰래 도성을 빠져나갔지만 인조 임금은 밤을 기다릴 틈이 없었다. 식량도 제대로 챙기지 못한 채 창경궁을 떠나야했다.

"한강이 얼었습니다. 빨리 강을 건너야합니다. 적 선봉 마부태가 언제 나타날지 모릅니다."

불안하고 초조한 마음으로 신천나루에서 한강바닥을 살피던 군졸들이 드디어 강이 얼었음을 알렸다.

"지금이 몇 시나 되었는고?"

"초유시(酉時) 무렵입니다."

"그러고 보니 다들 오늘은 한 끼도 먹지를 못하였군."

신경진이 한양을 방어하고 최명길이 적장 마부태를 만나며 시간을 끈 덕분에 어가는 적의 공격을 받지 않고 무사히 남한산성에 입성할 수 있었다. 그러나 바로 다음날 청나라 군은 남한산성을 에워쌌다. 오래지 않아 대규모의 청나라 군이 남한산성으로 밀려왔다.

간간히 이어지는 적의 공격을 막으면서 힘겹게 하루하루를 보내길 벌써 스무날, 영의정 김류는 수어장대 위에서 가마니를 둘러 쓴 채 적진을 노려보며 생각에 잠겼다. 전쟁을 지휘하고 있는 그의 머릿속은 매우 복잡했다. 반정에 성공한 후 광해군을 몰아내고 능양군을 왕위에 앉힌 반정세력은 광해군과는 달리 친명정책을 펼쳐 오랑캐나라인 후금은 철저히 배척하였다. 그 결과 후금에서 청으로 국호를 바꾼 여진족들은 정묘년에 조선을 침략하였다. 큰 피해를 보았지만 다행히 강화를 맺었다. 언젠가는 다시 한 번 자웅을 겨뤄야한다는 것도 알고 있었다. 다만 안타까운 것은 명나라가 생각보다 힘이 약하여 큰 힘이 되지 못한다는 것이었다. 이자성이 난을 일으킨 이후 명나라는 힘을 완전히 잃은 것 같았다. 자신들이 청나라와 전쟁을 벌이는 틈을 이용하여 청나라를 공격한다면 수월하게 청을 토벌할 수 있음에도 불구하고 명나라는 군대를 동원하지 못하였다. 이때부터 김류는 불안해졌다. 하지만 조선의 힘만으로도 청나라를 막을 수 있다고 생각했다.

적은 쉽게 남한산성을 공략하지 못했다. 그 만큼 성은 견고했다. 적은 그것을 알고 있는지 쉽게 공격을 하지도 않았다. 몇 차례 적진을 공격하였지만 적들은 크게 대응하지도 않았다. 그 사이 산성의 식량은 떨어져갔다. 임금님 수랏상에 닭다리 하나 올릴 양식도 없는데 이상하게도 원정(遠征)에 나선 적진에는 식량이 넘쳐났다.

한 때는 가장 필요한 반정의 동지였다가 이제는 정적(政敵)이 되어버린 이귀의 아들이자 남한산성 방어사인 이시백은 몇 차례 곤장을 맞아서인지 아니면 제 아버지를 닮아 버티는 힘이 있어서인지 산성을 잘 지켜냈다. 그 사이 지방의 병력들이 적의 배후를 공격해, 적의 예봉을 꺾고 포위를 풀어야 한다. 그리고 되돌아가는 적을 사방에서 급습하여 저들이 다시는 조선을 공격하지 못하도록 혼을 내줘야 한다.

곳곳에서 원군이 달려 왔지만 기생 점호하듯 거창한 장계만 올리고는 적과 교전을 벌이지 않았다. 자신이 왔음을 임금에게 보고하기 위해 몇 겹의 포위망을 뚫고 산성 안으로 사람을 보낼 그 열정으로 적을 공격할 생각은 하지 않고, 그저 면피나 하려는 속셈으로 산 속에 웅크려 있을 뿐이었다. 이 전쟁이 끝나면 반드시 저들부터 혼내 주리라.

이제 기대할 만한 부대라고는 평양삼수병과 신경유가 이끌고 오는 삼남의 군사들이었다. 이들이 적의 배후를 공격하여 타격을 입힌다면 전세는 역전될 수 있다. 김류는 가마니를 둘러쓴 채 추위를 이기며 적진을 노려보고 있었다. 성 밖에서 들려오는 승전보를 기대하면서.

천지는 온통 백색이었다. 1636년 병자년에서 1637년 정축년으로 이어지는 겨울은 유난히 많은 눈이 내려 관악산만을 바라보며 사모의 정의 키워오던 청계산의 상사의 정마저 얼어붙게 만들어 온 산은 괴괴하기만 했다.

— 까악, 까악.

날개 짓 할 힘이 없어 허기진 배를 움켜잡고 둥지에 웅크리고 앉아 있던 까마귀들이 무엇에 놀란 듯 요란한 울음소리와 함께 하늘 높이 솟구쳐 올랐다. 눈의 무게를 이기지 못하여 부러지는 잔가지의 비명 소리 때문은 아니었다. 봄날을 재촉하는 매화의 아름다움에 취할 여유는 더욱 없었다. 땔감이 떨어진 나무꾼의 지친 발자국 소리에 익숙해진 지는 오래였다.

— 철렁 철렁.

소금장수의 발자국이라 하기에는 너무나 억센 소리. 여울목을 타고 흐르는 탕탕한 물결처럼 청계산 골짜기로 흘러내리는 거센 바람을 타고 전해지는 억센 소리들. 본능적으로 제일 무서운 게 사람이라는 것을 알고 있는 까마귀는 한두 명이 아닌, 수십 명도 수백도 아닌 수천수만의 거친 숨소리에 하늘 끝이 어딘 줄도 모르고 솟구쳐 올랐다.

청계산 골짜기를 가득 채운 이들은 지금까지 보아온 사람들과 달리 복다기를 눌러 쓴 채 재갈물린 말을 이끌고 나타나 순식간에 돼지가죽 옷을 몸에 두르고는 자연의 일부가 되어 땅 속에 몸을 숨겼다.

하늘을 맴돌기만 하던 까마귀 떼들은 말과 사람이 다 괴괴한 자연의 일부가 되어 흰빛으로 변색한 후에야 비로소 자신의 둥지로 내려앉았다. 얼굴에는 두려움 가득한 빛을 한 채.

"조금만 가면 남한산성이다. 지금 전하께서는 오랑캐 놈들의 공격에 애간장을 태우시며 우리를 기다리신다."

전라도와 충청도, 경상도 등 하삼남(下三南)의 군사를 모으러 갔던 선전관 신경유는 충청감사 정세규와 함께 적에게 포위되어 있는 남한산성을 향해 군사들을 재촉하고 있는 중이었다. 청계산에서 불어오는 매서운 바람은 과천 벌판을 가득 메워 코 속에서 내뿜는 더운 기운을 순식간에 삼켜 콧김과 입김은 곧바로 얼음이 되어 무너져 내렸다.

오랑캐가 남한산성을 에워싸 임금이 어려움에 처했다는 소식에도 무덤덤하던 삼남의 장정들은 선전관이 시퍼런 칼날을 세워 자신의 집에 들이 닥쳤을 때에야 비로소 자신들이 속오군의 군사라는 사실을 뒤늦게 깨달았다. 이번 전란이 양반들만의 싸움이 아니라 자신들에게도 화가 미칠 수 있는 싸움임을 깨달은 것이었다. 방치해두었던 창과 도끼를 들고 관청에서 지급해주는 옷을 입고 따라는 나섰지만 그럼에도 전쟁은 남의 일 같았다.

기치아래 모여 장수라는 사람의 명령을 따랐지만 전쟁 중이라는 기분이 들지 않았다. 며칠을 걸어도 오랑캐의 모습은 보이지 않았다. 이내 긴장이 풀어졌다. 진은 길게 늘어졌고, 오랜 행군에 지친 병사들은 적진이 가까워졌다는 말을 들었지만 만사가 귀찮다는 듯 장창은 등 뒤로 길게 묶어 메고 양손으로는 연신 얼어붙은 귀를 만지작거릴 뿐이었다. 모진 겨울바람에 노출된 얼굴은 동상이라도 걸린 듯 곳곳에 붉은 꽃이 피어 있었다.

"시체다!"

누군가의 외침에 삼남의 군사들은 일순 긴장했다. 그러나 이도 일상의 일부분이 되자 다시 그들의 마음속에는 고향 생각, 아내 생각, 아들 생각만이 가득했다. 가끔씩은 오랑캐가 나타나 자신들을 독하게 몰아붙이는 교위들의 목만 싹 베어 갔으면 좋겠다는 생각으로 히죽거릴 때도 있었지만 가장 간절한 것은 지금의 고통스런 행군이 끝나고 따뜻한 아랫목에서 단 일각이라도 마누라를 껴안는 것이었다. 집 떠날 때만 해도 몰랐는데 시간이 갈수록 지겹게 느껴지던 마누라가 그리운 것은 이해할 수 없는 일이었다.

"마누라를 다시 볼 수 있것재?"

"소문 들어 봉께, 요롬시롱 군사를 모아가꼬 남한산성 근방에서 나 댕겨갑니다카고 나라님에게 장계나 한 번 올리고선 다 돌아갔다카데."

"나도 그 소문 들었네. 우리도 그라고 말겄재?"

"그렇재, 당연히 그래야 써지. 겁대가리 업시 오랑캐한테 덤벼든 놈들은 다 뒤졌다카더라."

"근디 오랑캐 놈들이 그리 무섭다카든디?"

"옛날 심하 전투에 끌리갔다가 포로로 잽혔다 돌아온 사람들 말을 들어봉깨 오랑캐들은 사람이 아이라카데. 귀신이라카드라. 말도 억수로 잘 타고 활을 엄청시리 잘 쏜다카더라. 겁대가리 업시 대들었다카는 순식간에 아귀귀신이 된다카더라."

"아따 우리야 농사 잘 짓고 있는데 무슨 썩을 놈의 전쟁이야 전쟁이…."

추위를 잊기 위해선지, 힘든 행군에 지쳐서인지, 아니면 전쟁터에 가까워졌다는 두려움 때문인지 군사들은 전날과 달리 옆 사람들과 이야기를 나누며 본능적으로 스치는 불안감을 감추고 있었다.

– 우르르르.

갑자기 하늘이 무너지는 듯한 소리가 느릿느릿 진군하는 병사들의 옆구리에서 들리기 시작했다. 과천 들판을 순식간에 가득 채운 것은 분명 말발굽 소리였다. 이렇게 큰 소리는 처음이었다. 소리를 따라 눈길을 멈춘 삼남의 군사들 눈에는 막아 놓았던 물길을 터뜨린 듯 청계산 골짜기에서 맹렬한 기세로 질퍽대는 논바닥을 내려오는 낯선 기병대의 모습이 뚜렷이 들어왔다.

"오랑캐다!"

두려움에 가득 찬 고함소리가 곳곳에서 들리더니 진중은 동요하기 시작했다.

"당황하지 말고 어서 진을 쳐라. 창수들은 맨 앞으로 정열하고 사수들은 뒤로 물러나 얼른 활과 총을 쏴라."

여기저기서 군관들의 다급하게 외치는 소리가 들렸다.

"대충 나라님께 낯짝만 보이고 돌아간다 안 캤나?"

"그게 맞재."

"그란데 이게 우이 된 일이고…. 으윽!"

이들의 외침보다 더 빨리, 바람처럼 다가선 오랑캐들은 조선군의 영성한 진을 무너뜨리며 진중을 유린하기 시작했다.

수십 년 이어진 통일전쟁과 명나라와의 요동 전투에서 산전수전 다 겪은 노련한 청나라의 기병대를 훈련도 제대로 받지 못한 조선의 속오군은 당해 내지 못했다. 때로는 나무를 찍어 내리던 무지막지한 힘으로 휘두르는 조선군의 도끼에 오랑캐의 머리통이 날아가기도 했지만 대부분의 비명 소리는 이 전쟁과 아무런 은원관계가 없는, 불과 얼마 전까지만 해도 과도한 군포에 아전들을 욕하던 농사꾼들이었던 조선군이었다.

여기저기에 목 잘리고 가슴에 화살을 맞은, 적의 장창에 복부가 관통된 조선군의 시체가 쌓이기 시작했다. 말발굽 소리가 세차게 조선군 진지를 지나갈 때마다 비명소리와 함께 조선군의 시체는 늘어나 과천의 들판은 생지옥을 방불케 했다.

"모조리 죽여라. 단 한 놈도 살려 두지 마라. 우리에게 겨누어 질 복수의 씨앗은 하나도 남기지 마라."

어깨까지 감싼 복다기를 눌러 쓴 적장은 전장 이곳저곳을 누비며 큰 소리로 지휘하고 있었다.

"적장을 고립시켜라!"

우두머리의 명령에 청나라 군은 마군영을 신속하게 움직여 충청감사 정세규를 향해 달려들었다.

신경유는 어떻게 저들이 갑자기 기습을 할 수 있었으며, 자신의 군사가 어떻게 힘 한 번 제대로 써보지 못하고 어이없이 쓰러지는지 믿을 수가 없었다. 하지만 생각에 빠질 시간이 없었다. 그는 위기에 빠진 충청감사를 구하기 위해 말을 달렸다. 그러나 그의 말은 더 이상 전진하지 못했다. 일단의 기마대가 그를 에워쌌기 때문이었다.

상대를 노려보았다. 수십 명의 적들이 창을 겨누고 있었다. 신경유는 칼을 뽑았다. 자신이 누구인가? 함경도에서 오랑캐 놈들을 벌벌 떨게 만들었던 조선 최고의 명장 신립 장군의 아들이 아닌가. 그것을 모르고 감히 덤벼들다니, 신경유는 칼을 휘둘렀다. 달려드는 적을 베고 또 베었다.

그러나 한차례 씩 적이 달려들 때마다 그는 점점 고립되었다. 자신이 지휘하던 수많은 군사들의 모습은 이미 보이지 않았다. 불과 몇 명의 군사만이 자신을 둘러싸고 외로운 싸움을 벌일 뿐이었다.

'죽을 수도 있다.'

문득 경유는 이 위기에서 벗어나지 못할지도 모른다는 생각이 들었다.

'끝까지 싸우자. 싸우다 죽자.'

신경유는 죽음을 각오하고 싸우기 시작했다. 어느덧 자신을 호위하던 병사들의 모습은 어디에도 보이지 않았다. 발밑으로 무수히 많은 시체만이 보일 뿐이었다.

'이렇게 내 인생이 끝나는 구나!'

신경유는 싸우다 죽으리라 다짐하며 칼자루를 고쳐 잡았다.

"오랜만이오."

갑자기 적진으로부터 조선말이 들렸다. 낯설지 않은. 신경유는 휘두르던 칼을 멈추고 주인공을 찾았다. 복다기를 눌러 쓰고 검은 말을 탄 채 호위병들에 둘러싸인 적장은 결코 잊을 수 없는 얼굴이었다.

"당신은!"

신경유는 놀란 표정으로 그를 바라보았다.

"그렇소. 마부태요."

"마부태, 당신이 그 마부태였단 말인가!"

"다시 찾아오겠다는 내 말을 잊지는 않았겠지."

"……."

신경유는 깜짝 놀랐다. 신출귀몰 동쪽에서 나타났다 서쪽을 치며 조선군을 유린하고 다니는 마부태가 그 일 줄은 상상도 하지 못했다.

"이제 우리의 힘을 보았소? 왜 내 할아버지가 그런 주장을 했는지 이제 알겠느냔 말이오."

"……."

"칼을 뽑으시오. 조선 무장 신립 장군의 아들에 대한 마지막 예우요."

말을 마친 마부태는 말을 몰아 신경유를 향해 칼을 내리쳤다.

"얏!"

신경유는 들고 있던 칼을 들어 마부태의 공격을 막았다. 두 사람 사이에 접전이 벌어졌다. 그러나 싸움은 오래가지 못했다. 마부태는 오른 손으로 신경유를 내려침과 동시에 왼손으로 환도를 뽑아 그의 목을 친 것이었다. 오랜 시간 전장을 누비며 위력을 발한 마부태의 비기가 이 순간에도 위력을 발했다. 떨어져 나간 신경유의 목에서 피가 솟구쳤다. 마부태는 전혀 아랑곳하지 않고 장창으로 외따로 떨어진 경유의 목을 찌른 다음 높이 쳐들었다.

"적장의 목이다!"

곳곳에서 팔기군의 환호성이 터지기 시작했다.

어디서 어떻게 나타났는지도 모르는 적에게 기습을 당하여 형편없이 깨지고 있던 조선군은 자신들의 대장이 적 우두머리의 한 칼에 목이 잘리는 장면을 목격하자 그만 전의를 상실하고 말았다. 도망가는 것이 그들이 택할 수 있는 유일한 방법이었다.

"후퇴하라!"

여기저기서 누가 내렸는지도 모르는 명령이 하달되었다. 조선군은 이제 활과 창마저 들판에 내던진 채 도망가기 시작했다.

"한 놈도 살려 두지 마라. 감히 다시는 우리에게 칼을 들 생각을 못하게 해줘라!"

마부태는 추격하는 휘하의 마군영을 향해 계속 소리를 지르며 싸움을 독려했다.

2. 삼전도의 수치

— 쾅, 쾅, 쾅

미명 무렵, 남한산성 동쪽 망월대 위에 포탄이 떨어졌다. 가마니를 둘러쓰고 병사들과 함께 잠들어 있던 신경진은 자리에서 벌떡 일어나 칼을 뽑아 들었다.

"천자포를 쏴라."

잘 조련된 훈련도감의 병사들은 포탄이 쏟아지는 속에서도 조금의 망설임 없이 마주 보이는 산봉우리를 향해 천자포를 발사했다. 어둠 속에서 청나라 군과 조선군 사이에 한동안 포격전이 계속되었다. 단단하던 남한산성의 한 귀퉁이가 포탄에 맞아 무너져 내렸다. 그 틈을 놓치지 않고 산봉우리에서 수백 명의 청나라 군이 쏟아져 내려오기 시작했다.

"사수들 제 위치로. 내가 명령하기 전에는 쏘지 마라!"

남한산성의 동쪽 문을 책임지는 신경진은 이런 싸움에 익숙한 듯 당황하지 않고 차분하게 조선군을 지휘했다.

"쏴라!"

수백 명의 청나라 군이 무너진 성벽 가까이 접근하자 신경진은 발사 명령을 내렸다. 달려들던 적들 수십 명이 쓰러졌다. 적들은 아랑곳하지 않고 계속 달려들더니 드디어는 무너진 성곽 위까지 다가섰다. 신경진은 칼을 뽑고 적들을 향해 달려 나가 순식간에 몇 명의 적을 목 베었다. 이를 신호로 성곽 위에서는 조선군과 청나라 군 사이에 치열한 접전이 벌어졌다. 한 치도 물러섬이 없는 공방전이 벌어지는 동안 성 안에 있던 조선의 후원군이 몰려들자 오래지 않아 청나라 군은 후퇴하고 말았다.

"만세!"

청나라 군이 물러서자 훈련도감의 군사들은 만세를 부르며 승리를 만끽하는 환호성을 질렀다.

"정말 잘 싸웠소. 과연 신립 장군의 아들답소."

환호성 사이에서 고결한 목소리가 들렸다.

"전하!"

신경진은 목소리의 주인공을 확인하고는 그 자리에 부복했다. 갑옷을 입은 인조 임금이 등 뒤에 서 있었다.

"이곳이 전쟁터만 아니라면 장군과 부하들에게 큰 상을 내리고 싶지만 성 안에 닭 한 마리 없으니 지금은 아무 것도 할 수가 없구려."

"소장은 그저 맡은 일을 했을 뿐이옵니다."

"아니오. 장군 같은 장수만 있다면 이런 위기를 얼마든지 극복할 수 있을 것이오. 전쟁이 끝나고 나면 그대의 공을 내 반드시 치하하고 포상할 것이오."

"망극하옵니다."

"이렇게 성 안의 군사들이 분투를 하고 있는 동안 바깥의 우리 군사들이 조금만 호응해주면 좋을 것인데, 삼남의 군사는 어떻게 되었소?"

인조 임금은 곁에 있는 영의정 겸 체찰사 김류를 향해 물었다.

"……."

김류는 아무 대답을 못했다. 두 손을 가지런히 모은 채 머리를 숙이고 있을 뿐이었다. 찬바람에 노출된 그의 손은 소나무껍질이나 매일반이었다.

"말해보시오."

"조반을 드신 후에 말씀드리겠습니다."

임금은 김류의 표정에서 뭔가 마음의 각오를 다진 후에 답을 듣는 것이 낫겠다는 생각이 들었다.

소찬이었지만 신경진을 격려하기 위해 임금은 신경진과 김류를 불러 아침을 함께 들었다. 하지만 김류의 어둔 그늘에서 임금은 불안감을 느껴 밥이 제대로 넘어가지 않았다. 김류는 거의 식사를 하지 않았다.

"황송하오나, 삼남의 군사들이 패퇴하였습니다."

밥상을 물린 후 김류는 조심스럽게 보고를 올렸다.

"뭐라고! 그럴 리가 있나?"

예상은 하고 있었지만 막상 보고를 받으니 믿기지 않았다.

"충청감사 조세규는?"

"어디로 도망갔는지 소식을 알 수가 없습니다."

"선전관은?"

동생의 소식이 궁금한 신경진이 다급하게 물었다.

"……."

"전사했구만."

김류의 표정을 살피던 신경진이 체념한 듯 말했다.

"미안하이. 자네의 동생은 내 동생이나 다름없는데."

"이 난리 통에 전사한 사람이 내 동생뿐이겠나…."

신경진은 애써 마음을 진정시키려 했다. 김류는 지금 자신의 말이 아무런 위로가 되지 못한다는 것을 알고 있기에 침묵을 지켰다.

"평양삼수병은?"

침통한 모습을 보이던 인조 임금이 혹시나 하는 마음에 물었다.

"사실은…."

"말해보시오."

김류의 표정에서 이미 마음의 준비를 단단히 한 듯 인조 임금의 목소리는 의외로 차분했다.

"사실은 며칠 전 보고가 들어왔지만 전하께 차마 말씀 드릴 수 없어서…."

"패배했는가?"

"강원도 금화에서 적의 기습을 받아 함몰했다는 보고가 올라왔습니다."

김류는 모든 것이 자신의 죄인 냥 고개를 들지도 못한 채 보고했다.

"어떻게 평양삼수병이 패할 수 있단 말인가? 정묘호란 때도 평양삼수병은 회군하는 청나라 군을 공격하여 많은 공을 세우지 않았는가?"

"황송하옵니다."

"생존한 군사가 없는가?

"평안 병사 유임만이 겨우 살아 피신했다는 소식만 있습니다."

"청나라 군에 맞설 수 있는 유일한 정예부대인 평양삼수병이 무너지다니…."

가장 믿었던 평양삼수병이 무너졌다는 사실은 하삼도의 군사가 패했다는 소식보다 더 절망적이었다. 이제는 더 이상 청나라 군을 상대로 싸울 수 있는 군사는 없었다.

"평양 감사 박엽이 죽고 난 뒤 평양삼수병의 전력은 많이 약해진지라…."

패배소식만을 전할 수밖에 없는 김류는 변명이라도 해야 될 것 같아 자신도 모르게 하지 말아야할 말을 했다.

"박엽이 전쟁을 막을 만큼 대단한 인물이었단 말인가?"

"그, 그건 아니지만…."

말실수를 했다는 생각이 든 김류는 더 이상 아무런 말도 할 수 없었다. 인조도 이를 알았음인지 화제를 다른 쪽으로 바꾸었다.

"평안도 쪽에 선전관으로 나갔던 도원수 김자점은?

"어디로 숨었는지 소식이 없습니다."

"다른 소식은 없는가?"

"황해도와 함경도의 군사들이 이곳을 향하다 적의 기습을 받았다는 소식입니다."

"군량미를 싣고 온다던 부원수 심기원 소식은?"

인조는 다그치듯 물었다.

"청나라 군의 기습을 받아 함몰했다는 소식입니다."

더 이상 숨길 수 없게 된 김류는 그동안 있었던 패전 소식을 전부 다 낱낱이 고하였다.

"이제 더 이상 어떻게 해 볼 도리가 없구나…."

김류의 보고를 받으며 전황을 점검하던 인조의 입에서 탄식소리가 나왔다.

"적은 우리의 작전을 다 알고 있었어. 우리는 양식이 다 떨어졌는데, 원정군인 저들은 아직도 양식이 남아돌아가니…. 적들이 성 안으로 횡이포만 쏘고 느슨한 공격을 하며 우리를 이렇게 비참하게 굶길 줄은 차마 몰랐지…. 그동안에 원병을 오는 아군을 매복공격하고…, 완벽한 패배다."

"황송하옵니다."

이번 전쟁을 책임진 김류는 머리를 숙일 수밖에 없었다.

"이제 더 이상 버틸 수가 없겠구나."

남한산성 너머로 해가 저물자 하얗게 덮인 산하는 달빛을 받아 안온한 느낌마저 들었다. 하지만 산성을 지키는 조선군의 마음은 달랐다. 살갗을 파고드는 찬바람과 주린 배는 일찍이 맛보지 못한 것이었다. 맞은편 산에 포진한 적들이 언제 공격할지 몰라 제대로 잠을 이루지 못한 날들이 한 달 이상 이어지면서 이제는 산몸인지 죽은 몸인지 의식조차 흐릿한 상태였다.

망월대 근처의 성첩 위에는 두어 명의 조선군이 창대를 내려놓고 몸을 웅크린 채 적진을 감시하고 있었고 성벽 아래에는 교대병들이 추위를 막기 위해 불을 피우고 가마니를 덮어 쓴 채 웅크리고 있었다.

동성(東城)의 지휘 본부인 망월대 위에는 어린 시절을 함께 보냈으며 인조반정을 일궈 낸 오랜 친구인 영의정 김류와 훈련도감 대장 신경진이 적진을 노려보며 소곤소곤 말을 나누고 있었다.

"청나라 군이 성을 완전히 포위했는데, 더 이상의 후원군은 기대할 수 없는 상태니, 이 위기를 벗어날 수 있을까?"

"반정에 성공한 뒤에도 이괄의 난, 정묘호란 등 하루도 편안한 날이 없었지만 결국은 위기를 잘 극복하지 않았나. 이번에도 그럴 것일세."

신경진은 위로하듯 말했다.

"이번에는 다른 것 같아. 청나라 군의 움직임이 심상치 않아. 우리가 예상한 대로 되는 것이 하나도 없어."

"그래봤자 오랑캐야. 걱정할 필요 없어."

신경진은 두 주먹을 불끈 쥐며 말했다.

"옛날에 박엽을 죽일 때도 자네는 그런 말을 했었지. 오랑캐 놈들이 뭐가 무서워!"

김류는 신경진의 목소리를 흉내 내며 말했다.

"그때나 지금이나 내 생각에는 변함이 없네."

"난 요즘 들어 박엽과 광해군의 판단이 옳지 않았나 하는 생각이 들어."

"약해지지 말게."

"그래야 되는데 쉽지가 않네. 참 세월이 빠르네. 벌써 15년이야."

"뭐가?"

"자네와 내가 광해군을 몰아내고 박엽을 죽인 것이 말일세."

김류가 지난날을 떠올리며 말했다.

"……."

"하늘에 별이 참 많구만."

더 이상 두 사람 사이에 오가는 말이 없어 오랫동안 세찬 바람소리만이 들렸다.

"영상대감 여기 계시옵니까?"

침묵을 깬 것은 최명길이었다.

"어쩐 일인가 이 야심한 밤에."

"급히 아뢸 말씀이 있어서…."

"또 안 좋은 소린가?"

"……."

"말해보게."

김류는 쉼 호흡을 한 번 크게 한 뒤에 말했다.

"강화도가 오랑캐에게 점령당했습니다."

"뭐라고!"

강화도는 김류의 아들 경징이 감찰사가 되어 일만 이천 명의 많은 군사들이 방어하고 있었다. 그곳에는 그의 아들뿐 아니라 부인과 며느리 등이 세자빈을 비롯하여 봉림대군 내외 등을 모시고 피난 가 있었다.

"놈들이 팔기군 중에서도 가장 야만적이고 잔인한 몽골부를 강화도에 투입했습니다."

"뭐야, 몽골부를. 세자빈마마와, 대군 내외분은 어떻게 되셨는가?"

김류는 다급하게 물었다.

"그만 적의 포로가 되었다는 소식입니다."

"옥체는?"

"세자빈마마와 봉림대군 내외는 무사하신 것으로 알려졌지만…."

최명길은 뭔가 더 할 말이 있는 듯했지만 차마 다음 말을 잇지 못하고 김류의 눈치만 살폈다.

"다 내 불찰이다."

김류는 고개를 들지 못하고 탄식하고 있었다. 세자빈을 비롯한 왕실의 사람들이 다 포로가 되었다면 더 이상 전쟁을 이끌 수 없었다. 이제 싸움의 승패는 결정이 났다.

"혹시 내 식구들 소식은 알고 있나?"

김류는 끝내 불안감을 감추지 못하며 어둠 속에 있는 최명길을 향해 물었다.

"……."

"왜 말이 없나? 괜찮네. 말해 보게."

김류의 목소리에는 체념이 가득 배어 있었다.

"정경부인과 며느님들은 절의를 지키기 위해 자결하셨습니다."

"뭐!"

팔다리가 산채로 뽑혀나가는 듯한 충격이었다. 김류는 그 자리에 털썩 주저앉았다.

"죄송합니다. 이런 말밖에 할 수 없어서."

"자네 잘못이 아니지…."

김류는 오랫동안 아무 말이 없었다. 어둠 속이라 잘 보이지 않았지만 그는 울고 있는 것 같았다. 최명길과 신경진은 이런 그의 심정을 헤아렸는지 무거운 침묵만 지켰다.

"자겸(최명길의 자)은 이제 어떻게 해야 된다고 생각하나?"

국정을 책임지고 있는 영의정 김류는 마냥 슬퍼할 수만은 없었던지 한 참 만에 최명길을 향해 물었다.

"항복을…."

최명길의 목소리는 떨려 나왔다.

"뭐라고, 그건 안 돼!"

곁에 있던 신경진이 화를 벌컥 내며 말했다.

"그것만이 그나마 조종세업을 이어나갈 유일한 방법입니다."

최명길은 신경진의 말에는 아랑곳하지 않았다. 그는 주전론자가 가득 찬 조정에서 몇 안 되는 주화파(主和論)로서 청나라와의 협상을 도맡아

하고 있었다.

“난 끝까지 싸울 것이다. 아버지는 왜놈에게 패하고, 아들은 여진족에게 항복을 해! 무장으로서 있을 수 없는 일이야. 나는 끝까지 싸운다.”

신경진은 결의에 가득 찬 큰 목소리로 말했다.

“지금은 개인적인 은원관계를 떠올릴 때가 아닙니다. 조종세업을 생각해야합니다.”

최명길은 신경진을 향해 조심스럽게 말했다.

“어떻게 오랑캐에게 항복하자는 소리가 나와!”

신경진은 최명길을 꾸짖으며 말했다.

“그렇게 흥분만 할 일은 아닐세. 자겸은 적장을 만나 항복 조건이 무엇인지 알아보게.”

김류는 신경진을 진정시킨 후 최명길을 향해 침통한 목소리로 말했다.

“잘 생각하셨습니다. 지금 중요한 것은 전하의 목숨을 보전하는 것입니다. 그래야만 지금 당한 수모를 갚을 수 있습니다. 월나라 구천은 오나라 부차의 종이 되는 수모를 견뎌내면서 마침내는 복수를 하였습니다. 일단은 살아야 합니다.”

최명길은 김류가 올바른 결정을 내렸다며 훗날을 기약했다.

“그런데 도대체 적진을 지휘하는 자가 누구요?”

“사할리언이라고, 누루하치의 손자입니다.”

“아니 그자 말고, 실질적으로 전쟁을 지휘하는 자가 누구냔 말이오.”

“용골대입니다.”

“그 자는 산성 공격을 지휘하는 장수 아닌가? 그 자 말고 강화도를 치고 황해도, 강원도, 청계산 등을 오가며 아군진영을 농락하는 자 말이오?"
"마부태라고 합니다."
"마부태?"
"조선인이라는 말이 있습니다."
"조선인?"
"확실하진 않습니다만…."
"도대체 조선인이 무슨 이유로 이렇게 철저히 짓밟는단 말인가…."

천지는 온통 흑빛으로 변하여 지척을 분간하기 힘들었고, 하늘에서는 온갖 비통함과 분함을 다 감추려는 듯 밤부터 눈이 내리고 있었다. 신하들의 문안을 받은 인조 임금은 곤룡포를 벗고 청나라에서 보낸 검은색 호복(胡服)으로 갈아입었다.
"흐흐흑…."
오랑캐 옷으로 갈아입는 지존의 모습을 바라보는 만조백관들의 마음은 찢어지는 듯했다. 한 사람이 흐느끼기 시작하자 만인들이 누구랄 것도 없이 복잡한 감정을 울음으로 따라했다. 성 안 백성들의 비통한 울음소리를 뒤로 하고 인조 임금은 청나라에서 보낸 호위대를 따라 산 아래 삼전나루터에 마련된 수항단으로 향했다.
"어느 쪽 문으로 나가려는가?"
갑자기 등 뒤에서 꾸짖듯 큰 소리가 들렸다.
"남쪽 문이오."
"왜 남쪽 문인가?"
"남쪽이 정문이오."
"죄인이 어떻게 정문을 이용하는가? 서쪽 문으로 나가라."

"서쪽은 중죄인이 드나드는 문이오."

"조선왕은 청나라 황제 폐하의 명을 거역한 대역죄인다. 황제의 명을 거역한 죄보다 큰 죄가 있는가?"

삼전도에는 강한 눈발을 맞으며 강화도에서 포로로 잡힌 세자빈을 비롯한 빈전 등이 수항단 아래에 시립해 있었다. 그들은 얼마 전까지의 위엄은 다 사라진 채 힘없는 어린 부녀자의 모습으로 고개를 들지도 못하고 속으로만 통곡하고 있었다. 그 옆으로는 강화도에서 포로로 잡힌 아리따운 양반집 규수들이 양쪽으로 길게 늘어서 칸을 맞이할 준비를 하고 있었다. 그녀들은 추위 때문인지, 앞날에 대한 불안감 때문인지 몸을 떨고 서 있었다. 눈물샘이 마르도록 울었는지 얼굴에는 눈물자국이 하얀 고랑이 된 채 더 이상 울지도 못했다.

'놈들이 우리의 처자들을 다….'

김류는 말문이 막혔다. 그녀들이 지조를 지켜 자결하지 않은 것을 탓할 수는 없었다. 지금 자신도 말할 수 없는 수모를 당하고 있지만 목은 여전히 있어야 할 곳에 붙어 있었기 때문이었다. 다만 한 나라의 재상으로서 따스한 햇볕을 머금고 밝고 아름답게 피어나던 봄꽃들 마냥 맑고 깨끗하게 자라던 아들, 딸들이 야만족들에게 짓밟히는 것을 그냥 지켜봐야만 하는 자신이 너무 한심하고 죄스러울 뿐이었다. 자신의 여자들이 이미 자결하여 목숨을 끊어야 했던 것으로도 용서 받을 수 없는 죄책감. 애써 고개를 돌렸다. 그런다고 이 수치스러운 순간이 역사에서 지워지지 않겠지만.

정축년 1월(1637년), 인조 임금은 항복 의식을 거행하기 위해 수항단 아래에 서서 청나라 황제 홍타시를 기다리고 있었다. 맞은편에는 자신을 모시던 비빈들이 고개를 숙이고 서 있었다. 인조는 호복을 입고 있는 자신의 모습을 자신의 여자들에게 보일 수 없어 먼 곳 하늘을 쳐다보았다. 그러나 그는 곧 바로 고개를 숙이고 말았다. 하늘에서 조상들이 못난 후손을 꾸짖고 있는 것 같았기 때문이었다.

도성을 출발하였다는 홍타시는 한나절이 되도록 나타나지 않았다. 대신들의 무리 속에 꿇어 앉아 통곡하고 있는 김류의 옷자락은 눈보라에 거세게 흩날렸고, 그의 귀와 손은 동태처럼 얼어붙었다.

"울음을 그쳐라. 청나라와 조선이 주종의 예를 갖추는 이런 즐거운 날 왜 울고들 있느냐?"

이름을 알 수 없는 청나라 장수의 호통에 울음소리가 뚝 그쳤다.

"부복하라. 황제 폐하 드신다!"

식장이 정리 되었을 무렵, 청나라 황제 홍타시가 나타났다. 인조 임금이 길라잡이의 외침에 따라 차가운 땅바닥에 무릎을 꿇자 부복해 있던 대신들 사이에서 또다시 흐느끼는 소리가 들리기 시작했다. 하지만 이도 오래가지 못했다. 청나라 군사들이 사정없이 휘두르는 창대의 서슬에 울음소리를 뚝 그친 것이었다.

멀리서 홍람백황의 용이 새겨진 깃발이 나부끼는가 싶더니 대오를 맞춘 청나라 팔기군의 모습이 보이기 시작했다.

— 다그닥, 다그닥.

일정한 소리를 내며 진군해 오는 그들은 표정 속에는 점령군의 오만함이 배어 있었다.

"각 기군은 각자의 위치를 지켜라."

홍타시를 호위하며 앞장 서 들어오던 장수가 명령을 내리자 홍람백황의 기병들은 대오를 벌리며 흩어지기 시작했다. 홍기군은 남쪽으로, 남기군은 동쪽, 백기군은 서쪽, 그리고 황기군은 홍타시를 호위하며 북쪽에 마련된 수항단을 향해 진군했다.

수항단의 맨 위층에는 황금 장막과 우산이 쳐 있었고, 홍보석으로 꾸민 화려한 보좌가 남면(南面)한 채 한 가운데 놓여 있었다. 마부태의 호위를 받은 홍타시가 홍보석의 보좌에 앉자 대기하고 있던 용골대는 항복의식이 거행됨을 알렸다.

"원래 항복 예식을 행할 때에는 항자(降者)는 상복을 입고 삼 껍질을 머리에 두르며, 팔은 뒤로 얽어맨 채, 입에는 구슬을 물고 수레에 상여를 실어 죽은 형세를 해야 한다. 하지만 황제께서는 조선왕에게 자비를 베푸시어 3배 9고두의 간단한 예로 의식을 거행한 다음 소를 잡아 피를 내고 이를 같이 마심으로써 군신간의 맹세를 하게 하셨다."

순간 무릎을 꿇고 부복해 있던 백관들 사이에서 웅성거리는 소리가 나왔지만 이들의 소리는 철저히 무시되었다.

"이제부터 3배 9고두의 의식을 거행하겠소. 조선왕은 앞으로 나서서 한 계단을 오를 때마다 고두의 예를 행하시고, 맨 위층에서는 삼배를 올리시오."

인조 임금은 명령을 따르기 위해 고개를 들고 일어섰다. 순간 수항단의 맨 꼭대기에서 벼락같은 소리가 쩌렁쩌렁 울려 왔다.

"조선 왕은 다시 자리에 앉으시오. 항복한 사람이 감히 불손하게 황제 앞에서 어떻게 고개를 든단 말이오?"

홍타시 곁에서 항복 예식을 주도하고 있던 용골대가 소리를 질렀던 것이었다. 인조 임금은 그 소리에 움찔하고는 다시 땅바닥에 무릎을 꿇었다.

"조선 왕은 고개를 숙이고 천천히 수항단의 계단 앞에 서시오."

다시 한 번 용골대가 명령하자 곤룡포를 벗고 오랑캐식 검은 옷으로 갈아입은 인조 임금은 자리에서 천천히 일어나 고개를 숙이고 수항단의 첫 계단 앞에 섰다.

"고두라 함은 무릎을 꿇고 앉으면서 두 손을 땅에 대고 엉덩이를 발꿈치에 붙이고 머리가 땅에 닿도록 굽히는 인사법이오. 조선왕은 한 계단을 오를 때마다 고두를 하고 오르시오."

수항단은 세 층으로 마련되었다. 그 한 층은 세 개의 계단 위에 마련되었는데, 인조가 맨 위층에 오르기 위해서는 아홉 개의 계단을 올라야 하므로 결국 인조는 9고두를 행하게 되는 셈이었다.

인조는 어찌할 줄 몰라 망설였고 뒤에 무릎을 꿇고 앉아 머리를 조아리고 있던 백관들 속에서는 울음소리가 점점 크게 울려 나오고 있었다.

"어서 행하지 않고 무엇을 하시오!"

다시 한 번 맨 위층에서 용골대가 큰 소리로 꾸짖었다. 인조 임금은 드디어 결심한 듯 첫 계단을 오른 다음 무릎을 꿇고 앉아 두 손을 땅에 대고 머리를 조아린 다음 일어섰다.

"다시 하시오! 고두라 함은 머리가 땅에 완전히 닿아야 하는 것이오."

역시 용골대였다. 인조 임금은 온갖 수치를 감내하듯 잠시 머뭇거리다 차가운 돌계단에 무릎을 꿇은 다음 두 손을 땅에 대고 이마가 땅에 닿게 머리를 숙였다. 순간 '쿵' 하는 소리가 나며 임금의 머리가 차가운 돌계단에 부딪혔다. 한 칸을 올랐다. 다시 한 번 인조는 무릎을 꿇고 고두를 올렸다.

내린 눈이 얼어붙어 마치 칼날처럼 날카롭고 단단하여 인조의 머리가 부딪히자 이마에서는 커다란 피멍이 들었다. 동시에 그의 눈에서는 피눈물이 흘렀다. 이 광경을 목도하고 있던 세자와 대군, 신하들은 통곡을 하며 몸을 떨며 슬퍼했다. 한 칸, 또 한 칸 올라설 때마다 돌계단에 부딪힌 인조 임금의 머리에서는 가느다란 핏줄기가 베어나기 시작했다. 핏줄기는 차가운 날씨에 곧장 얼어붙어 고드름처럼 맺혔다.

마침내 아홉 칸의 계단에 올라선 인조 임금은 자신의 비참해진 몰골을 보이기 싫어 땅에 고개를 숙였다.

"조선 왕은 이제 황제 폐하께 삼배를 올리시오."

아래층에 앉아 수치스러운 항복 의식을 바라보고 있던 김류는 눈을 꼭 감았다. 도저히 눈을 뜨고 바라 볼 수가 없었기 때문이었다. 꼭 감은 그의 눈에서도 두 줄기 뜨거운 회한의 눈물이 흐르고 있었다.

'이것이었단 말인가? 박엽과 광해군이 여진족을 경계한 것이 바로 이런 수치스런 순간을 예상했기 때문이란 말인가? 이런 수치스러운 일을….'

백발이 성성한 김류의 머릿속에는 한 때는 친구였던 박엽과 함께 왕위에서 쫓겨나 강화도로 유배를 떠나던 광해군의 모습이 떠올랐다. 동시에 항복협상을 맺기 위해 적진을 찾았을 때 적장인 용골대의 비아냥거리던 모습이 어른 거렸다.

'이래도 당신들이 박엽 죽인 것을 잘 했다고 생각하시오? 박엽이 살아 있었더라면 이렇게 당하지는 않았을 것이오. 하하하!'

1부

삭풍 朔風

1. 한손

겨울에 피어난 하얀 꽃송이. 봄, 가을 수많은 나무들이 형형색색으로 치장하여 아름다움을 뽐낼 때, 무거운 침묵을 지키며 푸르디푸른 첨예의 잎만을 간직하던 자작나무가 눈송이의 비아냥거림을 몇 차례나 머금은 후에 얼음나라의 바람을 신랑으로 받아들여 비로소 피운 꽃이다. 화무십일홍(花無十日紅), 채색의 아름다운 꽃들은 열흘을 넘기지 못했지만 시련을 견디고 피워낸 자작나무의 꽃은 몇 달이 지나도록 떨어지지 않았다.

조화옹은 자신이 빚은 눈꽃 세계를 혼자만이 즐기고자 다른 생명체, 특히 인간의 접근은 허용하지 않았다. 하지만 인간은 하늘이 쳐 놓은 매서운 추위라는 장애물에도 아랑곳하지 않고 조화옹의 세계에 도전하곤 한다.

1616년 11월 백두산의 동북쪽 갈래인 포고리산. 이따금 눈의 무게를 이기지 못한 어린 가지가 지르는 힘겨운 비명 소리만 들렸을 뿐, 천지는 괴괴하였다. 이 깊은 조화옹의 영토에 거친 인간의 숨소리가 들렸다. 빽빽한 나무 틈 사이를 비집고 들어오는 아침 햇살의 따스함에 곤하게 늦잠을 즐기던 새들은 바람 소리에 섞인 가쁜 숨소리에 놀라 화들짝 날개짓을 했고, 뽀송한 눈송이의 포근함에 젖어 있는 물상들은 긴장하기 시작했다.

설피에 멧돼지 가죽옷을 입고, 곰 가죽 토시를 한 사내 하나가 조심스럽게 다가오고 있었다. 서리 맞은 고추처럼 눈바람으로 인해 조악하게 되어버렸지만 제법 자란 수염이 턱 선을 얼추 메우고 있었다. 등 뒤에 맨 전통(箭筒)과 활, 그리고 허리에 찬 두 자루의 환도, 손에 쥔 장창까지 그는 영락없는 사냥꾼의 모습이었다. 두툼한 입을 굳게 다문 채 바람에 실려 오는 미세한 냄새를 따라, 때로는 빠르게, 때론 천천히 사방을 경계하며 걸어오는 그의 뒤에는 날렵한, 그러나 지친 기색의 또 한 사내가 따르고 있었다.

앞선 사내는 잠시 걸음을 멈추고 귀와 코를 바싹 세웠다. 바람을 타고 들리는 거친 숨소리, 진한 배설의 냄새, 긴장한 사내의 표정에서 목표물이 가까이 있음을 알 수 있었다.

'한손' 이것이 이 젊은 사냥꾼의 이름이었다. 물론 성(姓)이 한(韓) 가는 아니다. 손이 크기도 하지만, 사냥을 나갔다 하면 큰놈을 잡아오는데서 동네 사람들이 붙인 이름이다. 그는 친구인 인웅과 함께 설원의 산속을 누비며 사냥을 하고 있는 중이다.

"왜 그래?"

배설물을 살피던 한손의 긴장된 표정을 읽은 인웅이 물었다.

"근처에 호랑이가 있어."

"호랑이!"

"아주 가까이…."

인웅은 자기도 모르게 사방을 살폈다.

"저, 저, 저기…."

인웅의 말꼬리는 순식간에 얼어붙었다. 산마루에서 이쪽을 노려보는 시선을 발견했기 때문이었다. 생각보다 훨씬 큰, 황소만 한 호랑이였다. 깊지 않은 골짜기에 팽팽한 긴장감이 흘렀다.

대치 상태를 먼저 깬 쪽은 한손이었다. 그는 재빨리 전통에서 화살을 뽑아 놈을 겨냥했다. 놈은 움직이지 않고 사냥꾼을 노려보며 금방이라도 달려들 듯 포효했다. 한손은 긴장한 채 힘껏 시위를 당겼다. 하지만 그의 화살은 허공을 갈랐다. 호랑이가 어느 샌가 산등성이 너머로 몸을 감춰버렸기 때문이다.

"보통 놈이 아니다."

중얼거리듯 한손이 말했다.

"그만 돌아가자."

호랑이를 본 인웅이 두려움에 떨며 말했다.

"아냐. 진짜 사냥꾼이 되려면 저런 놈도 상대 해봐야 돼."

뜻밖에도 한손은 포기할 생각이 없어 보였다.

"안 돼. 무리야. 놈은 보통 호랑이가 아니야. 조금 있으면 날도 어두워져."

"먼저 들어가. 난 놈을 꼭 잡고야 말테니까."

"우리가 너무 깊이 들어왔어. 여긴 여진 땅이야. 재수 없이 놈들한테 걸리면 호랑이를 잡기 전에 그놈들한테 먼저 죽어."

"겁나면 여기 있어. 나 혼자 갈 테니."

한손은 인웅의 반응을 보지도 않고 곧바로 호랑이가 사라진 산마루를 향해 뛰어갔다.

"야, 어디가? 저 자식 고집하고는."

인웅은 잠깐 그를 좇는 듯하더니 그 자리에 서 버렸다. 그리고는 한손이 사라진 산등성이 너머를 응시하다가 오던 길을 되돌아갔다.

마루 위에 올라섰지만 호랑이의 모습은 보이지 않았다. 다시 맞은 편 언덕으로 오르기 시작했다. 등 뒤쪽에서 바람이 불어 놈의 위치를 파악할 수 없는 것이 몹시 거슬리긴 했지만 장창을 지팡이 삼아 힘 있게 산등성이 마루에 올라섰다.

순간, 그는 숨이 막히는 듯했다. 마당 바위 위에서 호랑이가 자신을 집어삼킬 듯 노려보고 있었던 것이었다. 놈과의 거리는 불과 십여 보. 한손은 반사적으로 장창을 던졌다. 하지만 사냥꾼의 공격을 예상하고 있었던 듯, 호랑이는 가볍게 몸을 날려 창을 피했다. 사냥을 나선 이후 이 정도 거리에서 장창이 빗나간 적은 없었다.

둘 사이의 거리는 더 좁혀졌고, 호랑이와의 격투를 예상한 한손은 얼른 환도를 꺼내들었다. 장창이 빗나가고 바로 눈앞에서 호랑이가 포효를 하자 긴장한 탓인지 몸이 제대로 움직이질 않았다. 등에서는 식은땀이 흘렀다.

절체절명의 순간이었다. 그러나 다음 순간 벌어진 호랑이의 행동은 전혀 예상하지 못한 것이었다. 당연히 공격하리라 생각했는데 놈은 크게 한 번 울부짖고는 몸을 돌려 쏜살같이 도망가고 말았다.

뜻밖의 행동에 당황한 한손은 곧 정신을 차리고 화살을 뽑았다. 시위를 팽팽히 당겨 놈을 겨냥했다. 하지만 이도 순조롭지가 못했다. 활시위를 놓으려는 순간 호랑이가 몸을 휙 돌려, 집어삼킬 듯이 한손을 노려보았기 때문이다. 은혜를 모르는 배은망덕(背恩忘德)한 놈이라는 듯.

한손은 시위를 놓을 수가 없었다. 호랑이의 기세에 압도된 것이었다. 긴장된 순간의 침묵이 흘렀다. 침묵을 깬 쪽은 호랑이였다. 한동안 한손을 노려보던 그는 다시 몸을 돌려 달리기 시작했다. 호랑이가 사라지자 한손은 사선을 넘어온 듯 갑자기 맥이 빠지고 다리가 풀려 그 자리에 풀썩 주저앉았다.

'이해할 수 없다. 놈이 왜 도망을 갔을까?'

한손은 마냥 그 자리에 앉아 있을 수가 없었다.

'내가 진짜 사냥꾼이 되려면 저런 놈을 상대해 봐야 한다.'

장창을 다시 챙겨 든 한손은 또다시 놈을 추적하기 시작했다. 바람을 등지고 달린다는 것이 꺼림칙했지만 자신도 놈의 발자국을 보고 추적한다는 점이 그렇게 불리하지는 않은 것 같았다.

멀리 선 개루봉 위로 놈이 보였다. 놈도 지쳤는지 뛰는 속도가 점점 느려졌다. 호랑이는 순간 속도가 빠르지만 지구력은 없다. 따라서 산 속에서 자라 지칠 줄 모르는 힘을 가진 한손은 거리를 점점 좁힐 수가 있었다.

이백 보 정도의 거리를 두고 능선을 오르는 놈을 발견한 한손은 멈추어 서서 화살을 메겼다. 그가 사용하는 활은 길이는 짧았지만 박달나무로 만들어 탄력이 좋은 강궁(强弓)이었다. 첫발은 실패였다. 호랑이가 방향을 살짝 바꾸었던 것이었다. 두 번째 활시위를 놓았다.

— 어흥!

짧은 단발마의 신음소리가 들렸다. 이번에는 제대로 맞았다. 어이없게도 호랑이의 시선이 흐트러졌던 것이었다. 화살을 맞은 호랑이는 계속 도망을 갔다. 하지만 피를 많이 흘려서인지 속도가 눈에 띄게 떨어졌다. 한손은 연속해서 활을 쐈다. 한 번 화살을 맞은 놈은 몸놀림이 둔해져 더 이상 화살을 피하지 못했다. 호랑이의 속도가 점점 떨어져 둘 사이의 거리는 현격하게 줄어 열 보 정도로 좁혀졌다.

— 어흥!

도망만 다니던 호랑이가 갑자기 몸을 돌려 공격했다. 한손은 깜짝 놀랐지만 이미 많은 화살을 맞고 피를 많이 흘린 놈의 공격은 날카롭지가 못했다. 그는 살짝 몸을 비키면서 놈의 인중에 장창을 던졌다. 놈은 앞발을 꿇었다. 숨이 점점 거칠어졌다. 나머지 두 발도 맥없이 꺾였다.

한손은 단검을 빼들었다. 놈의 옆으로 접근한 그가 등위로 몸을 날렸다. 그 순간 호랑이는 몸을 획 돌려 한손을 덮쳤다. 놈의 앞발이 무겁게 한손의 등을 내리쳤다. 엄청난 힘이 가해졌다. 한손은 반사적으로 몸을 피하긴 했지만, 완전히 피하지는 못하여 놈의 발톱이 살 속 깊은 곳을 파헤치며 지나갔다. 상처로 인해 힘이 떨어진 호랑이지만 그의 공격을 제대로 받으면 치명적이었다.

한손은 비틀거렸다. 하지만 주저 앉지는 않았다. 주저앉으면 죽을 수도 있다는 생각에 그는 필사적으로 버티다가 기습적으로 놈의 등에 올라탔다. 한손을 태운 호랑이는 그를 떨어뜨리려 날뛰기 시작했다. 한손은 떨어지지 않기 위해 왼손으로 호랑이의 목을 껴안고 양발로 호랑이의 배를 감쌌다. 어깨의 상처는 그를 점점 고통스럽게 만들었지만 정신을 바짝 차렸다. 얼마간 날뛰던 호랑이는 점점 힘이 떨어졌는지 행동이 둔해졌다. 이 틈을 이용하여 한손은 단도를 빼들어 호랑이의 목을 찌르기 시작했다. 한 번, 두 번 찌를 때마다 놈의 신음 소리는 점점 작아졌고 드디어 호랑이는 자리에 풀썩 주저앉았다.

피와 땀으로 범벅이 된 한손은 놈의 몸에서 구르듯이 땅으로 떨어져 가쁜 숨을 계속 내뿜었다. 아무렇게나 드러누워 거친 숨을 내쉬는 그는 이 순간만은 그 어느 것에도 방해받고 싶지 않았다. 사냥을 나선이래 가장 큰놈을 잡은 것 같았다. 기뻐하실 할아버지를 떠올리자 미소가 절로 나왔다. 땅바닥에 누워 가쁜 숨을 고르며 바라보는 하늘은 너무 맑았다.

문득 들이키는 숨 사이로 수상한 기운이 뻗쳤다. 고개를 돌렸다. 말을 탄 낯선 사람들이 그의 앞에 서 있었다. 한손은 벌떡 일어섰다. 자신이 전혀 눈치 채지 못하게 접근한 것을 보면 대단한 실력을 갖춘 무리임이 틀림없다.

길게 땋아 등 뒤로 넘긴 머리에는 우단(羽緞)으로 된 마래기를 쓰고 있었고, 검정색 바지 위로 무릎 위까지 길게 늘어진 표범가죽 슬갑(膝甲), 무릎을 감싼 타오구, 낯익은 차림새가 아니었다.

"……."

"솜씨가 대단하구나."

여진 말이었다. 함경도 근처의 산 속에는 여진족과 조선족이 함께 살았기 때문에 한손은 여진 말을 잘 하지는 못했지만 무슨 말인지는 알아들었다.

"본의 아니게 자네의 손을 빌어 사냥을 하게 되어 미안하구나."

자기 또래의 젊은이였는데 가장 잘 차려 입은 것으로 보아 일행 중 우두머리인 것 같았다. 손가락 하나 끌어올릴 힘도 남아 있지 않았지만, 어릴 때부터 깊은 백두산 줄기를 뛰어다닌 한손은 극한 상황에서 본능적으로 움직이는 힘이 있었다. 그는 허리춤의 환도에 손을 갖다 댄 채 물었다.

"당신들은 누군데 남의 사냥감을 빼앗으려는 거요?"

한손은 그들로부터 괜한 시비를 받지 않기 위해 여진 말로 물었다.

"뭔가 오해를 한 모양인데 그 호랑이는 우리가 먼저 추적을 한 것이네. 일이 이상하게 꼬여 자네마저 우리 포위망에 갇혔을 뿐이지만."

'포위망에 갇혔다고….'

한손은 비로소 호랑이가 자신을 공격하지 않고 도망을 간 까닭을 알 수 있었다.

'보통사람들이 아니다. 나는 저들의 추적을 전혀 눈치 채지 못하지 않았는가?'

한손은 자신이 당할 수도 있다는 생각이 들었지만 사냥한 호랑이를 저들에게 넘겨주고 싶지 않았다.

"그래도 호랑이를 잡은 것은 납니다."

"곱게 물러서면 호랑이를 잡은 수고로움으로 살려 보내준다. 하지만 저항하면 월경죄까지 적용시켜 살려 보내지 않겠다!"

젊은이의 뒤쪽에 있던 무사가 나서며 위협하듯 말했다.

"어림없는 소리!"

한손은 비록 상대가 많고 자신은 지쳤지만 칼에는 자신 있었다. 대꾸 대신 재빨리 환도를 빼어들고 수레를 몰듯 빠르게 상대를 기습 공격했다. 기습만이 저들을 제압할 수 있다고 생각했기 때문이었다.

예상대로 상대는 범상한 인물들이 아니었다. 앞에 선 두 명이 어느새 칼을 빼어들었는지 한손의 칼날을 막았던 것이었다. 비록 단 한 번의 공격이었지만 이미 지칠 대로 지친 한손은 엄청난 힘을 낭비한 꼴이 되었다. 다시 공격할 엄두가 나지 않았다. 그는 환도를 곧추세우고 방어 자세를 취하며 저들의 허점을 찾았다.

팔짱을 낀 채 한손의 공격을 흥미 있게 지켜보던 젊은 두목이 명령하자 앞에선 두 명이 말에서 내렸다. 그들은 한손을 노려보면서 서서히 죄어 왔다. 상대의 공격은 날카로웠다. 한손은 사력을 대해 겨우 저들의 날카로운 칼끝을 피했다. 그러나 시간이 지날수록 힘이 부치는지 결국 한손은 한쪽 무릎을 구부리며 털썩 주저앉았다. 긴장을 늦춘 상대는 한손에게 서서히 접근했다. 그 순간이었다. 한손은 요격세(腰擊勢)의 검법을 취하며 순간적으로 적의 허리를 베었다. 워낙 순식간의 일이라 웬만한 사람이라면 비명 지를 시간도 없이 허리가 두 동강이 났을 것이었다. 하지만 한손은 허리를 가르는 묵직한 감촉 대신 대팻날에 옮아 나오는 얇은 나무살의 감촉만을 느꼈다. 몸의 부상이 속도를 늦춘 것이었다.

두 발 정도 물러선 그들은 허리를 움켜쥐었으나 긴 줄기의 피 방울만 흘릴 뿐 두 다리로 몸을 지탱한 채 여전히 한손을 노려보고 있었다. 뒤에 있던 또 다른 한 명이 말에서 내렸다. 다소 호리호리하고 주름진 이마에 날카로운 눈을 가진 중키의 중년무사였다. 검을 빼든 그는 어느 한군데도 허점이 보이지 않았다. 단번에 고수임을 느낄 수 있었다. 한손은 긴장한 채 환도를 움켜쥐었다. 탐색전도 없었다. 상대는 머뭇거림 없이 숨 쉴 틈조차 주지 않고 잇따라 공격해 들어 왔다.

한손은 공격해오는 상대방의 검세(劍勢)가 낯익은 맹호은림세라는 것을 알아 챌 수가 있었다. 지치지만 않았다면 충분히 겨룰 수 있을 것이라 판단했다. 하지만 그는 뼛속의 정수가 다 말라버릴 정도로 지친 상태인데다 호랑이 발톱에 깊은 상처를 입은 몸이었다. 간신히 예봉을 막았으나 연이은 공세를 막기가 어려웠다. 팔이 마음대로 움직여 주질 않았기 때문이었다. 한 움큼의 살이 베어 나감과 동시에 오른쪽 어깨에서 피가 솟았다. 동시에 손에서 칼이 떨어졌다. 얼른 허리춤의 단검을 찾았으나 이미 호랑이의 목덜미에 박은 뒤였다.

더 이상 대항할 무기가 없었다. 이리저리 칼날을 피하던 한손은 결국

제풀에 쓰러지고 말았다. 차가운 칼날이 목에 닿았다. 인생이 이렇게 끝난다는 것이 억울했지만 불가항력이었다. 편안한 마음을 먹기로 한 한손은 큰 대자 모양 드러누워 거친 숨을 내쉬었다. 하늘은 맑았다.

"죽이지 마라, 데리고 가자!"

2. 아이지

"얍!"

사오이동 부족 출신의 충실한 집사는 기합소리를 내뱉으며, 위통이 벗겨진 채 나무에 매달려 있는 종놈의 등짝을 향해 돼지가죽 채찍을 내리쳤다. 차가운 공기를 가르며 내려친 채찍은 추위에 얼어붙은 한손의 넓은 등판에 칼날처럼 꽂혔다. 한손은 두툼한 입술을 꼭 다물며 목구멍을 넘어 입안까지 올라온 신음을 되삼키고 있었다. 채찍이 거듭될수록, 사냥터에서 당했던 아물지 않은 상처 곳곳에서 검붉은 피가 솟구쳤다. 흘러내리던 핏방울은 차가운 공기와 뒤엉켜 끝까지 흐르지 못하고 작은 고드름이 되어 등짝에 그대로 머물렀다. 집사는 이에 아랑곳하지 않고 정해진 대 수를 다 채운 뒤에야 매질을 멈추었다.

"독한 놈, 신음소리 한 마디 않다니. 풀어줘라."

안타까운 눈으로 지켜보던 가라보가 집사의 명령에 얼른 달려들어 묶인 끈을 풀었다. 한손은 고목나무처럼 무거운 소리를 내며 땅바닥에 떨어졌다. 하지만 그는 얼른 일어섰다. 그의 입에서는 알 수 없는 미소마저 흘렀다.

"또다시 아가씨의 방에 불을 꺼트리면 이보다 두 배는 더한 형벌을 받을 것이다."

무정한 집사는 한 마디 내뱉고는 몸을 돌렸다. 한손은 뒤돌아서는 그를 매섭게 노려봤다.

"넌 아직도 네가 노예라는 사실을 깨닫지 못 하고 있어."

집사는 돌아서 가다말고 고개를 홱 돌려 말했다.

"난 노예가 아니오."

한손은 힘껏 소리 질렀다. 하지만 그의 외침은 겨우 입술을 달싹거리게 할 뿐이었다.

"한손 가자."

가라보는 안쓰러운 듯 한손을 부축하여 숙소로 들어갔다. 한 칸짜리 캉으로 이루어진 숙소의 벽면은 흙으로 덧칠되어 있었고, 바닥에는 수수로 만든 삿자리가 깔려 있었다. 가라보는 자신보다 훨씬 덩치가 크고 무거운 한손을 방바닥에 내려놓고 상처를 살피기 시작했다.

"상처가 예사롭지가 않다. 빨리 치료를 해야겠는데, 우리 같은 사람에게 주부(主簿)가 와 줄 리도 없고."

가라보는 한손의 상처를 보며 혼잣말로 중얼거렸다.

"끙!"

모진 매질에도 입을 꽉 다물고 신음소리를 내지 않던 한손은 가라보가 상처를 살피는 동안 연신 신음소리를 내뱉었다.

사냥터에서 부상당한 채 여진 땅으로 잡혀온 한손은 커다란 기와집에서 치료를 받으며 편히 쉴 수가 있었다. 한 달 정도 지나 상처가 어느 정도 아물자 주부는 떠나가고 대신 낯선 사십 대의 중년인이 나타나 그를 누루하치의 큰 신임을 받고 있는 정황군(正黃軍) 소속의 도통인 나만 장군의 집으로 데려갔다.

여기서 한손은 집안의 대소사를 도맡아 해야 하는 종살이를 해야 했다. 겨울철이라 주로 집안의 방에 군불을 지피는 일과 아침마다 나오는 집안의 대소변을 처리하는 일부터 시작했다. 이때 같은 방을 쓰게 된 사람이 가라보였는데, 그는 여진의 통일전쟁에서 포로가 된 여허족 출신이었다. 체구는 크지 않고 평범했으나 검은 매라는 뜻을 가진 이름에서 알 수 있듯이 그는 까무잡잡한 피부에 날카로운 눈을 가진 힘이 장사인 젊은이였다. 한손과 함께 한 달이 넘게 지내는 동안 가라보는 필요한 말 외에는 한 마디도 하지 않았을 뿐 아니라 그에게도 별다른 관심을 보이지 않았다.

깊은 산을 뒤지며 사냥만 해왔던 한손은 집안 일이 서툴러 집사의 분풀이 대상이 되어 걸핏하면 얻어맞았다. 이날도 마찬가지였다. 그동안의 과중한 일로 피로가 쌓인 한손은 몸이 고단하여 새벽에 일어나지 못해 그만 주인집 외동딸 아이지 아가씨의 방 불씨를 꺼트리고 말았다. 대노한 집사는 아직 사냥터에서의 상처가 완전히 아물지 못한 한손을 매달아 놓고, 평소와 달리 심하게 매질을 했다.

한손은 비명소리 한 번 지르지 않고 매를 견디어 냈다. 이런 그의 모습을 유심히 지켜보는 사람이 둘 있었다. 그중 하나가 가라보였다. 그는 냉랭한 태도로 한손의 꿋꿋한 모습을 말없이 지켜보다 매질이 끝나자 평소와 달리 그를 부축하여 숙소로 데려온 것이었다.

"상처가 쉽게 아물 것 같지 않은데."

“…….”

한손은 평소 말을 건네지 않던 가라보가 자신에게 관심을 보이자, 의아한 듯 그를 바라보았다. 가라보는 미소를 살짝 지었다.

“자네에게도 이런 다정한 면이 있었군.”

“…….”

또다시 별 말이 없었다. 다만 상처를 살피던 그의 표정이 점점 일그러질 뿐이었다.

“우리 부족에서 쓰는 전통적인 방법이 있는데 한 번 해 보겠나?”

상처가 의외로 깊은 것을 발견한 가라보는 잠시 망설이더니 곧 한손에게 조심스럽게 물어왔다.

“상처만 낫는다면….”

한손은 그의 호감에 주저함이 없었다. 그가 동의하자 가라보는 숙소 모퉁이에 있는 주전자 모양의 그릇을 가져왔다.

“지금 무얼 하려고 그래?”

한손이 놀란 표정으로 물었다.

“조선인에게는 혐오스런 방법일지 모르지만 상처를 아물게 하는 데는 이 방법이 가장 효과적이야.”

“그것만은 안 돼!”

한손은 다급하게 만류했다.

“지금 상황에서는 이게 가장 확실한 방법이야. 이대로 내버려 두면 병신이 될지도 몰라.”

“그래도 이것만은….”

한손이 가라보의 손을 잡고 극구 만류하는 데는 이유가 있었다. 여진 사람들의 집에는 변소가 따로 없어, 방안에 남자와 여자용 변기통을 따로 두고 밤새 볼일을 본 다음, 아침에 일어나 동네 어귀에 깊게 파놓은 구덩이에 갖다 버렸다. 남자의 요강은 우리 조선의 물주전자 모습과 똑같아 처음 보는 조선 사람은 물주전자로 착각하여 마시는 경우가 종종 있었다. 가라보가 이 주전자처럼 생긴 요강을 가져오자 한손은 기겁을 했던 것이었다.

"평생을 병신으로 살고 싶어?"

"……."

아주 오래 전 만주 사람들이 오줌으로 추운 겨울에 손발이 트는 것을 막았다는 이야기를 들은 적이 있는 한손은 쉽게 답할 수가 없었다.

"평생을 이렇게 종살이하면서 보낼 거냔 말이다."

목소리는 크지 않았지만 형이 동생을 꾸짖듯이 말하는 가리보의 말속에는 한손의 가슴 속에 숨겨둔 생각을 끄집어내는 묘한 여운이 담겨 있었다. 한손은 고개를 돌려 그를 쳐다보았다. 날카로운 가라보의 눈이 한손의 눈을 꿰뚫고 있었다.

"너도?"

가라보의 굳은 얼굴에 미묘한 웃음이 번졌다. 한손은 가라보의 손목을 잡았던 손을 서서히 풀었다. 그리고는 모든 것을 그에게 맡겼다. 한손이 등을 보이자 가라보는 피투성이가 된 상처 위로 오줌을 붓기 시작했다. 온 방안에 지린내가 퍼졌다. 가라보는 자신의 감각을 자극하는 어떤 것에도 아랑곳하지 않고 한손의 엉덩이에 걸터앉아 두 손으로 상처 위를 문지르기 시작했다.

"이 방법은 우리 부족에서도 이제는 사용하지 않는 풍습이지만 사냥터나 전쟁터에서는 여전히 효력을 발휘해. 사나흘 후면 자리를 털고 일어나게 될 거야."

오랫동안 침묵을 지키며 한손의 등을 골고루 문지르던 가라보가 마침내 입을 열었다.

"왜 나한테 잘 해주지?"

한손은 여전히 그의 마음을 알 수가 없었다.

"남자다워서."

무뚝뚝한 한 마디를 던진 가라보는 힘이 빠진 듯 한손의 옆에 나란히 누웠다. 두 사람 사이에 더 이상의 말은 한동안 없었다.

"넌 어떻게 하다 여기에 왔어?"

침묵이 부담스러웠던 한손이 큰 기대감 없이 슬쩍 말을 건네 보았다.

"난 여허족 전사다. 침입자 누루하치와 싸우다 포로가 됐어."

뜻밖에도 가라보는 무거운 침묵을 깨고 자신의 일을 말하기 시작했다.

"식구들은?"

"아버지와 형제들은 전사했다."

가라보는 남의 일 말하듯 담담하게 말했다. 그러나 그의 눈 속에는 깊은 한이 자리 잡고 있음을 알 수 있었다.

"여기 온 지 얼마나 됐지?"

"일 년 정도."

"여기서는 말 잘 타고 활만 잘 쏘면 노예 생활을 하지 않아도 된다던데…."

"저들은 아버지와 형제를 죽였을 뿐 아니라 우리 부족을 짓밟은 원수다."

가라보의 목소리는 싸늘했다.

"왜 말을 안 하고 지내지?"

"나를 죽이고 저들이 시키는 대로 하기 위해서."

"무슨 의미야?"

"기회를 잡기 위해서는 철저하게 복종해야 돼."

"기회! 탈출?"

가라보의 고개가 위아래로 무겁게 움직였다.

"자네도 고향에 가고 싶으면 쓸데없는 고집 피우지마. 몸 상하면 너만 손해야."

"여길 빠져나갈 수 있을까?"

"말만 있으면 가능해."

"산이 험하고 물이 깊어 길 잃어버리기 쉬울 것 같은데…."

"강만 따라가면 돼."

한손은 몇 마디의 말 속에서 가라보에 대한 신뢰감이 생겼다. 동지라는 생각과 함께.

"상처가 다 아물 때까지는 일하지 말고 쉬어라. 내가 대신 할 테니."

"고맙다."

이날 이후 한손은 집사에게 고분고분해졌다. 집사는 몽둥이찜질이 통했다며 흐뭇해했다. 한손은 나만 장군 집의 한 명의 평범한 종으로 흡수되는 듯했다.

구로보라가 명첩을 보내겠다는 연락이 온 이후로 아이지는 쉽게 잠들지 못했다. 부모가 정한 배필이 하필이면 구로보라라는 것이 싫었다. 그는 욕심이 많고, 이기적인 데다가 상대를 배려해 줄 줄 모르는 사람이었다. 그와 결혼하면 삶이 불행해질 것 같았다.

조선장수 김종서와 맞수였던 7대조 할아버지 갓주지와 같은 사랑을 하고 싶었다. 할머니는 어린 아이지에게 갓주지 이야기를 하며, 적의 딸이었던 조선인을 아내로 맞아들였던 할아버지와 같은 순수한 사랑을 하라고 수없이 말했다. 부모가 짝지어 주는 좋은 집안의 자제와 결혼하여 부귀와 영화가 보장된 삶도 좋지만, 좋아하지 않는 남자의 품에 안겨 평생을 살아가는 것은 큰 불행이라 했다. 어린 아이지의 가슴에는 이다음에 자라서 시집을 갈 때는 부모가 짝지어 준 사람이 아닌 사랑하는 사람에게 시집갈 것이라는 옹골진 마음이 자리를 잡고 있었다. 그러나 막상 결혼이 더 이상 남의 이야기가 아닌 자신의 이야기가 되었을 때 그 결심을 지키는 것은 쉬운 일이 아니었다. 딱히 사랑하는 사람이 있는 것도 아닌 상황에서 부모님에게 자신의 생각을 말하는 것은 정말 힘든 일이었다. 그렇다고 좋아하지도 않는 구로보라에게 시집가는 것은 더욱 싫었다.

잠을 이룰 수 없었다. 자리끼를 한 잔 마셨지만 뒤숭숭한 마음은 쉽게 진정되지 않았다. 찬바람이라도 쐐야 될 것 같아 겉옷을 걸치고 문밖으로 나섰다. 찬바람이 얼굴을 때렸다. 하늘에는 많은 별들이 폭포수처럼 쏟아져 내리고 있었다. 별 하나가 유난히 시선을 끌었다. 별이 이끄는 대로 걸었다. 어지럽던 머리가 진정되는 듯했다. 좀 더 발걸음을 옮기려 할 때 꾸물거리는 그림자가 시야에 들어왔다.

'야심한 밤인데….'

남들이 다 잠든 이 밤에 잠 못 이루는 사람이 또 하나 있다는 것에서 동병상련을 느꼈음일까. 그녀는 꾸물거리는 물상을 유심히 지켜보았다. 창고에서 한 아름의 수숫단을 부지런히 나르며 아궁이에 넣고 불을 지피고 있었다. 그녀의 방이었다. 불쏘시개를 부지런히 놀리는 그의 모습을 바라보며 아이지는 그에게 연민을 느꼈다. 자신이 따뜻한 온기를 느끼며 잠들었을 때, 그 따스함을 지키기 위해 잠 못 든 사람이었다는 생각에 미안함과 안쓰러움이 슬며시 밀려왔다. 자세히 살피니 얼마 전 자신의 방에 불을 꺼트렸다며 집사에게 채찍을 맞던 하인이었다. 모진 채찍에도 신음 소리 하나 내뱉지 않았던, 그래서 지나치다 자신도 모르게 유심히 지켜보았던.

군불지피는 일이 마무리 되었는지 그가 일어섰다. 만주인 사이에서는 보기 드문 큰 키였다. 수고한다는 위로의 말이라도 전해주어야 하는지 머뭇거리는 사이 그는 숲 속으로 걸음을 옮기고 있었다. 아이지는 자신도 모르게 그의 뒤를 따랐다. 자신이 무엇을 하는지 의식하지 못한 채.

소나무와 전나무가 빼곡한 뒤뜰에 들어간 그는 가부좌를 틀고 앉아 한동안 움직이지 않았다. 명상이 끝났는지 그는 곧 자리에서 일어나 차가운 날씨 임에도 불구하고 허물을 벗듯 몸을 감싸던 누더기를 풀어헤쳤다. 달빛 속에 드러난 그의 상체는 군더더기 하나 없이 튼실했다. 자연스럽게 그의 얼굴에 눈길이 갔다. 불거진 광대뼈와 날카로운 눈빛이 달빛을 받아 유난히 반짝였다.

그가 몸을 솟구쳤다. 다시 땅에 내려 선 그의 손에는 긴 막대가 잡혀 있었다. 막대기를 움켜쥔 그는 곧 검세를 취하기 시작했다. 바람이 일기 시작하더니 오래지 않아 돌개바람이 되었다.

아버지를 따라 다니며 말 타기와 기본적인 무예를 익힌 아이지의 입은 점점 벌어졌다. 잘 알지 못하는 이상한 품새를 펼치는 그의 검세는 정교하고 날카로웠을 뿐 아니라 너무나 빨랐다.

"대단해!"

아이지는 자신도 모르게 감탄의 말을 내뱉었다. 그러나 다음 순간 그는 자신의 눈을 의심하지 않을 수 없었다. 언제 다가왔는지 막대기 끝이 자신의 정수리를 겨누고 있었기 때문이었다.

"……."

한 사내가 노려보고 있었다. 정적이 흘렀다. 숨소리조차 들리지 않았다.

달빛 머금은 박꽃 같은 얼굴에 짙고 단정한 아미(蛾眉), 한손의 손에 들렸던 막대기는 서서히 아래로 떨어졌다.

"자, 잠이 오지 않아서…."

두툼한 입술을 꾹 다문 채 노려보는 사내의 기세에 짓눌렸음인지, 아니면 첫눈에 마음이 흔들렸음인지 아이지의 목소리는 떨려 나왔다.

"이, 이름이?"

어색함을 피하려는 것인지 아이지는 침을 꿀꺽 삼키고는 목소리를 달리하여 물었다. 그러나 더듬거리는 말투에 담긴 그녀의 마음은 숨길 수 없었다.

"한손!"

소나무 껍질 같은 굵고 투박한 목소리였다.

"한손! 여진 이름이 아닌데?"

"조선인이오."

"조선인?"

조선인이라는 말에 아이지는 흠칫 놀랐다.

"머, 멀리서 왔구나."

아이지는 자신도 모르게 묻어 나온 정감어린 목소리에 깜짝 놀라, 붉어진 자신의 얼굴을 감추려는 듯 얼른 몸을 돌려 빠르게 침소로 향했다. 한손은 그런 그녀를 바라보았다. 그녀가 사라질 때까지 시선을 뗄 수 없었다. 무어라 말할 수 없는 감정이 그녀로부터 전해졌다. 한손은 다시 목도를 집어 들었다. 숲 속에는 어둑새벽의 적막감을 비집고 부드러운 달빛이 스며들고 있었다.

밤새 찌푸린 날씨는 새벽부터 눈송이를 뿌리기 시작하였다. 귀한 손님이 온다며 집사는 새벽 일찍 하인들을 다그쳐 마당에 쌓인 눈을 쓸게 하는 등 분주히 움직였다. 한손에게는 집안의 캉을 살피라는 명령이 떨어졌다.

"귀한 손님이니 절대 방에 불을 꺼뜨려서도 안 되고, 너무 뜨겁게 해서도 안 된다."

"예."

한손은 이전과는 완전히 다른 사람이 되어 있었다. 군소리 없이 반 마장 이상 떨어진 광에서 수숫단을 꺼내 무릎까지 빠지는 눈 속을 오가며 방마다 군불을 지폈다. 한손이 부산을 떠는 사이 문밖이 소란스러워지는 듯하더니 말을 탄 일단의 무리들이 대문 안으로 들어왔다. 기군(旗軍)들이었다. 다른 종들처럼 얼른 마당으로 나와 도열해 있던 한손은, 장창을 옆에 끼고 허리춤에 큰칼을 찬 기군들의 당당한 모습을 보자 가슴이 뛰었다.

나만 장군의 장남인 아이준은 기군들의 호위 속에 도착한 젊은 청년을 맞아들였다.

"어서 오게, 구로보라."

"오랜만에 뵙겠습니다."

구로보라라 불린 사내가 굵직한 목소리로 말했다.

"한손이, 엎드려!"

집사의 낮고도 엄한 목소리가 한손의 귓가에서 맴돌았다.

"예."

한손은 잠깐 집사와 구로보라를 번갈아 노려보다 곧바로 대답과 함께 땅바닥에 엎드렸다. 구로보라는 한손의 등을 밟고 내렸다.

"그동안 별고 없으셨습니까?"

"덕분에 잘 지냈소. 다들 기다리고 계시니 안으로 듭시다."

아이준은 구로보라를 호위하고 온 기군들에게 다과를 대접하라는 지시를 내린 후 구로보라와 함께 안으로 들어갔다.

방안에는 나만 장군 부처와 아이지가 기다리고 있었다. 구로보라는 먼저 배고(拜叩)를 올렸다.

"아버님은 평안하시는가?"

구로보라의 아버지는 누루하치의 먼 친척인 소토리 장군이었다. 나만은 그의 안부부터 물었다.

"예. 편안히 잘 지내고 계십니다."

"명첩(名帖)을 가져왔다고?"

"예. 그렇습니다."

여진인들은 대부분 어릴 때 아버지들끼리 정혼을 하는데, 나이가 차면 신랑이 명첩을 들고 정혼한 여자의 집을 찾는다. 그러면 신부는 수레를 타고 신랑의 집으로 가 교배례를 치른 후 그 집에서 살게 된다.

"벌써 세월이 이렇게 흘렀구나. 하하하!"

나만은 흐뭇한 미소를 짓고 구로보라와 아이지를 번갈아 바라보았다. 여진족의 통일전쟁과정에서 서로 배포가 맞았던 나만과 소토리는 서로의 아들딸들을 결혼시키자며 오래 전에 약속을 했었다.

"아이지, 너 구로보라를 따라가겠느냐?"

아버지 나만은 구로보라가 명첩을 건네자 흡족한 미소를 지으며 외동

딸에게 물었다. 물론 형식적인 물음이었다. 아버지의 뜻을 딸이 거역할 리는 없었기 때문이다.

"시간을 좀 주세요."

"뭐!"

방안의 모든 사람들이 놀랐다. 특히 구로보라는 매우 당황하였다. 대부분의 경우 여자는 부모가 정한 혼처에 순응했다. 더구나 두 집안이 자주 교류하여 어릴 때부터 아이지와 구로보라는 잘 알고 지냈을 뿐 아니라, 두 사람이 정혼하였다는 것을 알고 서로가 서로를 의식하며 자랐기 때문에 더욱 그러했다.

"왜 그러느냐?"

"아직 마음의 준비가 안 되었습니다."

아이지의 귓불이 순간적으로 붉어졌다

"원래 결혼이란 멋모르고 하는 것이다."

나만 부인이 상황을 이해한 듯 웃으며 말했다.

"그렇지만 아무런 마음의 준비 없이 결혼할 수는 없는 것 아닙니까? 더구나 전 결혼하기에는 아직 어린 나이입니다."

"열일곱이 어린 나이는 아니다."

예상치 못한 아이지의 반응에 나만 부인이 당황해하며 말했다.

"하지만, 전 아직 준비가 안 되어 있습니다."

아이지의 차가운 말에 방안의 공기는 바깥 날씨만큼이나 순식간에 얼어붙었다.

"아이지, 나는 너무나 오랜 시간 사모하는 마음으로 당신을 기다렸어."

아이지의 태도가 의외로 완강하자 구로보라는 그녀를 향한 자신의 속

마음을 내보이며 강하게 구애했다.

"소토리 장군 댁과 혼인하는 것은 우리 집안의 큰 경사다. 너로 인하여 우리 집안도 비로소 명문 집안으로 자리 잡을 수 있을 것이고, 조상들의 음덕에 보답하는 길이기도 하다."

"저도 그런 것은 알고 있습니다. 하지만 아직은 이른 것 같습니다."

"다들 너 만한 나이에 혼례를 올린다."

"시간을 좀 주십시오."

아이지는 아버지의 말에도 쉽게 물러서지 않았다.

나만은 딸이 고집을 세우자 난감했다. 비록 촌수가 멀긴 하지만 누루하치 칸의 집안인 소토리 장군 집안과의 혼인은 매우 영광이었다. 더군다나 이 결혼은 장안 사람들이라면 다 알고 있어 물릴 수도 없는 것이었다. 그런데 고집이 세고 주관이 강한 딸이 이렇게 말하자 그의 얼굴은 점점 붉으락푸르락해졌다.

"아버지 말 들어!"

마침내 나만은 딸에게 명령하듯 말했다.

"……."

아이지는 끝내 승낙하지 않았다.

"이렇게 하는 것이 어떻겠습니까?"

방안의 분위기를 살피던 구로보라가 뜻밖의 제안을 했다.

"어떻게 말인가?"

"아마도 아이지가 저에 대한 믿음이 없는 것 같습니다. 아이지에게 제게 대한 믿음이 생긴 후에 다시 찾겠습니다."

"어떻게 말인가?"

"얼마 후면 우리는 무순성을 공격하게 되는데, 이 전투는 우리 후금에게는 매우 중요한 싸움입니다. 이 전투에서 제가 큰 공을 세운 후에 다시 한 번 명첩을 들고 찾아오겠습니다. 그때는 아이지도 거절하지 못할 것입니다."

"허허 정말 마음 씀씀이도 넓구만. 고맙네."

나만은 반색이 되었다.

"그러면 되겠어?"

구로보라는 아이지를 보며 물었다.

"……."

"왜 대답이 없어!"

구로보라가 양보했음에도 불구하고 아이지가 계속 침묵을 지키자 나만 부인은 어쩔 줄 몰라 하며 야단을 쳤다.

"대답이 없다는 것은 인정하겠다는 뜻입니다. 하하하."

구로보라는 멋쩍은 듯 크게 웃었다.

"이번 전투에서 큰 공을 세운 뒤, 다시 한 번 당신을 찾아 올 테니 그 때까지 마음을 정리하고 기다리길 바라오."

구로보라는 침묵을 지키고 있는 아이지에게 다짐을 받듯 말하고는 자리에서 일어섰다.

"벌써 가려고?"

미안한 마음에 나만 장군은 어쩔 줄 몰라 했다.

"장군님, 무순성 전투가 끝난 후 다시 찾아뵙겠습니다."

"미안하네. 다음에 찾아오면 그때는 자네 뜻대로 할 수 있을 것일세."

"너무 마음 쓰지 마십시오. 다음에 올 때는 당당한 모습으로 반드시 아이지를 데려갈 것입니다."

"그렇게 하게나."

구로보라는 나만을 향해 정중하게 배고를 올린 다음 문을 나섰다.

아이지는 잠을 이루지 못했다. 청혼을 하러 왔다 그냥 돌아가던 구로보라의 뒷모습이 자꾸 어른거렸다. 난감해하던 보모님의 모습도 지워지지 않았다. 내가 좋아하는 사람과 결혼하겠다는 마음은 변하지 않았다. 하지만 과연 다음번에도 부모님과 구로보라의 청을 거절할 수 있을지는 알 수 없었다. 구로보라가 돌아간 후 자신에게 쏟아졌던 부모님과 오빠의 차가운 질책을 또다시 견딜 수 있을지도 장담할 수 없었다. 더군다나 목숨 바쳐 사랑할 사람이 있는 것도 아니었다. 너무나 막연한 꿈이었다. 심란한 마음에 그녀는 자리에서 일어나 뜰로 내려섰다. 밤하늘의 밝은 별이라도 보아야만 마음이 진정될 것 같았다. 달이 밝았다. 문득 한손이 떠올랐다. 그를 처음 만난 날도 오늘처럼 달이 밝았다.

'그가 있을까?'

의도하지 않았던 그녀의 발걸음이 뒤뜰로 향했다. 그가 있었다. 밤새 자신의 방을 지키며 그는 아궁이에서 불을 지피고 있었다. 묘한 기분이 들었다. 아이지는 물끄러미 그를 바라보았다. 든든했다. 이상하게 마음이 그를 향했다.

'내가 왜 이러지?'

그녀는 머리를 세차게 흔들고는 한손이 눈치 채지 못하게 자신의 방으로 되돌아갔다. 그러나 의식적으로 그를 보지 않으려 애쓰는 것과 달리, 새벽에 일어나 밤새 자신의 방을 지키는 한손을 몰래 확인하고 들어오는 날은 점점 늘어만 갔다. 아궁이를 지키는 그를 확인하지 않고서는 잠을 이룰 수 없는 규정이라도 있는 것처럼 그녀는 의무감처럼 새벽이면 자리에서 일어나 뒤뜰로 나서게 되었다.

어느 날, 한손의 모습이 보이지 않았다. 언제나 그 자리에 있던 한손이 보이지 않자 갑자기 마음이 텅 빈 듯했다.

'혹시 어딜 다쳐서 못 나온 것일까, 아니면 고뿔이라도 걸린 것일까?'

그가 자신의 방을 지키고 있는 모습을 보지 않고는 잠을 이룰 수 없을 것 같았다. 그녀의 발걸음은 자신도 모르게 한손이 수련하던 뒤뜰의 숲 속을 향했다. 그곳에서도 그의 모습을 찾아볼 수 없었다. 불안감에 싸인 아이지는 이제 조심스러움도 없이 이곳저곳을 두리번거리며 숲 속을 뒤졌다. 끝내 그의 모습은 보이질 않았다.

'무슨 일이 생긴 것일까?'

힘없이 발길을 돌리는 그녀의 마음속에는 그에 대한 염려밖에 없었다.

"무엇을 찾으시오?"

등 뒤에서 갑자기 날카로운 목소리가 들렸다. 깜짝 놀란 아이지는 그 자리에 주저앉고 말았다. 얼굴을 감싼 채 두 눈을 감고 앉아 있던 아이지는 문득 목소리가 낯설지 않다는 생각에 눈을 떴다. 손가락 사이로 언뜻 보이는 얼굴은 한손이 틀림없었다. 눈앞에 떡 버티고 서 있는 한손이 반갑기마저 했다.

한손이 손을 내밀었다. 어떡해야 될지 몰라 잠깐 물끄러미 한손의 손을 바라보던 아이지는 한참을 망설이다 그가 내민 손을 잡았다. 크고 거친 손안에 아이지의 손이 쑥 빨려 들어갔다.

한손이 손에 힘을 주자 그녀는 힘없이 일어났다. 그를 만났다는 것에 안심해서일까 넋을 놓고 있던 그녀는 한손의 끌어당기는 힘에 이끌려 그만 한손의 가슴에 안기고 말았다. 뜻밖의 사태에 놀라기는 한손도 마찬가지였다. 그는 자신의 품속에 날아든 한 마리 나비를 어떻게 해야 할지 몰라 그녀를 꼭 껴안고만 있었다.

그의 품은 너무 넓고 따스했다. 하지만 마냥 안겨 있을 수는 없었다. 그녀는 살며시 한손을 밀쳤다. 그리고는 잡았던 손을 놓고 팔을 늘어뜨린 채 어색하게 서 있는 한손을 외면하곤 그녀는 달렸다.

사라져가는 그녀의 뒷모습을 바라보는 한손의 마음은 요동치기 시작했다. 차가운 새벽공기를 뚫고 그의 품에 안긴 아이지는 산 속에서 자란 선머슴의 가슴에 감당하기 어려운 뜨거운 감정을 심어 놓았다.

'내가 왜 이러지?'

산 속에서 자라 이성을 제대로 느껴보지 못한 한손은 이것이 그리움인지, 사랑인지 알지 못했다. 다만 가슴 속 구석구석 밀려들어오는 야릇하고 알싸한 느낌에서 그는 쉽게 헤어날 수가 없었다. 한손은 이런 감정을 지우려 애썼다. 자신과는 맺어질 수 없는 사람이라는 것을 머릿속에 각인시키며 애써 잊으려 했다. 그럴수록 더욱 또렷이 아이지의 모습이 떠올랐다.

예전과 달리 한손이 고분고분해지자, 날이 더워질 무렵 집사는 한손에게 새로운 일을 맡겼다. 가라보와 함께 가축을 돌보게 했다. 가라보에게 말 다루는 법을 배울 수 있는 좋은 기회가 생긴 것이었다.

가라보의 가축을 다루는 솜씨는 귀신같았다. 나만 장군집 소는 이백여 마리쯤 되었다. 여진사람들은 소의 코를 꿰지도 않았고, 뿔은 한자 남짓 자라났음에도 불구하고 잡아매지 않아 조심하지 않으면 공격을 받을 수도 있었다. 가라보는 수수깡 하나만 들고 이들을 마음대로 조종했다. 맨 앞의 큰 소를 한 대 힘껏 후려치자, 모든 소들이 그 뒤를 따라가는데 마치 대오가 정연한 군대가 행진하는 듯했다.

여진 말(馬)은 조선말보다 훨씬 튼튼하고 건강했으며 수명이 길었다. 이는 조선과는 다른 방목법이 그 원인이었다. 한손은 가라보에게 말 다루는 법을 배우면서 조선 사람들이 과연 말을 다룰 줄 아는가하는 생각이 들었다.

조선 사람은 말을 타면서 넓은 소매와 긴 한삼이 달린 옷을 입는데고삐를 잡거나 채찍을 날리려 할 때 매우 거추장스럽다. 하지만 이를 고치는 대신 견마를 잡힌다. 이렇게 되면 마부가 말의 한 쪽 눈을 가리게 되는 꼴이 되어 말이 안전하지가 못할 뿐 아니라, 길을 가더라도 마부는 안전한 땅을 밟고 말은 항상 험한 곳을 밟게 되어, 말이 쉽게 다친다.

안장과 고삐는 치장 위주이기 때문에 무겁고 둔한데다가 끈이 많다. 이는 말에 부담을 주게 되어 말들이 힘에 겨워 쓰러질 때가 많다. 이로 인해 말들은 사람에게 노여움을 가지게 되어 쉽게 반발하고 뒷발질을 자주 한다.

또한 조선의 길은 좁아 수레가 다니지 못하여 말에게 짐을 잔뜩 지워 달리게 한다. 이때 조선 사람들은 말에게 힘을 쓰게 한답시고 더운 여물죽을 먹이는데, 이로 인해 정강이와 발굽이 연약해져서 한번만 교배를 겪고 나면 뒤를 가누지 못하게 되어 일찍 병들어 죽는다.

반면 여진의 말 다루는 법은 매우 달랐다. 말굽에는 철정(鐵釘)을 사용하여 조선의 것보다 말굽이 두 배 이상 단단하고 두터웠다. 말들은 방목하여 키웠기 때문에 아무리 큰말이라도 순하였다. 교배시기를 놓치지 않아 산육(産育)을 많이 하고, 말의 성질에 따라서 쉬게 하기 때문에 건장하고 기운이 왕성하였다. 또 고삐를 끌지 않으므로 정신을 발굽에만 집중하여 다치지 않고 멀리 갈 수가 있었다. 안장도 화려하긴 하지만 치밀하고 단순하여 말에 부담을 주지 않았다.

여진 사람들은 아무리 먼 길을 달리더라도 길에서는 찬물만 먹였다. 숙소에 도착해서도 한참의 시간이 지난 뒤에야 고삐와 안장을 풀어서 뒹굴게 한 후에 초두를 먹였다. 한 밤중에 다시 한 번 찬물을 먹이고 아침에 다시 초두를 먹이는데, 이렇게 하면 다리가 튼튼해진다. 평소에 잘 먹이며 관리를 잘 하기 때문에 몸집이 크고 건강하여, 전쟁 중이거나 먼 길을 갈 때는 물과 풀만을 먹이는데도 잘 버텼다.

한손이 여진의 말 사육법에 익숙해질 무렵 그의 몸은 완전히 회복되었다. 다시 구릿빛의 강한 몸을 가꾸었으며, 구속되기 싫어하는 정신력도 되찾았다. 더구나 가라보와 함께 일하면서 이전에 부족하였던 기마술이 몰라보게 늘어나, 이제는 여진 사람들과 견주어도 뒤떨어지지 않게 되었다.

산 속에도 여름은 찾아왔다. 뻐꾸기 울음소리가 산골짝을 타고 흐를 무렵, 이제는 제법 목장 일에 익숙해진 한손은 새삼 할아버지 생각이 났다. 자신이 죽었는지 살았는지도 알지 못하는 할아버지에게 살아있다는 소식이라도 전해야한다는 생각이 간절하였다.

"무슨 생각하냐?"

"할아버지."

어느 날 가라보가 할아버지 생각에 젖어 있는 그에게 다가왔다.

"할아버지가 보고 싶어?"

"그럼. 할아버지는 나에게 부모님이야."

"그러면 할아버지에게 가야지 왜 이러고 있어?"

"무슨 뜻이지?"

한손은 가라보의 의도가 무엇인지 몰라 조심스럽게 물었다.

"한손, 나와 함께 탈출하자."

3. 탈출

“나만 장군댁 집사가 찾아왔습니다.”

“들어오라 이르게.”

집사는 방에 들어오자마자 바닥에 엎드렸다.

“한손과 가라보가 도망쳤습니다.”

“뭐라고. 내가 다른 놈은 몰라도 그 두 놈은 잘 감시하라 하지 않았나?”

집사와 대화를 나누고 있는 사람은 사냥터에서 한손을 굴복시킨 중년무사였다. 그는 한손이 도망갔다는 말에 매우 화를 냈다.

“요즘 들어 고분해 진 것 같아서….”

“바보 같은 놈. 놈들의 계략에 속다니….”

“예! 계략.”

집사는 중년무사의 말을 듣고서야 자신이 속았다는 것을 깨달았다.

"언제 도망갔나?"

"오늘 새벽입니다."

"꼭 다시 잡아와야 한다. 저들이 여허족 쪽으로 달아났다면 장차 우리에게 큰 해를 입힐 수도 있다. 가라보는 죽여도 좋다. 하지만 한손은 반드시 잡아와야 된다."

"한손을 죽여서는 안 되는 이유가 있으신지…."

"이유는 묻지 마라. 다만 붙잡지 못하면 돌아올 생각은 하지 마라."

"예. 알겠습니다. 반드시 붙잡아 오겠습니다."

평소와 달리 차갑게 변한 중년무사의 표정에서 집사는 상황을 재빨리 파악했다.

"나만 장군께 말씀드려서 기군(旗軍) 장정도 데려가라."

"그깟 종 놈 둘 잡는데 기군까지 데려갈 필요가 있는지…."

"너희들의 힘만으로는 어림없다."

"아, 알겠습니다. 분부 받들겠습니다."

중년무사의 먹이감을 노리는 표범의 눈초리에 집사는 산돼지마냥 곧바로 꼬리를 내린 채 방문을 나섰다.

홍경성 문이 채 열리기도 전에 한손과 가라보는 몰래 성문을 빠져나와 개운산으로 들어갔다. 숨겨 두었던 식량과 말을 찾아 말을 찾아 겹겹의 산을 넘기 시작했다. 길도 없는 어두운 산을, 더구나 잡풀이 무성한 여름 산을 넘는다는 것이 쉽지 않았지만 가라보는 익숙하게 산길을 열었다. 안장 없는 말을 탄 적이 없는 한손은 엉덩이가 점점 아파오는 고통을 느꼈지만 뒤처지지 않으려 애썼다.

멀리 개운봉 너머로 붉은 기운이 솟아나자 앞을 막아선 가문비나무,

전나무, 소나무 등 물상들의 모습이 뚜렷이 보이기 시작했다. 자신의 모습을 힐끔 내려다본 한손의 입에서는 피식 웃음이 나왔다. 여름이라 몸에 걸친 홑저고리는 땀과 이슬 뒤섞여 갓 건져 낸 빨래처럼 젖어 있었고, 팔이며 다리에는 언제 긁혔는지 상처에 핏방울이 맺힌 것이 새빨갛게 익은 산딸기 같았다.

한손은 잠깐이라도 쉬고 싶었지만 가라보는 뒤따르는 한손을 개의치 않았다. 오로지 앞만 바라보았다. 때마침 떠오른 아침 해를 본 한손도 오기가 솟아 그의 뒤를 따를 수 있었다. 한낮이 되어서야 비로소 가라보는 개울가에서 잠깐 발걸음을 멈추었다.

"말에게는 어젯밤에 콩을 먹였으니 다른 것은 먹이지 말고 물만 먹여라."

"왜지?"

"그래야 말이 지치지 않아."

가라보는 물가에 말을 푼 후에 나무 그늘에 몸을 눕혔다.

"힘들지 않아?"

한손이 먼저 말을 건넸다.

"괜찮아."

"성공할 수 있을까?"

"산을 벗어나면 실패는 안 해."

가라보는 자신 있게 말했다.

"어디로 가지?"

"여허족이 사는 곳."

"얼마나 걸려?"

"열흘."

"닷새면 된다고 했잖아."

"강물을 따라가면 닷새면 돼. 추적을 피해 산으로 가면 열흘은 가야 돼."

가라보는 미안한 기색도 없이 아무렇지도 않게 말했다. 한손은 그냥 웃고 말았다. 이왕 출발한 것 날짜를 따지는 것은 소용없는 일이라 생각했기 때문이다.

"고향으로 가서 뭐하지? 여허족은 누루하치의 공격을 받고 뿔뿔이 흩어졌다고 하던데."

한손은 화제를 돌렸다.

"흩어진 부족을 다시 모아 싸워야지."

"왜 네가 그런 일을 해야 돼?"

"족장이니까."

"뭐라고! 나이도 어리잖아."

가라보는 비로소 자신의 신분을 밝혔다.

"스무 살이 어린 나이는 아니지. 아버지와 형들이 죽었으니 내가 족장이야."

"그렇구나."

가라보가 이해된다는 듯 한손은 고개를 끄덕이며 나무 그늘에 잠깐 몸을 눕혔다. 할아버지의 모습을 그리며. 이상한 것은 할아버지를 생각할 때마다 오래지 않아 아이지의 모습이 떠올랐다. 한손은 세차게 고개를 가로저어 그녀의 모습을 지우려 애썼다. 그럴수록 오히려 머릿속은 더 복잡해졌다.

"가자."

한손의 모습을 지켜보던 가라보가 자리에서 일어서며 명령하듯 말했다.

"지금쯤 저들이 우리의 탈출을 알고 추격을 시작했을 거야. 그러니 우리도 쉬지 않고 달려야지. 사나흘이면 추격권을 벗어날 수 있을 거야."

밤낮없이 험한 산을 달리길 나흘 째, 두 사람은 철배산을 넘고 있었다. 지친 말의 고삐를 잡고 힘들게 한 봉우리에 올라섰을 때 갑자기 시야가 툭 트였다. 크고 작은 봉우리 너머 떨어지는 햇살을 품고 끝없이 펼쳐진 은빛 비단이 너울거리고 있었다.

"혼하(渾河)다!"

가라보가 감격스러운 듯 말했다.

"저 강만 건너면 여허족 땅이다. 이제 건주여진의 추격권을 벗어난 것 같다. 오늘은 적당한 곳에서 한둔을 하면서 잠을 좀 자자."

이들은 밤에도 거의 자지 못하고 그냥 말 등에 엎드린 채 밤을 지새우며 이곳까지 왔다. 혼하를 보는 순간 그동안 느끼지 못했던 피로가 밀려왔다.

"그래, 매일 육포만 먹어 지겨웠는데, 산열매도 찾을 겸해서 이슬 피할 곳을 찾아 오늘은 푹 쉬자."

두 사람은 개울을 찾아 말에게 물을 먹이고, 산딸기며 머루 등을 찾아 배를 채운 후 큰 바위 밑에 자리를 잡았다.

"너희 고향으로 가면 나는 어떻게 하지?"

한손이 걱정되어 물었다.

"내가 지리에 익숙한 사람을 붙여서 안전하게 너의 할아버지에게 데려다 줄 테니 걱정마라."

모닥불을 피우고 앉아 잠시 이야기를 나누던 이들은 누가 먼저랄 것도 없이 어느 순간 곯아 떨어졌다. 며칠 동안 잠을 자보지 못했기 때문이었다.

— 컹, 컹.

어스름한 달빛이 이슬을 머금고 축 늘어진 자작나무를 외롭게 비추고 있을 무렵, 숲 속의 정적을 깨는 요란한 소리가 들리기 시작했다. 깊은 산 속이라 승냥이, 이리 떼의 울부짖는 소리는 당연한 것이지만 새벽 무렵까지 이어지는 법은 드물었다.

한손은 눈을 번쩍 떴다. 사냥꾼으로 오랫동안 살아온 그의 감각이 추격을 벗어났다며 방심하고 잠들었던 몸을 깨운 것이었다. 개 짖는 소리와 말발굽소리가 어지럽게 들렸다. 바로 지척에서 들리는 소리였다.

'추격병이다.'

한손은 얼른 가라보를 깨우고는 곧바로 말고삐를 잡아 쥔 후에 몸을 던져 말에 올랐다. 예전 고구려 시절 과하마라 불리던 말은 나무 숲 속을 달렸다. 하지만 아직 날이 밝지 않아 사방이 제대로 보이지 않는데다가 여름이라 무성히 우거진 풀숲을 뚫고 달리기가 쉽지 않았다.

— 히히힝!

단발마의 비명 소리와 함께 앞서가던 가라보의 말이 발을 헛디디고 주저앉았다. 가라보는 말과 함께 언덕 아래로 굴렀다. 한손은 말을 멈추고 급히 가라보에게 갔다. 말과 가라보 둘 다 부상을 입고 쓰러져 있었다.

"괜찮아?"

겨우 몸을 일으켰지만 가라보의 입에서는 신음 소리가 절로 나왔다.

"나, 난 괜찮아 말은? …… 틀렸다. 너라도 어서 도망가라."

말이 쓰러져 일어서지 못하자 가라보는 체념한 듯 말했다.

"넌?"

"설마 죽이겠어? 다음 기회를 엿보면 되지."

한손은 그를 두고 혼자 갈 수는 없다고 생각했다. 더구나 자신은 지리도 잘 모를 뿐 아니라 여허족 영역에서 특별히 갈 곳이 없었다.

"네가 가라."

한손은 곰곰이 생각하다 말했다.

"뭐!"

"나보다는 네가 가는 것이 더 나을 것 같다. 내 고향은 어차피 이곳과는 반대 방향이고."

"아냐 그럴 수는 없어."

두 사람이 실랑이를 벌이는 사이 숲 속이 매우 시끄러워졌다. 개 짖는 소리는 겨우 적막을 유지하던 숲 속의 새벽을 깨워 뭇짐승들의 소리를 부른 것이었다.

— 우우, 으르릉.

더 이상 머뭇거려서는 안 된다는 생각에 한손은 가라보를 일으켜 세운 후 그를 자신의 말에 태웠다. 그리고는 힘껏 말에 채찍을 가했다.

"추격병을 내가 막을 테니 얼른 이곳을 벗어나라."

"한손, 널 잊지 못할 것이다. 이 은혜는 꼭 갚겠다."

가라보는 말 위에서 한손을 돌아보며 길게 외쳤다. 한손은 그를 향해 손을 흔들었다. 이별의 순간에 와서야 고락을 같이 한 그에게 진한 우정을 느끼며.

가라보를 떠나보낸 한 손은 단단한 나뭇가지 하나를 부러뜨려 손에 쥔 다음 개활지를 찾아 한 가운데 우뚝 섰다.

— 컹컹.

개들이 한손을 먼저 발견했다. 늑대만큼 사나운 만주의 개들은 날카로운 송곳니를 드러낸 채 주저함 없이 한손을 향해 덤볐다. 꼼짝 않고

서 있던 한손은 순간적으로 몽둥이를 휘둘렀다. 한 마리에 한 대씩 정확하게 내쳤다. 한차례 폭풍이 불듯 막대기를 휘두르고 나자 네 마리의 사냥개들은 한손 앞에 혀를 길게 늘어뜨리고 이마에 피를 흘린 채 쓰러졌다. 사냥에 익숙한 한손은 동물들의 급소를 너무 잘 알고 있었다. 뒤미처 달려온 개들도 마찬가지의 운명을 맞이했다. 말발굽 소리가 멈추었다. 드디어 추격병들이 모습을 드러냈다. 그들은 한손 앞에 축 늘어져 죽어 있는 사냥개의 주검을 보고는 주춤거렸다.

"네, 네가 죽였나?"

떨려나오긴 했지만 한손은 이것이 집사의 목소리라는 것을 금방 알아챌 수 있었다.

"그렇다. 이 꼴이 되고 싶지 않으면 물러가는 것이 좋을 것이다."

"……."

집사는 쉽게 덤비지 못했다. 종노릇을 하며 자신에게 매일 얻어맞던 놈이 수 마리의 사냥개들을 단번에 쓰러뜨렸다는 것이 믿기지도 않았음인지, 아니면 이런 그에게 두려움을 느꼈기 때문인지는 알 수 없었다.

"가소로운 놈, 이깟 개 몇 마리 죽인 것을 가지고 건방을 떨다니."

집사와 함께 따라온 일행 중 하나가 나섰다. 단번에 기군(旗軍)임을 알아챌 수 있었다. 여진족이 벌이는 수많은 전투에 동원되는 전문 싸움꾼인 기군이라면 조심해야했다. 그는 말을 달려들고 있던 칼로 곧바로 한손을 내리쳤다.

"얏!"

한손은 재빨리 몸을 피하는 동시에 몽둥이로 달려오는 기군의 이마를 내리쳤다. 비명소리와 함께 기군은 말에서 떨어져 쓰러졌다. 한손은 재빨리 그의 칼을 주워들었다.

"목숨이 아깝지 않은 놈은 나서라."

추격군은 너무나 빠른 한손의 솜씨에 입을 다물지 못했다. 하지만 그들은 수많은 전투에서 격전을 치른 전사들이었다.

"한꺼번에 덤벼라!"

우두머리의 말이 떨어지자 기군들은 동시에 한손을 공격했다. 한손은 몸을 솟구쳐 칼날을 피함과 동시에 칼을 휘둘렀다. 두 명의 기군이 칼을 맞고 쓰러졌다. 나머지 기군들은 주춤거리며 물러섰고, 한손은 얼른 키 큰 가문비나무를 등지고 칼을 움켜쥐었다.

"네놈들은 내 상대가 되지 못한다. 얼른 말을 돌리는 것이 나을 것이다."

한꺼번에 공격했으나 오히려 자신들의 장정 두 명이 당하자 기군들도 겁을 먹고 쉽게 접근하지 못했다. 한손 또한 칼을 겨누고 있긴 했지만 쉽게 공격하지 않았다. 상대가 너무 많기 때문이기도 했지만 가라보가 도망갈 시간적 여유도 벌어야했기 때문이었다.

한동안 대치를 하고 있던 기군들이 이번에는 양쪽 옆으로 갈라서서는 동시에 공격했다. 한손은 그들의 막으며 앞쪽으로 몸을 피했다. 그 순간이었다. 한손의 머리 위로 그물이 던져졌다. 한손은 발버둥을 쳤다. 그럴수록 그물은 더 죄어와 옴짝달싹할 수 없었다. 노련한 기군들이 양쪽 측면에서 공격하여 가문비를 등진 한손을 앞으로 끌어내어 곰이나 호랑이를 사냥할 때 쓰는 그물을 던진 것이었다. 한 마리 곰처럼 한손은 꼼짝없이 그들의 노획물이 되고 말았다. 수없는 발길이 이어졌다.

한손을 사로잡은 추격군은 가라보에 대한 추격을 포기하고 다시 나만 장군의 집이 있는 홍경으로 되돌아왔다. 홍경으로 끌려오는 동안 한손은 마치 사냥터에서 잡힌 곰처럼 취급받았다. 그의 공격을 두려워한 집사는 며칠 동안 물외에는 아무 것도 먹이지 않았을 뿐 아니라 두 팔을 뒤로 묶어 걷게 했다.

저녁 무렵 나만의 집에 도착한 한손은 그 자리에 쓰러졌다. 집사는 누더기가 된 그의 웃옷을 벗겨낸 후 후원의 자작나무에 그를 묶었다. 새삼 한손의 실력을 안 집사는 그가 또 도망갈지 모른다며 목에서부터 발끝까지 몇 겹 동아줄로 묶고, 보초를 서게 된 하인들에게 물 한 방울도 주지 말라며 자리를 떠났다.

모두가 떠나가고 점점 밤이 깊어져 고독감과 두려움이 밀려든 한손을 찾은 것은 반갑잖은 손님이었다. 누더기로 변한 한손에게 모기떼가 달려들기 시작한 것이었다. 몇 겹으로 묶여 꼼짝할 수 없는 한손은 모기떼의 성찬(盛饌)이었다.

허기로 탈진한 한손에게는 너무나 큰 고통이었다. 전신이 부어오르며 곳곳에 다시 핏방울이 맺히기 시작했다. 괴로운 것은 둘째 치고 미칠 것 같았다. 차라리 죽는 것이 낫겠다는 생각이 들었다.

"야 이놈들아 나를 죽여라! 안 그러면 네놈들 다 죽이고 말 것이다."

있는 힘을 다하여 소리를 질렀다. 그러나 그 소리는 겨우 입안을 맴돌았을 뿐이었다. 다시 한 번 힘을 모아 소리를 질렀다. 마찬가지였다. 그나마 남아있던 힘을 다 소진한 꼴만 되어 한손은 정신을 잃고 말았다. 하지만 모기의 극성스러움 때문에 한손은 다시 정신을 차릴 수밖에 없었다. 이러기를 몇 번 하는 사이에 밤은 점점 깊어갔다.

한손을 보지 못하는 동안 자신의 마음속에 한손이 차지하는 비중이 얼마나 큰지를 새삼 깨달은 아이지는 그가 잡혀왔다는 소식에 자신도 모르게 급히 달려 나갔다. 너무나 비참한 그의 몰골에 눈물이 나왔다. 도저히 사람이라고 할 수 없을 정도로 그의 몸은 갈래갈래 찢겨있었다. 잠자리에 누웠지만 그를 두고 잠을 이룰 수가 없었다. 손발이 묶인 채 죽어가는 그를 생각할수록 마음이 찢어지는 것 같았다.

'그를 구해야 한다.'

아이지는 급히 옷을 입고 후원으로 향했다. 체면이고 뭐고 따질 겨를도 없었다. 사방을 두리번거렸다. 자작나무아래 뭔가 축 늘어져 있는 것이 보였다.

'설마….'

목 끝에서 발끝까지 동아줄로 칭칭 묶여 의식을 잃고 축 늘어져 있는 한손이었다. 아이지는 와락 그에게 달려갔다.

"아가씨 위험합니다. 저리 비키십시오!"

보초를 서던 하인들이 급히 아이지를 막아섰다.

"아무리 죄인이라지만 어떻게 숨도 쉬지 못하게 묶을 수 있단 말이냐? 저러다 죽으면 어떡하려고!"

울먹이는 목소리였다. 보초를 서던 하인들은 어떻게 된 상황인줄 몰라 서로의 얼굴만 쳐다보았다.

"도대체 저 사람이 뭘 어떻게 했다고 저렇게 모질게 대하느냐?"

"저놈은 사람이 아닙니다."

보초를 서던 하인은 기군들에게 들은 한손의 체포 순간을 전했다. 이미 한손의 무술을 알고 있는 아이지는 한손의 무공담을 듣자 왠지 모르게 가슴 속 깊이에서 알지 못할 뿌듯한 자부심이 솟구치는 것 같았다.

"모든 일은 내가 책임질 테니 동아줄을 풀어주고 물과 머루를 좀 가져오너라."

"예?"

"얼른!"

아이지가 차고도 엄한 목소리로 말하자, 보초 하나가 주춤주춤 한손을 묶은 줄을 느슨하게 풀었다.

"아무리 아가씨의 명령이라도 완전히 풀어 줄 순 없습니다. 대신 손발을 느슨하게 하였으니 이해하십시오."

"얼른 물과 머루를 가져오지 못할까!"

아이지의 명령에 어쩔 줄 몰라 하던 하인들은 잠자던 집사를 깨워 다시 나타났다.

"아가씨, 저놈은 매우 위험한 놈입니다. 비켜서십시오."

"나도 모든 이야기를 다 들었다. 하지만 사람에게 이러는 법이 없다."

"저놈은 종입니다."

"아직 한 번도 팔기군 시험을 본 적이 없으니 엄밀히 말하면 아직은 종이 아니다. 뒷일을 내가 책임질 테니 너희들은 내가 시키는 대로 하고 들어가 쉬어라."

"그래도…."

결국 아이지의 강압에 못 이긴 집사와 보초는 들어가고 말았다. 그들이 들어가자 아이지는 수건으로 몸을 촉촉이 적셔 늘어진 한손의 몸을 닦아주기 시작했다. 온몸이 상처투성이였다. 가시가 몸에 박힌 채 곪아가는 곳도 있었다. 아이지의 눈에서는 끝없이 눈물이 흘렀다. 하지만 한손은 아직도 의식을 찾지 못했다. 마지막으로 그녀가 한손의 얼굴을 닦자 그가 눈을 떴다. 하지만 그는 바싹 마른 입술을 달싹였을 뿐 다시 눈을 감고 말았다.

"이것 좀 먹어보세요."

아이지는 한손에게 반말을 할 수 없었다. 어쩐지 그가 너무나 큰 사람처럼 느껴졌기 때문이었다. 그러나 아이지의 간절한 말에도 그는 입을 제대로 벌리지 못했다. 아이지는 머루의 껍질을 까서 즙을 입에 넣었다. 그러나 머루 즙은 한손의 입술을 타고 흘러내릴 뿐, 삼키질 못했다. 아이지는 너무 안타까웠다.

잠시 머뭇거리던 아이지는 이번에는 머루를 까서 자신의 입에 넣었다. 그리고는 한손이의 얼굴을 꼭 껴안고 자신의 입술을 한손이의 입술에 갖다 대고 천천히 자신의 혀를 그의 입안으로 밀어 넣었다. 머루즙과 뜨거운 타액을 함께. 아이지의 이런 행동은 오랫동안 멈추지 않았다.

한손이 눈을 떴다. 그는 기진맥진한 초점 잃은 눈으로 아이지를 쳐다보며 입술을 맏길 뿐 아무 것도 할 수 없었다. 다만 그의 눈에서는 가느다란 두 줄기 눈물이 흐르고 있었다. 그렇게 밤이 깊어갔다.

다음날 아침 아이준은 집사에게 명하여 집안의 종들을 나무에 묶여 있는 한손 앞으로 모이게 했다. 아이지는 남자들의 일이라 멀찍이서 안타까운 심정으로 이 광경을 바라보았을 뿐 나서지 못했다. 한손은 어제와 달리 의식을 차리고 눈앞에 벌어지는 일을 지켜보고 있었는데 이곳까지 오는 동안에 너무나 큰 고통을 당해서인지 그의 표정은 무덤덤해 보였다. 집안의 종들이 다 모이자 집사가 한 발 앞으로 나섰다.

"잘 들어라. 앞으로도 너희들 중에서 도망하는 놈이 있다면 끝까지 추적하여 이렇게 잡아 올 것이다. 도망친 놈은 어떻게 되는지 똑똑히 보여줄 테니 잘 지켜보기 바란다."

말을 마친 집사는 주인의 명령을 기다렸다.

"시작해라."

"예."

명령을 받은 집사가 눈짓을 하자 하인 두엇이 달려들어 그를 다시 나무에 단단히 묶은 다음, 한 동이의 물을 한손에게 쏟아 부었다. 집사는 끝에 쇠가 달린 가죽 채찍을 꺼내 들었다. 철편이었다. 산 속에서 늑대와 같은 사납고 날랜 짐승을 잡을 때 쓰는 것이었다. 한 대를 맞아도 온몸이 으스러지는 고통을 느끼는 무서운 도구였다. 멀리서 이 광경을 보던 아이지는 도저히 참을 수 없었다.

'말려야 한다.'

아이지가 막 걸음을 옮기려는 순간, 대문 안쪽이 갑자기 시끄러워졌다. 사냥터에서 한손을 잡아왔던 중년무사였다. 그는 두어 명의 호위병을 거느리고는 성큼성큼 후원을 향해 걸음을 옮겼다. 아이지는 좀 더 상황을 지켜보기로 했다. 뒤뜰에서는 한손에 대한 징계가 시작되어, 덩치 큰 하인 하나가 힘차게 채찍을 내리쳤다.

"철썩!"

동시에 한손의 비명이 터졌다.

"윽!"

비명과 함께 그의 등에서도 핏방울이 튀기 시작했다. 그때였다. 날카롭고도 무거운 목소리가 들렸다.

"그만둬!"

순간 집사는 목소리의 주인공이 누구인지를 금방 알아봤다.

"군사(軍師)님, 어서 오십시오. 이제 막 시작하려던 참입니다."

하지만 정 군사라 불린 중년무사는 그를 쳐다보지도 않고, 주변의 모든 사람들을 무시한 채 자신이 데려온 기군들에게 명령했다.

"데리고 가자."

"예!"

"아니, 저희 집에서 종살이를 시키라고 하지 않았습니까?"

중년무사가 막무가내로 한손을 데려 가려 하자 아이준이 항의했다.

"우리가 의도한 것은 이것이 아니었어."

"우리는 누구요?"

"사할리언!"

사할리언이라는 말에 아이준은 더 이상 아무런 대꾸를 하지 않았다. 중년무사는 축 늘어진 한손을 데리고 나오다 앞을 가로막고 서 있는 집사를 주먹으로 후려쳤다.

"바보 같은 놈. 너희 같은 놈 백 명을 데려와도 이 애와는 안 바꾼다."

중년무사는 더 이상 뒤돌아보지 않고 나만의 집을 나섰다. 이 모습을 멀찍이서 지켜보던 아이지는 비로소 안도의 숨을 내쉬었다.

2부

용상 龍床

1. 광해군의 한

"전하, 세자 저하께서 아침 문안 와 계십니다,"

"너는 아직 명나라로부터 세자 책봉도 받지 못하였는데 세자 노릇을 하려 하느냐. 내일부터는 문안 오지 마라."

"제가 뭘 잘못하여 아바마마께 노여움을 샀는지, 무엇을 해야 하는지 제발 하교하여 주십시오."

"……."

광해군은 차가운 대청마루에 무릎을 꿇고 앉아 고개를 숙였다. 대전 내시는 민망하여 어쩔 줄을 몰랐다. 한동안 꼼짝 않고 앉아 있던 광해군은 임금의 하교가 없자 자리에서 일어나 수행 김 상궁에게 내전으로 가기를 명했다.

"중전마마, 세자 저하 아침 문안입니다."

"참 빨리도 오셨소. 지금은 아침 식사 중이니 잠깐 기다리시라 하게."

"마마, 바깥 날씨가 매우 쌀쌀합니다."

"그렇다고 내가 밥상을 받다 말고 문안 인사를 받을 수는 없지 않은가?"

"그러셔도…."

세자는 얼른 김 상궁의 입을 막고는 대신 말했다.

"아니옵니다. 마마 천천히 드십시오. 소자는 얼마든지 기다릴 수 있습니다."

"……."

중전과 김 상궁 사이에 약간의 실랑이가 벌어지자 광해군은 김 상궁을 자제시키고 마루에 털썩 주저앉았다. 노란 은행과 단풍으로 아름다움을 더한 창덕궁 후원은 세자의 심회를 더욱 슬프게 하였다. 문득 늙은 은행나무에서 떨어지는 나뭇잎 하나가 세자의 눈에 들어왔다.

'인간사가 다 저러하거늘, 나는 무엇을 구하러 이런 삶을 사는지…. 명나라의 책봉만 있었어도 오늘날 이런 수모는 당하지 않았을 것인데….'

처마 밑으로 불어오는 차가운 바람에 세자는 옷깃을 여미며 깊은 시름에 잠겼다. 임진왜란이 끝난 뒤 왕비가 죽자 선조는 나이 육십에 김제남의 딸을 왕비로 맞아 새 장가를 들었다. 이때 그녀의 나이는 십 사세로 광해군보다도 아홉 살이나 어렸다. 지금 광해군이 문안드리려 하는 사람은 바로 이 선조의 계비로 사가의 연배로 따지자면 광해군의 막내 동생뻘 정도였다. 그녀도 아이를 낳았다. 그 아이는 당당한 대군으로 첩의 자식인 자신과는 처지가 달랐다. 대군이 태어나자 자신은 궁궐 내에서 찬밥신세로 전락하고 말았다. 아직까지도 명나라의 책봉을 받지 못한 처지이기에 세자 자리에서도 언제 쫓겨날지 몰랐다.

광해군은 마루에 걸터앉은 채 고통스러운 지금의 순간들이 얼른 지나가 주길 바랐다. 더 이상 버틸 힘이 없었다. 차라리 죽는 것이 더 나을지 모른다는 생각도 들었다. 넋을 놓고 하염없이 앉아 있는 세자의 모습에, 십오 년 동안 그를 모셔온 김 상궁(金介屎, 김개똥)은 죄책감과 연민의 정이 들었다.

'세자의 몰락을 이렇게 지켜보고만 있어야 하는가? 세자의 몰락은 곧 나의 몰락이 아닌가?'

고민 끝에 김 상궁은 이이첨의 부탁을 들어주기로 결심했다.

선조 임금은 매우 영악한 군주로, 국정의 중심을 백성을 위한 정책에 두지 않고, 자신의 권력 강화에 두었다. 사가(私家)에서 태어난 방계 왕족으로 갑자기 왕위에 오른 그는 자신의 입지 강화를 위해 신하들 간의 파벌 싸움을 교묘하게 이용하였다. 물론 의주 피란 시절에 당파를 질책하는 시를 쓰긴 했지만 그것은 급박한 사세를 극복하기 위한 일시적 생각이었을 뿐, 그의 행동을 유심히 살피면 오히려 신하들 간의 정쟁(政爭)을 즐겼다는 판단이 옳았다. 정여립의 난 이후 조정의 명망이 모두 서인의 좌장 격인 좌상 정철에게로 돌아갔지만, 선조 임금은 동인 출신의 영상 이산해와 우상 유성룡을 여전히 신임하여 그들 사이의 경쟁을 유발시킨 것도 그의 뛰어난 정치 기교였다.

세자 옹립과정도 순탄하지 않았다. 선조의 변덕과 명나라의 고집이 광해군을 힘들게 한 것이었다. 선조 임금의 나이가 들어가면서 조정의 신하들은 세자책봉에 대해 논의하기 시작하였다. 장남인 임해군은 성격이 난폭하였기 때문에 광해군이 세자로서 적합하다는 결론을 내렸다. 하지만 임금은 사랑하는 인빈 소생의 신성군을 좋아했다.

서인인 좌의정 정철은 동인인 영의정 이산해에게 세자를 책봉할 때가 되었다며 임금에게 세자 책봉을 함께 주청하자고 말했다. 이산해는 이것이 정적을 제거할 좋은 기회라는 것을 깨닫고 일단 정철의 제의를 수락한 다음, 임금이 가장 총애하는 인빈의 아우 김공경을 방문하였다.

"정철이 광해군을 세자로 세우고 신성군 모자와 당신을 죽이려 합니다."

이 말을 들은 김공경은 깜짝 놀라 인빈을 찾아 갔고, 당연히 인빈은 임금에게 하소연하였다. 처음에 임금은 이 말을 믿으려 하지 않았다.

다음날 함께 가기로 한 동인(東人) 이산해가 아프다며 드러눕자 서인인 정철과 성혼만이 임금을 찾아가 세자 책봉을 말하였다. 그러자 임금은 인빈의 말이 생각나 진노했다.

"내가 이렇게 멀쩡한데 세자 책봉이라니 경은 지금 무슨 말을 하는가?"

임금이 노여워하자 정철과 성혼이 허둥지둥 나와 버렸다. 동인은 이 기회를 놓치지 않았다. 임금에게 상소를 올리기 시작했다. 사랑하는 애첩인 인빈 또한 정철을 벌주기를 간청하자 결국 임금은 정철, 성혼 등을 귀양 보냈을 뿐만 아니라 서인(西人)이라고 알려진 자는 모조리 조정에서 내쫓았다.

이 후 정국이 세자 책봉의 필요성을 요청함에 따라 선조는 여러 왕자들을 살펴보지 않을 수가 없었다. 자신도 사가(私家)에서 장남이 아닌 몸으로 태어났기 때문에 장남에게 큰 의미를 부여하지 않았다. 인빈 소생의 신성군을 마음에 두었지만 혹시 몰라 여러 왕자의 기상을 시험해 보았다.

어느 날 여러 왕자를 불러 앞에다 보물을 많이 진열해 놓고 마음대로 취하도록 하였다. 그러자 여러 왕자가 서로 다투어 금은보화를 차지하는데 유독 광해군만이 붓과 먹을 취하므로 임금이 가상하게 여기고 다른 것도 질문을 하였다.

"반찬감 중에 무엇이 으뜸이냐?"

"소금입니다."

"왜 그렇게 생각하느냐?"

"소금이 아니면 백 가지 맛을 이루지 못하기 때문입니다."

지혜로운 광해군의 대답에 임금은 빙긋이 웃으며 또 묻기를,

"네게 부족한 것이 무엇이냐?"

"제게 부족한 것이 무엇이 있겠습니까? 다만 모친이 일찍 돌아가신 것이 가슴 아픈 일입니다."

선조가 사실 가장 사랑했던 여인은 이미 죽은 광해군의 어미 공빈 김씨였는데, 광해군이 그런 공빈이 죽은 것을 안타깝게 말하므로 선조는 광해군이 측은해 졌을 뿐 아니라 그의 효성과 지혜에 감동하여 내심 그를 세자로 정하였다.

공빈 김 씨 소생 중 맏아들은 광해군이 아닌 임해군이었다. 형을 두고 아우가 세자가 되는 것이 문제가 되긴 했지만, 임해군은 성격이 괴팍하고 패악하여 민심이 따르지 않았고, 공빈이 일찍 죽고 난 뒤 광해군은 의인왕후의 양자로 들어갔기 때문에 조정의 신하들도 큰 문제 삼지는 않을 것 같았다. 대신들도 광해군을 세자로 세우려는 뜻이 분명하였지만, 정철 사건 이후 아무도 감히 말하는 자가 없어 세자책봉은 미루어졌다.

임진왜란이 나자 더 이상 세자 자리를 비워 둘 수가 없었다. 임금이 먼저 신하들에게 세자 옹립의 필요성을 말했고, 신하들은 기다렸다는 듯이 광해군을 추천했다. 내심 광해군을 염두에 두었던 임금은 곧바로

윤허하여 드디어 광해군이 세자가 되었다.

광해군이 제대로 된 세자로 인정을 받으려면 명나라의 책봉이 있어야 했다. 광해군이 선조로부터 세자 책봉을 받은 것은 임진년이었지만 전쟁 중이라 책봉을 미루고 있었다. 계사년(1593년)에 전세가 호전되자 조정을 한양으로 환도하였다. 이때 선조는 명나라에 사신을 보내어 세자 책봉을 청했다. 조선에서 청하면 명나라는 많은 예물과 함께 허락하는 것이 지금까지의 상례였다. 하지만 명나라 예부에서는 형인 임해군이 있는데 동생이 세자가 되는 것은 예법에 어긋난다하여 불허하였다.

갑오년(1594)에 윤근수를 다시 명나라에 보냈으나 허락하지 않았고, 을미년(1595년)에는 한응인을 보내었지만 마찬가지였다. 병신년(1596)에도 주청하였으나 끝내 명나라의 윤허는 받지 못하였다. 이렇듯이 해마다 세자 책봉을 명나라에 주청하였으나 끝내 허락을 받지 못한 채 17년의 세월이 흘렀다.

그 사이 세자 책봉이 시급했던 임진왜란도 끝이 났으며 광해군을 추천한 노신들은 하나씩 세상을 떠났다. 새로운 신하들을 맞이한 선조의 마음은 차츰 변하여 조정 내에서 광해군의 입지가 점점 줄어들고 있었다.

신축년(1601년) 겨울, 예조에서 세자 책봉을 위한 사신을 명나라에 보낼 것을 청하였는데, 임금은 왕비의 자리가 오랫동안 비어 있어도 왕비 책봉은 청하지 않고 세자 책봉을 먼저 청하는 것은 무엇이냐며 몽니를 부렸다. 그의 나이 61세였다.

선조는 의인왕후가 승하하자 나이 60에 14살 난 김제남의 어린 딸을 새로 계비로 맞이하여 왕후로 삼았는데, 새 왕후를 맞이한 지 1년이 지나도록 예조에서 왕비 책봉을 위한 주청을 말하지 않고 세자 책봉만을 말하자 이에 불만을 터뜨린 것이었다. 어린 왕후에게 믿음을 주기 위한 행동이었지만, 사실은 이때부터 임금의 뜻이 광해군에게서 떠나고 있음을 말하는 것이었다.

병오년(1606년) 봄에 계비 김 씨에게서 영창대군이 태어났다. 의인왕후에게서 아들을 보지 못한 선조 임금은 계비에게서 대군을 얻자 매우 기뻐하였고, 왜란을 미리 막지 못한 책임을 지고 탄핵을 받아 쫓겨 난 이산해 대신 영의정에 임명된 유영경은 임금의 비위를 맞추기 위해 계비인 김 씨 편에 붙음으로써 세자 자리를 둘러싼 권력다툼을 예고했다.

선조 임금이 기름을 부었다. 환갑이 넘으면서 병환이 잦았던 그는 어느 날 친히 족자에 대나무를 그리고는 유영경, 이덕형, 이항복, 이홍로 등 노신들을 불러 그림을 감상케 하였다.

그림 속에는 세 개의 대나무가 그려져 있었는데, 그 하나는 바위 위에 있는 왕대로 많은 풍상을 겪어 늙고 꺾이고 마른 모습이었다. 또 하나는 한 악죽(惡竹)이 왕대 곁으로 나와 가지와 잎사귀가 무성하여 바위를 점거하고 꾸부러진 채 서리서리 엉킨 모습이고, 나머지 하나는 연한 죽순이 왕대의 원줄기로부터 나왔는데, 어린 가지와 연한 잎이 아직 장성하지는 못했으나 싱싱하고 운치 있어 죽순이 하늘을 찌르고 달을 희롱할 기상이었다.

임금은 신하들에게 그림을 감상한 소감을 물었다. 지혜로운 이항복과 이덕형은 다만 그림의 신묘함을 칭찬하였다. 이홍로에게 질문이 이어졌다. 그는 근심하고 슬퍼하는 태도로 말했다.

"왕죽은 전하이옵고, 악죽은 광해군을 비유하는 것이며, 어린 죽순은 영창대군을 말하는 것이라 사려되옵니다."

이홍로가 답하자 선조는 기다렸다는 듯이 말했다.

"경이 내 뜻을 바로 아는 듯하오."

그러고는 말없이 앉아 있는 영상 유영경을 보고 물었다.

"영상은 어떻게 생각하오?"

유영경은 고개를 숙이고 황송하다는 말 외에는 아무런 말도 하지 않았다. 임금은 그런 그를 근심어린 눈으로 쳐다보며 말했다.

"내가 늙고 병들어 언제 죽을지 모르는데 걱정스러운 것은 영창대군이오. 경들은 이런 나의 뜻을 잘 헤아려 주길 바라오."

대전을 물러 나온 유영경은 퇴청 길에 계비의 장인인 김제남의 집을 찾았다.

"내가 오늘 주상의 뜻을 알았소. 상감께서는 광해군을 대신하여 영창대군을 세자로 세울 뜻이 있음을 밝히셨소. 신하된 도리로 군주가 원하는 것을 해드려야 될 것 같소"

"하지만 영창대군은 아직 갓난아이가 아니오."

"이미 주상의 병환이 깊었는데 대군께서 아직 연소하다는 것은 저도 가장 염려되는 바입니다. 하지만 중전께서 대군이 성장하실 때까지 수렴청정(垂簾聽政)하실 수 있지 않습니까?"

"음, 좋은 계책이라도 있소?"

"우리들이 여건만 만들어 드린다면 주상께서는 언제든지 결심을 하실 것이오."

"여건을 어떻게 만든단 말이오?"

"일단은 광해군을 지지하는 대북파들을 하나씩 제거 해야지요."

"제거할 방법은 있습니까?"

"저들은 광해군이 명나라의 책봉을 받지 못하자 초조해져서 분명히 악수를 둘 것입니다. 그때를 노려야지요."

"뒤탈이 없을까요?"

"저를 믿으십시오."

"전 걱정됩니다."

"부원군께서는 편안히 평상심을 유지하고 계시기만 하면 됩니다."

유영경은 영창대군을 세자로 세우려는 계획을 세우고 차근차근 일을 진행시켰다. 그의 이런 생각은 뜻밖에도 선조 임금에 의해서 들통이 나게 되었다. 선조는 병환이 깊어지자 백관들을 불러 광해군에게 전위하려 한다는 교지를 내리려했다. 하지만 유영경이 그 사실을 미리 알고 백관들을 물리치고 선조 임금을 독대하여 이를 적극 만류하였던 것이었다.

"전하 무슨 그런 황송한 말씀을 하시옵니까? 전의(典醫) 허준의 말에 의하면 전하께서는 곧 쾌차하신다 하옵니다. 그런 약한 말씀하지 마시옵소서. 영창대군이 일가를 이루고 세손을 낳을 때까지 만세하실 것입니다"

"말은 고맙소, 하지만 내 병은 내가 아오. 이쯤에서 광해군에게 전위를 해야겠소."

"전하, 만약 광해군이 왕위를 계승한다면, 전하께서 만세하시고 난 뒤 영창대군과 중전마마에게 어떤 일이 일어날까를 상상해 보시옵소서."

"어떤 일이 일어날 것이라 생각되오?"

"명나라에서는 임해군이 있음에도 광해군을 세자로 내세운다 하여 광해군의 책봉을 허락하지 않는데, 만약 광해군이 왕이 되면 대군이 있음에도 서자가 왕이 되었다 하여 분명 왕위를 인정하지 않으려 들 것입니다. 그렇게 되면 광해군은 왕위를 유지하기 위해 부득이하게 영창대군에게 해를 입힐 수도 있을 것입니다."

"……."

"대궐에서 전개될 피비린내를 막기 위해서도 전위 문제는 신중하셔야 할 것입니다."

"하지만 영창대군은 아직 갓난아기가 아니오?"

"수렴청정이라는 것도 있습니다. 중전께서는 현숙하시어 위기를 잘 넘길 수 있으실 것입니다."

선조는 지그시 눈을 감고 한참동안을 생각하다가 드디어 결심한 듯 말했다.

"알겠소. 내 경의 뜻을 따르리다. 오늘 있었던 일은 없었던 걸로 하겠소."

영상의 만류로 광해군에게 전위하려던 선조의 계획은 취소가 되었다. 하지만 이로 인해 영창대군을 세자로 옹위하려는 소북파로 분류되는 유영경 일파와 광해군을 왕위에 세우려는 대북파 사이에는 본격적인 권력다툼의 강력한 불꽃이 일기 시작했다.

대북파는 영의정 유영경의 견제로 권력에서 철저히 배제되고 있었는데 재기를 위해 이들은 광해군을 지지하기 시작했다. 왕의 병이 깊고 영창대군이 어려 결국 광해군에게 왕위가 돌아가리라는 이이첨의 판단에 의한 것이었다.

영의정 일파의 영창대군을 세자로 세우려는 계획이 표면으로 드러나자 대북파는 유영경을 제거할 계획을 세우고 이를 실행에 옮기기 시작했다. 첫 시도는 임금의 병에 약을 잘못 썼다 하여 허준과 그 책임자인 유영경을 벌주자는 상소를 대간(臺諫) 석경을 통하여 올리는 것이었다. 하지만 이는 유영경의 반격으로 오히려 자신들이 내세운 대간(臺諫) 석경이 파면 당하고 실패하였다.

다음으로 영남의 유생인 정인홍을 시켜 유영경을 벌주자는 상소를 올리게 하였다.

나라의 임금이 유고하면 세자가 나랏일을 감국하는 것이 고금의 공통된 규례인데, 지난 10월 13일 세자에게 섭정하겠다는 전교를 유영경이 여러 대신들을 일부러 참여치 못하게 한 다음, 섭정은 여러 신하들이 기대하는 바가 아니라고 거짓 고하여 임금의 하교를 거절하게 하였으니 그 죄가 크므로 벌주어야 합니다. 또한 임금은 백성들의 기대대로 전위(傳位)를 하시든가 아니면 섭정을 하여 민심을 안정시키는 것이, 임금의 옥체를 빨리 회복하는 지름길입니다.

이 또한 실패였다. 임금은 이 상소를 보고 크게 노하여 아들이 아버지의 자리를 노린다며 광해군에게 아침 문안도 오지 못하게 하였다. 유영경은 이 기회를 놓치지 않았다. 그는 임금에게 차자를 올려 정인홍의 배후를 조사하여 일벌백계로 다스려야한다고 말하였다. 분노한 임금의 지시로 정인홍의 뒤를 조사한 사헌부에서는 이산해, 이이첨, 이경전을 배후로 지목하고 이들을 체포하여 자백을 받으려 했다.

사헌부에서는 그 중 나이가 제일 연소한 이이첨을 먼저 심문했다.

정인홍의 상소를 배후조종한 사람이 누구냐?"

"난 모르는 일이오."

이이첨은 자신과 상관없는 일이라 딱 잡아뗐다.

압슬의 고문이 가해졌다. 무릎 안쪽의 살갗을 박달나무가 파고들었다. 견딜 수가 없었다. 잘못 하다간 죽거나 평생을 병신으로 지내야할지 모른다는 생각이 들었다. 그는 일단 목숨을 부지하고 다음을 기약하기로 했다.

"내가 주범이오."

이이첨의 자백으로 이산해와 이경전, 이이첨에게 변방으로 귀양 보내라는 어명이 떨어졌다. 어명은 받은 이산해와 이경전은 곧바로 귀양지로 출발했다. 하지만 이이첨은 귀양지로 출발하는 대신 머뭇거리며 자신의 앞일에 대해 곰곰이 생각했다.

'내가 귀양을 떠나면 유영경의 조종으로 병약한 선조는 영창대군에게 임금 자리를 물려 줄 것이다. 그렇게 되면 계비가 섭정을 할 것이고, 나는 살아서 돌아올 가능성이 없다. 어명이 준엄하지만 이대로 물러설 수 없다. 출발하기 전에 일을 저질러야 한다. 그렇지 않으면 모든 것이 끝이다.'

이이첨은 귀양지로 출발하기 전, 그동안 자신이 준비해왔던 마지막 계책을 실행에 옮기기 위해 은밀히 동궁으로 들어가 김 상궁을 만났다. 계획을 들은 김 상궁은 입을 다물지 못했다.

"김 상궁, 이것이 마지막 계책이오. 이것마저 성공하지 못하면 당신도 이젠 끝이오. 세자 저하와 함께 죽음을 각오해야 할 것이오. 나는 늦어도 모레까지는 귀양지로 출발해야 되니 시간이 없소. 다행히 전하의 건강이 좋지 못하여 소량만 사용하여도 될 것이오. 정상인이라면 아무런 해가 없을 정도의…."

"두렵습니다."

김 상궁의 얼굴이 새파랗게 질렸다.

"극소량이라 아무도 눈치 채지 못할 것이오."

"하지만…."

그녀의 목소리는 떨려 소리가 제대로 나오지 않았다.

"시간이 없소. 나는 금방 떠나야 하오."

“…….”

“내일 낮까지 가부를 말해주시오.”

이이첨은 김 상궁의 태도가 마뜩찮아 아득한 추락의 느낌을 가지고 동궁을 빠져 나왔다. 이튿날 저녁 뜻밖에 김 상궁이 사람을 보냈다. 이이첨은 아무도 모르게 다시 동궁을 찾았다. 그녀는 오늘 아침에 있었던 광해군의 수모를 이야기했다.

“이러다가는 정말 세자 저하가 화를 당하실 것 같습니다.”

“지금 상황으로서는 피할 수 없을 것 같소.”

“세자 저하가 쫓겨나면 어떻게 될까요?”

“당연히 유영경 일파에 의해 죽임을 당할 것이오. 정적을 살려둘 리 만무하니 말이오.”

“그렇겠죠.”

김 상궁의 힘없는 말이었다.

“당신도 같은 처지가 될 것이오.”

이이첨의 말에 동감하듯 김 상궁은 말없이 고개만 끄덕였다.

“아주 극소량만 사용하여도 성공하겠지요?”

“물론이오.”

이이첨의 얼굴에 비로소 희색이 돌기 시작했다.

“하겠소.”

이이첨은 떨고 있는 김 상궁의 손을 덥석 잡았다.

“정말 고맙소. 이제 김 상궁은 부귀영화를 누릴 것이오.”

“…….”

“당신과 내가 이 일을 꾸몄다는 것은 아무에게도 말하지 마시오. 저하에게도 말씀드리지 마시오. 성공하더라도 죽을 때까지 당신과 나만이 아는 비밀로 해야 하오."

다음날 이이첨은 귀양 갈 채비를 다 갖춘 채 쉽게 대문을 나서지 않았다. 초조하게 집 마당을 오가며 출발을 미루었다. 그 시간 김 상궁은 약밥을 만들어 대전으로 들어갔다. 이날 오후 궁궐은 곡하는 소리로 가득 찼다. 병약하던 임금이 승하했기 때문이었다.(1608년 2월)

2. 모사(謀士) 이이첨

선조가 갑자기 승하하자 세자빈의 동생인 유희분 등은 전한(典翰) 최유원을 시켜 임금 자리를 비워둘 수 없다며 세자인 광해군이 즉시 즉위하여야 한다는 의견을 발의하였다. 두세 번에 걸친 건의에도 불구하고 영의정 유영경은 끝까지 반대하여 당일에 즉위하지 못하고 다음 날인 2월 2일에야 즉위하였다. 광해군의 험난한 역정을 암시하는 것이었다.

광해군이 즉위를 하였지만 아직 명나라로부터 세자 책봉도 받지 못한 상태였고, 여전히 유영경 일파가 권력을 잡고 있었으므로 왕의 지위는 불안했다. 명나라로부터의 책봉이 없이는 왕위가 불안하다는 것을 지난 이십여 년 간 누구보다도 뼈저리게 깨달은 광해군은 왕위에 오르자마자 곧바로 명나라에 주청사를 파견하였다. 다행히 단번에 허락이 난다면 문제가 없지만 세자 책봉 때처럼 허락이 쉽게 나지 않는다면 왕위는 풍전등화의 위기에 처하는 것이었다.

그 사이 왕위를 위협하는 많은 세력들을 그냥 내버려 둘 수 없었다. 저들을 제거하지 않고는 이십여 년 동안 모진 구박 속에서 겨우 차지한 왕위를 지켜낼 수가 없었다. 광해군은 자신의 등극에 결정적 역할을 했던 대북파의 이이첨을 은밀히 궁궐로 불렀다.

"경이 짐의 등극에 많은 도움을 준 것을 알고 있소. 내 그대의 공을 잊지 않을 것이오."

"황공하옵니다."

"내가 왕위에 오르긴 했지만 정적들이 너무 많소."

"무슨 말씀이신지 잘 알고 있사옵니다."

이이첨은 광해군의 속마음을 헤아리며 머리를 조아렸다.

"아마도 조선의 역대 왕들 중 짐처럼 위기에 왕위를 물려받은 사람이 없을 것이오. 언제 또 왜적이 바다 건너 군선을 이끌고 침입할지 모르는 상황인데 북으로는 여진족이 급속히 세력을 키워 명나라를 위협하고 있소. 여진족이 명나라를 공격하려면 먼저 조선을 공략해야한다는 것은 불을 보듯 빤한 이치요. 임진왜란 때는 의지할 명나라가 있었지만 이제는 아무도 없소. 조선은 우리 스스로 지켜야할 위급한 상황이오. 그런데 왕을 뒷받침 해주어야할 대신들은 전쟁을 치러보지도 않은 어린애를 왕으로 내세우려 하니 정말 한심들 하오."

"망극하옵니다."

"전쟁이 끝난 지 이제 십여 년이 겨우 지났을 뿐이오. 또다시 조선 땅에 전쟁이 일어난다면 백성들의 삶은 뿌리 채 뽑힐 것이고, 조선의 조종세업은 망하고 말 것이오."

"지당하신 말씀이옵니다."

"짐의 주변에는 영창대군을 지지하는 사람만이 있을 뿐, 짐의 뜻을 헤아리는 사람이 없소."

"소신은 아직 죄인이옵니다."

"그것은 염려 마시오."

"망극지은(罔極之恩)이옵니다."

"공을 향한 내 뜻이 무엇인지 아시겠소?"

"권력을 공고히 하여 백성들의 삶을 평탄케 하고 외침을 막겠다는 것 아니옵니까?"

"짐에게 맡겨진 시대적 소명을 이루기 위해서는 손가락을 잘라내는 고통이라도 감내할 수밖에 없소."

"……."

"공에게 이 일을 맡기겠소."

선조 말년 조정은 소북파 일색이었다. 이이첨을 비롯한 대북파는 숫자가 많지 않을 뿐 아니라 실권을 쥔 사람이 거의 없었다. 광해군은 다수의 대북파의 지지를 받기 위해 이들에게 권력을 나누는 대신 자신을 지지하는 대북파를 자신의 정치적 기반으로 삼으려는 모험을 감행하려는 것이었다. 선비는 자신을 알아주는 사람을 위해 목숨을 바친다고 했던가, 이이첨은 자신을 믿고 일을 맡기려는 임금에게 무한한 감동을 느끼고 충성을 다짐했다.

"전하께서 약속해주셔야 할 일이 있사옵니다."

"말하시오."

"옛말에 임금이 죄를 세 번 사(赦)하면 법관은 달아난다 했사옵니다. 하지만 끝까지 쫓아가서 죄인을 용서하라는 것이 제왕의 인(仁)이라 했사옵니다. 신하는 법을 세우고, 집행하는데 엄해야 하고 제왕은 너그러워야 한다는 말이옵니다. 신은 끊임없이 법을 세우기 위해 노력할 것이니 전하께옵서는 끝까지 너그러움으로 일관하시어 전하의 공덕을 높이시오소서."

광해군의 잔주름이 펴지고 얼굴빛이 점점 밝아졌다. 욕은 자신이 들으면서 목적한 바를 이루겠으니 임금은 덕을 베풀면서 뒤따라오라는 말이었다.

"불감청(不敢請)이언정 고소원(固所願)이라."

"성은이 망극할 뿐이옵니다."

이이첨은 아직 사면이 되지 않은 죄인이었다. 하지만 배소로 떠나지 않고 한양에 머물고 있는 그를 문책하는 사람은 아무도 없었다. 다만 권력다툼에서 승리한 그가 앞으로 어떤 일을 저지를지 모든 촉각을 곤두세울 뿐이었다. 한동안 자숙하고 있는 듯하던 이이첨이 드디어 움직이기 시작했다.

"어쩐 일이시오. 당신이 나를 다 찾으시고?"

"나를 좀 도와주시오."

"내가 도울 일이 무엇 있겠소?"

"영의정 유영경을 쳐야겠소."

"예!"

유희분은 매우 놀란 표정이었다. 이이첨이 첫 번째 제거 대상자는 여전히 막강한 권력을 쥐고 있으면서 광해군을 압박하는 영의정 유영경이었다. 그를 제거하기 위해 제일 먼저 찾아간 사람이 유희분이었다. 그는 임금의 처남이긴 하지만 유영경이 이끄는 소북파에 몸담고 있었다.

"내가 곤란한 입장인 것은 당신이 더 잘 알지 않소."

"물론 공이 유영경의 덕을 많이 본 것은 알고 있소. 또 쉽게 배반할 수 없다는 것도 알고 있소. 하지만 그들은 영창대군을 왕으로 세우려던 사람이오. 금상(今上)에게 말할 수 없는 아픔을 주었던 사람들이란 말이오. 공의 누이가 이제 중전의 자리에 오르셨으니 이제는 공도 분명히 색깔을 나타낼 때가 된 것 같습니다."

이이첨은 소북파인 영의정 유영경을 공격하기 위해 같은 소북파인 유희분을 끌어들이려했다. 동인은 남인과 북인으로 갈라졌는데 임진왜란이 끝난 후 유성룡이 이끄는 남인은 몰락하고 북인은 새롭게 권력을 잡았다. 북인의 우두머리는 유영경이었다. 그는 자신을 따르는 후학들을 등용하고 뒷배를 잘 감당하여 많은 지지를 받았다.

하지만 이들은 후사(後嗣)를 놓고 광해군을 지지하는 쪽과 영창대군을 지지하는 쪽으로 나뉘었는데 대부분은 영창대군을 지지하는 유영경의 편을 들었다. 따라서 북인들 중 광해군을 지지하는 사람들은 소수였다. 자신의 세력이 미미함을 알고 있는 이이첨은 소북파를 분열시켜 유영경을 제거하려는 계획을 세운 것이다.

"무슨 말씀인지 알고 있소. 하지만 나는 영상에게 은덕을 입었기에 쉽게 그분에게 등을 돌릴 수가 없소이다."

유희분은 괴로운 표정을 지으며 말했다.

"그렇게 되면 누이가 아우를 공격하는 일이 벌어질 것이오."

이이첨은 냉랭한 말투로 말했다.

"……."

"앞으로 소북파는 없어질 것이오."

"예!"

유희분은 깜짝 놀랐다. 영창대군이 살아 있는 한 소북파는 존재할 수밖에 없다. 그런데 이이첨이 소북파가 없어진다고 단정 짓는다는 것은 장차 그가 어떤 일을 저지를 줄 짐작이 가는 일이었다.

"소북파가 존재하는 근원을 없앨 것이오. 그렇게 되면 소북파의 명분은 사라질 것이고 단지 무리만 남을 것이오. 그때 갈길 몰라 헤매는 무리의 우두머리는 공이 될 것이오."

"……."

"나를 도와주시오. 무리한 부탁은 하지 않을 것이오. 그것이 누이이신 중전마마와 매부 되시는 전하를 돕는 길이오. 동시에 집안을 살리는 길이 될 것이오."

"……."

유희분은 쉽게 답할 수 없었다. 자신의 정치적 아버지인 유영경을 내치라는 말이었기 때문이다. 오랜 침묵이 흘렀다. 이이첨은 꼼짝 않고 앉아 있었다. 유희분의 고개는 마침내 무겁게 위아래로 크게 끄덕였다.

유영경의 벼슬을 빼앗고 그 죄를 물어 참(斬)해야 합니다.

효과가 나타나기 시작했다. 즉위 후 열흘이 지날 무렵 완산군 이축을 시작으로 유영경을 죄주어야 한다는 상소가 임금에게 올라오기 시작하였다. 김응성, 강린에 이어서 사헌부와 사간원에서 이사경, 이호신 등이 거듭 상소를 올라오자, 영창대군을 지지하던 유영경은 위기의식을 느끼고 곧바로 사퇴하였다.

이것으로 만족하지 못했다. 이들은 여기서 끝내지 않고 유영경과 그의 일파의 지난날 잘못을 물어 벌주어야 한다는 상소를 끊이지 않고 올렸다. 그러자 임금은 이들의 의견을 못이기는 척 받아들여 유영경을 변방으로 유배 보냈다. 동시에 사면의 명분을 찾은 임금은 선조 임금 때 유영경을 비난하다 귀양 명령을 받았던 정인홍과 이이첨에게 사면령을 내렸다.

사면이 된 이이첨은 다음 공격 대상을 설정했다. 무신년(1608년 광해 원년) 윤양, 민덕남, 유효선, 이사경 등의 이름으로 차자(箚子)가 올라왔다.

임해군이 오랫동안 반역의 뜻을 품고 남몰래 장사(壯士)들을 모았고, 무기를 저장하여 훈련을 하였습니다. 이는 온 백성들이 다 아는 사실입니다. 선왕(先王)께서 승하하시던 날에도 변장을 하고 궁궐을 빠져나가 장정들을 지휘한 행적이 뚜렷합니다. 지금도 궁궐과 가까운 곳에 집을 짓는다는 핑계를 대고 철퇴와 환도를 집안으로 들여오고 있다 합니다. 하루가 급하오니 그를 취조하시어 귀양 보내기를 청합니다.

광해군은 곧바로 삼사(三司)의 우두머리를 불러 차자의 내용을 전달했다.

"임해군을 조사해 보시오."

넌이은 차자에 임금은 임해군에 대한 뒷조사를 명했다.

"임해군이 반란을 도모하고 있음이 틀림없습니다. 당장 그를 불러 취조하셔야 하옵니다."

임해군을 두 번째 제거 대상으로 정한 이이첨은 이미 삼사의 우두머리들을 배후조종하고 있었기에 이는 당연한 결과였다. 임금은 가타부타 아무 말이 없었다. 여론이 들끓듯 일어나며 임해군을 벌주어야 한다는 상소가 끊이지 않았다.

"임해군은 아무 죄가 없습니다. 이는 모함에 불과합니다."

임해군을 변론하는 이항복의 변론도 수그러들지 않았다. 하지만 그는 소수였다. 새 임금에게 자신의 이름을 알리기 위한 벼슬아치들의 줄서기는 두 손을 벌린다고 막아설 수 있는 것이 아니었다.

"임해군을 진도로 유배하라."

임금도 밀려오는 파도를 피할 수 없었다. 대세는 알고 있었지만 자신의 형님을 해치고 싶은 생각은 전혀 없었다. 잠시 여론을 피하고 싶은 것이 속마음이었다.

"진도는 너무 멀다. 교동도로 유배하라."

여론과 조사 결과를 무시할 수는 없지만 형님에게 너무 가혹한 벌은 주고 싶지 않았다. 이이첨은 이런 광해군의 마음을 헤아렸다. 더 이상은 차자를 올리지 않았다. 이것으로 끝이 날 수만 있다면 좋을 것 같았다. 그 답은 명나라로 떠난 주청사가 지니고 있었다.

주청사는 선조 임금의 부음(訃音)과 인목대비의 주본(奏本)을 갖추어 광해군의 왕위계승을 청하는 글을 가지고 명나라로 떠났었다. 대부분의 경우 명나라는 조선의 주본에 대해 조선의 뜻대로 화답하는 것이 상례였다. 이이첨도 당연히 그렇게 될 것이라고 기대하고 있었지만 어쩐지 이번에는 개운치 않은 느낌이 있어 약간 초조하였다. 명나라의 승인을 받아야만 정식으로 조선의 임금으로 인정되는 것이기 때문이었다. 이것이 첫 고비였다. 명나라의 허락만 받으면 다음부터는 거칠 것이 없었다. 드디어 주청사가 돌아왔다.

"어떻게 되었소?"

이이첨이 제일 먼저 달려갔다.

"명나라 황제께서는 요동 진무관에 통첩하여 조선에서 주청한 내용이 사실인지 아닌지를 조사하라 하셨습니다. 이를 바탕으로 조선 임금의 책봉을 결정하겠다는 말씀을 하셨습니다."

"뭐라고!"

이이첨의 두 다리에 힘이 빠지는 것 같았다.

'명나라가 왜 이렇게 우리를 힘들게 하지….'

이게 벌써 몇 번째인지 몰랐다. 명나라는 광해군의 세자 책봉에 대해서도 갖은 핑계를 대며 끝내 허락하지 않았다. 찜찜한 예감이 맞아 들어가는 것 같았다.

'어쩌면 사상 초유의 사태가 벌어질지도 모른다.'

무슨 일이 있어도 명나라의 책봉은 받아야만 했다. 이를 위해서 이이첨은 온갖 경우의 수를 다 생각하였다.

요동 도사 엄일괴와 만애민이 조사관이 되어 조선으로 들어왔다. 임진왜란 때 중국 사신을 맞아 일을 잘 처리한 경험이 있는 노신 이항복과 이덕형이 이들을 마중 나갔다. 조사관들의 도도한 기세는 이항복과 이덕형의 말에 귀 기울이지 않았다. 소식을 들은 이이첨은 밤에 모화관을 찾았다.

"왜 명나라에서는 우리 주상을 쉬 책봉하지 않으시는 것입니까?"

"맏이를 왕의 자리에 앉히는 것은 만고의 법칙입니다. 그런데, 광해군의 형님인 임해군이 살아 있고 또한 선왕의 정실부인 소생인 영창대군이 있는데 어떻게 광해군이 왕이 된단 말이오? 어떤 내막이 있는지 자세히 알아봐야겠소."

임진왜란 때 명나라가 조선을 도와 왜군을 물리친 이후 명나라는 조선을 자신의 속국으로 간주하고 있음이 분명했다. 이전에는 이렇게 조선의 내정에 대해서 간섭한 적이 없었다. 이이첨은 이전과 달라진 명나라의 태도에서 약소국의 비애를 느꼈다. 그러나 지금은 어떻게든 저들을 설득시켜야 했다.

"임해군은 정신적으로 여러 가지 문제가 있는 사람일 뿐 아니라 영창대군은 어린아이인데 어떻게 그들이 왕위를 계승할 수 있단 말입니까?"

이이첨은 조선 선비로서의 위엄을 지키면서 저들에게 상황을 설명하려 애썼다.

"임해군에게 여러 가지 문제가 있다니요?"

"그는 국가에 큰 환난이 있었던 임진년에 백성들을 위무(慰撫)하라는 우리 전하의 어명을 따르지 않고 자신의 안달만을 구하여 함경도에 도망갔습니다. 그곳에서도 그는 백성들을 위무하기 보다는 사나운 종들을 풀어 남의 아녀자를 겁탈하고 백성들의 재산을 빼앗았습니다. 결국 보다 못한 그 지역의 세력자들이 그를 붙잡아 왜군에 넘겨 버리고 항복하는 사태가 벌어지기도 했습니다. 그 이후 그는 정신이 온전하지 못하여 점점 난폭한 행동을 할 뿐 아니라 사왕(嗣王)이신 동생을 죽이려고까지 했습니다. 어떻게 이런 분에게 왕위를 계승케 하겠습니까?"

"왜란 때 임해군의 행동에 대한 소식은 들은 것 같소만, 그가 미쳤다는 소리는 듣지 못하였소."

"임해군의 정신이 온전하지 못한 것을 직접 보여 주시면 믿겠소?"

"글쎄올시다."

중국 사신들은 거드름을 피우고 이이첨의 말을 경청하지 않았다.

"요동에서 오셨다니 잘 아시겠지만 요즘 여진족이 무서운 기세로 일어나고 있다지요?"

이들의 기세를 살피던 이이첨은 저들이 귀를 기울일 수밖에 없는 말을 꺼냈다.

"그까짓 오랑캐들이야…."

무심코 대답하던 명나라 사신들은 뒤늦게 이이첨의 의도를 눈치 채고는 하던 말을 멈추고 그를 노려봤다.

"무슨 뜻이오. 감히 은혜를 모르고 우리를 배반하겠다는 것이오?"

"어떻게 우리가 부모의 나라인 명나라를 배반할 수 있겠소?"

드디어 칼자루는 이이첨에게 넘어오기 시작했다.

"그럼 무엇이오?"

"우리 전하도 사람인지라 섭섭한 것은 어쩔 수 없는 것 아니겠소?"

"뭐가 섭섭하다 말이오?"

"이제 십팔 년째입니다."

"무엇이 말이오?"

"우리 전하의 책봉을 주청한 것 말입니다."

"그야 조선에서…."

사신이 뒤늦게 이이첨이 말하는 의도를 깨닫고는 주춤거렸다.

"여진이 우리와 조약을 맺으려 여러 차례 사람을 보냈습니다."

"어흠."

이이첨이 다시 여진 이야기를 꺼내자 사신은 불쾌한 듯 헛기침을 했다.

"조선은 여진의 배후에 있어 여진이 함부로 할 수가 없지요."

이이첨은 명나라 사신의 태도에 아랑곳하지 않고 자신의 말을 계속했다.

"무엇을 말하려 하시오?"

명나라에서도 새롭게 일어나는 여진을 무시할 수는 없었다. 사신은 이이첨의 말 한 마디 한 마디에 귀를 기울였다.

"조선이 안정되어야 합니다. 그래야만 천자께서도 여진족의 소란으로 인한 걱정에서 벗어나실 수 있을 것입니다."

"그래야겠지요."

"그런데 명나라에서는 조선의 분열을 부추기고 있습니다. 조선은 강력한 군왕이 왕위를 이어야 합니다."

"……."

"민심이 떠난 임해군으로는 도저히 그런 막중한 책무를 감당할 수 없을 것입니다. 더구나 정신이 온전하지도 않은 사람이니 말입니다."

"말씀은 맞소만…."

더 이상 할 말이 없었다. 만주지역에서 불같이 일어나고 있는 여진족의 기세에 명나라는 수수방관만 하고 있을 뿐이었다. 만주의 깊은 산악지대에서 일어난 누루하치가 여진족을 통일하기 위한 전쟁을 벌이고 있음에도 명나라는 구경만 하고 있을 뿐이었다. 깊은 산악지대에 군대를 보낼 수도 없을 뿐 아니라 임진왜란 이후 명나라는 힘이 약해져 정적들에 의한 내분에 휩싸여 있었기 때문이었다. 이이첨은 이런 명나라의 처지를 파고들며 자신이 의도한 바를 이루려 애썼다.

"섭섭하지 않게 준비하였습니다."

"예?"

갑자기 화제를 다른 곳으로 돌렸다.

"들어 오너라."

이이첨의 말에 대기 중이던 하인이 큰 보따리를 가지고 들어왔다.

"이게 무엇이오?"

"은 삼천과 산삼 백 근입니다."

"귀한 산삼을 이렇게 많이…."

"아무리 변방의 국가라 하지만 희로애락은 있는 법입니다. 조만간 저희가 정신이 온전치 못한 임해군을 보여 드릴 테니 돌아가셔서 천자께 잘 말씀 드려 주시오."

"임해군의 정신이 온전치 않다면야…."

말끝을 흐린 이들의 눈은 온통 보따리에 집중되었다.

"조선의 정국이 빨리 안정되는 것이 명나라에도 도움이 될 것입니다."

"당연하지요."

사신의 태도가 완전히 달라졌다.

"들어 오너라."

이이첨은 문밖을 향해 또다시 점잖은 목소리로 말했다. 문이 열렸다. 달그림자가 스치듯 발자국 소리조차 가뿐한 미녀들이 방으로 밀려 들어왔다. 요동의 거친 바람 소리를 들으며 자란 이들에게 비단을 수놓은 강산에서 나고 자란 아녀자는 꿈속에서도 그려보지 못한 선녀였다.

"좋은 꿈 꾸십시오."

방을 빠져나온 이이첨의 입가에는 씁쓸한 미소가 흘렀다.

"저 사람들 잘 모시게."

기생들을 관리하는 대전별감에게 다시 한 번 당부의 말을 한 그는 모화관을 물러 나왔다.

"가자."

"어디로 모실까요?"

"강화도."

"강화도라면?"

"교동도."

그 길로 강화도의 교동도에 유배되어 있던 임해군을 찾았다. 잠들어 있는 뱃사공을 깨워 바닷길을 건넜다. 물결이 예사롭지 않았다.

'세상에 쉬운 일이란 아예 없는 것이다.'

임해군은 탱자나무로 사방이 막힌 초막 속에 부인과 함께 갇혀 살고 있었다.

"이이첨 문안드리옵니다."

"……."

"불편하게 해드려서 죄송합니다."

미명과 함께 찾아온 이이첨을 임해군은 감정 없는 눈으로 바라보았다.

"마마께서는 권력의 속성을 이미 다 아시오니 현 상황에 대해 이해하시리라 생각됩니다."

"이해?"

"권력이 바뀌면 구차한 목숨을 연명하기 위해 부나비처럼 권력에 아부하는 자들이 많이 있지 않습니까?"

"허허, 같은 배에서 난 형을 이렇게 내팽개친 상황을 이해하라?"

임해군의 말속에는 깊은 원망이 묻어 있었다.

"전하께서는 하나뿐인 동기분께서 이렇게 계시는 것을 매우 마음 아파하시지만 부나비 같은 신하들의 주장이 워낙 거세어서 잠시 모른 척하고 계시지만 형님을 생각하는 마음이 조금도 변함이 없습니다. 왕권이 안정되고 나면, 곧 적절한 조치가 있을 것입니다."

"위로하지 않아도 되오. 권력의 속성은 나도 다 알고 있으니 찾아온 목적이나 말하시오."

헤진 옷에 제대로 세수도 하지 못한 임해군의 입에서는 오래된 된장 냄새가 새벽공기와 뒤섞였다. 이런 까닭인지 아니면 다른 이유에선지 이이첨은 찾아온 목적을 쉽게 말하지 못하였다.

"어차피 내 운명은 정해진 것 아니오? 어려워 말고 하실 말씀이나 해 보시오."

임해군의 말속에는 깊은 체념이 배어 있었다.

"동기간의 우애를 베풀어주시기 바랍니다."

"우애?"

"전하께서 명나라의 책봉을 받지 못하는 사이에 왕위를 노리는 불순한 자가 너무 많습니다."

"……."

"이왕이면 이복(異腹)보다는 동복(同腹)의 형제가 왕이 되는 것이 더 낫지 않겠습니까?"

"후후. 나를 살려 둘리는 만무하고, 이왕 죽을 것 동생을 위해 죽어 달라 그 말 아니오."

"아, 아니옵니다. 전하께서는 임해군의 이런 상황에 얼마나 가슴 아파하시는지 모릅니다."

"그걸 날 보고 믿으라는 것이오?"

"……."

임해군도 7년 동안의 전쟁을 겪었던 사람이다. 그는 이이첨의 방문 목적을 꿰뚫고 있었다. 이이첨은 고개만 숙이고 있었다. 다만 그 자리에서 꼼짝하지 않고 있을 뿐이었다. 그 모습이 주저리주저리 말하는 것보다 더 무서웠다.

"당신은 참 무섭소."

"죄송합니다. 현명하신 마마께서 올바른 판단을 하시리라 믿습니다."

"……."

"한양에 남겨진 가족은 제가 잘 돌보겠습니다."

"가족! 어떻게 하면 되겠소."

"지금 명나라 사신이 모화관에 와 있습니다. 황송하오나 마마께서는 정신이 온전치 않은 걸로 해 두었습니다."

"하하하, 이왕 죽을 것 동생을 위해 죽어 달라. 그것도 미친척하며. 참 자비롭소."

"황송합니다."

이이첨은 더 이상 부정하지 않았다.

"사람들은 날더러 광기가 있다 망령들었다 하는데, 이왕 미친 것 한 번 더 한다고 뭐 달라질게 있겠소. 그것이 동생을 위하는 것이라면 해야지요."

"고맙습니다."

"어젯밤 꿈에 돌아가신 어머님께서 날더러 급히 피하라 하시더니…."

임해군은 누더기 차림 그대로 교동도를 떠나 뱃길로 서강나루까지 나왔다. 명나라 사신들은 서강나루 근처에서 배 위에 탄 임해군의 행동을 지켜보았다. 제대로 씻지 않은 얼굴 사이로 실없는 웃음과 함께 비시시 흐르는 침을 보며 이미 이이첨으로부터 상당량의 뇌물을 받은 명나라 사신들은 눈살을 찌푸리며 곧바로 모화관으로 되돌아갔다.

기유년(1609년) 3월, 광해군은 명나라로부터 조선왕으로 책봉을 받았다. 세자로 정해진 지 실로 18년만의 일이었다. 뇌물을 써서 책봉을 받은 것은 조선 역사상 이것이 처음이었다.

'명나라로부터 당한 수모는 절대 잊지 않을 것이다.'

겨우 책봉을 받은 광해군은 이이첨을 더욱 신뢰하게 되는 한편 명나라로 인해 자신이 겪었던 고통을 절대 잊지 않겠노라며 가슴에 새겼다.

광해군이 명나라의 책봉을 받자마자 곧바로 이이첨은 잰 발걸음을 떼기 시작하였다.

'임해군과 유영경, 그리고 선왕의 판단을 흐리게 했던 이홍로 등을 사사하셔야 합니다.'

이이첨 휘하의 대신들은 임금에게 매일 차자를 올렸다.

'유영경과 이홍로를 능지처참하라.'

대신들의 끊임없는 상소를 광해군은 마침내 받아들였다. 하지만 임해군에 대한 윤허는 끝내 내리지 않아 신하들과 임금사이의 공방은 계속되었다.

"전하, 임해군이 살해되었습니다."

"범인이 누구냐?"

"아직 알 수가 없사옵니다."

"현감은 누구더냐?"

"이직입니다. 이이첨이 이현영의 후임으로 얼마 전에 임명한 자입니다."

"……."

3. 권력 강화

임해군과 유영경 등이 제거되었지만, 광해군의 권력에 도전하는 세력은 잠재했다. 나이는 광해군보다 어렸지만 족보상으로는 어머니인 인목대비와 그의 아들이면서 선왕의 적자인 영창대군과 또 그들을 지지하는 세력들이었다. 인목대비는 명나라의 책봉까지 받아 임금이 함부로 할 수 없는 존재였다. 대궐의 제일 어른으로 자리를 잡고 있을 뿐 아니라 나이까지 어려서 광해군으로서는 죽는 순간까지도 부담스러울 수밖에 없는 정적이었다. 그녀는 선왕의 유지라며 언젠가는 자신의 아들인 영창대군을 왕으로 세우려했다.

유영경을 제거했지만 여전히 이들을 지지하는 세력들이 있었다. 인목대비의 아버지이며 선왕의 장인이 되는 김제남이 대표적이었다. 그는 광해군에 대해 방자히 행하는데다가 노골적으로 영창대군을 두둔하고 다녔다. 광해군은 이로 인해 권위가 서지 않았지만 두고 볼 수밖에 없었다. 하지만 이이첨은 아니었다. 이들을 제거해야만 했다. 그러나 이들은 유영경 같은 작은 세력이 아니었다. 임진왜란 이후 권력에서 밀려난 서인(西人)들이 지지하고 있었다. 보다 많은 우군을 확보하는 것이 우선이었다.

1613년 4월, 달빛 비친 목련은 보는 사람의 마음을 애달프게 하여 쉽게 잠을 이룰 수 없었다. 병법책을 펴 놓았지만 특별히 얻을만한 지략이 떠오르지 않았다. 고뇌만 더욱 깊게 만들 뿐이었다.

"이의숭입니다."

야심한 밤, 포도대장의 방문. 이이첨은 본능적으로 벌떡 일어났다가 슬며시 자리에 앉았다.

"무슨 일인가?"

이이첨은 아랫사람들 앞에서 절대 급한 모습을 보이지 않으려 애썼다.

"모반사건입니다."

"모반?"

머릿속에 김제남 쪽이라는 짐작이 스쳤다.

"박응서라는 자입니다."

예상 밖이었다.

"서자 출신입니다."

무표정한 이이첨의 얼굴을 읽은 포도대장이 설명을 덧붙였다.

"망둥이가 뛰니까 꼴뚜기가 날뛴다더니, 쯧쯧."

"배후에 허균이 있습니다."

이이첨과 과거 동기인 허균은 총명한 사람으로 동기들 사이에서 널리 인정받고 있는 터였다. 벼슬길을 사양하고 팔도를 유람하는 행보가 남과 달랐다.

"허균이 왜?"

이의숭은 살점이 터지고 의식을 잃은 박응서가 모진 고문 끝에 불었다는 칠서지옥(七庶之獄) 사건(1613년 4월)의 전말을 보고했다.

왜란이 끝난 후 정승 박순의 서자 박응서, 목사 서익의 서자 서양갑과 심우영, 이경준, 박치의 등은 적서 차별 제도에 불만을 품고 세상을 뒤엎을 생각으로 소양강에 본부를 둔 무륜당을 결성하였다. 그들은 소양강가에 곡식을 저장하는 등, 몇 년간 치밀한 준비를 하며 세력을 키워나가는 한편, 내금위 출신으로 힘이 장사인 유인발과 박치의 무리가 이끄는 대동계와 손을 잡아 세력을 키웠다.

이들에게 제일 큰 문제는 거사 자금이었다. 고민 끝에 이들이 택한 것은 세종 때 전라도 장흥을 주 활동무대로 삼은 도적 장영기의 방법이었다. 1469년 전라도 장흥 지역에서 일어난 도적 장영기 일당은 처음에는 그 세력이 처자를 포함하여 40명 정도에 불과했지만 동조자가 점점 늘어나자 광주, 나주, 영암 등과 경상도까지 활동영역을 넓혔다. 그들이 세력을 넓힐 수 있었던 결정적 이유는 양반층을 주된 약탈 대상으로 삼았으며 일반서민의 재산은 털지 않았다는 것이었다.

또한 원래 해적 출신인 그들은 전라도 근방에 자주 출몰하는 왜적과도 싸워 그들을 물리쳐 그 지방 사람들의 지지를 받아 점차 행정력이 미치지 못하게 되었다. 정부에서 급히 진압하려했지만 각 관청의 관노, 아전들이 이들과 연결되어 있었기 때문에 사전에 정보를 제공받아 관군이 추적을 하면 몇 개 조로 나누어 배를 타고 섬으로 도망가거나 깊은 산 속으로 들어가 저항하여 쉽게 잡히지 않았다. 하지만 절도사 허종과 장흥

부사가 거느린 정부군이 대규모 공세를 가하자 배를 타고 유구국으로 가서 자신들의 나라를 만들었다는 이야기가 전해지는 무리들이다.

박응서 일당도 이 같은 방법을 택했다. 서양갑 등이 소금장수를 하면서 전국 각지를 누비고 다니며 어느 지역에 누가 재물이 많은가를 알려주면 그 지역의 무리들이 쳐서 재물을 빼앗았다. 심지어 그들은 임금의 사신이라 가장하고 부잣집에 들어가 재물을 강탈하기도 하는 등 금과 은을 모으며 치밀히 혁명 준비에 들어갔다. 조정에 뇌물을 써서 내금위에 일당인 정협을 들여보내고, 수문장에 박종인을 심어 두기도 했다.

선조가 승하하고 명나라에서 사신이 입국하는 날을 거사일로 잡았다. 활을 이용하여 서양갑과 홍인이 중국 사신을 쏘아 맞춘 후 변고가 발생했다고 하여 군사를 일으킬 계획을 세웠다. 그러나 오랫동안 책봉을 받지 못한 광해군이 명나라 사신의 호위를 너무 엄중히 하여 실행해보지도 못하고 실패하였다.

그 후 그들은 다시 소양강에 들어가 때를 기다렸고, 자금 확보를 위해 도적질을 계속하던 중 사고가 발생했다. 여주 쪽에 있던 박응서의 무리가 조령에서 서울상인의 은 수백 량을 털었는데, 불쌍하다하여 살려준 은장수의 노복 춘상이 그들의 뒤를 밟아 박응서의 본거지가 들통이 나서 잡혔다. 이 사건으로 박응서, 서양갑, 이경준 등이 차례로 붙잡혔고 그들은 모진 고문 끝에 모든 사건의 전말을 고백한 것이었다.

"허균과 이들이 무슨 관련이 있는가?"

"이들의 책사이자 사실상의 배후자가 허균이었습니다."

"그래!"

"허균은 해적인 장영기를 홍길동이라고 이름을 바꾼 후 그의 이야기를 책으로 써서 세상에 퍼뜨렸습니다."

"그래서?"

"책을 읽은 많은 서얼출신의 재사(才士)들, 능력은 있으나 등용되지 못하는 은사(隱士)들, 그리고 조선 건국 후 많은 천대를 받는 승려들이 이들 무리 속에 몰려들었다 합니다."

놀라운 일이었다. 또 다른 세상을 꿈꾸는 자들이 준동하고 있는 줄은 정말 몰랐다. 이이첨은 한참동안 생각에 잠겼다. 찌푸린 미간, 동서로 나뉜 홍구(洪溝)마냥 깊은 주름이 생겨나는 듯하여 지켜보는 이의 마음을 굳게 만들더니 오래지 않아 주름은 온데간데없어졌다.

"박응서를 만나보자꾸나."

"이 밤중에 말입니까?"

"자네도 야심한 밤에 오지 않았나. 역사는 밤중에 이뤄지는 것일세. 하하하."

"알겠습니다."

"그리고 자네는 이 이야기를 아무에게도 하지 말게."

"염려 마십시오."

모진 매로 살점이 뜯기고 압슬을 당하여 무릎이 헐고 부서진 박응서는 눕지도 못하고 목에 칼을 찬 채 벽에 기대어 고통스러운 신음소리를 내뱉고 있었다.

"금상(今上)의 복심(腹心)인 당신이 여긴 웬일이오?"

반란을 꿈꿨던 박응서는 이이첨을 단번에 알아보고는 비아냥거리듯 말했다.

"여보게, 자네는 이미 모든 죄과를 고백했으니 남은 것은 사형집행 밖에 없네."

"죽는 것은 두렵지 않소."

"자네가 내 말을 들어준다면 살려 주겠네."

이이첨은 박응서의 말투에 개의치 않고 부드럽게 말했다.

"나라를 좀 먹는 너 같은 놈의 부탁을 듣느니 죽는 게 백 번 낫다."

"자네만 죽는 게 아닐세. 자네 가족들까지 다 죽네."

"간사한 놈. 당신은 모르겠지만, 살아서 굴욕을 당하느니 명분을 지키다 죽는 것이 더 대장부다운 자세야."

"그뿐만이 아닐세. 자네 동지들도 죽고, 배후자도 죽고, 자네들 이상과 꿈도 다 죽는 것일세."

"……."

박응서는 이미 체념한 듯 대답대신 입술을 꽉 깨물었다.

"협조하면 자네 목숨은 물론, 자네 배후와 아직 잡혀 오지 않은 자네의 동지들은 더 이상 붙잡지 않고 문초하지도 않겠네. 구미가 당기는 제안 아닌가?"

"……."

"잘 생각해보게나."

막연히 이이첨을 반대만 하던 박응서는 그의 말에 침묵을 지키는 횟수가 늘어났다.

"당신 말을 믿을 수 있소?"

마침내 박응서가 침묵을 깨고 물었다.

"당연하지."

두 사람의 말투가 바뀌어졌다.

"당신이 원하는 것이 무엇이오?"

"자네가 진술만 해주면 되네."

"어떻게 말이오?"

이이첨은 한참동안 웃음 띤 얼굴로 박응서를 쳐다보다 천천히 말했다.

"참 용이 일어나기 전에 가짜 여우가 먼저 일어난다. 참 용은 영창대군이고 여우는 금상이다. 영창대군을 왕으로 모실 계획을 세웠으며 배후자는 김제남이다."

"그것뿐이오?"

"이게 전부일세. 이 말만 진술해 준다면 자네 일당에게는 더 이상 피해가 가지 않게 하겠네."

박응서는 생각해 보았다. 자신들에게 영창대군이나 김제남 그리고 이이첨, 이들은 다 같은 무리다. 다 제거 대상일 뿐이다. 그들을 죽이고 자신의 동지가 살고, 자신들의 이상이 계속 이어진다면 오히려 자신이 이이첨에게 고마워해야 할 제안이었다.

"좋소, 대신 약속을 지키시오."

"걱정 말게나."

결국 이이첨의 간교로 박응서는 국청의 자리에서 자신은 영창대군을 옹위하기 위해 김제남과 짜고 역모를 꾸몄다고 말하였다. 파문은 엄청났다. 약속대로 박응서는 처음 모든 것을 자백했다는 이유로 죽이지 않고 살려 주었지만 이미 잡혀와 있던 무륜당원인 서양갑, 심우영, 유인발, 이경준 등은 곧 바로 사형에 처해졌다. 곧이어 이이첨과 유희분 박승종 등의 하수인들은 김제남을 죽여야 한다는 상소를 올리기 시작했다.

모든 일이 순조롭게 돌아가자 이이첨은 한가한 틈을 이용하여 허균을 찾았다. 때마침 허균은 장안에서 벌어지는 일의 시종을 지켜보고 대책을 세우기 위해 집안에 있었다. 비록 이맛살의 주름이 다소 혼란스럽기는 했지만 중키에 비쩍 마른 체형의 그의 얼굴에서 이십 년 전에 알았던 허균의 모습을 금방 떠올릴 수 있었다. 선한 눈웃음 어디에도 무서운 음모를 숨기고 있는 것 같지 않았다.

"과장(科場)에서 만난 이후 이십 년 만일세."

"자네야 부귀영화를 좇는 사람이니 못 만날 수밖에."

허균은 오랜만에 만나는 친구를 차갑게 맞았다.

"허허, 나는 부귀영화를 좇는 사람이라면 자네는 뭘 좇는 사람인가?"

"나는 도를 좇는 사람이지."

"무엇이 도인가? 이 어려운 때에 백성들의 삶은 돌보지 않고 방관하는 것이 도인가?"

"허허, 자네가 과연 그런 말 할 자격이 있는지 모르겠네."

선한 눈웃음을 지었지만 말 속에는 가시가 있었다.

"자네 같은 인재가 이 어려운 때에 낮은 벼슬살이를 하며 지방을 돌고 있다는 것은 참으로 안타까운 일일세."

"국정에 도움이 못 되니 외방으로 나돌 수밖에."

허균은 관심이 없다는 투였다.

"자네가 나를 도와준다면 못할 일이 하나도 없을 것일세."

"허허, 이 친구 뭘 잘못 먹었나. 내가 왜 자네 같은 살인자를 돕나?"

"살인자?"

"임해군과 유영경을 죽음으로 내몰았고 장차는 영창대군과 김제남을 죽이려 하니 살인자가 아니고 무엇인가?"

허균은 질책하듯 말했다.

"역시 하늘이 낸 인재구만. 정확히 내 의도를 알고 있으니 말일세. 하지만 한 사람 빠졌네."

"뭐라고."

허균은 분위기가 이상함을 깨달았는지 목소리는 의외로 차분했다.

"누군가?"

"인목대비."

"자네 큰일 날 사람이구만."

조용하던 허균의 목소리가 다시 커졌다.

"자네라면 어떻게 해야겠나. 수많은 정적이 임금의 자리를 노리고, 이들로 인해 전하의 혜안과 은총이 백성들에게 두루 미치지 못하고 있는데, 전하의 신하된 자로서 어떻게 해야 되냔 말일세."

"……."

"지금은 욕을 먹지만 우리가 승리하면 역사에 충신으로 남을 것일세."

"우리?"

"자네와 나 말일세."

"내가 언제 자네와 일한다고 했는가?

"해야 할 일이 많네. 왜란 때 파괴된 궁궐도 다시 복원시켜야 하고, 호패법도 만들어야 하고, 인목대비도 폐위시켜야 되고…."

"허허, 이런 무뢰한 친구를 봤나. 내 그동안 친구라 아무 말 안 했지만 더 이상은 못 참겠네. 어서 내 집에서 썩 나가게."

"하하하, 과연 그럴 수 있을까?"

이이첨의 웃음에서 허균은 뭔가 모르는 음모가 있다는 것을 눈치 챘다. 그의 눈빛은 긴장하는 것이 틀림없었다.

"무엇을 말하려는가?"

자신도 모르게 목소리가 떨려 나왔다.

"박응서를 내가 취조했네."

"그래서?"

"배후에 자네가 있더구만."

"무엇인가, 자네가 원하는 것이?"

"인목대비만 폐위시키고 나면 더 이상 자네의 지난 일은 알은 체를 안 하겠네."

"……."

"자네가 도와준다면 하지 못할 일이 없을 것일세."

"좋은 일은 하지 못하지."

허균은 곤혹스런 목소리로 내뱉듯이 말했다.

"하하하, 그건 자네 말이 옳네. 그러나 역사의 주인공이 되면 모든 것은 다 옳은 일이 되는 것이지."

"……."

"자네만 내 곁에 있어 준다면 두려운 것이 없을 것일세. 지금은 소북파의 유희분과 박승종이 나와 뜻을 같이 하지만, 그들도 언젠가는 등을 돌릴 것일세. 그런 때 나를 도와줄 사람이 필요하네."

"… 인목대비 폐위까질세. 그 다음부터는 조심하게. 자네 아니면 나, 둘 중 하나는 크게 다칠 것이네."

허균의 입가에서 웃음이 사라진 지는 오래였다. 대신 낮고 차분한 어조로 또박또박 자신의 생각을 말했다.

"나중 일은 나중에 생각하세나. 그러면 일단은 내가 자네를 주상께 추천하겠네."

이이첨은 흐뭇한 미소를 지으며 말했다. 하지만 허균은 그에게 술 한 잔 권하지 않아 물 한 모금 마시지 못하고 그의 집을 나서야했다.

박응서의 자백 후, 김제남 일당을 죽여야 한다는 상소가 계속 올라왔다. 그동안 남인들에 의해 권력에서 소외되었던 대북파와 유희분을 비롯한 소북파 일원의 대대적인 공세였다. 오래지 않아 선왕인 선조의 유훈(遺訓)을 받아 영창대군을 왕위에 세우려 했다는 혐의를 받고 김제남의 사람인 정협 조희일 한응인 신흠 박동량 서성 이정귀 황신 김상용 등이 붙잡혀 국문을 당하였다.

당시 영의정이었던 이덕형과 좌의정이었던 이항복은 국문(鞠問)장에서 임금 곁에 있으면서 일을 공정히 처리하여 많은 사람들이 죽고 다치는 것을 최소화했다. 신흠, 서성, 한응인 등은 변방으로 유배당하는데 그치고, 이정귀 박동량 안창 조희일 심광세 김광욱 등은 삭탈관직만 당하여 풀려났다.

이이첨 일파의 공세는 끊이지 않았다. 이이첨의 심복인 이위경이 소를 올린 것을 시작으로 정조 윤인 최유헌 김지남 정호관 등의 상소가 연하여 이어졌다.

대비는 안에서 무고하고 밖에서는 역적과 연락했으니 모후(母后)의 인연은 끊어졌습니다. 따라서 국모로서의 자격이 없으니 폐서인하고, 그 아들 영창대군은 비록 어린아이지만 역적들의 입에서 계속 이름이 오르내리니, 옛날 태종 임금께서 방석을 베어 죽이고, 주공이 관숙 채숙을 죽인 것처럼 그를 처벌하여 국법을 바로 세우고 대의를 밝혀야 합니다. 또한 김제남은 이 모든 것의 배후 조종자이니 반드시 죽여야 합니다.

권력을 잡은 이이첨의 공세가 집요해지자 이들의 눈치를 보던 조정의 거의 모든 대신들은 앞을 다투어 차자를 올려 김제남과 영창대군을 죽이고 인목대비를 폐하라는 상소를 올렸다.

하지만 뜻대로 되지 않았다. 남인(南人)인 영의정 이덕형과 서인(西人)좌의정 이항복 때문이었다. 임진왜란 때 큰 공을 세운 이들은 이이첨 무리들이 제출한 상소에 끝까지 반대하며 인목대비와 영창대군을 지켰다. 이들은 대비를 폐서인(廢庶人)하고 선왕의 장인과 선왕의 적자(嫡子)를 죽이는 것은 도의상 있을 수 없는 일이라 강조하며 조금도 주장을 굽히지 않아다. 공신(功臣)이 나서서 반대하자 광해군은 아무런 결정을 내리지 못했다.

이이첨은 그냥 지켜보고 있지 않았다. 심복인 이위경을 이항복의 집으로 보냈다.

"좌상 대감께서 우리 일에 협조를 하면 복을 받을 것이고 그렇지 않으면 화를 당할 것입니다. 부디 가족들을 생각하셔서 현명한 판단을 하시기 바랍니다."

정중히 말하는 듯했지만 실상은 협박이었다.

"나는 목숨이 아까워 옳은 것을 옳지 못하다 하고, 잘못된 것을 옳다고 하지 않소."

"김제남이 왕권을 노리는데 그것이 잘못된 것이 아니고 무엇이오?"

"그가 왕권을 노렸다면 잘못이지요. 하지만 과연 그가 역적모의를 했느냐 하는 것이오. 하지 않은 것을 했다고 할 수는 없지 않소?"

이항복은 이위경의 협박에도 생각을 조금도 굽히지 않았다.

"아버님, 가족들을 생각하십시오."

이이첨 무리를 두려워한 그의 아들이 나서며 아버지의 마음을 바꾸려 했다. 하지만 아들의 설득도 강직한 이항복의 마음을 바꿀 수 없었다. 끝내 이위경은 빈손으로 돌아갈 수밖에 없었다.

이항복을 설득하는 데 실패했지만 상황은 변하여 이항복과 이덕형을 제외한 모든 권신들이 이이첨의 의견에 동조하고 있어 이제는 이들의 신상마저도 위태로운 지경이 되고 말았다. 어느 날 이덕형이 이항복을 찾았다.

"오성, 머잖아 우리에게도 화가 미칠 것 같은데 자네는 어떻게 할 것인가?"

"나의 생각은 변하지 않네."

이항복은 단호했다.

"그렇다면 죽음을 각오했다는 것인가?"

"……."

이항복은 대답 대신 무겁게 고개를 끄덕였다.

"영창대군을 위해서 죽을 수 있다는 것인가?"

"영창을 위해서는 아닐세. 하지만 대비를 위해서는 죽을 수 있네."

"내 뜻도 그러하네. 하지만 나는 수상된 자로서 이번 영창대군의 일에도 죽음을 각오하지 않을 수 없네."

이덕형은 이미 죽음을 각오한 듯 결연했다.

"운명은 하늘에 달린 것이지."

이항복은 이덕형의 손을 굳게 잡고 말했다.

"내 모진 세상에 태어나 전쟁도 겪어보고 험한 일을 많이 겪었지만, 그래도 즐거웠던 때가 참 많았네. 자네를 만난 덕분에 말일세."

"나도 그렇다네. 자네 덕에 참 재밌게 살았네. 힘든 일도 견딜 수 있었고."

두 노신들 눈에는 어느새 눈물이 흘렀다.

계축년(1613년) 5월, 영창대군을 죽여야 한다는 이이첨 등의 공세가 거세지자, 이덕형은 목숨을 건 상소를 올렸다.

> 신은 아직 포대기를 떠나지 않은 영창대군이 역모의 장본인이 되어 역적들의 이름에 오르내리는 것을 가슴 아프게 생각하옵니다. 영창대군이 죽으면 나라가 편안해 질 것이고, 그렇지 않으면 인심이 사나워지고 조정마저 위태로워 질 것이니 빨리 처단해야한다는 의견을 신은 도저히 이해할 수 없사옵니다. 더구나 나이도 차지 않은 어린아이에 불과한 영창대군을 놓고 역적 운운하는 것은 선왕에 대한 도의에도 있을 수 없는 일이옵니다.
>
> 신은 지난 시절 임해군의 죽음에 괴로워하시던 전하의 모습을 아직도 기억하옵니다. 자비롭고 지혜로우신 전하께옵서 상황을 잘 살피시어 부디 영창대군에게 자비를 베푸시기 바라옵니다.

이덕형이 상소를 올리며 영창대군의 처벌을 반대하고 나서자, 시간을 오래 끌 수가 없다고 판단한 이이첨은 또 다른 결단을 내렸다. 정면 돌파를 결심한 것이었다. 정승들과는 구차스러워 같이 논의를 할 수 없다며, 1613년 5월 28일 삼사(대사헌, 대사건, 홍문관)와 의논하여 결국 김제남을 외딴섬에 유리 안치시키기로 결정한 후에 임금의 재가를 받는 방법을 택했다. 삼사의 대표 격인 대사헌 이각, 대사간 윤인, 부제학 정조는 이이첨의 심복들이었다. 결과는 당연히 성공이었다.

1613년 5월 29일, 영창대군을 서인으로 삼아 강화도로 유배를 보내는데 성공했고, 6월 1일에는 유배지에 있던 김제남에게 사약을 내리도록 하여 그를 사사(賜死)시켰다. 가장 큰 장애물을 제거하는데 성공한 것이었다.

유영경, 임해군, 김제남을 차례로 제거한 이이첨의 다음 목표는 유배된 영창대군을 죽이는 일과 인목대비의 폐위에 있었다. 이 일에도 제일 걸림돌은 이덕형과 이항복이었다. 그들은 김제남의 죽음에는 강한 반발이 없었으나 인목대비를 폐하고 영창대군을 죽이는 것은 의리에 어긋난다 하여 결사적으로 반대하고 나섰다.

이이첨은 영창대군과 인목대비를 공격하기 전에 이들을 먼저 제거해야겠다는 결심을 했다. 그러자 이덕형과 이항복을 벌주어야 한다는 하수인들의 차자가 수없이 올라오기 시작했다. 이이첨의 공세가 심해지자, 이덕형과 이항복은 서로 만나 대책을 논의했지만 마땅한 방법이 없었다. 대간(臺諫)들이 감시하였기 때문에 임금을 만나도 말을 제대로 할 수 없었고, 소(訴)를 올리면 중간에서 사라져서 자신들의 뜻을 임금에게 전달할 수가 없었다.

이이첨의 공격은 빠르고 날카로웠다. 박응서의 난에 개입했다가 쫓겨난 정협을 추천했다는 죄목을 씌워 이항복을 탄핵하는데 성공하여 그를 시골로 내쫓았다. 이덕형에 대한 공세도 끈질겼다. 반역 죄인을 두둔하였으니 마땅히 같은 죄로 다스려야 한다는 상소문을 계속 올리자 이덕형은 견디지 못하고 사직서를 낸 후에 낙향했다. 별장으로 내려간 그는 식음을 전폐하고 나라 일을 생각하다 그만 병을 얻어 죽고 말았다.

이덕형과 이항복을 제거한 뒤 이이첨을 막을 사람은 없었다. 갑인년

(1614년) 2월 이이첨은 강화부사 정항을 은밀히 불러 뭔가를 지시했고, 곧이어 그의 지시를 받은 정항은 유배되어 있는 영창대군을 찾았다.

"마마, 날씨가 몹시 추운데, 방도 제대로 따뜻하게 해드리지 못해 죄송합니다."

"현감, 날 어마마마께 데려다 주시오. 이곳은 너무 춥고 배고파서 못 견디겠소."

"조금만 기다리십시오. 좋은 날이 올 것입니다."

정항은 영창의 손을 잡고는 눈물까지 흘렸다.

"마마, 제가 오늘 나무를 많이 가져왔습니다. 방을 따뜻하게 해드릴 테니 추위도 녹이고 마음도 푸십시오."

영창대군은 고맙다는 말을 하고 방으로 들어갔다. 그러자 정항은 밖에서 방문을 잠가버렸다.

"왜 이러시오?"

눈치를 챈 영창대군이 소리를 질렀지만 정항은 들은 체를 하지 않고 하인을 시켜 방에 계속 불을 지피도록 했다. 결국 여덟 살의 어린 영창대군은 질식사하고 말았다.

이제 남은 것은 인목대비밖에 없었다. 그녀만 제거하면 왕권은 반석 위에 올리고 탄탄대로를 걸을 수 있었다.

4. 삼청결의

이이첨이 정적을 제거하는 동안 광해군은 백성들의 삶을 살피는데 열중할 수 있었다. 호패법을 실시하여 백성들의 동향을 살피는 것은 물론 통치권이 말단 조직에까지 미칠 수 있게 하였으며, 무주 적상산성에 사고(史庫)를 창건하여 임진왜란 때 불타버린 사적을 정리하였다. 그 사이 몇 차례나 풍년이 들어 백성들의 삶은 점점 풍요로워지고 있었다.

잇따른 정책이 성공하자 광해군은 두 가지 사업을 벌였다. 왕의 권위를 되찾기 위해 임란 때 불타버린 창경궁을 수리하고, 경희궁, 자수궁, 인경궁을 창건하여 임금의 권위를 높이려 애썼다. 또한 북쪽에서 일어나고 있는 여진인들을 경계하기 위해 국방강화에 주력하여 박엽을 평양감사로 보내 평양삼수병을 창건하고 대포를 주조하는데 온 힘을 쏟게 하였다.

광해군이 이런 일을 해 나갈 때 가장 도움을 준 사람은 이이첨이 추천한 허균이었다. 그는 뛰어난 문장력을 발휘하여 상대의 예봉을 막기도 하고 설득을 하면서 임금이 뜻을 펼칠 수 있도록 힘을 더하였다.

허균의 가세로 이이첨은 자신이 하는 일에 더욱 자신감을 갖게 되었고 이를 바탕으로 드디어 마지막 총공세를 계획했다. 왕권 강화에 마지막 걸림돌인 인목대비 폐위를 논의하기 시작한 것이었다.

인목대비 폐위 문제는 예상대로 많은 반발에 부딪혔다. 선조 임금의 유신들의 반발이 너무 거세었다. 특히 이덕형에 이어 영의정이 된 이원익, 기자헌 등의 반격이 만만치 않았다. 또한 지금까지는 이이첨에 호의적이었던 소북파의 유희분과 박승종마저 인목대비의 폐위에는 반대했다.

인목대비가 살아 존재하는 한 임금의 권위에 도전하는 세력들은 끊임없이 생겨날 것이기 때문에 이이첨 입장에서도 절대로 물러설 수 없었다. 일대 접전을 각오했다. 이이첨은 자신의 심복들인 대사헌 이각, 대사간 윤인, 부제학 정조 등 삼사의 수뇌부를 불렀다.

"이 일이 어떻게 결정되느냐에 따라 죽고 사는 문제가 결정되오. 그대들은 쉬지 말고 상소를 올려야 하오."

"명심하겠습니다."

이이첨의 지시를 받은 삼사의 수뇌부들이 인목대비 폐위에 대한 상소를 올리자 반대 세력들도 힘을 합쳐 반대 상소를 올리기 시작했다. 선두주자는 남인인 영의정 이원익이었다.

어머니가 비록 자식을 사랑하지 않더라도 자식은 어머니에게 효도를 하지 않을 수 없사옵니다. 어머니와 자식의 사이는 명분이 지극히 크고, 윤리와 기강이 매우 중하온데, 성스러운 전하의 시대에 어찌

대비를 폐위시키려는 말이 나오는지 이해할 수가 없사옵니다.

이원익의 차자를 읽은 광해군은 매우 불쾌했다. 나이 어린 서모를 모셔야하는 불편함은 둘째 치고 왕위에 오르기 전 서모로부터 당했던 서러움이 마음속 깊은 곳에서 고개를 디밀었다. 하지만 그는 이 모든 감정을 억누른 후에 노신(老臣)에게 예를 갖춰 답장을 썼다.

불효라는 것이 얼마나 큰 죄악인데 길거리의 뜬소문만 믿고 나를 의심하느냐? 내가 대비 받드는 것에 빠뜨린 것이 없으며 조알(朝謁)하는 예를 폐하자고 말한 적이 있느냐? 경은 나를 의심하지 말기를 바라노라.

그러나 불쾌한 마음을 더 이상 억누를 수가 없었다. 그는 이이첨을 불러 이원익의 소를 보여주며 말했다.

"내가 평소에 이원익을 매우 후하게 대접하였는데, 그가 아무 이유도 없이 소를 올려 민심을 동요시켰으니 나는 매우 놀랐다. 이는 악명(惡名)을 임금에게 돌아가게 하고, 뒷날에 미명(美名)은 자기가 차지하려는 것이 아닌가? 더구나 시종과 대간까지 다 죄 있다 하였으니 이는 대간들을 일망타진하려는 것이 아닌가?"

"황송하옵니다."

이이첨은 황급히 머리를 조아렸다. 종종걸음으로 뒷걸음질을 하며 대전을 물러나온 그는 대사헌 이각과 대사간 윤인을 찾아 임금의 노여움을 전했다. 효과는 금방 나타났다. 삼사가 합하여 이원익의 관직을 삭탈하고 성문 밖으로 내쫓아야 한다는 차자가 연하여 올라왔다. 성균관의 유생들로부터도 이원익을 벌주어야 한다는 상소가 올라왔다.

결국 이이첨 일파의 공격에 병들어 누워있던 이원익은 홍주로 귀양 가고 말았으며, 이에 반발하던 남인 출신 유생 홍무적 정택뢰 김효성 등 35인도 모두 섬으로 귀양을 가고 말았다. 이들은 광해군이 왕이 되기 전 인목대비에게 당하였던 수치와 모욕, 그리고 세자자리에서 쫓겨날 뻔했던 순간 느꼈던 깊은 낭패감을 읽지 못했던 것이었다.

이 무렵 인목대비 폐위 문제를 가장 안타깝게 바라보던 사람은 이이첨 일파에 맞서다 시골로 쫓겨난 백사 이항복이었다. 그는 참담한 마음이 되어 이이첨 일파가 벌이는 인목대비 폐위 음모를 지켜보았다.

조정을 떠나 참례하지 않은 지 5년이 되던 어느 날이었다. 큰 우레 소리가 집을 에워싸고 진동했다. 이는 하늘이 자신을 경계하는 것이라 생각한 이항복은 5년 전 절친한 친구인 이덕형과 나누었던 이야기들을 떠올렸다. 인목대비를 폐위하려는 음모가 벌어지면 목숨을 바치겠노라는 맹세. 그는 죽을 결심을 했다. 그리고는 임금에게 올릴 마지막 글을 쓰기 시작했다.

신은 중풍을 얻어 몸은 아직 죽지 않았으나 정신은 이미 허탈해져 죽은 것이나 다름이 없사옵니다. 하지만 병석에 들려오는 소식을 듣고 있자니 병을 핑계로 누워 있을 수 없는 사세(事勢)인 것 같아 감히 붓을 들었사옵니다.

옛날 순(舜)임금은 어릴 때 계모가 들어왔는데, 그녀가 항상 그를 죽이려 했사옵니다. 순을 시켜 우물을 파게하고는 뚜껑을 덮어버렸으며, 창고를 수리하려 올려 보낸 후에는 불을 지르는 해악을 행하였습니다. 하지만 이런 위급한 순간에 목 놓아 울면서 애걸하면서도 부모가 잘못되었다는 생각은 하지 않았사옵니다.

부모가 자식을 사랑하지 않더라도 자식은 효도하지 않을 수 없기 때문이옵니다. 효도의 중함이 어찌 친모나 계모나 다름이 있겠사옵니까? 전하께옵서 순(舜)의 덕을 본받아 효도로써 화합하고 지성으로 섬겨 대비의 노여움을 풀고 자애로움으로 온 나라를 다스리는 것이 어리석은 노신의 바라는 바이옵니다.

백사 이항복은 글을 지어놓고 임금에게 올리기 전, 김류를 자신의 집으로 불렀다. 자신의 사후 서인(西人)을 이끌 재목으로 그를 지명한 것이었다.

"건강이 좋지 못하다는 소리를 듣고도 그동안 제대로 찾아뵙지 못함을 송구스럽게 생각합니다."

김류는 늙은 사형 앞에 무릎을 꿇으며 말했다.

"아니오, 공사에 다망한 관리가 늙은이의 부름에 응하여 먼 곳까지 찾아와줘서 고마울 뿐이오."

"그런 말씀 마십시오. 당연한 일을 했을 뿐입니다."

"요즘의 조정 일은 어떻소?"

"이이첨의 세도가 극에 달했습니다."

"나도 들어서 대강은 알고 있소. 그래서 내가 이렇게 북저를 부른 것이오."

"……."

"내가 이번에 북저를 부른 것은 당부하고자 하는 말이 있어서요."

김류는 건강이 좋지 못한 이항복이 자신을 부를 때부터 마치 유언을 들으러 가는 것 같아 몹시 안타까웠다.

"나는 이미 고인이 된 이덕형과 더불어 약속하기를 인목대비 폐위 문제에 목숨을 걸겠다고 했소. 그동안 침묵을 지키고 있었는데 이제 때가 된 것 같소."

"……."

김류는 이항복의 말에 잠자코 귀를 기울였다.

"나는 마지막으로 임금에게 올리는 차자를 지었소. 다행히 임금이 내 말을 들어준다면 문제가 없겠지만 그렇지 않다면 큰 파문이 일어날 것이오. 아마도 살아남기 힘들지도 모르겠소."

"왜 그런 말씀을 하십니까?"

김류는 위로의 말을 건넸지만 사실 흘러가는 대세를 돌이킬 힘이 그에게 없어 안타까웠다.

"나를 위로하려 하지 마시오. 나는 나의 장래를 분명히 알고 있소. 그래서 내가 공에게 마지막으로 부탁을 드리려 이렇게 불렀소."

이항복은 거친 숨을 한 번 내쉬고는 말을 계속 이었다.

"이제 내가 떠나가면 율곡과 성혼 선생에게 배운 우리 서인(西人)들은 조정에서 완전히 물러나게 되는 것이오. 공에게 부탁하는데 더 이상 인목대비 일로 나서지 마시오. 나 하나로 족하오. 나 아니면 우리 서인들이 대비와 선왕에 대한 의리를 다하는 것이라 생각되오."

뜻밖의 말이었다. 김류는 이항복의 의도가 무엇인지 계속 귀를 기울였다.

"따라서 후학들은 몸을 삼가 조심할 것이며, 이이첨과 유희분, 박승종이 하는 일에 끼어들지 마시오. 대신 기회를 보고 있다가 언젠가는 이런 수모를 갚아주기 바라오. 후학들이 다시 일어서지 못한다면 지하에 계신 율곡 선생을 다시 만나기 힘들 것이오."

이항복이 말을 끊고 김류의 손을 잡았다. 김류의 가슴속에 비분강개한 마음과 결연한 마음이 동시에 일기 시작했다.

"모든 것은 북저의 이 손에 달렸소. 우리 율곡의 제자들이 살아남느냐 아니냐는 오직 북저의 이 양 손에 달렸다 말이오. 나는 북저를 믿고 편히 세상을 하직하려 하오."

"그런 약한 말씀하지 마십시오. 저희가 무슨 수를 써서라도 이이첨의 간교를 막겠습니다."

"아니오. 이 일에 더 이상 목숨을 걸지 마시오. 훨씬 더 나라를 위하는 일이 많이 있을 것이오."

김류는 노사형의 말에 아무 말도 못하고 뜨거운 눈물만 흘렸다. 지금은 비록 힘이 없어 한 발 뒤로 물러서지만 언젠가는 이이첨 세력을 제거하겠노라는 강한 맹세가 가슴속 깊이 뿌리를 내리고 있었다. 김류는 힘이 없는 자신을 안타까워하며 이항복의 집을 나서야했다.

이항복의 차자가 올라가자 예상대로 큰 파문이 일어나기 시작했다. 그의 글을 접한 사람들 중에는 그의 뜻과 의지에 감동하여 눈물을 흘리며 그의 뒤를 이어 차자를 올리는 사람이 나타났다. 정홍익과 김덕함 김권 이신의 등이었다.

조정 송석경 임곤 윤신 등 수십 명은 이항복에 반박하는 글을 올려 대비를 내쫓자는 주장을 더욱 강하게 함과 동시에 이항복을 목 베어야 한다는 주장을 개진하기 시작했다.

전하께서 자식의 도리를 다하고 온갖 예를 다 했으나 대비는 궁궐에서 모함을 하여 전하를 해하려 하였으니 두 분 사이에 모자의 도리는 끊어진지 이미 오래이옵니다. 이제 그로 인하여 조정 대신들 간의 분열이 극에 달하였으며, 국력을 낭비하는 꼴이 되었으니 하루속히 대비를 폐서인하고, 대비를 옹호하는 이항복 이하 그 무리들을 목 베어 다시는 이런 말이 나오지 않게 해야 할 것이옵니다.

이이첨 일파가 하루에도 몇 번 씩 차자를 올려 이항복을 벌주기를 청하자 결국 이항복을 함경도 경원으로 귀양 보내라는 어명이 내렸다. 이항복은 경원으로 유배 갔다. 곧이어 창성, 삭주, 북청 등 여섯 번이나 장소를 바꾸어 귀양살이를 하다가 1618년 5월 유배지에서 죽고 말았다.

한양으로 돌아온 김류는 이항복의 말을 따라 벼슬을 내놓고 일체의 조정 일에는 관여하지 않고 유생의 신분으로 되돌아갔다. 김류의 후학들인 심기원, 김상헌, 장유, 최명길, 김자점 등도 김류를 뒤이어 벼슬을 내놓고 삼청동 김류 집에 가끔씩 모여 학문토론을 할 뿐 조정에서 벌어지고 있는 인목대비 폐위문제에 대해서는 일절 개입하지 않았다. 이들은 이율곡과 성혼의 가르침을 직접 받았거나 아니면 이들의 제자들에게 배운 유생들이었다.

학문토론은 시간이 지날수록 일절 관여하지 않기로 한 시국이야기를 끄집어내기 시작하였고 마침내는 격론이 벌어졌다. 개나리 진달래가 얼었던 겨울 산을 붉고 노랗게 물들이기 시작할 무렵이었다.

"도대체 이 시국의 결과가 어떻게 될지 걱정입니다."

성격이 다소 급하고 혈기가 넘치는 심기원이 먼저 불만을 말하였다.

"부모가 있어 자식이 있는 것인데 자식이 부모를 몰아내려 하다니, 이해할 수 없는 노릇이 아니오?"

김상헌의 목소리는 의외로 차분했지만 논리가 분명했다.

"이이첨과 그 하수인인 허균 일당이 과거장까지 장악하여 자신들의 하수인만을 뽑으니 도대체 나라의 법도가 있는 것인지, 백성들의 삶은 돌보는 것인지 알 수가 없습니다."

최명길이 말을 받았다.

"저들의 의도를 꺾어야 하는데, 임금은 모른 채하고 의식이 있는 신하들은 저들의 눈치를 보고만 있으니 답답한 노릇입니다."

나이는 어리지만 명석한 장유의 말이었다.

"대감, 이대로만 보고 계실 것입니까? 저들을 쫓아낼 방도를 세워야 되지 않겠습니까?"

김자겸이 흥분을 참지 못하여 좌장격인 김류에게 항의하듯 말했다.

"……."

젊은 사람들의 분노에 찬 목소리에도, 차분하고 논리 정연한 말에도 김류는 아무 말도 하지 않았다. 그냥 듣고만 있었다.

"저들이 이제는 우리 서인(西人)들의 씨를 말리고 정권을 장악하여 국정을 마음대로 전횡하고 있으니 더욱 큰일이 아닙니까? 더군다나 북쪽에서는 여진족이 세력을 키워 조선을 위협하고 있다는데 말입니다."

"장안에서는 여진족과 더불어 유구국이 쳐들어온다는 소문도 파다합니다."

"유구국이 왜 우리를 왜 공격해."

심기원과 김자점이 걱정스럽게 주고받는 말을 가만히 듣고만 있던 김류가 불쑥 물었다

"지난 세종대왕 때 유국국으로 쫓겨 간 장영기의 후손들이 복수를 하

기 위해 조선을 공격한다고 합니다."

"별 가당치도 않는 말들을 다하는구만."

"장안에 이상한 소문이 끊이지 않자, 피난길에 나선 사람도 있습니다."

심기원이 장안의 소식을 전하자 김자점이 말을 거들며 나섰다.

"그러니 누군가는 나서서 나라를 안정시켜야 되지 않겠습니까?"

심기원이 김류에게 압박하듯 말했다.

"그런 말 함부로 하지 말게. 상감이 이이첨 일당만 두둔하고 있네. 공자님 말씀에 법도가 서지 않은 나라에는 가지 말라 했으니 이대로 몸을 숨기고 지내야 할 것이네."

김류는 타이르듯 말하며 분위기를 가라앉히려 애썼다.

"패륜적인 주상은 더 이상 임금의 자격이 없습니다."

김류의 태도에 불만을 가진 심기원이 흥분하여 해서는 안 될 말을 하고야 말았다. 일순 방안에 긴장감이 흐르기 시작했다.

"자네 말조심하게. 그렇지 않아도 허균이 우리의 모임을 감시하기 시작했네."

사태를 냉정하게 바라볼 줄 아는 최명길이 심기원에게 주의를 주었다.

"그깟 이이첨의 하수인이 뭐가 두려워."

"자네 정말 큰일 날 소리를 하는구만."

심기원의 걷잡을 수 없는 말에 최명길이 정색을 하고 말했다.

"선비는 자신을 알아주는 사람을 위해 목숨을 바친다고 했네. 하지만 우리는 목숨 바쳐 충성할 주군을 모시지 못하였으니 뜻을 세우고 세상에 나선 선비 입장에서는 답답한 노릇 아닌가?"

"하지만 지금은 함부로 말할 수 없는 시국이 아닌가?"

최명길은 심기원의 혈기를 가라앉히려 애썼다.

"우리끼린데 무슨 말을 못해."

김자점이 심기원을 거들며 나섰다.

"밤 말은 쥐가 듣는다고 하지 않았는가?"

"우리 중에 북인 놈들의 밀고자라도 있단 말인가?"

이번에는 심기원이 방안을 둘러보며 말하였다.

"……."

갑자기 어색한 침묵이 무겁게 흘렀다.

"아무리 답답하기로서니 할 말이 있고 해서는 안 될 말이 있는 법일세."

좌장인 김류가 가라앉은 분위기를 무마하려는 듯 말했다.

"한 번 뿐인 인생인데 우리 서인들은 정철 대감이 이산해의 음모에 의해 쫓겨난 이후로 거의 이십 년이 넘도록 벼슬길에서 찬밥 대접을 받고 있소이다. 선비가 뜻을 세우고 나섰는데 이렇게 무기력하게 물러날 수만은 없는 법이외다."

다소 마음을 가라앉힌 심기원이 동의를 구하듯 좌중을 둘러보며 말했다.

"더군다나 우리들이 하고 싶은 일이 명분을 내세우고 간악한 자들을 물리치는 일이라면 어떤 대가를 치르더라도 뜻을 꺾어서는 안 될 것입니다."

김자점이 심기원을 거들고 나섰다.

"두 사람은 무슨 작심을 하고 온 듯하오."

최명길이 오랜만에 입을 열었다.

"저희 두 사람은 뜻을 같이 하였습니다."

"뜻이라니 어떤 계획이라도 있으신가?"

김류가 솟아오르는 감정을 억누르며 말했다.

"특별한 계획은 없습니다. 금상에게는 충성할 수 없다는 데는 뜻을 같이했습니다."

"반정이라도 일으키겠다는 것인가?"

김류는 쉴 틈을 주지 않고 곧바로 되물었다.

"……."

심기원과 김자점은 차마 더 이상은 말할 수 없다는 듯 서로의 얼굴만 쳐다볼 뿐 물음에는 답을 하지 못했다. 방안에 일순 긴장감이 넘쳤다.

"목숨은 하나뿐일세."

두 눈을 지그시 감고 크게 한 번 숨 호흡을 한 김류가 짧은 침묵 끝에 뱉어낸 말이었다.

"대감께서는 죽는 것이 그렇게 두려우십니까?"

뜻밖에도 김상헌이었다. 침묵을 지키고 있던 그의 말에 방안 사람들은 일순 긴장했다. 말 수가 적었지만 한 번 내뱉을 때마다 무겁고 정곡을 찌르는 그의 말을 사람들은 결코 무시할 수 없어 가볍게 흘러 보내는 법이 없었다. 좌중의 얼굴에 긴장감이 흐르기 시작했다.

"내 말은 서두르지 말라는 것일세."

이번에도 침묵을 깬 사람은 김류였다. 그는 얼굴에 미소를 띤 채 김상헌의 말을 가볍게 받았다. 하지만 결코 가벼운 소리가 아니었다. 듣기에 따라서는 엄청난 의중이 실린 소리였다.

"그럼, 대감께서도…."

최명길이 의중을 제일 먼저 헤아렸다.

"말 수가 많아서도 안 되고 시들러도 안 되는 일이네."

"무슨 말씀이신지요?"

"기다리라는 것일세. 무슨 일을 하려면 제일 중요한 것이 민심일세. 민심의 지지를 받지 못하면 아무 것도 할 수가 없네. 백사 대감께서 인목대비 폐위 음모에 떳떳한 명분을 세우셨고 우리들도 벼슬을 다 버리지 않았나. 우리의 하는 일이 올바른 일이라면 오래지 않아 민심은 우리 서인(西人)에게 유리하게 돌아갈 것일세. 그때까지 기다려야 한 다는 것일세."

심기원이 김류의 말에 고개를 끄덕이며 공감하자 이번에는 김자점이 나섰다.

"그러면 따로 계획이 있으신지요?"

"있지. 그것도 상책(上策)이 있네."

"상책이라뇨."

굳었던 심기원의 얼굴이 순간적으로 펴지고 있었다.

"지금의 가장 상책은 기다리는 것일세."

심기원의 표정이 다시 일그러졌다.

"이이첨의 인목대비 폐위 음모에 대해 백사께서 소를 올리고 유배를 가신 후 우리에 대한 북인들의 감시가 부쩍 심하여졌네. 그러니 자네들도 쉬 흥분하지 말고 조용히 지내게나. 서두르다 정작 중요한 때가 왔을 때 아무 일도 하지 못하는 어리석음을 범하지 말고."

"대감께서 뜻을 세우셨다면 기다려야죠."

최명길이 냉정한 목소리로 말했다.

"고맙네. 이 이후로 다시는 이런 이야기를 하지 마세."

5. 혁명가 허균(許均)

이이첨이 이끄는 대북파의 이위경, 정조, 윤인 등이 연이어 인목대비 폐위를 주장하는 상소를 올리자, 소북파를 이끌고 있는 박승종은 사태를 관망하다 같은 소북파이면서 광해군의 처남인 유희분을 찾았다.

"병판께서 어쩐 일이십니까?"

"대감을 못 뵌 지가 오래 된 것 같아 문안 차 왔습니다."

"고맙습니다."

유희분은 명나라에서 들여온 차를 내며 박승종을 맞았다.

"다른 하실 말씀이 있으신 것 같은데…."

두어 잔의 차를 마실 무렵 유희분은 박승종의 방문 이유가 궁금해졌다.

"눈치 한 번 빠르십니다."

"말씀해보시죠."

"이이첨이 이위경과 정조, 윤인 등을 시켜 자전(慈殿, 인목대비를 가리킴)을 폐비시켜야 한다는 상소를 올리기 시작했습니다."

"알고 있습니다."

"대감의 의견을 듣고자 이렇게 찾았습니다."

"병판 대감께서는 어떻게 생각하십니까?"

"있을 수 없는 일이라고 생각합니다. 부모와 자식은 하늘이 맺어 준 인연인데 비록 계모라 할지라도 부모는 부모인데, 자식이 모자의 인연을 끊겠다는 것은 인륜상 도저히 있을 수 없는 일이라 생각됩니다. 더구나 선왕의 은총을 입은 유신(遺臣)으로서 선왕의 여인을 지키지 못한다는 것은 신하된 도리로서도 용납할 수 없는 일이라 생각됩니다."

박승종은 자신의 생각을 먼저 말하는 것에 주저했지만, 자신이 찾은 이상 자신이 먼저 말할 수밖에 없다고 생각했다.

"저도 그렇게 생각합니다. 옛날 순임금도 자기를 해치려던 계모를 극진으로 모시지 않았습니까? 오늘날 이이첨이 이렇게까지 나서는 것은 금상에 대한 지나친 충성에서 나온 것이라 생각됩니다."

유희분도 박승종의 뜻에 동의하고 나섰다.

"맞습니다. 그런데 이이첨이 워낙 꾀가 많은 사람이라 속뜻이 어떤지 모르겠습니다."

평소 생각이 깊은 유희분이 주저하며 말했다.

"그렇습니다. 저도 그의 숨은 뜻이 뭔지를 잘 모르겠습니다."

"그러면 이이첨을 만나 한 번 그의 속뜻을 알아보는 것이 어떻습니까? 마침 병판 대감과 사돈지간이니…."

"그게 좋겠습니다. 적당한 날을 잡아 한 번 알아보겠습니다."

박승종은 유희분의 제의를 쾌히 승낙했다.

화무십일홍(花無十日紅)이라했던가 온 천지를 밝혔던 붉은 꽃들도 바람 한 번에 추풍낙엽같이 떨어졌다. 저녁햇살 비취는 꽃비 속을 걸어서 박승종은 이이첨의 집을 찾았다. 두 사람은 사돈관계였다. 이이첨의 딸이 박승종의 아들에게 시집을 갔고 그 사이에서 난 딸이 세자빈이 되어 두 사람은 장차 국구(國舅, 임금의 장인)가 될 처지였기에 두 집안은 간의 왕래는 활발한 편이었다.

"어서 오십시오. 사돈."

이이첨은 후원에 푸짐한 주안상을 차리고 사돈을 맞이했다.

한창 주연이 무르익을 무렵 까마귀 한 마리가 배나무에 앉아 지저귀었다.

"허허, 이 홍겨운 날에 웬 까마귄고?"

이이첨은 까마귀의 지저귐에 기분이 상한 듯했다.

"저것이 비록 날짐승이지만 반포보은(反哺報恩)할 줄 아니 가볍게 볼 수가 없을 것이오."

말할 기회를 엿보고 있던 박승종은 까마귀로 인해 화소(話素)가 생기자 그의 마음을 떠보았다.

"……."

박승종의 의도를 알아 챈 이이첨은 한동안 말없이 그를 쳐다만 보았다. 어색한 침묵이 흘렀다. 그때 마침 벌 한 마리가 음식을 보고 날아들어 박승종 주변을 들락거렸다.

"허허, 이놈이 왜 이러지."

박승종은 귀찮은 듯 벌을 쫓았다. 이번에는 이이첨이 이 순간을 놓치지 않았다.

"벌은 미물이지만 군신간의 의리를 알고 주인을 위해 목숨을 바칠 줄 아니 역시 업신여길 수 없을 것입니다."

"……."

박승종은 들었던 술잔을 내려놓았다. 입가에는 어색한 미소가 흘렀다.

'이이첨과는 뜻을 같이 할 수 없겠군.'

더 이상 머무를 이유가 없었다.

"오늘 즐거웠습니다. 저는 바쁜 일이 있어서 이만."

박승종은 자리에서 일어섰다. 그의 속마음을 안 이상 더 이상 웃는 얼굴로 그와 술잔을 나란히 할 수 없었다. 이이첨의 집에서 나온 박승종의 발걸음은 자연히 유희분의 집을 향했다. 밤이 깊었지만 곧장 귀가하기에는 너무 무거운 마음이었다.

"이이첨은 인목대비를 폐위하기로 마음을 정한 것 같습니다."

"그의 마음이 확고하다면 이제 더 이상 우리는 그와 뜻을 같이 하기 힘들 것 같습니다."

유희분이 표정은 이미 굳어 있었다.

"그렇게 되면 대북파와 소북파는 돌이킬 수 없는 상황으로 빠져들겠지요."

"그렇겠죠. 머지않아 이이첨이 우리에게도 공격의 화살을 돌릴 것입니다."

"그렇다면 우리도 대책을 세워 놓아야 할 것입니다."

"이이첨에 대한 주상의 신임이 워낙 두터우니…."

"그래도 무슨 방법을 찾아야지 이대로 있다가는 이이첨에게 당합니다."

"……."

달리 방법이 없는 두 사람은 골똘히 생각에 잠겨 있었다.

"이이첨의 수족을 하나씩 잘라야겠는데 특별한 방법이 없으니…."

"허균부터 이이첨과 갈라서게 해야 합니다."

마침내 박승종이 한 가지 계책을 찾아냈다.

"많은 수하들이 버티고 있지만 허균만 제거하면 이이첨도 날개 잃은 수리에 불과합니다. 사실 대북파의 두뇌는 허균과 이이첨 두 사람이니까요."

"그거 좋은 생각이십니다. 허균은 많은 약점이 있는 사람이니 방법이 있을 것입니다."

허균은 허엽의 셋째 아들로 태어났다. 어머니는 김광철의 딸로서 허엽의 후처였다. 그는 유성룡에게 한시를 배웠지만 그의 정신적 스승은 둘째 형 허봉과, 형의 친구 이달이었다. 둘째형 허봉은 그보다 열 살 위였는데 율곡을 탄핵하다 경성으로 유배 갔다. 갖은 고생 끝에 삼 년 만에 돌아왔지만 더 이상 벼슬에 나서지 않고 유랑생활에 들어갔다. 당시 열여덟 살이던 허균은 형을 따라 유랑을 하며 장자와 불교 등 다른 사상에 심취했다.

나이가 들어가면서 더 이상의 유랑생활을 할 수 없게 된 허균은 유랑의 길을 접고 1598년(선조 22년) 서른 살에 과거에 응시하여 급제한다. 이때 동기생이 이이첨이다. 벼슬길에 나선 그는 미관말직으로 전국을 돌아 다녔는데 가는 곳마다 신분을 가리지 않고 친구를 사귀어 여러 번 탄핵을 받아 자주 벼슬에서 쫓겨났다. 이로 인해 그의 벼슬길은 순탄하지 않았지만 신분의 귀천을 가리지 않는 성격으로 말미암아 그의 주변에는 팔도의 재주 많은 사람들로 항상 들끓었다.

벼슬에서 쫓겨난 허균은 이귀가 군수로 있던 전라도 부안으로 내려가 유희경, 기생 계랑 등과 교분을 가지며 정신적 안정을 얻고, 전라도 장성 땅에 있는 홍길동의 생가를 방문하고는 그곳에 전해 내려오는 길동의 생애에서 용기를 얻어, 젊은 나이에 한 많은 생애를 마친 둘째형 허봉과 이달로부터 물려받은 혁명 정신을 실현하고자, 주변 사람들을 끌어 모으기 시작했다.

마침내 그는 임진란 때 공을 세웠으나 제대로 대접을 받지 못하던 승려 출신의 무사인 우경방을 중심으로 한 승병과, 유인발과 박치의 같은 서자 출신의 하급 무사들, 그리고 장안의 하급 서리, 상인, 무뢰배 등 팔도의 지지자를 수백 명씩 끌어 모았다. 또한 전라도 나주 목사였던 김개와도 뜻을 같이 하여 정규군도 포섭하였으며, 서리 출신인 김양업과 현응민으로 하여금 재정을 담당하게 하여 거사 자금도 꾸준히 모으고 있었다.

그가 거사 준비를 차근차근 해나가는 도중에 뜻하지 않은 칠서지옥 사건이 터지고 말았다. 이 사건의 배후 지목자인 그는 모든 계획이 수포로 돌아갔다고 자포자기하고 있었는데 이이첨과의 밀약에 의해 오히려 중앙정계에 진출하게 되었다.

뛰어난 글재주를 지닌 그는 글로써 임금의 가려운 데를 긁어주어 오래지 않아 임금의 총애를 받게 되었을 뿐 아니라 임금과 사돈 관계를 맺게 되어 벼슬이 승승장구하여 1615년에는 승정원의 동부승지, 좌부승지, 우승지, 좌승지를 거쳐 1616년에는 병조 판서를 거쳐 좌찬성에 이르렀다.

그 사이 그는 이이첨과 손잡고 왕권 강화 정책을 펼쳐, 임금이 될 기상이 있다 하여 선조의 손자인 능창군 질(나중에 인조가 되는 능양군의 동생)을 죽이고, 창경궁을 중수하고 인왕산에 새로운 궁궐인 인경궁,

자수궁, 경희궁을 창건하는데 앞장섰다. 몇 년 동안 자신의 생각을 숨기고 이이첨의 충복 역할을 충실히 수행했던 것이었다.

다른 사람들은 허균이 부귀영화를 누리며 잘 지내는 것으로 생각하였지만 마음속에는 항상 혁명의식을 간직하고 있었던 허균은 인목대비 폐위 문제가 거론되자, 이이첨과 결별할 때가 가까워짐을 느끼고 이에 대한 준비에 착수했다. 자신의 정적인 사류(士類)를 한꺼번에 정리할 계획을 세우기 시작한 것이었다.

인목대비 폐위 사건을 두고 조선 정국은 서로를 죽음으로까지 몰고 가고 싶은 네 무리의 집단들이 얽히고설킨 먹이사슬의 한 축을 물고 힘 대결에 들어갔다. 표면적으로는 동지지만 결국은 서로를 떨어내야 할 대북파의 이이첨과 허균, 이이첨 무리를 제거하기 위해 먼저 허균부터 공격하기로 한 소북파의 유희분과 박승종, 그리고 이 모든 북인들과 맞서 자신들의 정권을 세우길 소망하는 김류로 대표되는 서인(西人).

이들 중 가장 유리한 쪽은 서인이었다. 역설적이게도 아무런 힘을 가지지 못하였기에 견제하는 힘이 약하여 그 어느 쪽도 큰 경계를 하지 않았기 때문이었다. 가장 약한 자는 누구일까? 겉으로는 큰 권력을 가졌지만 조정에 세력이 없는 자였다. 그가 가장 먼저 공격 대상이 되는 것은 당연한 이치였다. 이들 네 세력 간의 전초전이 벌어진 것은 정사년(1617년) 겨울(1월)이었다.

아들 영창대군을 잃고 분노에 떨고 있는 인목대비가 거처하는 경운궁에 화살이 하나 날아들었다. 화살 끝에는 잘 봉한 밀서가 묶여 있었다. 궁을 지키던 하급 무사 김윤황이 놀라 얼른 상관에게 보고하였고 결국은 임금에게까지 보고되었다.

광해군은 패역무도한 사람으로 아비와 동생을 죽이고 왕권을 빼앗은, 도저히 용서 할 수 없는 자로 반드시 축출해야만 합니다. 영의정 기자헌이 병조 판서 박승종과 모의하여 역적 유희분과 이이첨을 몰아내고 대비를 다시 맞이하고자 준비하고 있으니 고통이 크시더라도 잠시만 참고 기다리십시오.

진노한 광해군은 범인을 역적으로 단정하고, 토벌하라 엄명하였다.

범인을 쉽게 색출할 수 없었다. 상대를 무고한 글이라면 소북파인 기자헌, 박승종이 범인이 될 수 없고, 글 내용이 사실이라면 기자헌, 박승종이 범인이 되어야 한다. 이 글에 등장한 사람들과 정적이 되는 사람이 쓴 글이라면 이들 모두는 범인이 될 수 없는 것이었다. 은밀히 전달되지 않고 초병이 쉽게 발견한 것으로 본다면 후자일 가능성이 짙었다. 후자라면 표면적으로는 서인(西人)들밖에 없다.

범인이 잡히지 않자 투서의 내용에 들어 있는 소북파의 영의정 기자헌과, 박승종, 유희분 등이 차자를 올려 모든 벼슬에서 물러나기를 청하였다. 뜻하지 않은 방향으로 사건이 확대되자 광해군은 이들의 사직을 받아들이지 않고 사태를 냉정히 분석하였다.

'범인이 의도하는 바가 바로 이점이다. 이들은 죄가 없다.'

광해군은 이들의 사직을 받아들이지 않았다. 대신 큰상을 내걸고 범인이 누구인지 고발하게 하였다. 하지만 범인이 쉽게 나타나지 않았다. 광해군은 허균을 불렀다. 요즘 들어 가장 신뢰하는 신하였다.

"괴문서에 나라의 권신들이 서로 권력을 다투어 나를 몰아내려 한다고 적혀 있으니 참으로 괴이한 일이오. 괴문서에 있는 사람들과 의논할 수가 없어 경을 불렀소. 경은 범인이 누구라고 생각하오?"

"신의 생각으로는 소북파인 기자헌과 박승종, 유희분 등이 대북파인 이이첨을 몰아낸다고 적힌 것으로 보아, 현 정권을 이끌고 있는 북인에 앙심을 품은 자들이 북인들을 이간질시키기 위해 이런 문서를 작성한 것으로 사려되옵니다."

"짐의 생각도 그러하오, 그런데 그럴만한 사람들이 있소?"

"현 정권에 가장 반감을 가진 자들로는 지난번에 폐위 논의를 할 때 폐모에 반대하며 집단 사퇴하였던 서인(西人)들이라고 사려되옵니다. 이들이라면 충분히 그러고도 남을 사람들인데, 신이 병조 판서 시절에 들은 정보에 의하면 김류가 서인들을 끌어 모아 삼청결의를 맺고 그들이 뭔가 일을 꾸미고 있다는 말을 들었사옵니다."

"삼청결의?"

"삼청은 곧 김류가 사는 동네로 김유의 집에서 심기원, 김상헌, 장유, 김자점 등이 결의를 한 것으로 아옵니다. 김류는 모든 사람들로부터 대장군감이라고 인정받는 자 이옵고, 장유는 최고의 예학자인 김장손의 제자로 재모가 매우 뛰어난 자이기 때문에 역모를 꾸밀 가능성이 농후하옵니다. 그들을 붙잡아 국문하는 것이 좋을 듯하옵니다."

"일 리가 있는 말이군."

광해군은 허균의 말에 신뢰를 느껴 삼사(三司) 대장(大將) 등을 불러 김류를 불러 국문을 하라는 하교를 내렸다. 임금의 하교가 떨어지자 그 파장은 일파만파로 퍼졌다.

사건의 추이를 지켜보고 있다가 뜻밖에 자신들에게 불똥이 튀자 김류 일행은 매우 당황하였다. 그들은 김류의 집에 모여 대책을 논의하였지만 마땅한 대책이 떠오르지 않았다. 성격이 급한 심기원만이 침통한 표정만 짓고 있는 김류에게 계속 정면 돌파를 건의했다.

"대감, 이왕 이렇게 된 것 망설일 것이 뭐 있습니까? 그냥 이 길로 궁궐로 쳐들어가서 패악한 임금과 이이첨 일당을 때려잡아 버리면 되지요."

"국가 조직이 그렇게 만만한 것이 아닐세."

"만만하지 않으면, 이렇게 앉아서 당하고 있을 것입니까?"

"민심은 우리에게 있을지 몰라도 우린 군사가 없네. 맨몸으로 훈련도감의 병사들을 어떻게 당할 것인가?"

"앉아서 죽음을 당하느니 그들과 싸우다 죽는 것이 오히려 낫지요."

"하지도 않은 일을 가지고 우리가 섣불리 움직이면 여러 사람이 다치네. 이 일은 내가 책임을 지겠네."

"어떻게 말입니까?"

"저들이 나를 지목했으니 내가 국문에 응하면 되는 것이네."

"예!"

"내가 끝까지 버티면 나 하나의 죽음으로 끝날 문제지만 섣불리 움직이다가는 여기 있는 사람 전부가 다 당하네. 우리가 전부 다 죽으면 서인의 명맥은 끊어질 뿐 아니라 인륜도 천륜도 모르는 자들의 세상이 되고 말지 않겠는가? 살아남아서 좋은 세상을 만들어야지."

"안 됩니다. 저희도 함께 하겠습니다."

김류의 말에 방안 분위기는 일순간 무거워졌다. 우두머리가 죽음으로써 모든 것을 책임지겠다니 이보다 더 나은 방안은 없어 보였다. 하지만 그것은 도리 상 있을 수 없는 일이었기에 만류할 수밖에 없었다.

"그것이 범인이 노린 것이다. 더 이상의 방법은 없다. 이곳에 오래 머무르다가는 자네들도 해를 입을 수 있으니 얼른 각자 집으로 돌아가시게."

"대감 혼자에게 책임을 지울 수 없습니다. 저희도 함께 가겠습니다."

최명길이 물러서지 않았다. 좌중은 동시에 생사를 같이 할 것을 말하였다.

"여러분 혼자의 목숨이 달린 문제가 아니오, 각자 문중의 생사와 흥망이 달린 문제요. 여러분이 목숨을 부지하여 나중에라도 꼭 거사를 성공시켜야 나의 억울함도 풀어질 것 아니겠소."

"안 됩니다. 저희도 같이 가겠습니다."

"아닙니다. 지금은 북저 어르신의 말을 듣는 것이 현명합니다."

지금껏 한 마디도 거들지 않고 생각에 잠겨 있던 장유가 나섰다.

"어떻게 그렇게 무정한가!"

김자점이 손아래인 장유를 향해 나무라듯 말했다.

"제가 볼 때 이 사건은 대북파 쪽에서 저지른 일 같습니다. 공격대상은 소북파지요. 따라서 지금은 북저가 사헌부로 압송되겠지만 극단적인 상황까지는 가지 않으리라고 생각합니다. 그런데 우리가 섣불리 나섰다가는 결국 그동안 쌓아온 모든 것이 탄로 날 수도 있습니다. 따라서 비록 북저 어른이 고초를 당하시겠지만 우리들은 몸을 숨기는 것이 상책이라고 생각합니다. 그 사이 분명 소북파와 대북파의 다툼이 벌어질 것입니다."

장유는 김자점의 지적에는 아랑곳하지 않고 자기의 생각을 다 말했다.

"허허, 그렇게 인정이 없어서…."

김자점은 이런 장유의 태도가 못마땅한 듯 말했다.

"아닐세. 내 생각이 곧 장유의 생각과 같네. 그러니 어서들 집으로 돌아가게."

김류는 고개를 돌렸다. 결국 오랜 침묵을 이기지 못한 그의 추종자들은 장유를 선두로 모두 집으로 발길을 돌렸다. 모두들 돌아가고 난 뒤 김류는 마음을 다잡은 후에 새 옷으로 갈아입고 허리를 꼿꼿이 세워 가부좌를 튼 채 지난 시절의 회한과 삶을 정리하며 금부도사가 나타나길 기다렸다.

소북파의 좌장격인 영의정 기자헌은 허균이 범인으로 서인(西人)인 김류를 지명했다는 이야기를 듣고 임금을 찾았다.

"김류가 이 일을 저질렀다는 것은 어불성설입니다. 그는 비록 인목대비 폐위에 반대하긴 했지만, 이런 일을 저지를 만큼 무모한 사람이 아닙니다. 어느 간사한 사람이 남을 모함하려는 계책이 틀림없습니다."

"누가 그렇게 남을 모함한다 말이오?"

"이는 소북파와 서인들을 제거하기 위한 모함입니다."

광해군은 대북파와 소북파의 권력 다툼을 알면서도 모른 채하였다. 권신들과는 객관적인 거리를 유지하면서 중도적 입장을 취하려 애썼다. 이번에도 마찬가지였다. 대북파인 허균과 소북파인 기자헌의 주장이 다르자, 한 쪽에 치우치지 않고 둘 다의 의견을 끝까지 경청했다.

"경은 짚이는 사람이 있소?"

"이는 분명 이이첨 일파가 일부러 저지른 일입니다."

"투서에 이이첨의 이름도 나오지 않소?"

"물론 이이첨은 아닐 것입니다. 죽음을 당할지도 모르는 일인데 자신의 이름을 적었을 리는 없다고 사려되옵니다."

"그럼 누구란 말이오."

기자헌은 임금이 파벌 싸움을 싫어하는 것을 알고 있었기 때문에 자신이 말하는 것이 임금의 생각을 오히려 흐리게 하지 않을까 조심하면서 말했다.

"투서에 거론되지 않은 사람으로 서인도 아니고 소북파도 아닌 사람입니다."

"경은 망설이지 말고 어서 말해 보시오."

"대북파의 사람들 중 이이첨이 아닌 사람이 범인입니다."

"그런 사람이 누가 있소?"

"좌찬성 대감이 틀림없습니다."

"허균이! 그럴 리가 없소. 허균이 뭐가 아쉬워서 그런단 말이오?"

"허균 외에는 감히 그런 일을 저지를 사람이 없습니다."

"음, 알겠소."

기자헌은 원래 인목대비의 폐위에 반대하던 인물이었다. 그런 그가 인목대비에게 폐가 될 줄 알면서 그런 투서를 던질 리가 없었다. 더군다나 폐위를 논의할 때 자신들의 의견에 동조했던 서인(西人)들을 허균이 범인으로 지목했다는 말을 듣고, 이는 분명 서인과 소북파를 떼어놓기 위한 그의 음모라 단정하고 임금에게 말하였던 것이었다.

자신이 신뢰하는 두 사람의 의견을 다 들은 광해군은 누구의 생각이 옳은가를 놓고 고민하다가 일단 허균의 의견을 받아들이기로 했다. 그래서 양사(사간원, 사헌부)에 명을 내려 김류를 잡아들이라 했다.

그러자 영의정 기자헌은 자신이 대북파를 공격한 것이 알려져 자신에게 해가 미칠 것을 두려워하여 사직서를 내고 고향인 강릉으로 내려가 버렸다. 국문 준비를 서두르던 광해군은 당황하여 승지 이홍주를 강릉에 내려 보내 그를 다시 데려 오게 했다. 하지만 그는 차자(箚子, 짧은 상소문)를 올려 화살의 변고를 조정한 자는 허균이라고 거듭 주장만 할 뿐 서울로 올라오지 않았다.

두 번씩이나 노신(老臣)이 허균이 범인이라고 말하자 임금은 뭔가 심상치 않은 일이 벌어지고 있다는 것을 눈치 채고는 김류에 대한 국문을 뒤로 미루라며 어명을 번복하였다. 의금부에 갇혀 있던 김류는 곧 국문이 벌어질 것이라는 말에 모든 것을 체념한 상태였다. 그런데 뜻밖에도 국문이 취소되었다는 말에 안도의 한숨을 내쉬는 한편, 과연 장유의 말처럼 사건이 돌아가는지를 예의 주시하게 되었다.

투서 사건이 발생하자 소북파의 박승종과 유희분은 임금에게 사직서를 제출하고 죄를 청하였으나, 임금은 '경들이 사퇴하여 물러나길 바라는 것이 바로 범인이 노린 점일 것이오. 나는 경들이 결백하다는 것을 알고 있으니 사직의 뜻을 철회하기 바라오' 라며 여전히 이들을 신임하자 득의만만하게 되었다.

임금의 재신임을 받은 이들은 사건의 추이를 관망하던 중, 영의정 기자헌이 허균을 범인으로 지목하자, 이 사건이 대북파를 붕괴시킬 수 있는 좋은 기회로 생각하고 음모를 꾸미기 시작했다.

그들의 첫 목표는 전에 모의한 대로 허균을 이이첨에게서 떼어 내는 것이었다. 박승종은 먼저 많은 상금을 걸고 사건의 전말을 고발하는 사람을 모집하는 한편, 세간에 허균이 범인이라는 소문을 퍼뜨렸다. 그러자 자신의 부하 중, 민인길이라는 사람이 허균과 친하다는 고변이 들어왔다. 박승종은 민인길을 은밀히 불렀다.

"자네가 허균과 모의하여 내 부하가 되었다고?"

"아닙니다. 전 허 판서와는 아무런 관련이 없습니다."

박승종이 다짜고짜 민인길의 죄를 묻자 그는 무척 당황하였다.

"내 다 알고 있네. 나중에 화를 당하지 말고 지금 자백하는 것이 나을 것이네."

"전 허 판서와 친밀한 관계가 아닙니다."

"자네가 이번 괴문서 사건에도 깊이 개입했다는 것을 내 다 알고 있네."

"괴문서라뇨. 전 진짜 모르는 일입니다."

박승종이 다짜고짜 점점 헤어 나올 수 없는 곳으로 자신을 몰아가자 민인길은 당황하여 어쩔 줄 몰라 하며 손만 가로저었다.

"대감마님 전 진짜 모르는 일입니다. 허 판서께서 높은 직위에 오르기 전에 가끔씩 술을 같이 하였을 뿐, 최근에는 만난 적이 없습니다. 제발 믿어 주십시오."

"자네 노모가 편찮으시다는데 좀 괜찮으신가?"

매섭게 민인길을 노려보던 박승종은 갑자기 자애로운 말투로 화제를 바꿨다. 그러자 민인길은 어떻게 답해야 될 줄 몰라 당혹한 표정을 지었다.

"대, 감, 마, 님 덕분에…."

"노부모를 생각해서라도 그런 일을 해서는 안 되지."

"전 절대 그런 일이 없습니다. 소인을 믿어주십시오."

민인길은 억울하다는 듯 눈물까지 흘렸다. 이런 모습을 지켜보는 박승종의 입가에 득의의 미소가 흐르기 시작했다.

"전 정말…."

"이것 받게나."

갑자기 박승종이 소맷자락에서 한 무더기의 돈 꾸러미를 꺼내 민인길에게 던졌다.

"부교위 봉급으로 처자식과 노모를 부양하기기 쉽지 않을 것일세. 내 그동안 자네의 상관임에도 불구하고 제대로 신경 쓰지 못한 것을 미안하게 생각하네. 약소하지만 약값에 보태게나."

"예! 아, 아니옵니다."

"괜찮네. 받아두게."

민인길은 받아든 돈의 액수를 확인하고는 깜짝 놀랐다. 처음에 박승종이 자신을 부른다는 말을 들었을 때는 필경 자신을 허균의 첩자로 몰아, 자백을 받아 내기 위해 모진 고문도 불사하리라 예상하고 준비를 했었는데 뜻밖의 상황이 전개되자 무척 당황스러웠다. 민인길은 박승종의 얼굴을 힐끔 쳐다보았다. 득의의 웃음을 짓고 있었다.

"이유를 말씀해주십시오."

아무리 생각하여도 돈을 받을 이유가 없었다.

"자네가 날 좀 도와주게."

"……."

"자네도 요즘 조정에서 벌어지고 있는 괴문서 사건을 알 것이네. 범인이 허균이라는 것이 밝혀졌네."

"그럴 분이 아닙니다."

"그렇지만 증거가 부족하지 않겠나."

박승종은 민인길이 생각할 틈도 주지 않고 허균을 죄인이라 단정 지으며 그의 반응을 살폈다.

"……."

"너는 평소 허균과 교류를 맺어오다 그와 모의한 후 나의 부하가 되어 나를 감시하기 시작하였고, 이번 괴문서 사건에도 깊이 관여하였다. 이렇게만 말하면 된다."

"……."

"자네가 조금만 협조를 해준다면 지금까지의 자네 행동은 모른 채 해줄 뿐 아니라 자네 앞길을 내가 보장하겠네."

"하지만 전 진짜로 그와 친밀한 관계가 아닙니다."

민인길은 조금 남은 양심에 의지하여 항변을 해보았다.

"그렇다면 더욱 잘 되지 않았나."

"예?"

"자네가 허균 편이 아니라면 못 할 것이 뭐 있는가?"

"좋습니다."

민인길은 사실 허균과 절친한 관계는 아니었다. 하지만 모른 채 하고 지나칠 관계 또한 아니었다. 이런 관계를 박승종이 이용하려 하였던 것이고, 민인길은 잠깐의 고민 끝에 협조를 약속하였던 것이었다.

"내가 증인으로 자네를 부르면 내 말에 그렇다고 인정만 하면 되네."

"알겠습니다."

민인길은 마치 눈앞에 허균이 서 있는 듯 고개를 들지 못하고 풀죽은 목소리로 말했다. 하지만 그는 영리한 사람이라 이 자리를 피할 수 없다는 것을 알았기에, 그리고 이 제의를 거절하면 어떤 화가 미칠지 알고 있었기에 그의 청을 거절하지 못했다.

"고맙네. 이건 자네의 협조에 대한 보답이네

박승종은 일백 냥의 돈 꾸러미를 또다시 민인길에게 건넸고, 그는 아무 말 없이 돈을 받아들었다. 박승종은 민인길이 나가자 곧 '흉악한 익명서는 허균의 것입니다'라는 말과 함께 증인을 확보했다는 상소를 올렸다. 박승종이 괴문서 투척에 직접 참여하였다고 주장하는 증인을 내세우자 범인이 허균임을 주장하는 소북파와 서인들의 협공이 끊이지 않아 서인의 김류가 범인이라는 당초의 상황은 반전이 일어났다. 이제는 누가 범인이냐가 아니라 허균이 범인이냐 아니냐를 놓고 싸우는 꼴이 되었던 것이었다.

다급해진 허균은 휘하의 김개 현응민 등을 서둘러 집으로 불러 대책을 논의했다.

"투서 사건의 범인으로 내가 지목되어 빠져나갈 방법이 없게 되었소. 잘못하다간 우리의 뜻을 펴보기도 전에 잡혀 죽을지도 모르겠소. 이 상황을 벗어나는 방법을 간구 해봅시다."

"지금 상황은 이전과 달리 지금까지 협조 관계를 유지하던 소북파가 같은 동인(東人)인 남인들은 물론 서인들의 지지를 받으며 대감을 공격하는 형국인데 불행하게도 대북파의 이이첨이 지지를 하지 않아 대감 혼자 이들을 맞아 싸우는 형세가 되고 말았습니다. 우리도 빨리 세력을 규합하여 반격을 펼쳐야 할 것입니다."

허균의 말에 현응민이 걱정스런 말투로 대답했다.

"현공의 말대로 세력을 규합한다면 결국 이이첨밖에 없지 않소?"

"예, 그렇습니다."

"그로부터 벗어나야 할 때가 왔는데 또다시 그의 도움을 받게 되면 이제는 그에게 완전 예속되고 말 것이오. 지난 4년 동안 온갖 소리를 다 들으며 그의 하수인 노릇을 하였는데, 다시 그를 찾아가란 말이오?"

"다른 대안은 없지 않습니까?"

"김 부사는 어떻게 생각하시오"

"글쎄요. 저도 현공의 생각에 동의합니다. 이쪽에서 아무리 범인이 아니라고 해도 소북 쪽에서는 변명으로밖에 여기지 않을 것입니다."

"또다시 이이첨에게 도움을 청한다…."

허균은 마음이 썩 내키지 않았다.

"오래지는 않을 것입니다. 도움을 청하여 일단 이 위기를 모면하는 한편 구체적인 거사 계획에 착수하면 됩니다."

현응민은 이 사건을 계기로 그동안 준비했던 거사를 일으키자고 제의했다.

"맞습니다. 더 이상 거사를 미룰 수가 없을 것 같습니다."

김개가 현응민의 의견에 동의하고 나서자 허균은 거사 준비 상황을 확인했다.

"김 부사, 지금 당장 우리가 거사를 일으키면 어떻게 될 것 같소?"

"좀 더 시간이 필요합니다. 아직 훈련도감의 군사에 저항할 만큼의 군사도 준비되지 않았고, 또 지방에 흩어져 있는 우리의 군사들을 끌어들여 본격적인 작전에 들어가려면 최소한 석 달 정도의 기일이 필요합니다."

"자금과 군량은?"

"아직 부족합니다. 우리가 거사에 성공하고 난 뒤에도 평양의 군사를 막기 위해서는 최소한 일천의 군사가 두 달 정도 먹을 양식이 필요한데 절반도 안 됩니다."

김개의 말에 허균의 얼굴은 점점 일그러졌다.

"지금 우리는 큰 위기를 맞이하고 있소. 만약 이번 일을 잘 처리하지 못하면 그동안 준비해왔던 우리의 노고는 물거품이 될 뿐 아니라 우리의 목숨마저 위태로울 지경이오. 우리는 어떻게 해서라도 이 위기를 벗어나서 신속하게 거사준비를 해야 할 것이오."

김개와 현응민은 고개를 숙인 채 듣고만 있었다.

"김 부사는 구체적인 거사 일정과 계획을 세우시오. 이번이 우리의 마지막 기회가 될 것이오. 예상되는 일들을 완전히 파악하여 계획을 세워야 할 것이오. 나는 이이첨을 만나 시급한 불부터 끄겠소."

"알겠습니다."

비장한 각오로 지지자들과 대책회의를 끝낸 허균은 다음날 아침 일찍 일어나 박승종의 차자에 반박하는 상소를 올림과 동시에 저녁 무렵 이이첨을 찾았다. 그는 후원의 정자에서 촛불에 의지하여 책을 보고 있었는데, 한쪽 구석으로는 술상도 보였다.

"밤공기가 제법 찬데, 밖에서 책을 보고 계시는가?"

"누구신가?"

"단보(허균의 자)일세."

"자네가 웬일인가. 요즘 나를 멀리 하기에 아주 의절하였나 생각하였네."

이이첨은 서운한 감정을 나타내듯 고개도 들지 않고 책만 보고 있었다.

"허허, 내가 누구 덕분에 오늘날 이 영화를 누리는데 부원군 대감과 의절을 하겠나?"

허균은 가능한 한 그의 비위를 맞추기 위해 평소와 달리 부드럽게 말했다.

"뭐! 하하하. 평소의 자네답지 않네."

이이첨은 비로소 고개를 들었다. 허균은 평소와 달리 그에게 아부하는 말을 한 것이 머쓱한 듯 더 이상 말을 잇지 못했다.

"올라오시게. 오늘내일 쯤 해서 자네가 찾아올 줄 알고 내 미리 술상을 차려놓고 기다리고 있었네."

"뭐라고!"

이이첨이 사세를 분석하고 자신을 기다렸다는 말에 허균은 뒤통수를 얻어맞은 기분이었다. 이이첨의 손아귀에서 벗어나기는커녕 점점 그의 올가미 속으로 깊이 빠져 들어가는 느낌이 들었기 때문이었다.

"놀라지 말게. 난 자네가 요즘 궁지에 몰리는 것 같아 내가 도와줄 때가 되었다고 판단했을 뿐이니까"

허균이 자리에 앉자 이이첨은 책상을 물리고 술상을 차리게 했다.

"고맙네. 자네가 도와줄 생각을 하고 있었다니."

"난 자네가 무슨 생각으로 서궁에 화살을 던졌는지 알고 있네."

"허허, 이 친구 큰 일 날 소리를 하는군. 자네마저 날 의심하는가?"

"자네밖에 없지 않은가?"

이이첨은 낮으면서도 위엄 있는 목소리로 반문하고 있었다.

"……."

허균은 이이첨이 단도직입적으로 자신이 범인임을 말하자 한동안 그의 얼굴을 노려보았다.

"내가 왜?"

"허허, 내가 꼭 말해야 하나?"

"그렇다네."

"첫째는 나와 박승종 중 하나를 제거하려했겠지. 박승종, 기자헌, 유희분 등이 인목대비 폐비에 반대하자 이를 이용해 나와 저들 소북파의 싸움을 부추겨 어부지리를 이용하려했겠지."

"둘째는?"

"다음으로는, 잠재적인 적인 서인(西人) 세력들의 싹을 자르고 싶었겠지. 이미 김류 등이 모의를 하고 있다는 것을 자네는 알고 있었고, 이들을 제거할 좋은 빌미를 만들려고 했지. 그래서 전하께 김류가 범인이라고 말했던 것이고. 내 말이 틀렸는가?"

이이첨은 허균을 노려보며 말했다.

"그런 눈으로 날 보지 말게. 난 아닐세."

허균은 황급히 시선을 걷으며 말했다.

"자네가 아니라면 여긴 왜 왔는가? 사필귀정(事必歸正)이라 하지 않았나. 그렇다면 그냥 돌아가시게."

"……."

완패였다. 허균은 이이첨에게 속마음이 읽힌 것이 허탈했다. 정적이라 생각했는데 이렇게 수치스럽게 모든 수가 읽히고 있다는 것이 부끄럽기까지 했다. 하지만 이대로 물러설 수는 없었다.

"서인은 잠재적인 적이네. 저들이 소북파와 손을 잡아 우리를 공격하고 있네. 그래서 저들부터 공격하려했던 것일세. 그것이 잘못은 아니지 않는가?"

"자네가 범인이라는 것을 인정하는 말인가?"

"……."

"자네가 인정해야 도와줌세."

"……."

"침묵은 인정한다는 말인가?"

허균이 무겁게 고개를 끄덕였다.

"자넬 도와줌세."

이이첨은 기다렸다는 듯 시원하게 말했다.

"고맙네."

"조건이 있네.

"무슨…."

"두 가질세."

"말해 보게."

"첫째는 이 기회에 확실히 대비를 폐위시켜야 하네."

대비를 폐위시키게 되면 명분을 중시하는 양반 사회에서 그를 향하여 쏟아질 비난과 자신에게 씌워질 폐륜아의 멍에가 얼마나 큰지, 그리고 얼마만큼의 저항이 있을지 허균은 잘 알고 있었다. 그래서 그는 그동안 폐위 문제를 끄집어냈다가 강하게 밀어붙이지 못했다. 이이첨은 뜨거운 감자와 같은 폐위 문제를 허균의 책임 하에 마무리 지어 주기를 바랐다.

유생들이 비난하는 것은 어느 정도 감수할 수 있지만, 백성들에게마저 민심을 잃어버린다면 자신이 꾸미고 있는 거사도 실패로 돌아갈 확률이 많았다. 따라서 이 문제는 쉽게 결정할 문제가 아니었다.

"곤란한가?"

이이첨은 다그치듯 생각할 틈을 주지 않으려 했다.

"그 다음은 무엇인가?"

"확답을 먼저 하게나."

"하겠네."

발등의 불부터 당장 꺼야했다.

"둘째는 거사 계획을 중단하라는 것이네."

"뭐라고!"

등에서 식은땀이 흐르기 시작했다. 비밀리에 해온 일인데 어떻게 이이첨이 알았을까?

"난 자네가 요즘 뭘 하고 있는지 다 알고 있네."

"허허, 내가 뭘 한다고 그러시는가?"

무조건 모른다고 해야 한다. 아니면 책잡힐 수가 있다.

"만약 자네가 계획을 중단하지 않는다면 나로서도 어쩔 수 없네."

"무슨 말인가?"

"대비 폐위로 자네의 효용가치는 끝날 수도 있다는 것일세."

"뭐라고, 이런 야비한…."

"어차피 자네와 난 그런 관계가 아닌가?"

허균은 이 순간 능글맞은 웃음을 짓고 있는 이이첨의 얼굴에 똥바가지를 퍼붓고 싶은 충동을 느꼈다.

"이런…."

허균은 불끈 쥐었던 주먹을 다시 폈다. 그리고 벌떡 일어섰던 기운을 가라앉히고 앉음새를 고쳤다. 지금은 자신이 약자였고 도움을 청하러 이곳에 왔기 때문이었다.

"자네의 움직임을 이전부터 계속 주시하고 있었네. 더 이상 움직이지 말게. 이것이 내가 자네에게 친구로서 해줄 수 있는 마지막 충고일세."

"친구라고! 자네가 날 그런 식으로 생각하는 것이 불쾌하네."

"자, 술이라도 한 잔 마시고 마음을 가라앉히세."

허균은 이이첨이 내미는 술잔을 받았다. 이이첨은 술잔에 술을 반쯤 채웠다. 자신의 잔에도 반만 따랐다.

"자, 마시게."

허균은 앞에 놓인 술잔을 들이켰다.

"자네는 아직 내 물음에 답을 하지 않았네."

"뭐라고!"

"자네가 확답하지 않으면 나는 이번 사건을 구경만 하고 있을 수밖에 없네. 잘못하다간 역도가 될 수도 있으니까 말일세."

이이첨은 자신의 잔에 술을 채우며 남의 말 하듯 말했다.

"난 역모를 꾸민 적이 없네."

"내가 자네를 이용했다고 생각하겠지만, 그건 자네도 마찬가질세. 자네도 나를 이용하여 권력의 보호막 아래 숨어 있으면서 역모의 꿈을 키우지 않았느냐 말일세."

"허허, 이 친구가 큰일 날 말만 자꾸 하는구만. 내가 어떻게 감히 그런 생각을 품을 수 있다고 생각하는가? 하늘에 맹세코 난 그런 적이 없네."

허균이 시치미를 떼며 불만스러운 목소리로 말하자 이이첨은 술잔에서 눈을 돌려 허균을 노려보았다. 허균도 외면하지 않고 눈을 마주쳤다. 팽팽한 긴장감이 흘렀다.

"아니면 다행이고."

이이첨은 중얼거리듯 말하고는 다시 술잔으로 시선을 옮겨 술을 따르고는 술잔을 들이켰다.

"꽃잎이 잔에 떨어지니 화주(花酒)일세."

"……."

"본인 입으로 아니라 했으니 그 말을 믿어 보겠네."

이이첨은 연달아 술잔에 술을 따라 마시며 말했다.

"믿어줘서 고맙네."

허균은 속의 불쾌감을 표출하지 않으려 애썼지만 그의 목소리는 불만에 가득 찬 목소리였다.

"내일부터 자네를 도와주도록 하겠네."

"고맙네."

허균은 형식적인 인사말로 짤막하게 사례를 하고는 이이첨의 집을 빠져 나왔다.

이이첨의 대북파가 허균의 무죄를 주장하는 상소를 올리기 시작하자, 전세는 백중세로 바뀌었다. 그러자 지금까지 구경만 하고 있던 소북파의 유희분 휘하의 성우길 사복정 유충립 등이 허균이 범인임을 주장하는 맞 상소를 올려 싸움의 양상은 대북파와 소북파가 극한 대립을 빚게 되는 상황으로 발전하였다. 덕분에 서인의 우두머리인 김류는 한숨을 돌리게 되었다.

이 지루한 공방전의 양상을 바꾸는 계기가 발생했다. 싸움이 파벌 다툼으로 전개되자 강릉에 있던 영의정 기자헌은 또다시 상소를 올려 범인은 허균이라고 강하게 주장하게 되었는데, 이이첨이 이 상소문을 트집 잡은 것이었다.

그는 휘하의 조흡을 시켜, 영의정 기자헌이 임금과 나라를 저버리고 어려운 시기에 도망을 가버려 이런 난국을 초래하였다며 그에게 이 난국의 책임을 물어야한다는 상소를 올리게 했다. '허균이 범인이다 아니다'의 싸움을 기자헌을 벌주어야 한다는 쪽으로 화제를 바꾸어 버린 것이었다. 이 전략은 맞아 떨어져, 싸움은 이제 '범인이 누구냐'라는 본질적인 문제를 떠나 기자헌의 잘잘못을 가리는 논쟁으로 바뀌고 말았다.

지루한 싸움이 계속되자 더 이상 범인을 찾기 힘들다고 판단한 광해군은 드디어 결정을 내렸다. 허균의 뛰어난 문장력과 외교적 능력을 좋아하는 임금은 그의 손을 들어주었다. 임금이 되는 데는 공을 세웠지만 인목대비 폐위 문제를 적극적으로 반대하여 못마땅하게 생각하던 기자헌을 회령으로 유배를 보내는 것으로 경운궁 투서 사건을 일단락 지었다. 대북파와 소북파의 북인과 남인으로 이뤄진 동인은 물론이고 서인들까지 한꺼번에 물려 일대회전을 벌였던 투서사건에서 결국 승리한 쪽은 대북파였다.

허균은 일시적으로는 위기를 넘겼으나, 이 사건을 계기로 조정 내에 너무 많은 적을 만들었을 뿐 아니라, 이이첨에게 또다시 큰 빚을 지게 되어 점점 나락으로 빠져들고 있었다. 투서 사건이 어느 정도 마무리되자 허균에 대한 이이첨의 무리한 요구가 하달되기 시작했다. 처음으로 그에게 내린 지령은 인목대비 폐위를 마무리 지으라는 것이었다.

자신의 모든 것을 알고 있는 이이첨의 부탁을 거절할 수 없게 된 허균은 그동안 지지부진하던 인목대비 폐위를 강하게 밀어붙였다. 그 결과 좌의정 한효순, 공조 판서 이사의, 예조 판서 이이첨, 동지춘추관사 이경전, 우찬성 이충, 호조 판서 최관, 대사헌 남논, 공조 참판 조위 등이 모여 조목조목 의논을 하여 결국 무오년(1618년) 1월, 인목대비를 폐위시키는데 성공했다.

명나라로부터 내린 존호를 깎아 대비 대신 서궁(西宮)이라 부르게 하였으며, 옥책(玉册)과 옥보(玉寶), 납징(納徵), 남폐(納幣), 어보(御寶) 등을 내놓게 했다. 조알(朝謁), 문안(問安), 숙배(肅拜)를 폐지하고 승정원, 병조, 도총부, 별감, 사옹원, 전색, 사약, 내관 등의 분원도 폐지하고 차인(差人), 내의원, 주방 등도 철수하고 각종 공물 상납과 각도에서 한 달에 한 번 진상하는 것도 금지하게 하였다.

또한 서궁에 공급하는 것은 후궁의 예에, 공주는 옹주의 예에 따르게 하고, 역적의 자식일 뿐 아니라 자신도 역적의 무리에 의해 추대되었으므로 죽은 후에도 온 나라가 상복을 입을 수 없으며, 종묘에도 들어갈 수 없다고 하였다. 뿐만 아니라 궁의 담을 더 높이 쌓고 군관 4인, 당상관 무장 4인, 무군관(武軍官) 8인이 지키게 하여 인목대비를 유폐시켰다.

3부

팔기군

1. 팔기군(八旗軍)

따가운 햇살이 대지를 달구어 타오르는 기운이 천지를 적셔 지상에는 온갖 물상들이 그 생명의 기운을 마음껏 뽐내는 여름날, 치료를 명목으로 방안에만 갇혀 지내던 한손은 문밖으로 나섰다. 장창을 든 호송병에 이끌려서였다. 눈부신 햇살로 인해 제대로 눈을 뜰 수가 없었지만 숨 막히는 방안에 누워 있어야 하는 것에 비하면 훨씬 좋았다. 달포가 넘게 나서지 않아서인지 홍경 시내가 낯설게 느껴졌다. 호송병이 걸음을 멈추지 않아 감상에 젖을 틈도 없이 홍경성 밖으로 빠져나왔다. 성벽이 보이자 갑자기 불안한 생각이 들었다. '도대체 어디로 가는 것일까?' 호송병의 표정을 살폈다. 굳어 있는 얼굴에 입을 꽉 다물고 있는 것으로 보아 공무(公務)를 수행하는 것이 분명했다.

탈출하다가 붙잡혔을 때는 큰 고초가 뒤따를 것이라 각오했다. 뜻밖에도 중년무사가 나타나 상처를 치료받으면서 그런 생각이 슬며시 뒤

편으로 물러나 있었던 것도 사실이었다. 성 밖으로 나오면서 드디어 그 대가를 치르는가보다는 생각이 들어 마음을 다잡기 시작했다. 홍경성 밖을 벗어나서도 계속 걷기만 했다. 이렇게 먼 길을 가면서 왜 포승줄을 메지 않는지 이상하기도 했다.

호송병은 홍경성 밖을 벗어나서도 한참을 더 걸은 후 넓은 개활지에서 비로소 걸음을 멈추었다. 단순한 개활지가 아니었다. 사대(射臺)가 보이고, 바닥이 잘 다듬어진 것으로 보아 연병장(練兵場)임에 틀림없었다. 개활지 안에는 날카롭게 날을 세운 장창으로 무장한 팔기군 장정들이 둥글게 도열해 있었다. 한손은 이들 사이로 내몰렸다. 그곳에는 불안감으로 얼굴이 굳어 있는 많은 장정들이 서성거리고 있었다. 하나같이 넝마를 걸치고 있었고 씻지 못하여 고약한 냄새를 풍기고 있었다. 변발을 한 것으로 보아 여진족의 통일전쟁에서 누루하치의 포로로 잡힌 자들 같았다.

이들처럼 포로대접을 받게 되었다는 생각이 들었지만 편안히 마음먹기로 했다. 두 팔과 다리가 멀쩡하다면 언젠가는 또다시 탈출할 기회가 생길 것이라는 믿음과 함께. 한손은 손과 팔을 크게 한 번 휘저어 보았다. 불편한 곳이 없었다. 몸을 마음대로 움직일 수 있다면 크게 걱정할 것이 없었다. 한손의 마음은 편안해졌다.

한 식경의 시간이 지날 무렵, 멀찍이서 먼지가 일고 요란한 말발굽소리가 들리더니 일단의 무리가 말을 타고 나타났다. 장창을 든 팔기군 장정들은 서성거리던 사내들을 한 줄로 세웠다. 포로들이 정렬되자 호위 장정들을 이끌고 한 명의 무사가 포로들 앞으로 나섰다. 호리한 몸매였지만, 상대의 심장이라도 뚫을 듯한 날카로운 눈매를 가진 다부진 사내, 한손에게는 이제 낯설지 않은, 호랑이 사냥을 나섰다가 마주쳤던 중년 무사였다.

"잘 들어라."

폭포수 소리도 뚫을 목소리였다.

"너희들은 우리의 포로다. 포로의 운명은 두 가지다. 일정한 실력을 갖추고 충성을 맹세하는 자는 우리와 똑 같은 대접을 받으며 자랑스러운 팔기군의 장정이 된다. 그렇지 못한 자는 평생 허드렛일이나 하는 노예로 전락하고 말 것이다. 기회는 단 한 번이다."

중년무사의 말에 포로들이 술렁이기 시작했다. 대부분 야인이나 해서 여진족들로 누루하치의 부족 통일전쟁에서 포로로 잡힌 자들이었다. 이들의 마을은 대부분 파괴되었고 가족은 흩어졌다. 다시 가족을 찾고 가정을 찾을 방법은 팔기군을 뽑는 이 시험에 합격하는 방법밖에 없었다. 누루하치가 이끄는 건주 여진의 팔기군이 어떤 대접을 받는지는 이미 들어서 알고 있었다.

"시험 방법은 한 가지다. 말을 타고 달리면서 활을 쏘아 과녁을 맞히는 것이다. 화살은 단 하나다. 단 한 발에 의해 너희들의 운명이 결정된다. 팔기군이냐, 종이냐."

또 한 번의 술렁거림이 있었다. 포로 생활을 각오하고 나섰던 한손은 중년무사의 뜻밖의 제안에 마음이 혼란스러웠다. 종으로 남는 것과 팔기군이 되는 것, 과연 어떤 것이 탈출하는데 유리한가? 설사 팔기군이 되려 해도 과연 단 한 발의 화살을 과녁에 맞힐 수 있을까? 생각할 시간은 오래지 않았다.

나팔 소리와 함께 팔기군을 선발하는 시험이 시작되었다. 백 보 정도의 거리에 한 척 높이의 과녁을 세우고 말을 달려 활을 쏘아 맞춰야 했다. 출발점에는 여러 종류의 활과 화살이 놓여 있었다. 여진족의 활은 조선의 활보다 5분의 2정도가 길었다. 소뿔로 만들었는데, 자작나무 껍질로 잘 감싼 후 아교를 칠하여 무더운 여름철이라도 근각이 풀리지 않게 했다. 화살은 대나무를 사용하는 조선과 달리 나무를 사용하는데 대개 속이 꽉 찬 버느나무나 피나무를 바짝 말려 반듯하게 톱으로 썰어 만들었다.

한 사람씩 차례로 말을 달리기 시작했다. 합격한 자와 불합격한 자의 명암은 뚜렷했다. 합격한 자의 얼굴은 안도감과 함께 득의가 만만했으며, 불합격한 자의 얼굴은 흑빛이 되었다.

한손도 말에 올랐다. 여진족은 어릴 때부터 말을 타기 때문에 말 타기에 익숙했다. 한손도 말과 함께 성장했을 뿐 아니라 가라보와 지내는 몇 개월 동안 그에게 마상술을 배우고 익혔기 때문에 말이라면 이들에게 뒤질 것이 없었지만 지금은 상황이 달랐다. 몸의 상처는 아물었지만 아직 원기를 회복하지 못은 상태였기 때문에 몸을 마음대로 움직일 수 있을지 불안했다. 더구나 활이라면 자신 있었지만 여진의 활은 쏘아 본 적이 없었다.

말은 고분고분했다. 크게 쉼 호흡을 한 한손은 말에 박차를 가했다. 얌전하던 말은 쏜살같이 뛰쳐나갔다. 오랜만에 말을 타는 한손은 속도감에 잘 적응할하지 못하여 몸이 뒤흔들렸다. 활을 쏘기도 전에 낙마할지도 모른다는 생각에 한손은 고삐를 꽉 잡고 몸의 균형을 유지하려 애썼다. 뜨거운 열기가 솟아 숨이 막혔다. 시간이 없었다. 겨우 몸의 균형이 잡히자 과녁을 힐끗 본 다음 고삐를 놓고 활과 화살을 뽑아 힘껏 화살을 날렸다. 시위를 당기는 순간 아귀힘이 전과 같지 않은 것을 느꼈다. 화살은 표적을 향하여 정확하게 날았지만 힘이 없었다.

'실패다!'

한손은 체념한 채 고개를 떨어뜨렸다. 머리칼이 강한 바람에 날리는 것을 느끼며.

"합격!"

화살은 과녁의 맨 아랫부분에 꽂혀 있었다.

50여 명의 포로들이 시험을 본 결과 20여 명이 합격했다. 불합격한 자들은 장정들에 의해 어디론가 다시 끌려가고 있었다. 그중에는 형제간, 부자간에 운명이 갈려 서로의 이름을 애타게 부르는 사람도 있었다.

중년무사가 다시 나타났다.

"축하한다. 지금부터 여러분들은 팔기군이다. 따라서 팔기군으로서 누려야할 온갖 혜택은 다 누릴 수 있다. 여러분의 실력에 걸맞은 대우를 하기 위해 마지막으로 비무(比武)를 실시하겠다. 여러분이 자신 있는 무기를 들고 싸우는 것이다."

팔기군은 1616년 1월 누루하치가 부족 통일전쟁에서 도입한 것으로, 일반 백성 중 18세가 되면 활을 쏘아 과녁을 맞히는 것으로 뽑았는데, 일단 기인(旗人)에 소속이 되면 30묘의 밭을 주어 식량과 목초를 조달하게 하였는데, 생활하기에는 풍족한 땅이었다.

팔기군은 먼 옛날 만주 지역에 있었던 부여에 그 기초를 두고 있다. 부여는 사출도라는 행정구역을 가지고 있었는데 이는 사냥이나 전쟁이 발발했을 때 하나의 진법을 이루기 위한 제도였다. 오늘날 윷놀이 판과 같은 진을 짜고 북쪽에는 매복군을 숨기고 나머지 세 방향에서 사냥물이나 적군을 몰아가 [illegible] 공격하는 것을 원칙으로 삼았다. 이는 기병들로 구성된 몰이꾼 부대가 필수적이었는데 이런 제도는 고구려의 사신도로 계승되어 우청룡 좌백호 남주작 북현무의 수호신은 각부대의 상징이 되었다. 팔기군은 이런 제도를 본 딴 것이었다. 즉 사출도와 사신도의 한 방향을 두 겹으로 만든 것으로 부여와 고구려보다 훨씬 견고한 조직을 가졌다.

한손은 비록 몸이 완전하지는 않았지만 검에는 자신 있어 목검을 들고 비무에 임했다. 검술은 여진족보다 조선 사람이 한 수 위였다. 간단하게 네 명의 상대를 쓰러뜨렸다. 최후 승자가 된 것이었다.

"축하한다. 넌 기군 내에서도 남들보다 높은 직위가 주어질 것이다."

중년무사가 나서서 축하의 말을 건넸다.

"……."

한손은 말없이 그를 노려만 보기만 했다. 아무 것도 마음대로 할 수 없는 처지에서 남의 손에 이끌려 기군 시험에 응했지만 남의 나라 군인이 되는 것이 축하 받을 일이 아니라는 생각에서였다.

"나하고 한 번 겨뤄보자."

무슨 의도를 지녔는지 중년무사는 한손에게 비무를 청했다.

"좋습니다."

중년무사에 대한 분노의 감정이 남아 있는 한손은 기꺼이 그의 청을 받아들였다.

손에 맞는 목검을 집어든 중년무사는 한손을 노려보았다. 빈틈이 보이지 않았다. 사냥터에서 기진맥진했을 때의 한손이 아니었다. 중년무사가 보법을 바꾸자 한손도 보법을 바꾸며 격검법을 취했다. 중년무사의 입가에 가벼운 미소가 흘렀다.

먼저 공격한 쪽은 중년무사였다. 현란한 검세를 펼치며 상대가 정신을 못 차릴 정도의 공세를 취했다. 한손은 완벽한 품새를 취하며 맞받아냈다. 목검이 부딪힐 때마다 전해지는 강한 힘에 중년무사의 손에는 절로 힘이 들어갔다. 어느새 중년무사의 옷은 땀방울로 뜨겁게 물들기 시작했다.

한낮의 햇살을 받으며 시작했던 비무는 개운산 봉우리에 해가 걸리도록 결판이 나지 않았다. 오늘 아침까지도 방안에 누워 있었던 사람이라고는 믿기지 않을 정도로 한손의 체력은 고갈되기는커녕 점점 힘이 보충되는 것 같았다. 고도의 수련을 통해서만 가능한 경지였다. 바닥이 보이지 않는 체력과 힘, 빠른 보법을 바탕으로 한 쾌검, 기본이 탄탄한 품새와 기교까지, 모든 것을 알 수 있었다. 더 이상은 필요 없었다.

"자, 이제 그만 끝내자."

"끝을 보셔야지요."

"날이 이미 저물었다."

"해가 지기 전에 끝을 내겠습니다."

"뭐라고!"

중년무사는 자신의 목적을 달성하여서인지 비무를 끝내려했지만 한 손은 아니었다.

"단 일 합의 공격으로 당신을 베겠습니다."

"당돌하구만."

중년무사의 눈가가 급속히 일그러졌다.

"만약 끝내지 못한다면?"

"평생 당신의 종이 되겠습니다.

"푸하하하, 너희들도 들었느냐. 이 젊은이가 한 약속을."

중년무사는 주위를 둘러 선 기군(旗軍)의 장정들을 둘러보며 비아냥거렸다.

"단 일 합의 공격으로 당신을 베면 저의 요구 조건을 들어주셔야 합니다."

"요구 조건?"

"먼저 확답을 하십시오. 제 부탁을 들어준다고."

"내가 들어 줄 수 있는 부탁이라면 반드시 들어준다."

"들어 줄 수 없는 부탁이라면 어떻게 하실 것입니까?"

"내가 들어 줄 수 있는 것이라면 꼭 지킨다."

중년무사의 말은 단호했다.

"일 합의 공격으로 당신을 제압하면 저를 석방해주십시오."

"너는 포로다. 포로를 살려 주는 법은 없다. 기군(旗軍)이 되거나 노예가 될 뿐이다."

"할아버지가 기다리십니다."

"그래도 석방은 안 돼."

"그러면 할아버지에게 안부라도 전하게 해주십시오."

"그럴 일은 없겠지만 만약 네가 나를 이긴다면 주군께 한 번 말씀드려 보마."

"얏!"

중년무사가 말을 맺자마자였다. 한손은 큰 기합 소리를 내며 순식간에 짓치고 들어갔다. 순간 중년무사는 배를 움켜쥐고 쓰러졌다.

"이런 비겁한…."

아픈 배를 움켜쥐고 한손을 질책을 하려던 중년무사는 채 말을 맺기도 전에 그만 입을 다물고 말았다. 석양을 등지고 서 있는 한손의 칼이 왼손에 들려 있었기 때문이었다. 지금까지 한손은 오른손으로 계속 검을 다루었는데 지금 자신의 배를 가른 것은 분명 왼손이었다.

'이 녀석이 여선참사세(呂仙斬蛇勢)를 구사할 줄이야.'

한손은 답하기 곤란한 질문으로 상대의 정신을 흐트러지게 한 후 기습을 가했다. 그것도 상대가 전혀 예상하지 못한 방법으로. 오른손으로 칼을 던져 오른손이 아닌 왼손으로 칼을 받아 순간적으로 그의 가슴을 가른 검법은 여선참사세였다. 더군다나 그는 상대와 말을 하는 동안 어느새 해를 등지는 유리한 위치마저 점하고 있었다.

중년무사는 머리카락이 모두 일어서는 기분을 느꼈다. 암수라고 질책하기에는 너무나 치밀하여 정공법에 더 가까운, 비기(秘技)라고 할 수밖에 없는 수법이었다. 이것이 진검이었으면 자신은 이미 이승 사람이 아니었다는 생각과 함께 무도(武道)를 뛰어넘은 생존의 도법(刀法)에 공포감마저 느꼈다. 죽은 자는 말이 없는 법이다. 정정당당히 싸워서 졌건, 불의의 기습을 받아 졌건, 죽은 자는 아무런 변명을 할 수 없는 것이다. 모든 것을 잃을 뿐이다. 창자가 뒤틀리는 고통을 참으며 중년무사는 힘겹게 자리를 털고 일어났다.

"너는 암수를 썼다."

애써 태연한 표정을 지으며 꾸짖듯이 말했다.

"전쟁터에서는 상대를 죽이지 못하면 내가 죽습니다."

"어린놈이 그런 말을 하다니. 생각 자체가 불순하구나. 성(姓)이 무엇이냐?"

꾸짖는 말투만은 아니었다. 오히려 오랜만에 만나는 훌륭한 솜씨를 지닌 조선무사의 내력을 알고 싶어 하는 투였다.

"성(姓)? 그런 것은 없습니다."

"그래."

중년무사는 이상하다는 듯 고개를 갸웃거렸다.

"원래 너는 왼손잡인가?"

"오른손잡입니다."

"검은 왼손으로 배웠나, 오른손으로 배웠나."

"양손으로 다 배웠습니다."

"쌍칼을 쓰나?"

"예."

"대단하구만."

"약속을 지키십시오."

"주군께 한 번 말씀드려 보겠다고 했다."

사할리언, 여진의 통일전쟁을 이끌고 있는 누루하치의 장남이며 팔기군(八旗軍)의 대표 격인 양황군(?黃軍)의 주인인 암바 버일러의 차남이다. 말자 상속이라는 만주족의 풍습에 따른다면 미래 양황군의 주인이 될 인물이다. 그동안의 전쟁에서 전승을 거둔 장수의 집이라면 크고 화려할 뿐 아니라 집안에는 하인들과 여자들도 가득 찰 만하다. 더구나 약탈경제를 기반으로 하는 유목민족인 만주족의 집이라면 더욱 그러하다. 하지만 사할리언은 달랐다. 그는 지금은 만주족의 통일전쟁이 진행중이기 때문에 장수는 검소하고 절제된 삶을 살아야한다고 생각했다. 따라서 그의 집은 화려하지도 크지도 않았다. 그렇게 넓지 않은 마당과 세 칸의 대청, 많지 않은 방을 가진 집이 그의 숙소였다.

이날 밤 사할리언의 집을 찾은 사람이 있었다. 한손과 비무를 했던 중년 무사였다. 사할리언은 멧돼지 고기를 안주로 술상을 차려 그를 맞이했다.

"쓸 만한 사람이 있었소?"

사할리언은 오늘 낮에 있었던 일을 떠올리며 물었다.

"지난겨울 호랑이 사냥에서 붙잡아온 한손이라는 장정이 장원을 했습니다."

"그래! 과연 정 군사(軍師)의 눈이 틀리지 않았구만."

"암수(暗數)가 있긴 했지만 저도 한손에게 패했습니다."

"뭐라고! 정 군사를 이기다니. 허허허."

사할리언의 입에서 웃음이 흐르기 시작했다.

"활 솜씨는 어땠소?"

"아직 근력을 완전히 회복하지 않아 불안했지만, 기인(旗人)을 뽑는 시험은 통과하였습니다. 원래 조선인들은 활을 잘 쏩니다."

"그렇지."

사할리언은 고개를 끄덕였다.

"말은 잘 타던가?"

"만주 사람들만큼은 타는 것 같습니다."

"허허허. 정말 오랜만에 쓸 만한 인재를 찾았구만."

사할리언의 얼굴에 희색이 만연했다.

지난겨울 호랑이 사냥에서 한손을 죽이지 않고 포로로 데려 온 사람이 바로 사할리언이었다. 그는 젊고 용감하였지만 경륜이 부족하였다. 때문에 그의 아버지 암바 바일러는 여진의 통일전쟁에서 십여 년 간 큰 공을 세워 믿음이 가는 중년무사를 사할리언에게 보내어 보좌하게 했다. 출중한 무예와 함께 오랫동안 전쟁터를 누비면서 쌓은 노련미와 뛰어난 전술을 지닌 그를 사할리언은 신뢰하였다. 하지만 이제 성인으로 성장한 사할리언에게 필요한 것은 노련한 보좌관보다는 평생을 자신의 수족처럼 부릴 수 있는 또래의 인재였다. 그는 무예 실력이 뛰어나고 충성심이 강한 젊은이를 찾고 있던 중이었다.

한손도 그중 하나였다. 사할리언은 정 군사의 의견에 따라서 사냥터에서 출중한 무예가 돋보인 한손을 쉽게 부르지 않았다. 일부러 노예생활을 시켰다. 종살이를 하면서 만주족의 문화를 밑바닥부터 익히게 하였을 뿐 아니라, 극한 상황에서의 인내력과 상황에 맞는 대처법을 기르게 했다.

"그래 한손이라는 자가 충성을 맹세했소?"

드디어 사람을 찾았다는 믿음을 갖게 된 사할리언이 다그치듯 물었다.

"그가 마음으로 충성을 하려면 시간이 필요합니다."

정 군사라 불린 중년무사는 서두르지 않았다. 처음으로 자신 앞에 놓인 술잔을 들이키며 말했다.

"그렇겠지."

자신이 너무 성급했음을 깨닫게 된 사할리언도 비로소 한 잔 들이켰다.

"주군께서는 어쩌면 호위무사 하나를 하는 얻는 것 이상의 것을 얻을지도 모르겠습니다."

"그게 무슨 소린가?"

"한손이 펼친 무예는 조선의 궁궐을 지키는 무사들 사이에서만 비전(秘傳)되는 무술이었습니다."

"그래!"

"한손에게 무술을 가르친 자가 누구인지 아직은 잘 모르지만 경우에 따라서는 장차 우리 후금의 가장 골칫거리가 될 수도 있는 대조선(對朝鮮) 정책에 전기(轉機)를 마련할 인물일 수도 있다는 예감입니다."

"그렇게 된다면 더 할 수 없이 좋겠군."

"저에게 짚이는 것이 있습니다. 기회 있을 때 한손이가 집에 한 번 다녀올 수 있도록 허락해주십시오."

"좋을 대로 하시오."

"감사합니다."

"그보다도 더 급한 것은 무순성 공격이오. 이번 전쟁은 명나라에 대한 첫 공격이라 매우 중요하오. 이 싸움에 나는 한손이를 데려가고 싶소."

"그럴 가치가 충분히 있는 놈입니다."

"그가 짧은 기일 내에 마음에서 우러나올 수 있는 충성심을 갖게 하는 것은 쉽지 않을 것이오."

"……."

중년무사는 사할리언의 말에 곧바로 대답하는 대신 빈 잔에 술을 가득 따른 후 잔을 들이켰다.

"두 가지 방법이 있습니다. 조선 사람들은 원래 명분에 약하기 때문에, 그에게 왜 우리 후금이 일어났는가에 대한 확실한 역사관을 심어준다면 주군을 위하여 목숨을 바칠 수 있을 것입니다. 이것은 제가 책임지고 하겠습니다. 이는 시간이 많이 걸리는 방법입니다."

"둘째 방법은?"

"미인계입니다."

"미인계!"

"그는 필시 산골에서 사냥이나 하고 자란데다 오랫동안 집을 떠나 노예 생활을 하고 지냈기 때문에 아름다운 여인이 자신을 위해 헌신한다면 온 정신을 다 빼앗길 것입니다."

"그렇게 해서 그가 충성을 맹세한다면 얼마든지 할 수 있지만, 그게 쉽게 될까?"

"한손이 자식을 갖게 된다면 그 자식은 우리의 볼모나 마찬가지입니다. 그렇게 되면 그는 분명히 주군께 충성을 바칠 것입니다. 조선 사람들은 유난히 핏줄을 중히 여기기 때문이지요. 더구나 그가 주군께 충성을 바친다면 아직은 잘 모르지만 그에게 무술을 가르친 자도 우리 편이 될 수 있을 것입니다."

"그렇게만 된다면야…. 정 군사에게 모든 것을 맡길 테니 잘 해보시오."

"충심을 다하겠습니다."

기군 시험에 합격한 한손은 중년무사의 손에 이끌려 홍경 시내로 들어와 크지는 않지만 잘 정돈된 기와집에 거처를 정했다. 한 상 잘 차려진 밥상을 받은 후 잠이 들었다. 해가 문지방을 타고 넘어들 무렵 잠에서 깨어난 그는 조심스럽게 문밖으로 나왔다. 마당 어디를 둘러봐도 인기척이 없었다. 바깥으로 통하는 중문은 닫혀 있었다. 발소리를 죽이며 중문으로 다가간 그는 슬며시 문을 밀쳤다. 문이 열렸다. 한발 짝 바깥세계로 발을 내디뎠다.

"어딜 가려고?"

적개심이 묻어 있지는 않았지만 강한 경계심은 느낄 수 있는 목소리였다. 두 명의 장정이 장창을 엇갈려 들이대며 한손의 앞을 가로막고 나섰다. 한손은 이들의 눈치를 보다 슬며시 발걸음을 뒤로 물렸다. 그것으로 끝이었다. 더 이상 문밖으로 나서지 않았다. 두 끼 밥은 제공되었지만 불안했다. 도대체 여기가 어디며 또 앞으로 어떻게 될 것인가? 중년무사라도 와준다면 따져도 볼 것인데, 증오심마저 느끼던 사람인데 이런 형국이 되고 보니 그가 기다려졌다. 그렇게 또 하루해가 저물었다.

"잘 잤는가?"

분명한 조선말이었다. 반가움에 한손은 벌떡 자리에서 일어섰다. 아직 미명이었다. 한 명의 사내가 불쑥 방안으로 들어섰다. 중년무사였다.

"조선 사람이었습니까?"

한손은 놀란 표정으로 물었다.

"내 이름은 정동식. 조선 사람이지."

"그런데 왜…."

"왜 조선 사람이 여진 사람의 부하가 되었냐고?"

"예."

"여진 사람으로서 조선 임금의 신하가 되는 사람이 많은데, 조선 사람이 여진 사람의 부하가 되어서는 안 되는 이유라도 있나?"

"조선 사람은 조선에 충성해야 하는 것 아닙니까?"

"조선의 누구에게 충성을 해야 하는가. 전쟁이 나자 백성을 버린 임금인가, 아니면 입만 나불대다가 전쟁이 끝난 후 전쟁영웅들을 다 죽인 권신인가?"

그의 말에 한(恨)이 묻어 있었다. 한손은 무슨 얘긴지 잘 이해할 수 없어 그냥 눈만 멀뚱거릴 뿐이었다.

"저는 그런 사정은 잘 모릅니다. 하지만 아저씨가 옳지는 않은 것 같습니다"

한손은 아무런 논리도 없으면서 괜히 억지를 부렸다.

"조선 사람들은 여진 사람들을 오랑캐라 비하(卑下)하지만, 조상을 삼킨 화하족(華夏族, 漢族)을 어버이라 섬기면서 형제를 푸대접하는 조선 사람들이야말로 진짜 오랑캐지."

"그런 말은 아무리 해도 소용없습니다. 다만 제게 남아 있는 것은 고향에 돌아가고 싶은 생각뿐입니다."

한손은 그가 조선 사람이라는 것을 알고 속에 있는 말을 꺼림 없이 말했다.

"그렇겠지."

"아저씨도 조선 사람이라니 하는 말입니다만 지난번의 약속을 지키십시오. 홀로 계신 할아버지가 저를 기다리고 계십니다."

"약속은 지킨다. 하지만 남자라면 명분과 명예를 위해 작은 것은 희생

할 수도 있어야 한다."

"명분과 명예라뇨?"

"너는 조선인이기 이전에 고구려의 후손이다. 고구려의 후손으로서 그동안 실추되었던 우리 민족의 명예를 높일 수 있는 가장 큰 싸움이 이제부터 시작된다. 이런 역사적인 일 앞에서 사소한 개인적 정분은 나중으로 미뤄야한다는 것이지."

"나는 그런 어려운 말은 모릅니다. 할아버지에게나 데려다 주십시오."

"너는 검법을 어디서, 누구에게 배웠느냐?"

정동식은 한손의 말을 무시했다. 그가 궁금한 것은 한손의 내력이었다.

"약속을 지키기 전에는 말 못합니다."

"약속은 꼭 지킨다."

"……."

한손은 아무 말도 하지 않고 버텼다.

"나는 같은 조선인으로서 너를 도와주고 싶은 것이다."

"도와주겠다는 사람이 같은 동족을 종으로 내던졌습니까?"

한손은 노예시절의 수모와 고통이 떠올라 막혔던 봇물이 터지듯 정동식에게 분노의 마음을 터트렸다.

"독수리는 강한 자식만 키우는 법이다."

정동식의 목소리는 차분했다.

"난 독수리가 아니에요."

"넌 노예생활의 온갖 고통을 이겨냈다."

"예! 그럼 의도적이었단 말입니까?"

한손은 놀란 표정이 되었다.

"더구나 넌 조선의 궁중 무술까지 펼쳐 보였다."

"궁중무술?"

"너는 네가 펼친 무예가 무엇인지도 모른단 말이냐?"

"……."

"네가 펼친 무술은 조선의 궁궐을 지키는 훈련도감의 군인들이 익히는 육기(六技) 중 하나인 예도(銳刀)법이다. 임란이 끝난 뒤에는 조선 검법에 왜도를 가미하여 궁중의 무사들 사이에 유행한 조선특검법이라는 것이 있는데 이도 약간 섞여 있어."

"그럴 리가…."

"다시 묻겠다. 무술은 누구에게 배웠나?"

"할아버지한테 배웠습니다."

한손도 자신의 내력이 궁금했다. 할아버지가 아무런 말을 해주지 않았기 때문이다. 여진 땅에서 뜻밖에 그 단서를 얻을지도 모른다는 생각에 그는 좀 전과 달리 순순히 물음에 답했다.

"글은 배웠느냐?"

"천자문과 병법서와 주역을 조금 배웠지만 잘 모릅니다. 그런데 제가 아저씨를 뭐라 불러야 합니까?"

한손은 순식간에 자신의 마음을 열었다.

"그냥 군사(軍師)님이라 불러라."

"군사님?"

"주군을 보좌하는 인물이지."

"……."

"할아버지 이름을 가르쳐 줄 수 있겠나?"

"할아버지가 할아버지지 따로 무슨 이름이 필요합니까?"

"그럼 할아버지 이름도 모른단 말이냐?"

"예."

"한손이라는 이름은 누가 지어 주었느냐?"

"그냥 어릴 때부터 그렇게 불렀습니다."

"할아버지의 성이 한 씬가?"

"전 그런 것은 잘 모릅니다."

"아버지는 어떤 분이시냐?"

"부모님은 난리 통에 돌아가셔서 잘 모릅니다."

"난리라 함은 임진년에 일어난 왜란을 말하나?"

"잘 모르지만 그런 것 같습니다."

"너는 할아버지가 어떤 분인지 알고 있느냐?"

"모릅니다. 혹 아시면, 듣고 싶습니다."

"글쎄, 네가 모르는데 내가 어떻게 알겠느냐"

실망하기는 두 사람 다 마찬가지였다. 두 사람은 마음을 열고 대화를 시작했지만 서로에게서 얻을 수 있는 것은 아무 것도 없었다.

"말은 언제부터 탔나?"

여진의 부대 내에도 보병이 있긴 하지만 이는 주력이 아닐 뿐 아니라 한족이나 조선인 출신에 국한되었고, 건주 여진으로 구성된 팔기군은 전부 기병으로 구성이 되어 있었기 때문에 말을 탈줄 모르면 기인(旗人)이 될 수 없었다.

"활과 마상술은 어렸을 때부터 익혔습니다만, 말 타는 법은 종살이를 하면서 많이 배웠습니다."

"종살이를 하면서?"

"같이 숙소를 쓰던 가라보라는 젊은이였습니다."

"가라보!"

정동식의 입에서 무심코 짧은 탄식이 나왔지만 곧 바로 정색을 하고 한손에 대한 질문을 이어갔다.

"칼은 주로 무엇을 쓰느냐?"

"환도(環刀)와 본국검(本國劍)을 주로 씁니다."

"검법은 뭘 익혔느냐."

"격법(擊法)으로 표두격(豹頭擊) 과좌격(跨左擊) 과우격(跨右擊) 익좌격(翼左擊) 익우격(翼右擊)의 다섯 가지를 수련하였고, 자법(刺法)으로는 역린자(逆鱗刺) 단복자(壇腹刺) 쌍명자(雙明刺) 좌협자(左夾刺) 우협자(右夾刺)를 배웠으며, 세법(洗法)으로 봉두세(鳳頭洗) 호혈세(虎穴洗) 등문세(騰蚊洗) 등을 익혔습니다."

"격검법(格劍法)은?"

"익히지 못했습니다."

"실전 무술만 익혔구나."

한손의 내력을 들으며 정동식은 크게 고개를 끄덕였다. 백지상태의 역사관을 지닌 그에게 역사의식만 제대로 심어준다면 쓸 만한 인재가 되겠다는 생각이었다.

"술은 마실 줄 아나?"

"약간…."

"저녁 때 한 잔 하세나."

정동식은 다시 만날 것을 약속하고 한손의 거처를 물러 나왔다.

2. 색계(色計)

반벽의 선반에 걸린 돼지기름 등잔이 까만 연기를 뿜으며 타들어 가고 있는 어두운 방안, 여진식 온돌인 캉과 캉 사이의 골속에 다리를 뻗고 정동식과 한손이 마주 앉았다.

"자네 올 해 나이 몇인가?"

정동식은 본격적으로 자신이 찾아온 목적을 실행하려 하였다.

"잘 모릅니다만 스무 살은 넘었습니다."

"장가는 갔나?"

"아직…."

한손의 말에 순간적으로 득의의 미소가 찰나적으로 나타났다 사라졌다.

"정혼한 처자라도 있나?"

"……."

한손은 부정도 긍정도 하지 않았다. 그의 마음속에 자리 잡고 있는 한 여인 때문이었다.

"있는 모양이구만."

"정혼한 것은 아닙니다."

"그러면?"

"……."

"서로 좋아하는 사인가?"

"혼자만 좋아합니다."

"조선인인가?"

"아닙니다."

"그러면 만주 여인?"

"……."

의외였다. 만주 여인이라면 잘된 일이 아닌가. 정동식의 입가에 미소가 감돌기 시작했다.

"고향은 어딘가?"

"알목하(회령)입니다."

"생업은 뭐였나?"

"사냥이었습니다."

"상처가 아물면 팔기군으로서 본격적인 훈련을 받게 될 것이다."

"약속을 지키기 전에는 아무 것도 못합니다."

"만약 네가 주군께 충성을 맹세한다면 자네는 이전과는 완전히 다른 삶을 살 것이다."

"전 할아버지와 사는 것이 제일 좋습니다."

"약속은 꼭 지킨다고 했다."
"약속을 지키시기 전에는 저도 꼼짝 못합니다."
"너는 언제라는 말은 하지 않았다."
"아니, 어른이 왜 이리 치졸하십니까?"
"자네는 암수(暗手)를 부렸어."
"……."
"그런 눈으로 나를 쳐다봐도 소용없어. 오늘은 자네와 술 한 잔 하고 싶어서 왔네. 지난 몇 달 동안 자네에게 종살이시킨 것에 대해 사과도 할 겸 말일세."
"……."
한손은 정동식의 말에는 아랑곳하지 않고 그를 노려보기만 했다.
"들어오너라."
정동식은 한손의 태도에는 더 이상 관심을 보이지 않고 밖을 향해 짧게 신호를 보냈다. 그러자 불러주기를 기다리고 있었다는 듯 아리따운 두 여인이 산해진미가 가득한 커다란 상을 들고 들어왔다.
그동안 여진식의 검은 된장에 조밥 비빈 것 외에는 먹어 본 적이 없는 한손의 두 눈이 휘둥그레졌다. 그러나 그가 놀란 것은 산해진미의 밥상보다도 이를 들고 들어온 여인 때문이었다. 그녀들은 단숨에 한손의 호흡을 멈추게 할 만큼의 미색이었다.
"너희들도 거기 앉아라."
정동식의 말에 여인들은 한손 옆에 사뿐히 앉았다.
"자네 누가 맘에 드나. 이들이 오늘은 자네 청을 다 들어 줄 것이니 마음에 드는 쪽을 고르게."
사냥을 하며 산 속에서 생활하다시피 한 한손이 곱게 단장한 여인을 만난 기억은 없었다. 어쩌다 말린 짐승의 가죽을 팔기 위해 회령도호부에 갔을 때, 장에서 본 젊은 아낙들에 춘기가 발해 스스로 부끄러워하던 때도 있었으나, 눈앞에서 보는 여인은 그들과 비교할 수 없었다.

눈길을 부딪치기도 힘들었지만 한손은 여인이 내뿜는 향기에 이끌려 슬며시 눈을 들었다. 언제부터인지 알 수 없었지만 미소를 띤 여인들의 눈길이 자신을 향하고 있었다. 순간 한손은 도둑질하다 들킨 사람마냥 귀밑을 붉게 물들인 채 곧바로 시선을 방바닥에 떨어뜨리고 말았다. 득의의 웃음을 지으며 이 모습을 지켜보던 정동식은 더 이상 참지 못하고 큰소리로 웃고 말았다.

"하하하, 너무 미인이라 어느 한 쪽을 고르기가 힘든 것이냐. 아니면 둘 다 품고 싶다는 것이냐?"

이제 정동식의 목소리에는 여유가 묻어났다.

"내가 정해주지. 메이쉬, 네가 오늘 밤 이 어른을 모셔라."

"예."

동그란 얼굴, 흰 피부의 메이쉬는 초승달 모양의 눈썹 끝을 살짝 치올리며 정동식의 말에 미소를 지으며 답했다. 순간 한쪽으로 깊게 팬 보조개가 파르르 떨려왔다. 떨어뜨렸던 시선을 몰래 들어 이 모습을 지켜보는 한손의 얼굴은 가볍게 떨리는 것 같았다.

여진족의 술 마시는 풍습은 조선과는 사뭇 다르다. 먼저 차를 마시고 다음으로 술이 이어지는데, 술잔을 비우는 즉시 채워진다. 메이쉬가 살포시 일어나 한손 옆으로 다가앉았다. 진한 박하 향을 이끌고. 조심스럽게 한손의 잔에 차를 따랐다.

박하 향을 따라 아이지의 모습이 떠올랐다. 감당키 어려운 그리움을 안겨준 여인. 자신과는 어울릴 수 없는 신분이었기에 잊으려 애쓰는 여인. 태어나서 처음으로 안타까운 아픔을 경험한 여인.

'잊어야 할 건 잊어야 한다.'

종살이를 하면서 한손은 포기하는 법을 배웠다. 그리고는 곁에 있는 여인에게 집중하려 애썼다. 나긋한 부드러움에 한손의 긴장감은 서서히 풀어졌다.

만주족 여성은 평소에는 남자들처럼 바지를 입었지만 격식을 따져야 할 자리에서는 허벅지가 타인 긴치마와 소매가 긴 저고리를 입었다. 사할리언의 시녀들은 항상 긴치마를 입었다. 시중을 들기 위해 한손에게 바짝 다가앉은 메이쉬가 차를 따르기 위해 팔을 펼칠 때마다 그녀의 길게 트인 검정 치마가 살포시 벌어졌다. 하얀 속살과 함께. 한손의 심장은 뛰기 시작했다. 사냥물을 발견했을 때보다 더욱 거칠어진 그의 숨소리는 모든 것을 삼킬 듯했다. 주책없게 아랫도리도 점점 큰 기운이 뻗치고 있었다. 부끄러움에 한손은 고개를 들지도 못하고 그녀가 따라주는 찻잔을 찬물 마시듯 들이켰다.

"앗 뜨거!"

그러나 밖으로는 한 마디도 새어 나오지 못했다. 뱉을 수도 없었다. 식도를 따라 뱃속까지 타들어가는 고통을 느꼈지만 여자 앞에서 약한 모습을 보이는 것은 있을 수 없는 일이었다. 하지만 지켜보는 사람은 아니었다. 크게 웃지는 않았지만 입가에 머금은 웃음은 숨길 수가 없었다.

"뜨겁습니다. 천천히 드십시오."

동물들의 배를 가르던 거친 한손에게 그녀의 목소리는 선녀 그 이상이었다. 한손의 입가에 저도 모르게 미소가 떠오르기 시작했다.

"이제 술을 드시겠어요?"

"예, 에에."

메이쉬가 찻잔 대신 술잔을 가져다 가득 따랐다. 부끄러움에 맨 정신을 유지하게 힘들었던 한손은 얼른 받아마셨다. 한 잔, 한 잔, 또 한 잔…. 메이쉬는 여진의 풍습에 따라 계속 잔을 채웠고 한손은 그녀가 따르면 쉬지 않고 마셨다.

여진의 술잔은 작아서 숟가락으로 몇 번 뜨면 다 없어질 정도였다. 만주의 술 중 고급술에는 사괴공 매괴주 포도주 등이 있는데 모두 술을 빚을 때 석회를 발랐기 때문에 많이 마시면 머리가 아프고 설사가 나서 많이 마실 수 없고, 서민들이 가장 많이 마시는 황주는 조선의 탁주와 비슷한데 도수가 낮아서 취하지 않았다.

이날 내어온 술은 황주로, 겨울 철 사냥을 나갔을 때 추위를 이기기 위해 독주를 많이 마셨던 한손에게는 마치 맹물을 마시는 것 같은 느낌이었다. 따르는 족족 마시게 되어 결국 메이쉬는 계속 따르고 한손은 한 순간도 쉬지 않고 마시는 꼴이 되었다.

"이봐, 좀 천천히 마셔."

정동식의 입가에서는 웃음이 떠나지 않았다.

"좀 천천히 드세요."

"네! 아, 예."

메이쉬의 말에 한손은 들어 올렸던 술잔을 내려놓았다. 그녀의 한 마디가 마치 거절할 수 없는 명령인 것처럼. 그리고는 새로운 명령을 기다리는 자세로 두 손을 모은 채 꼼짝 않고 있었다.

어색한 침묵이 흐르자 메이쉬는 손을 뻗어 한손의 손을 붙잡고는 살포시 자신의 허벅지 위에 올려놓았다. 한손의 가슴은 또다시 요동치기 시작했다. 자신의 심장소리가 밖으로 들리는 것 같아 한손은 고개를 들지도 못했다. 미소 띤 얼굴로 이 모습을 지켜보던 메이쉬는 방긋 웃고는 한손의 입술에 자신의 입술을 살며시 포갰다. 흠칫 놀란 한손이었지만 이를 거부하지 않았다. 숨죽인 채, 체념한 사람처럼 그녀의 미세한 움직임 하나하나에 의지했다.

만주족 남자들은 볼품이 없지만, 여자들은 조선의 여자와 비교해 볼 때 훨씬 화려하게 치장을 했다. 머리는 뒤로 넘겨 상투처럼 쪽을 찌는데, 쪽진 부분을 흑단으로 감싸고 여기에 조그만 구슬들을 꿰어 장식을 했다. 머리 주변에는 금옥(金玉)이 아니면 산호 같은 것으로 만든 조그만 비녀를 꽂았으며, 채화(菜花)를 머리 곳곳에 꽂아 광채가 현란했다. 얼굴에는 도화색 분칠을 진하게 하는데 특히 입술은 붉게 칠하여 매우 화려했다. 덕분에 메이쉬가 한손의 입술에서 그녀의 입술을 뗐을 때 한손의 입술에는 지워지지 않을 것 같은 진한 선홍색 자국이 선명히 남아 있었다.

"그동안 자네에게 못할 짓을 참 많이 했네. 용서하게."

기대 이상으로 일이 잘 풀려서인지 또 한 명의 시녀가 따라주는 차를 마시며 미소만 짓고 있던 정동식이 오랜만에 입을 열었다.

"괜찮습니다."

한손은 정신이 마비가 된 것 같았다.

"자네에게 빠른 시간 내에 여진 문화를 익히게 하고 여러 가지를 시험하려면 그 방법밖에 없었네."

"이해합니다."

한손은 매우 너그러워져 있었다.

"나는 가겠네."

"가, 가시다니요?"

한손은 굳이 정동식을 붙잡으려 하였다.

"메이쉬, 이 분을 잘 모셔라. 아주 귀하게 될 분이다."

정동식은 아랑곳하지 않고 나머지 한 명의 시녀와 함께 자리를 떴다. 정동식이 나간 후 한손은 아무 말 없이 계속 술만 마셨다. 아무리 도수가 약한 술이라 하더라도 많이 마시면 취하게 마련이다. 쉴 새 없이 따르는 술을 받아 마시던 한손도 결국은 취가가 오르기 시작했다.

술은 순진한 사람을 용감하게 만든다. 현실적 억누름을 많이 참은 사람일수록 주사(酒邪)는 더 심한 법이다. 취기가 오르자 비로소 한손은 메이쉬의 얼굴을 똑바로 쳐다봤다. 보름달 같은 둥근 얼굴에 초승달 같은 아미, 촉촉이 젖은 입술….

"당신이었구려."

"예? 무슨 말씀이세요?"

메이쉬가 놀란 얼굴로 되물었다. 그 말에 한손은 눈을 감았다 다시 떴다. 그녀가 아니었다. 마음속의 그녀가 아니었다.

"아, 아니군. 미안하오."

또다시 술잔을 들었다.

"그대가 너무 그리웠소."

취기가 오른 한손은 아이지를 껴안듯 그녀를 꼭 껴안았다. 가슴께루 뭉클한 속삼이 봤다. 한손은 슬며시 손을 갖다 댔다. 부드러웠다. 메이쉬는 부끄러운 듯 한손의 가슴을 살며시 밀고는 자신들의 밀회를 지켜보고 있던 등잔불을 껐다.

잠시 바스락거리는 소리가 나더니 메이쉬가 다시 한손의 품에 안겼다. 실오라기 하나 걸치지 않은 나신이었다. 한손은 술이 확 깨는 듯했지만 그의 품에 안긴 암사슴을 거절하기엔 너무나 피 끓는 나이였다.

메이쉬의 젖가슴은 한 손에 쏙 들어왔다. 한손은 마치 귀중한 보물을 만지듯 살며시 감싸 안았다. 이런 감촉은 처음이었다. 힘을 주면 터지기라도 할 듯 조심조심 만졌다. 그리고는 본능이 이끄는 대로 혀끝을 갖다 댔다. 미숫가루를 먹듯 조금씩 조금씩 먹었다. 그녀의 입에서 신음 소리가 흘러 나왔다. 그녀의 등 뒤에서 헤매던 한손의 손은 이윽고 볼록한 둔부 근처에서 닻을 내렸다. 곱게 빻은 밀가루를 만지는 느낌이었다. 양손에 둔부를 감싸 쥐고는 보물을 잡은 듯 놓질 못했다. 어느 순간 메이쉬가 다리를 살며시 벌리자 까칠한 느낌과 함께 촉촉한 샘물이 만져졌다.

"아~!"

짧은 신음 소리를 내뱉은 메이쉬가 몸을 일으켜 한손을 한 겹 한 겹 벗기기 시작했다. 창호 안을 엿보던 달님은 수줍은 듯 열구름에 슬쩍 몸을 숨겼다. 젊은 욕정이 이끄는 창호 안에서는 가쁜 숨소리가 끊어질 줄 몰랐다.

아침 해가 환히 방을 비추고 대지의 열기가 방안에 밀려들기 시작할 무렵 한손은 눈을 떴다. 어젯밤의 황홀경에서 채 깨어나지 못한 채. 잘 차려진 밥상과 함께 아리따운 여인이 곱게 앉아 있었다. 한손은 얼른 다시 눈을 감았다. 쑥스러워 그녀를 쳐다 볼 수가 없었다.

'뭐라 해야 하나. 잘 잤어요? 어제는 미안했어요. …….'

한참을 기다렸지만 그녀는 꿈쩍도 하지 않고 그가 일어나길 기다리고 있었다. 한 여름의 열기가 더욱 뜨겁게 방안으로 밀려들어왔다. 한손은 일어나지는 못하고 이리저리 몸만 뒤척였다.

"한손이 일어났나?"

정동식의 방문은 구세주와 같았다.

"예, 일어났습니다."

한손은 언제 잤냐는 듯 벌떡 자리에서 일어나 문을 열었다. 상황을 알아차린 메이쉬는 웃음을 참지 못하여 소리 내어 웃었다.

"아주 깨가 쏟아진 모양이구만."

방안으로 들어서 집안 분위기를 살핀 정동식은 한손을 쳐다보며 놀리듯 말했다.

"아, 아닙니다."

"새삼스럽기는…."

정동식의 놀림에 한손은 얼굴만 붉혔다.

"자네도 남들처럼 가정을 꾸려 아이도 낳고 아버지가 돼야지?"

좌정을 한 정동식은 뜻밖의 말을 했다.

"아버지!"

한손은 아버지라는 말에 어떠한 말로도 표현할 수 없는 묘한 기분을 느꼈다. 자신은 아버지를 뵌 적이 없다. 할아버지에 대한 사랑이 없는 것은 아니지만 아버지에 대한 그리움이 얼마나 쌓였는지 모른다.

자신을 닮은 아들이 있다는 것만으로도 세상을 살만한 이유가 있을 것 같았다. 아버지, 생각할수록 가슴 뛰는 말이었다. 나를 닮은, 나 같은 아들이 있다면, 그것도 사랑하는 여자에게서 낳은 아들이 있다면 활 쏘는 법도 가르치고, 말 타는 법, 칼 쓰는 법도 가르쳐 줄 텐데.

한손은 생각의 끝자락을 붙잡고 점점 깊은 상상 속으로 빨려들었다.

"혹시 숨겨 논 아들이 있나?"

정동식이 약간은 짓궂은 표정으로 넌지시 물었다.

"아, 아뇨."

한손은 꿈에서 깬 듯 멍한 표정을 짓다가 메이쉬를 힐끗 쳐다보고는 현실로 돌아온 듯 전혀 아니라는 듯 손을 세차게 저으며 부정했다.

"아, 참 자네가 좋아하는 여인이 있다고 했지?"

"……."

아이지가 떠올랐지만 아무 말도 하지 않았다.

"누구지?"

"먼 하늘 아래 있습니다."

한손은 굳이 부정하지 않았다.

"죽었다는 것이냐?"

'감히 쳐다 볼 수 없는 곳에 있다는 말입니다.'

이렇게 말하고 싶었지만 한손은 아무 말도 하지 못했다. 애틋한 눈빛으로 자신을 바라보는 메이쉬를 발견했기 때문이었다.

"이곳은 조선과 달리 능력만 있으면 뭐든지 할 수 있다. 네가 팔기군이 된 이상 칸을 제외하고는 무엇이든 다할 수 있다. 능력만 있다면 말이다."

정동식은 한손의 마음을 읽기라도 한 듯 말했다.

"무슨 말씀이신지…."

"팔기군은 후금국 최고의 영광스러운 지위다. 만약 네가 칸이 흡족할 만한 공을 세운다면, 그녀가 설사 공주라해도 얻을 수 있다는 뜻이다."

"팔기군이 그렇게 귀한 자리입니까?"

"종노릇하던 네가 이런 아리따운 여인과 꿈같은 밤을 보낼 수 있었던 것도 팔기군이기 때문에 가능한 일이다."

정동식은 얼굴을 붉히며 앉아 있는 메이쉬를 힐끔 쳐다본 후 웃으며 말했다.

"……."

"원한다면 내가 너의 대부가 되어 주겠다."

"대부?"

"너의 아버지 노릇을 하며 네가 원하는 것을 다 구해다 주겠다는 말이다."

"고맙습니다."

문득 아이지를 만날 수 있다는 생각이 들자 저도 모르게 한손은 정동식 앞에 고개를 숙였다. 풀어져 있던 한손의 눈망울에 생기가 돌기 시작했다.

"다만 먼저 해야 할 것이 있다."

정동식은 긴장된 표정으로 말했다.

"무엇입니까?"

"주군에게 충성을 맹세하는 일이다."

"주군이라 함은 누구를 말하는 것입니까?"

"사할리언. 누루하치 칸의 손자 되시며, 양황군의 주인이신 암바 바일러의 차남이시다."

"할 수 있습니다."

한손은 순간적으로 할아버지 모습이 떠올랐지만 오래 망설이지 않았다.

"고맙다."

정동식은 한손의 손을 덥석 잡았다.

"앞으로 내가 너를 아버지처럼 돌봐주겠다."

"감사합니다."

"아, 참. 내가 너를 찾아온 목적을 잊고 있었다."

"무엇입니까?"

"주군께서는 네가 할아버지에게 한 번 다녀오는 것을 허락하셨다."

"예! 고맙습니다."

이번에는 진심으로 머리를 숙였다.

"하지만 조건이 있다."

"예, 무슨 조건이 그렇게 많습니까?"

"이번 전쟁에서 공을 세워야 한다."

"전쟁이라뇨?"

"우리는 얼마 후 원정(遠征)을 간다. 영광스럽게도 주군께서는 너의 소식을 들으시고 이번 전투에 너를 데려 가도록 허락하셨을 뿐 아니라 공을 세운다면 할아버지를 만나고 와도 좋다고 하셨다."

"예! 제가 여진족의 싸움에 참여해야 한다고요?"

"협상은 상호간에 공평해야 한다. 서로 간에 손해가 되지 않아야 한다는 것이다."

정동식은 아무렇지도 않은 표정으로 덤덤하게 말했다.

"제가 왜 여진족의 전쟁에 목숨을 걸고 싸워야합니까?"

"여진족은 조선의 사촌이고 명나라는 원수기 때문이다."

"그게, 무슨…."

"할아버지한테서 들은 이야기가 없느냐?"

"활 쏘고, 칼 쓰는 법만 가르쳐주었습니다. 기본적인 글자는 가르쳐주셨지만 학문은 사람의 목숨을 앗아가는 위험한 것이기 때문에 알 필요가 없다 했습니다."

"내 얘기 잘 들어라."

정동식은 한손에게 역사의식을 심어 주어야만 전쟁에 참전하여 제대로 싸울 것 같다는 생각이 들어 중국인과 예맥인 사이에 얽힌 역사를 말하기 시작했다.

"천하는 동이(東夷)족을 중심으로 한 세력과 화하족(華夏族, 중국인)이 서로 대립도 하고 화해도 하면서 발전을 해왔다. 동이족에는 조선족인 예맥족, 여진족 등이 속한다. 고조선 때는 동이족(東夷族, 활을 잘 쏘는 부족)이 화하족인 중국을 압도했었다. 중국을 통일한 한나라가 고조선을 침입하여 결국은 고조선이 망하고 저들의 지배를 받았지. 하지만 한나라가 점령하지 못한 예맥조선 땅에서 고구려가 성장하여 강성해지면서 다시 주도권은 고구려로 넘어갔지. 그러나 중국이 수나라, 당나라로 통일되면서 상황은 또 달라졌어. 고구려는 이들과 여러 번 싸워 이겼지만 결국은 같은 민족인 신라의 배반으로 당나라에 멸망하고 말았다. 동이족이 또다시 위기에 빠진 거지. 그 후 동이족의 주도 세력이 아니었던 말갈족이 일어났다. 말갈족은 여진족의 선조들이야. 그들은 고구려의 유민들과 힘을 합쳐 발해를 세웠고, 또 나중에는 금나라를 건국하여 당나라, 송나라와 싸웠지. 몽골의 개입으로 두 민족은 몽골의 지배를 받았지만 몽골의 힘이 약해지고 중국에 명나라가 들어서면서 또다시 동이족은 중국의 지배를 받는 신세가 되었다. 조선은 명나라를 숭배하게 되고. 하지만 동이족의 또 다른 세력인 여진족은 달라. 이들은 조상의 땅을 되찾으려는 욕망이 강하지. 그래서 다시 일어선 것이야. 조상들의 땅을 되찾고, 조상들의 쌓인 한을 풀려는 것이지. 조선은 이미 포기했지만 말이야."

"명나라와의 싸움이 역사적으로 큰 의미가 있다는 말씀이시군요."

"그렇지. 우리 조선인들에게도 조상의 땅을 되찾는다는 큰 의미가 숨어있는 싸움이지."

"조선에서는 왜 여진족을 오랑캐라 하지요."

"조선은 명나라의 제도와 학문을 따르기 때문이지. 조상들의 전통과 풍속은 무시하고."

"그렇다면 고구려의 전통은 조선이 아니라 여진족이 잇는 것인가요?"

"그렇게 볼 수도 있지. 조선은 신라의 전통을 계승하고 중국의 학문과 예법을 받아들였으니까? 여진 입장에서 본다면 조선이야 말로 오랑캐가 되는 것이지. 세상 물정 모르는."

"혼란스럽습니다."

"아무튼 명과의 싸움은 의미 있는 전쟁이야."

"잘은 모르겠지만 약속을 반드시 지키십시오."

"물론이지."

정동식의 표정이 밝아졌다.

"메이쉬는 마음에 드느냐?"

"아, 예."

"주군께서 메이쉬를 너에게 하사하셨다."

"예! 메이쉬를 저에게…."

알목하의 신골에 살면서 신분이나 계층을 모르고 자란 한손은 사람을 소유물처럼 주고받는 것에 익숙하지 않았다. 또 종살이를 하면서 매우 힘들어 했던 한손은 그의 말이 쉽게 와 닿지 않아 멍한 표정을 지었다.

"주군께서 메이쉬를 너에게 주었다는 말이다."

천천히 아주 천천히 그 말이 실감되었다. 걷잡을 수 없는 기분이 일기 시작했다. 이상하긴 했지만 분명히 그것은 매우 놀랍고 또 영광스러운 일이었다. 물론 기쁜 마음을 이길 수 없는.

"주군께서 너에 대해 그만큼 크게 기대를 하고 계시다는 뜻이다."

"주군이 어떻게 저를 알고…."

한손은 당황하여 아무 말 못하고 고개만 숙이고 있었다.

"메이쉬 인사드려라."

"예."

메이쉬는 일어나 사뿐히 절하고는 머리를 조아렸다.

"성심성의껏 모시겠습니다."

메이쉬가 절을 올리자 한손은 어쩔 줄 몰라 얼른 일어나 그녀를 향해 맞절을 했다.

"메이쉬에게 잘 해줘라. 이집에서 가장 참한 여인이다. 주군께서 가장 아끼시던…."

"……."

정동식이 건네는 말의 행간을 따지기도 전에 벌써 한손의 얼굴은 붉게 물들어 있었다.

"물론 이 약속도 자네가 이번 전투에서 공을 세운 다음부터일세."

이번에도 정동식은 쉽게 넘어가지 않았다.

"그냥 되는 일은 하나도 없군요."

한손이 투정하듯 말했다.

"내일부터는 전투를 앞두고 본격적인 전술 훈련을 실시해야 하니 자네는 아침 식사 후에 연병장으로 나오고, 메이쉬도 식사 후 다시 주군의 처소로 돌아가게."

정동식은 명령하듯 말한 후 방문을 열고 나섰다. 다시 메이쉬와 한손 단 둘이 남게 되었다. 한손은 그녀에게 미안한 생각이 들었다.

"어제는 미안했소. 당신을 욕보일 생각은 없었소. 술이 좀 과해서 그랬으니 용서하시오."

"이제 저는 당신의 여자입니다. 그런 말씀은 마십시오."

메이쉬는 의외로 담담했다.

"나도 당신이 좋소. 당신의 맑고 깊은 눈동자가 너무나 좋소. 그래서 말이요. 당신에게는 숨겨서는 안 될 것 같아 하는 말인데…."

한손은 너무나 순수해 보이는 그녀에게 자신의 가슴에 품은 생각을 말하지 않으면 천벌을 받을 것 같은 마음이 들었다. 하지만 쉽게 말을 꺼낼 수도 없었다.

"……."

메이쉬는 나서지 않고 그의 말을 조용히 기다렸다.

"당신이 좋소. 정말 좋소. 하지만 내게는 사모하는 여인이 있소."

마침내 용기를 내어 한손은 조심스럽게 속생각을 내뱉었다.

"당신의 사랑을 제가 어떻게 막겠습니까. 하지만, 제가 당신을 사모하고 섬기고 사랑하는 것만은 허락하여 주세요."

이미 알고 있었던 듯, 그녀는 망설임 없이 다소곳이 고개를 숙이고 시냇물이 흐르는 듯 맑은 목소리로 사근사근 말했다. 맑은 눈망울 깊은 곳에서 촉촉한 물기를 머금은 채.

"당신은 참으로 곱소. 몸과 마음이 말이오."

한손의 말에 눈망울 깊은 곳에 숨기고 있던 물기가 메이쉬의 눈가를 촉촉이 적셨다. 한손은 그녀가 갑자기 안쓰러워졌다. 그는 그녀를 꼭 껴안았다.

3. 박엽

바람이 점점 차가워져 사람의 몸과 마음을 움츠리게 했고, 드문드문 떨어지는 노란 은행잎은 사람의 심회를 우수에 젖어들게 했다. 대전에 올라오는 수많은 상소문을 잠시 덮으며 뜰로 나섰던 광해군은 바람이 차다며 침소에 들라는 내관들의 독촉을 못들은 척하며 계속 뜰을 거닐었다.

힘들세, 생날 힘들게 이 자리까지 오게 되었다. 임란 전에는 신성군을 지지하던 세력들과의 힘겨운 시기를 지냈고, 임진왜란이 시작되었을 때는 적들과 싸우면서 힘겹게 세자 자리를 지켰다. 무엇보다도 힘들었던 것은 10년이 넘도록 명나라에서 세자 책봉을 해주지 않았던 일이었다. 임란이 끝난 뒤 선왕은 다시 장가를 들었고 어린 어머니에게서 적자인 영창대군이 태어났을 때는 세자 자리마저 빼앗길지도 모른다는 위기의식에 빠졌다. 마침내 선왕은 명나라의 책봉을 받지 않았다며 자신을 무시하기 시작했다. 권신들은 임금의 뜻을 받들어 노골석으로 영창대군을 왕위에 세우려했다. 이이첨의 도움으로 힘겹게 왕위에 오른 뒤에도 명나라는 이상하게 또 책봉을 허하지 않았다. 건국 후 처음으로 뇌물을 써야만 했다. 왕이 되고 난 뒤에도 또 어떠했던가? 형극의 길이었다.

'얼마나 많은 사람이 죽었는가? 이렇게 해서라도 왕위를 지켜야 하는가?'

친형인 임해군을 죽여야만 했다. 왕기(王氣)가 있다 하여 여러 사람이 받드는 능양군도 제거해야했다. 그리고 아버지가 가장 사랑했던 이복동생이며 적자(嫡子)인 영창대군이 죽어가는 것도 묵인해야했다. 그리고 이제는 나이어린 어머니 인목대비마저 내쳐야만 한다. 떨어지는 은행잎 하나하나에 그들의 모습이 서려 광해군의 마음은 더욱 심란해졌다.

'그들을 제거하지 못했으면 나는 힘없는 왕이 될 수밖에 없다. 바다 건너에는 여전히 왜적이 조선을 노리고 있고 북쪽에는 여진이 명나라를 상대로 전의를 불태우는 이때, 잘못하면 조선은 또다시 불구덩이에 던져지고 만다. 왕이 힘이 있어야한다. 그래야만 힘없는 백성들이 전란을 겪지 않는다.'

광해군은 자신의 등극 과정에서 큰 공을 세운 이이첨을 비롯한 대북파와 자신의 처남인 유희분과 박승종 등의 소북파에 힘을 실어 주어 이들이 권력을 남용하며 정적을 제거하는 것을 모른척했다. 예의와 도리보다 더 중요한 것이 생존이라는 것을 임진왜란을 겪으며 직접 경험했기 때문이었다.

임란이 나자 세자에 옹위된 광해군이 근왕병을 모집하러 이천으로 내려갔을 때였다. 권력층에 등을 돌린 민심은 세자의 호소에도 불구하고 쉽게 응하지 않았다. 그는 세자라는 권위를 버리고 직접 백성들과 같이 먹으면서 생활하며, 그들의 애환에 관심을 보였다. 그때서야 백성들은 의병에 지원하기 시작했다. 민심이 뒷받침되지 않은 권력이 얼마나 공허한 것인가를 뼈저리게 깨달은 순간이었다. 백성이 위정자에게 등을 돌리면 전쟁과 같은 나라에 위급한 상황이 발생할 때 그들의 충성을 받을 수 없게 되고, 그렇게 되면 결국 종묘사직의 붕괴로 이어진다는 것을 알았던 것이었다. 왕이 된 이후에 그가 사대부의 말보다는 민심의 향배를 쫓으려 노력하는 이유였다.

그러나 민심을 쫓으며 그들의 풍요로운 삶을 위해 애쓴다지만 이렇게 많은 가족들을 죽이는 것은 꺼림칙했다. 더욱이 권력층인 양반들이 성리학적 윤리관을 들이대며 자신을 공격하는 것은 더욱 마음이 편치 않았다.

'내가 정말 두려워하는 것을 막기 위해서는 어쩔 수 없는 것이다.'

이런 저런 생각의 끝을 정리하며 마음을 굳게 다잡은 광해군은 내관의 권유를 물리치며 침소가 아닌 대전으로 다시 발길을 돌렸다. 촛불이 촛농이 되어 촛대를 흥건히 적실 때까지 광해군은 침소에 들지 않았다. 상소의 대부분은 3500년 전 중국 변방에서 살았던 요임금과 순임금의 이야기가 절대적 진리가 되어 자신을 깨우치려하는 말들뿐이었다. 웃음이 나왔다.

'너희들 말대로 이이첨이 나쁜 놈인지 모른다. 그러나 그것은 백성을 위한 것이 아닌 너희들을 위한 논리일 뿐이다. 임진왜란이 끝난 지 이제 십 년이 조금 넘었을 뿐인데 또다시 전쟁의 기운이 몰려들고 있다. 왜보다 더 무섭고 잔인한 적들이 우리를 노리고 있다. 만약 이 상태에서 또

다시 전쟁이 일어난다면…. 생각만 해도 끔찍하다. 정말이지 종묘사직은 막을 내리고야 말 것이다.'

제 몸을 불태운 촛불이 마지막 불꽃을 다 태우자 사방이 어두워졌다. 광해군은 그 어둠 속에서 조용히 명상에 잠겼다.

"전하."

"침소에 들고 싶지 않다고 하지 않았느냐."

'뭐 해야 할 시각입니다. 뭘 해야 합니다.' 정말 짜증나는 소리들뿐이다. 사색할 시간도 궁궐 밖 세상을 둘러볼 시간도 허하지 않는다.

"전하, 그게 아니옵고."

"그게 아니면?"

"평양감사 박엽이, 너무 늦은 시간임에도…."

"얼른 모시게. 방안에 촛불도 다시 밝히고."

광해군은 자리에서 벌떡 일어섰다. 무오년 가을(1618년)이었다.

"야심한데 어인 일로?"

광해군 말에는 반가움과 함께 긴장감이 동시에 묻어났다.

"워낙 급하기도 하지만 대신들의 눈길을 피하고 싶은 마음도 있었사옵니다."

"무슨 말인지 알겠네. 술 한 잔 하겠는가?"

"차 한 잔이면 족합니다."

군신 관계를 떠난 두 사람은 동서지간이었다. 두 사람만 있을 때 광해군은 그를 동서로 대했다. 그만큼 두 사람은 마음을 터놓는 관계였다.

"전하, 통일전쟁을 마무리하고 국호를 후금이라 정한 누루하치의 움직임이 심상치 않습니다."

내관이 따르는 차를 한 잔 마신 박엽은 방문 목적을 말하기 시작했다.

"이전부터 말해온 내용이 아닌가?"

"누루하치가 무순성을 공격한다는 첩보입니다."

"무순성이라면 명나라 영토가 아닌가?"

"그렇습니다. 저들이 국호를 후금이라 정한 것을 보면, 이전에 금나라가 송나라를 공격하여 송나라를 장강 이남으로 쫓아낸 것처럼 저들도 명나라를 공격할 야욕을 가지고 있다는 것을 드러낸 것이라 사료되옵니다."

"여진이 명나라를 상대로 전쟁을 벌이겠다고…. 과대망상 아닌가?"

"이전에 고려의 북쪽변방인 함경도 출신의 금나라 아골타도 군대를 일으켜 결국은 송나라를 이겼습니다. 저들의 조상인 말갈족은 고구려 시절 고구려 기병대가 되어 수나라와 당나라 군사들을 곤경에 빠뜨린 적이 한 두 번이 아니었습니다."

"경은 여진족이 명나라의 상대가 될 것이라 생각하는가?"

"무순성 전투만 두고 생각한다면 후금이 승리할 것이라 생각됩니다."

"뭐라고!"

광해군은 적잖이 놀라운 표정을 지었다.

명은 여진을 가볍게 여겨 싸움에 대한 준비가 없는 반면, 여진족은 오랜 기간 통일전쟁에서 쌓은 전투경험이 있어 유리합니다. 더군다나 문순성 성주가 누르하치에게 바치는 여허족 여인을 가로챈 일이 있어 여진족은 이에 대한 원한까지 쌓였습니다."

"여진이 그 정도로 강해졌단 말인가?"

"그렇습니다. 하지만 문제는 그 다음입니다."

"다음이라니?"

"무순성은 매우 중요한 곳입니다. 무순성은 고구려 시절 신성이라 불리던 곳으로 요동성과 함께 고구려 전진기지의 핵심인 곳입니다. 수나라와 당나라가 침공할 때도 이 두 곳을 이용하였으며, 반대로 중국을 공격할 때도 이곳이 교두보였습니다. 후금의 도읍지인 홍경성에서 명나라를 공격하기 위해 평원으로 나서려면 반드시 점령해야할 곳이 무순성입니다. 산골동네에 묻혀 통일전쟁을 벌이던 여진족이 무순성만 빼앗는다면 심하((沈河)를 따라 만리장성 동쪽과 북쪽을 순식간에 점령할 것입니다."

"그렇다면 무순성 공격은 후금이 명나라를 공격하는 교두보를 확보하는 것이라 봐야겠구만."

"그렇습니다."

"음…."

광해군은 깊은 시름에 잠겼다.

"만약 여진이 승리한다면 우리에게 미칠 파장은 어떤가?"

"이 싸움의 결과에 따라 북방에는 엄청난 회오리가 몰아칠 것 같습니다. 당연히 우리 조선도 그 바람을 피해갈 수 없을 것입니다."

"좀 더 자세히 말해 보시오."

"명나라와 여진의 본격적인 전쟁이 벌어지게 되면 여진의 배후에 있는 우리 조선에 대해 두 나라는 갖은 압력을 가할 것입니다."

"예를 들면?"

"명나라는 군사를 동원하여 여진의 배후를 공격하라 할 것이며, 여진은 우리와 동맹을 맺어 군사를 움직이지 말라 할 것입니다."

"우리가 잘 대처하지 못하면 종묘사직이 위태로울 수도 있는 문제 아닌가?"

광해군의 표정은 점점 굳어졌다.

"조선 건국이후 가장 큰 위기가 될지도 모르겠습니다. 임진왜란 때는 명나라라는 원군이 있었기에 위기를 벗어날 수 있었지만 이번에는 우리 조선의 힘만으로 극복해야 할 것입니다."

"임진왜란의 폐해에서 아직도 완전 벗어나지 못하였는데…. 백성들에게는 엄청난 충격이 되겠구만."

"우리도 호락호락 당하지 않을 것입니다."

박엽은 광해군을 안심시키려했다.

"명나라는 이 사실을 알고 있는가?"

"명나라 조정은 여진을 오랑캐라 하여 무시하고 경계하지 않았을 뿐 아니라, 명재상이었던 장거정의 죽음이후 환관과 관료들 사이의 파벌 싸움이 계속되어 변방의 일에는 거의 관심이 없사옵니다."

"그렇다면 이 사실을 얼른 명나라에 알려야하지 않겠는가?"

"신이 살펴볼 때 여진이 무순성을 공격한다는 것은 장차 명나라와도 일전을 불사하겠다는 뜻입니다. 여진이 이 사실을 우리 첩자들한테 흘린 것은 여러 가지 의미가 있다고 생각합니다."

"말해보시오."

"먼저는 여진이 자신들의 배후가 되는 우리 조선과는 적대적 관계를 맺고 싶지 않다는 것을 의미하며, 동시에 우리와 명나라와의 관계를 시험하려 드는 것이라 생각됩니다. 다시 말씀드리면 여진은 우리의 태도 여하에 따라서 우리를 우방으로 생각할 수도 있고 적으로 간주할 수도 있다는 뜻을 전한 것이라 봐야 합니다."

"결론은 섣불리 알은 채를 하지 말자는 것 아닌가?"

"예 그렇사옵니다."

"하지만 이번 경우는 모르는 척 하고 있으면 된다지만, 경의 말대로 무순성 싸움에서 여진이 이기면 문제가 복잡해지는 것 아닌가?"

"그렇습니다. 그렇게 되면 결국 명은 군대를 보내 후금을 토벌하려할 것입니다. 그 과정에서 좀 전에 말씀드린 것처럼 명나라는 우리 조선에게 파병을 요청할 것입니다. 임진왜란 때 명나라가 군대를 보낸 것을 강조하면서 말입니다."

"그때는 우리가 어떻게 대처해야 하는가?"

"두 가지를 생각해보았습니다. 하나는 임진왜란 때 군대를 보내준 것에 보답하기 위해 우리가 명나라를 지원하는 것입니다. 우리는 여진의 배후에 있기 때문에 후금 입장에서는 앞뒤의 적을 상대로 싸우게 되어 매우 곤혹스러울 것입니다. 이렇게 된다면 깊은 산 속에 방어벽을 구축하여 명나라의 진격을 막으면서 조선부터 공격할 것입니다."

"……."

광해군은 숨죽이며 박엽의 말을 경청했다. 새롭게 가져온 촛불은 어느새 그 수명을 다하여 방안은 점점 어두워져 박엽의 인광이 방안을 밝히는 것 같았다.

"이때 우리가 생각해봐야 할 것은 명나라의 움직임입니다. 여진이 우리를 공격할 때 명나라가 저들의 배후를 공격해준다면 후금은 결국 군사를 물릴 수밖에 없을 것입니다. 하지만 명나라의 움직임이 없다면 우리는 힘겨운 싸움을 벌여야 할 것입니다. 지금 여진의 침략에 대비해 만전의 준비를 하고 있긴 하지만, 저들이 마음먹고 공격한다면 우리 쪽의 피해도 엄청나게 클 것입니다."

"여진과 우리의 싸움에서 만약 명나라가 여진의 배후를 공격하지 않는다면 결국 조선은 물론이고 여진마저 힘이 약해질 것 아니오?"

"그렇습니다."

"그렇게 되면 이익을 보는 쪽은 명나라가 아니오?"

"그렇습니다."

"그렇게 되면 명나라는 또다시 절대 강자로 남는 것 아니오."

"그렇게 될 것입니다."

"나는 그것을 원하지 않소. 나는 명나라에 대해 맺힌 것이 많은 사람이오."

광해군은 명나라가 세자 책봉을 허락하지 않아 당했던 십칠 년간의 수모와 함께 왕이 되고난 뒤에도 조선 조정에 피바람을 불러일으킬 수밖에 없었던 일을 떠올리며 두 입술을 꽉 깨물었다.

"무슨 말씀이신지 알고 있습니다."

"혈통으로 따지면 조선은 여진과 더 가깝소."

"……."

박엽은 광해군의 품은 뜻이 무엇인가 가만히 헤아리는 듯 잠깐 침묵을 지켰다.

"다음 계책은 무엇이오?"

그의 목소리는 약간 홍분되어 있었다.

"다음은 실리론입니다. 우리가 명나라와 여진의 싸움에 중립을 지키는 것입니다. 제가 생각하기에는 여진의 힘이 성장하여 명나라와도 용호상박의 싸움을 벌일 것입니다. 이때 우리가 중립을 지킨다면, 여진의 배후에 있는 우리를 명나라나 여진 둘 다 무시 못 할 것이고, 그렇게 되면 우리는 여진과 명, 그 어느 쪽에도 종속되지 않을 수도 있을 것입니다."

"그 점은 내가 원하는 바이지만 그러려면 우리의 군사력이 강해야 할 것이오."

"그 점은 염려 안 하셔도 됩니다."

"평양성 중건은 끝났소."

"백성들의 많은 원성을 들었지만 지금은 난공불락이었던 고구려 시절의 평양성의 모습을 되찾았습니다."

"삼수병 훈련은?"

"이제 평양삼수병은 조선 건국이후 최고의 정예부대로 탄생했습니다. 전하의 명령만 있으면 후금은 물론이고 명나라도 공격할 수 있습니다."

"대포는?"

"지금 개발 중에 있습니다. 우리가 개발하고 있는 포는 다연발포로 명나라 대포보다 발사 속도가 세 배나 빠른 것입니다. 머잖아 전하 앞에 위력을 드러낼 것입니다.

"나는 경을 믿소."

"하지만 이 계책을 쓸 경우 내부의 반대가 만만치 않을 것입니다."

"내부라면?"

"명나라가 임진왜란 때 우리를 도와준 것을 고맙게 생각하는 대부분의 조정 권신들을 말하는 것입니다."

"그렇겠지…. 이이첨마저도 쉽게 동의하지 않겠지."

광해군은 침울한 표정이 되어 생각에 잠겼다. 방안엔 무거운 침묵이 흘렀다.

"일단은 무순성 전투의 결과를 보고 다시 생각해보오."

오랜 생각 끝에 광해군은 결론을 내렸다.

"알겠사옵니다."

"오늘 이 정보에 대해서는 우리 두 사람 외에는 모르는 것이 좋을 것 같소. 입단속을 잘 하고 여진의 움직임을 철저히 관찰하시오."

"분부 받들겠습니다."

"무순성 전투의 향배가 결정되면 신속히 보고를 하고 이를 위해 경은 만반의 준비를 다하시오."

"잘 알겠습니다. 다만…."

"말해 보시오."

"내부 의견을 잘 조율해서 국론이 분열되지 않아야 될 것 같습니다."

"조정의 권신들 말인가?"

"그렇사옵니다."

"조정의 권신들보다는 백성들이 전쟁 없이 편하게 사는 것이 더 중요하지. 짐도 전쟁을 겪었던 사람이고, 몇 십 년간의 권력 다툼 속에 피눈물도 흘려 본 사람이네. 경이 내 곁에 있다면 그 어느 누구도 두렵지 않아."

"황송하옵니다."

주군이 자신에 대한 믿음을 보여서인지 박엽은 깊이 고개를 숙였다.

"따로 짐이 더 도와 줄 일은 없는가?"

"늘 풍족한 은혜를 받고 있사옵니다. 다만, 황송한 말씀이오나 앞으로 전개될 일을 생각해본다면 명분보다는 실리를 중시하는 신료들을 더 많이 등용하시는 것이 좋을 것 같사옵니다."

"짐도 그 점은 많이 신경을 쓰고 있소. 이 중요한 때에 인목대비 문제에 모든 것을 다 걸고 사투를 벌이고 있으니…."

광해군은 말끝을 맺지 못했다. 이 모습을 물끄러미 바라보던 박엽은 다시 한 번 깊숙이 고개를 숙였다. 그리고는 오래지 않아 하직 인사를 올렸다.

"소신은 이만 물러가겠습니다."

"어디로 가는가?"

"잠시 집에 들렀다가 내일 새벽 평양으로 다시 돌아가려 합니다."

"이왕 도성에 왔으니 집에 들러 문안 인사도 드리고 좀 쉬었다 가시게."

"군사들은 지금 이 시간에도 고된 훈련을 받고 있습니다. 그리고 평양의 백성들은 지금도 절 원망하며 성곽을 높이고 있습니다. 그곳이 소신이 머물 곳입니다."

"경이 있음으로 짐이 자신 있게 권신들과의 싸움을 벌일 수 있소. 경을 볼 때마다 고맙다는 생각뿐이오."

"황송하옵니다. 언제까지나 소신이 전하를 지키겠습니다."

"밤길에 조심해서 가시게."

박엽은 큰절을 올린 후 대전을 물러나와 어둠 속에 몸을 숨겼다.

임진왜란에 참전하여 의병을 모으고 왜적과 직접 전투를 경험했던 광해군이 전란을 통해 깨달은 가장 중요한 것은 자주 국방이었다. 자신의 힘으로 외침을 막지 못해 명나라에 구걸하다시피 하여 겨우 왜적을 물리치는 과정에서 힘없는 자가 당해야하는 서러움을 뼈저리게 느꼈다. 만인의 어버이라는 임금이 일개 장수 앞에서 고개를 숙여야하는 다급함과 수모를 잊을 수 없었다.

임금이 된 뒤에 그가 가장 힘을 쏟았던 것이 자주국방이었다. 군비강화에 많은 예산을 쏟자 조정의 관료들 중에는 명나라가 있는데, 위급한 상황이 발생하면 어버이 나라인 명나라가 도와줄 것인데, 왜 쓸데없이 세금을 낭비 하냐며 불평하는 자가 많았다. 전란의 피해가 복구되지 않아 돈 쓸 곳이 많다며.

광해군의 생각은 달랐다. 앞으로 조선에 전쟁이 일어난다면 이는 북쪽으로부터의 침입일 것이라 생각했다. 명나라에 맞설 만큼 여진족이 강해진다면 명나라는 더 이상 조선의 방패막이 될 수 없다고 생각했다. 이제 조선의 힘으로 조선을 지킬 수밖에 없는 상황이었다. 다행히 압록강 너머와 두만강 주변에는 험한 산이 가로막혀 외적이 쉽게 조선을 침공할 수가 없었다. 길목만 잘 지킨다면 큰 힘을 들이지 않더라도 침입을 막을 수 있을 것 같았다. 평양에 지휘부를 두고 의주와 영변 등에 견고한 산성을 쌓아 이를 대비했다.

광해군이 생각하는 통치의 두 축은 내치(內治)와 국방이었다. 내치의 핵심은 정적을 제거하고 강력한 통치력을 지니는 것이었다. 이를 위해 그는 이이첨을 등용했다. 광해군을 임금으로 만드는데 일등 공을 세운 그는 광해군이 왕이 된 뒤 입안의 가시 같은 존재들을 하나씩 제거하여 이제는 어느 정도 편안히 밥을 먹을 수 있게 만들었다. 마지막 큰 가시만 제거한다면 왕권은 튼튼한 반석위에 올라설 수 있게 된다. 물론 이 과정에서 조선의 성리학자들은 유교적 가치라는 잣대를 들이대지만, 임진왜란을 겪으면서 이것이 얼마나 비현실적인 윤리관인지 깨달았기에 크게 개의치 않았다.

박엽은 또 하나의 비기(秘技)였다. 반남 사람 박엽. 어렸을 때는 총명함으로 이웃을 자주 놀라게 하였을 뿐 아니라, 임진왜란 때는 늙은 할머니를 혼자서 업고 피난을 갔었고, 어머니가 병들었을 때는 손가락에 피를 내어 먹였을 만큼 효성도 지극하였다. 성격이 강직하고 올곧았을 뿐만 아니라 다른 사람을 위압하는 위엄이 있어 추종자도 많았지만 자신이 옳다고 생각하는 것은 쉽게 타협하지 않아 싫어하는 부리도 그만큼 많았다. 자신의 이익을 구하지 않고 어떤 어려움 속에서도 변절하지 않아 임금 입장에서 둘도 없는 믿음직한 충신이었다. 피를 나눈 형제만큼이나 가까울 수 있는 동서지간이기에 그를 신뢰하는 부분도 있지만, 박엽의 이런 품성 때문에 광해군은 가장 중요한 북방방어의 책임을 그에게 맡겼다.

박엽은 의주와 영변, 평양으로 이어지는 강력한 방어막을 형성하였을 뿐 아니라, 기병 중심의 후금 군을 막기 위해 포수와 창수, 사수로 이루어진 삼수병을 창설하고 훈련시켜 평양삼수병이라는 최정예 병사를 갖게 되어 나라의 든든한 버팀목으로 자리 잡게 했다. 또한 고려시대 때 묘청의 난 이후 파괴된 채로 방치되어 있던 평양성을 다시 재건하여 난공불락의 성으로 다시 태어나게 했다. 여진족과의 사소한 물리적 충돌을 곧바로 해결하여 여진이 쉽게 조선을 공략하지 못하게 하였다. 몇백 년 동안 조선의 윤리관, 도덕관을 만들고 임금에게까지 이를 강요하는 성리학자들의 공격에도 버틸 수 있는 이유가 바로 이것이었다.

4. 무순성 전투

고려말 원명 교체기에 여진족이 살던 만주 땅은 고려와 북원(北元), 명나라 이 세 세력의 쟁점으로 남게 되었다. 이때 가장 발 빠르게 행동한 나라는 명나라였다. 그들은 요동으로 진출하여 원의 세력 하에 있던 여진족 부족장 나하치의 항복을 받아 여진에 대한 지배권을 확고히 하여 만주 땅을 자신들의 지배하에 넣었다.

명나라는 만주를 지배하는데 독특한 방법을 썼다. 그것은 자신들이 이 지역을 직접 다스리는 것이 아니라, 지역적 특성을 고려하여 각 지역에 위(衛)를 설치하고 현지의 여진 부족장(部族長)을 우두머리로 삼아, 그 휘하에 부족민과, 내항자(來降者) 등을 군적에 포함시켜 다스리게 했다. 하지만 이들에 대한 지배권은 놓지 않아 요동 지역에는 정요도위(定遼都衛), 요서 지역에는 광영도위(廣寧都衛), 요양 지역에는 요왕도위(遼王都衛)와 동녕위(東寧衛)를 설치하고 도위에는 명나라 조정에서 직접 파견한 관리를 임명하여 다스리게 하였다.

부족단위로 구성된 여러 위(衛)들은 서로의 은원관계에 따라 다투기도 하고 연합하기도 하며 자주 싸웠는데 결국은 명나라 정부가 세운 동녕위(東寧衛)까지 공격하게 되었다. 하지만 명나라는 이 먼 산골까지 군대를 보내지 못해 명나라 조정이 세운 도위(都衛)들은 여진의 공격을 받아 차츰 만주 지역에서 후퇴하여 결국은 개원이남 지역으로 밀려나고 말았다.

명나라의 도위가 쫓겨나자 만주 지역은 명나라에 의해 설치되었던 위(衛) 단위로 각각의 세력권을 형성하게 되었는데, 크게 압록강 북쪽의 산골에 거주하던 건주 여진의 건주위, 건주좌위, 모린위 등과 심양근처의 평원지역에 살던 해서 여진의 우자위, 우자좌위, 둔하위, 두만강 북쪽에 흩어져 있던 야인 여진의 노아간위 등 약 백팔십여 개의 위(衛)가 난립하게 되었다. 한동안 이들은 극심한 혼란기를 겪었다. 야인 여진들은 조선에 굴복하기도 하고 변경을 침입하기도 하며 생존했고, 건주 여진과 해서 여진은 명나라의 눈치를 보며 치열한 생존경쟁을 해왔다.

16세기 후반기에 접어들 무렵 여진족 사이에 통일의 기운이 싹트기 시작했다. 압록강의 지류인 혼강 상류지역에서 일어난 건주우위 출신의 부족장 누루하치(1559~1626)에 의해 서였다. 그의 출생에 대해서는 다음과 같은 전설이 전해진다.

백두산 산꼭대기에는 주위가 팔십여 리가 되며 압록강 혼동강 토문강 등 세 강의 발원지가 되는 달문(오늘날 천지)이라는 큰 연못이 있는데, 그곳에서 동쪽으로 삼십여 리가 되는 곳에 포고리 산이 있었다. 그 산 아래에 연못이 있는데, 이 연못에는 은고륜, 정고륜, 불고륜이라는 선녀가 내려와 목욕을 하곤 했다. 그러던 어느 날 까치 한 마리가 붉은 과일을 물어다가 막내 옷에 던졌다. 막내는 물놀이를 끝마치고 올라와 배가 고파 옷 위에 놓여 있는 과일을 먹었는데, 이상하게 임신을 하게 되어 사내아이를 낳게 되었다.

포고리산에서 얻었다하여 아이 이름을 포고리옹이라 하였는데, 그 아이는 태어나자마자 말을 할 줄 알았고 몸의 생김새도 기이했다. 아이가 장성하자 어머니는 아들에게 탄생 과정을 말한 다음 아들에게 당부의 말을 하고 아들을 조그만 배에 태웠다.

"너는 하늘의 뜻에 따라 낳았으니 난국을 평정하라. 이 물을 따라 가다 나타나는 언덕이 네 땅이다."

아들이 탄 배가 떠나자 그녀는 하늘로 올라갔다.

포리고옹이 강의 하류에 도착하여 한 언덕에 올랐는데, 그곳은 세 개의 성씨가 서로 다투던 지역이었다. 그들은 포고리옹을 발견하여 데려갔는데, 그의 비상함을 알고 추장으로 삼았다. 누루하치는 이 포고리옹의 후손으로 건주우위의 도독이었던 맹가테무르의 6대손으로 태어났다.

누루하치의 할아버지 기오차이(叫場)가 부족장으로 있을 때 왕고가 빈민을 일으켜 할아버지는 부족장 자리를 빼앗기고 식구들을 데리고 건주좌위로 도망하였다. 그들은 이곳에서 주로 명나라의 도위(都尉)가 있는 무순지역과 무역을 하면서 연명하였는데, 이때 어린 누루하치는 명나라와 무역을 주업으로 하는 할아버지, 아버지를 따라 명나라 무순성 총병관(總兵官) 이성량의 집에 들락거리며 그의 아들인 이여송과 더불어 글과 무예를 배웠다.

1574년, 이성량의 도움으로 누루하치의 할아버지인 기오차이(叫場)

는 왕고를 제거하고 건주우위의 도위직을 되찾았다. 왕고가 죽자 그의 아들 아타이가 아버지의 원수를 갚는다며 주변 부족들을 이끌고 명나라 총병관 이성량에게 계속 저항하였는데, 이 과정에서 누루하치의 아버지인 타실이 이들과 싸워 큰 공을 세웠다. 그러자 타실의 인물됨이 범상하지 않음을 발견한 이성량이 미래의 적이 될지도 모를 그를 사전에 제거하기 위하여, 건주 여진의 또 다른 추장인 니칸와이란(尼堪外蘭)과 짜고 화공(火攻)을 구경하러 온, 누루하치의 할아버지 기오차이와 아버지 타실(陀失)을 살해했다.

이에 분노한 누루하치는 아버지가 남긴 30여 명의 기병과 수십 명의 보졸로 니칸와이를 살해하고, 조상의 땅인 건주우위로 도망하여 독자적 행보를 시작했다.

이것이 누루하치의 기병(起兵) 과정이다. 이와는 다른 이야기가 전해지기도 한다. 영원백(寧遠佰)이었던 이성량이 흑룡강 가까이 들어가 여진 부락을 습격하여 그 추장을 생포해왔는데, 그중 스무 살도 안 된 훤칠한 키의 추장 하나가 쏘아보는 듯한 눈이 예사롭지 않아 데려다 병법과 창과 칼 쓰는 법을 가르쳤는데, 놀라운 진보를 보여, 창과 칼을 한 번 휘두르면 한 줄기 살기가 하늘까지 뻗쳐올라 갈 정도였다고 한다.

그러던 어느 날 그는 창과 마구를 갖추고 천리마를 끌어내어 소리 없이 도망을 갔는데 이때 이를 본 이성량의 딸 소피가 말을 타고 그를 좇았다고 한다. 이여송의 누이인 그녀는 남몰래 그를 사모했던 것이었다. 다음날 오라비 이여송은 이 사실을 알고 노하여 그를 추격하였다.

이여송은 500리를 추격하여 백두산 바위 밑에서 코를 골며 자고 있는 누이와 사내를 발견하였다. 그는 사내를 보자마자 죽이려하였지만 누이가 나서 극구 말렸다.

"저도 아버지에게 병법을 배웠으며 흰 손수건 하나로도 내 몸을 보호할 수 있습니다. 하지만 제가 보건데 오라버니는 이 사람을 당할 수 없습니다. 돌아가는 것이 몸을 보전하는 길일 것입니다."

언젠가 아버지도 그런 말을 한 적이 있었다. 이여송은 순간적으로 멈칫거렸다. 사내의 눈매가 예사롭지 않았다. 그는 결국 누이의 말을 받아들여 되돌아가고 말았다. 이 사내가 누루하치였다. 누루하치는 자신의 부족으로 돌아가 소피와 결혼하고 군사를 일으켰다는 것이었다.

건주 여진을 통일한 누루하치는 1589년 송화강 유역의 야인 여진 공격을 시작으로 여진 통일전쟁에 들어갔다. 누루하치는 승승장구하여 야인 여진을 정복하고, 연이어 해서 여진의 하다, 울라, 호이파와 야인 여진의 잔여 세력, 그리고 내몽고의 9개 부락이 힘을 합친 연합군과의 싸움에서 승리하여 여진족의 강자로 군림하게 되었다. 1607년에는 호이부족을, 1613년에는 울라부족마저 점령하여 해서 여진의 여허족을 제외한 모든 여진족을 다 병합하여 여진족 통일을 눈앞에 두게 되었다.

누루하치가 이렇게 짧은 기간 내에 여진족을 통일할 수 있었던 것은 일단 그의 뛰어난 전술 능력과 함께 팍기군(八旗軍) 병제 확립에 힘입은 바 크다. 팔기군은 원래 여진의 사냥법인 사진법을 이루는 사기군(四旗軍)에서 출발하였다.

사기군은 동서남북을 가리키는 홍(紅) 람(藍) 백(白) 황기군(黃旗軍)을 가리켰다. 사냥을 할 때 이들의 중심이 되는 황기군은 매복지에서 움직이지 않고, 나머지 남, 백, 홍기군은 각각 동쪽, 서쪽, 남쪽에서 사냥물을 북쪽으로 몰아간다. 이들 몰이꾼들이 각 방향에서 짐승을 몰아오면 숨어 있던 황기군이 나타나 사냥물을 손쉽게 잡았나.

이런 진법을 이용하여 누루하치는 전군을 팔기군으로 편성한 것이었다. 즉, 전 군을 각각 정황(正黃) 양황(?黃) 정백(正白) 양백(?白) 정홍(正紅) 양홍(?紅) 정람(正藍) 양람(?藍)으로 나누어 아들들과 조카들에게 한 부대씩을 책임지게 했다. 물론 이들 중 가장 중심은 황기군으로 누루하치가 직접 지휘했다. 기(旗)아래에는 3부를 두었고 각 부에는 대장을 뽑아 지휘하게 하였는데 이 아래에도 계급을 정하였다.

각 부의 장(長)을 정1품으로 하여 도통(都統)이라 하고, 그 밑에는 부장(副將)을 두어 부도통(副都統)불렀는데 이는 정2품에 해당하였다. 부도통 밑에는 다섯 명의 참령(參領)을 두었으며 정3품이었다. 그 아래 직책으로 정4품의 좌령(佐領), 또 그 아래에 50명 군사의 우두머리인 정6품의 요기교(驍騎校)를 두는데, 이때 50여 명의 군사 단위를 마군영이라 한다. 이 마군영이 작전의 가장 기본 단위가 되는데 전부 기병으로 구성되어 있었기 때문에 기동력과 파괴력이 엄청났다.

여진족의 남자는 기인(旗人)과 민인(民人)으로 나누어지는데, 18세가 되면 5척의 과녁을 세우고 말을 타고 달리면서 활을 쏘게 하여 맞히면 기인(旗人)에 입적시키고, 그렇지 않으면 민인(民人)이라하여 전쟁에 동원되지 않고 나라의 부역에만 종사하였다. 일단 기인(旗人)에 소속이 되면 30묘의 밭을 주어 식량과 목초를 조달하게 하였는데, 생활하기에는 풍족한 땅이었다. 기인에 소속된 사람을 장정이라 부르는데, 이 다섯 명의 장정을 다스리는 것이 병사이고, 10여명의 병사를 거느린 사람을 장수라 하는데 이들이 대부분 각 마군영의 지휘자가 된다. 이들의 품계는 육품인 요기교에 해당한다.

네 개 정도의 마군영을 지휘하는 사람을 장좌(將佐) 혹은 좌령이라 하는데, 장좌가 되면 수십 경(頃)의 땅을 소유하게 되고 날마다 손님을 초대하여 한가롭게 풍류를 즐기며 사치를 부릴 수 있을 만큼의 직위와 재물이 보장되었다. 누루하치는 이들 기인(旗人)들에게 풍족한 재물을 주어 목숨을 바쳐 충성하게 만들었다.

누루하치가 성공을 거둘 수 있었던 둘째 요인으로는 항복한 자에 대한 후대였다. 전투를 벌이기 전 투항을 적극 권장하고 투항을 한 자에게는 원래의 재산을 보전하게 하고 적극적인 결혼 정책 등으로 같은 동족으로서의 유대감을 형성해 나갈 수 있도록 도왔다. 그러나 저항하는 자에 대해서는 철저히 파괴를 함으로써 감히 저항의지를 갖지 못하게 하였다.

마지막으로 때를 기다릴 줄 아는 참을성이었다. 명에 대해 강한 복수심이 있으면서도 그것을 숨기고, 끊임없이 조공을 하면서 상대를 안심시킨 것 등이 그것이었다. 1599년 누루하치가 자신의 부족을 끊임없이 괴롭혔던 하다부족의 멍거불루를 생포했을 때, 명나라가 그를 돌려주길 원하자 아무 조건 없이 돌려 준 것이라든지, 그의 아들을 무순성에 볼모로 보내 명에 적의가 없음을 나타내 통일전쟁에 힘쓴 것은 다 그의 때를 기다릴 줄 아는 지혜에서 비롯된 것이었다.

여허족은 쉽게 공격할 수가 없었다. 그들의 근거지가 명나라 도위가 있는 무순성(撫順城)이었기 때문이었다. 무순성은 명나라의 여진족 지배의 핵심지역으로 명나라 군이 주둔하여 군세가 대단한 곳이다. 하지만 반드시 점령해야만 했다. 무순성은 누루하치의 할아버지와 아버지가 살해된 한 많은 곳으로 반드시 복수를 하는 것이 후손 된 도리였기 때문이었다. 뿐만 아니라 이를 점령하면 동시에 여허족도 병합하게 되어 명실상부한 여진족의 통일을 이루게 되는 것이었다. 무엇보나도 무순성을 빼어야하는 가장 큰 이유는 철의 확보였다. 국호를 후금이라 하고 나라를 세운 이상 앞으로 명나라를 상대로 전쟁을 벌이는 것은 불가피한 것이었다. 이를 위해서는 무기를 만들 수 있는 철산지를 확보해야 했는데 요동 최대의 철산지가 바로 무순이었다.

부족들 간의 전쟁을 벌이는 동안 누루하치는 자신들의 전쟁은 여진 내부의 문제임을 강조하고 그런 의지를 나타내기 위해 일곱째 아들을 무순성에 인질로 보내어 명나라를 안심시켜왔었다. 하지만 언제까지나 머뭇거릴 수는 없었다. 국호를 후금이라 하고 칸의 지위에 오른 지 꼭 이 년 만인 1618년, 누루하치는 무순성 공격 명령을 내렸다.

1618년 1월, 양황군의 대장 막사에 양황군의 주인인 암바 바일러, 그의 장남 요트, 차남 사할리언 그리고 각 부대의 참모들이 모여들었다. 그들 중 한 자리를 정동식이 차지하고 앉았다.

"이번 전투는 매우 중요하다. 그 중요성은 이미 들어서 알고 있을 것이다. 이 싸움에서 이겨야만 칸께서는 명실공이 만주족의 대칸(大汗)이 되시는 것이며, 조상의 나라인 고구려와 요나라, 금나라의 뒤를 이어 대동이족의 제국을 건립하게 되는 것이다. 이런 중요한 전투에 칸께서는 영광스럽게도 우리 부대에게 선봉의 명령을 내리셨다. 지금까지 한 번도 지지 않았던 삼십 년이 넘는 통일전쟁보다 이 무순성 전투가 더 중요하다. 우리는 이 전투에서 반드시 이겨 선봉을 맡긴 칸의 뜻에 보답해야 한다. 다들 이전과는 다른 각오로 이번 전투에 임하길 바란다."

"신명을 다 바치겠습니다."

암바 바일러의 말에 숨소리조차 크게 내지 못하고 듣고 있는 참모들의 표정에서 이번 싸움의 중요성이 묻어나고 있었다.

"칸께서 우리 부대에 내린 명령부터 말하겠다. 칸께서는 우리에게 무순성의 배후를 차단하라는 명령을 내리셨다. 본대가 도착하기 전에 무순성 공격의 방해가 되는 일체의 세력들을 없애라는 것이다. 그 후에 칸의 주력 부대가 도착하면 다른 부대와 임무를 교대하여 우리의 또 다른 배후인 조선을 경계하는 것이 주 임무다.

현재 무순성에는 명나라의 군대와 관리가 주둔하고 있으며, 여허족과 몽고의 사신, 무역상들이 수시로 드나들기 때문에 이번 싸움은 단순히 성(城) 하나를 뺏기 위한 싸움이 아니라, 여허족과 몽고, 그리고 명나라로 결성된 연합세력을 상대로 한 싸움이다. 따라서 우리가 무순을 공격하려면, 저들의 배후가 되는 여허족과 아울러 몽골의 코르친 부를 먼저 제압해야 한다. 이것이 바로 우리가 해야 할 일이다.

구체적인 계획을 말하겠다. 강이 얼면 소자하를 따라 진군하다 혼하와 만나는 지점에서 강을 따라 이동하다 무순성 근처에서 진로를 바꾸어 향로산으로 이동한다. 그 다음 육천 기병을 사대(四隊)로 나눈다. 요토는 일천의 기병의 거느리고 철령 근처까지 진군하여 여허족과 동맹을 맺고 있는 몽골의 코르친 부족이 남하하는 것을 막는다. 그 사이 사할리딘과 나는 여허족을 토벌한다. 내가 향로산에 매복해 있는 동안 사할리언은 범하산 쪽으로 이동하여 여허족을 공격한다. 여허족은 정착지가 없이 목초지를 찾아 돌아다니기 때문에 정확한 위치 파악이 어렵다. 하지만 겨울이 되면 범하산 근처의 정착촌에 머무는데 그곳으로 몰래 접근하여 적들을 하나씩 제거하면서 내가 매복해 있는 향로산 쪽으로 몰아와라. 이상이다."

"임무를 마친 후 조선은 어떤 식으로 경계를 합니까?"

"요토 장군의 부대는 의주 쪽을 경계하고, 사할리언 장군의 부대는 회령을 경계한다. 조선은 공격보다는 성을 의지한 수성 작전을 주로 사용하기 때문에 명의 요청이 없는 한 쉽게 우리를 공격하지 않을 것이다. 그냥 지키고만 있으면 된다. 섣불리 공격을 해서는 안 된다. 조선의 변방에는 지난 일본과의 전쟁에서 큰 공을 세운, 전투 경험이 많은 백전노장의 지휘관이 많기 때문이다."

가느다란 달빛만이 온 산하에 가득 찬 어둠을 밝혀 겨우 앞사람의 그림자만이 보이는 한밤중, 후금의 수도인 홍경 근처에서 발흥하여 대 요하의 지류인 혼하(渾河)로 이어지는 소자하(蘇子河), 그 얼어붙은 강줄기를 타고 발굽소리 하나 내지 않고 진군하는 무리들, 암바의 육천여 양황군 기병대였다.

한 명의 팔기군 장정은 두 필 이상의 말을 이끌고 전쟁터에 나서기 때문에 말이 지치면 다른 말로 갈아타고, 잠이 오면 말 위에서 졸기도 하며 밤낮을 가리지 않고 진군하였기 때문에 상상할 수 없는 기동력을 지녔다. 앞에는 기병대가 달리고 그 뒤에는 군량을 실은 마차가 달렸다. 이 마차를 태평차(太平車)라고 하는데, 높이가 어른 팔꿈치까지 닿고 바퀴살은 서른 개나 되었다. 재료는 대추나무로 만드는데, 쇳조각과 쇠못을 바퀴 전체에 붙여 놓아 수레가 웬만해서는 망가지지 않았다. 또한 수레바퀴 축이 수레 상자 밑바닥에 닿기 때문에 수레가 별로 흔들리지 않아 많은 군량을 실을 수 있었다. 위쪽은 덮개를 덮어 군인이 탈 수도 있으며 앞쪽에는 마부가 앉고 뒤쪽에는 종자가 앉는데, 마차를 다루는 솜씨가 뛰어나 말의 기동력에 전혀 뒤지지 않았을 뿐 아니라 웬만한 산악지형도 다 달릴 수 있었다.

얼어붙은 소자하를 달리는 양황군 속에는 한손도 끼어 있었다. 정동식의 마군영에 소속되어 참전한 것이었다. 한손은 사냥에 나설 때는 바위에 기대어 갖옷과 가죽이불만을 덮은 채 잔 적이 많았기 때문에 만주의 추위는 무섭지 않았다. 다만 혹시 있을 첩자를 경계하여 화식을 하지 못하여 마른 고기만 먹고, 제대로 쉬지도 못한 채 말 위에서 잠을 자며 밤낮 없이 행군하는 것이 고통스러웠다. 그래도 이전의 종살이에 비한다면 훨씬 견딜만했다.

끝날 것 같지 않은 행군이 향로산에서 멈췄다. 향로산은 무순성의 동북쪽 사십 리 지점에 위치한 곳으로 여러 층의 바위가 깎아지른 듯 서 있어 산세가 매우 험하였는데 제일 높은 봉우리가 마치 향로 같다 하여 향로봉이라 부른다. 향로산 허리에는 비스듬히 길이 나 있는데 이 길을 따라 북쪽으로 이십 리쯤 가면 소향로봉이 나온다.

이곳을 넘어서면 산세가 점점 약해져서 마침내는 끝없는 들판이 펼쳐진다. 이곳은 땅이 비옥하여 많은 농산물이 경작되는데 대표적 농산물이 목화였다. 명나라의 지배 이후 한족이 많이 이주해와 이곳은 한족과 여허족이 섞여 살았다. 한족은 주로 한 곳에 정착하여 목화 농사 등을 지었지만, 이곳의 원래 주인인 여허족은 옛날 방식대로 각 부족의 경계를 정하여 넓고 풍부한 목초지를 따라 유목 생활을 하고 살아갔다.

향로산 고지에서 암바의 양황군들은 군장을 풀었다. 오랜 행군에서의 노독을 풀 겸 편안한 휴식을 취하며 앞으로 있을 전투에 대비하는 사이 암바는 여허족 출신으로 이미 건주 여진의 부하가 된 자들을 선발하여 적진을 정찰케 했다.

전쟁에 있어서의 기본은 척후와 요망(遙望, 멀리서 적을 망보는 것)이다. 군내에 척후와 요망이 없으면 마치 눈먼 소경이 말을 타고 연못을 지나는 것처럼 매우 위태롭게 된다. 척후와 요망에서 제일 중요한 것은 선기(先期, 약속한 기간보다 앞서 적진을 정찰하는 것)와 원포(遠布, 멀리 배치하는 것)다. 선기하지 못하면 적의 반간(反間, 척후를 잡아서 역이용하는 것)으로 아군이 당할 수도 있고, 원포하지 않으면 적이 먼저 중요한 지대를 먼저 점령하여 간교로 아군을 괴롭혀 적의 허실을 알 수가 없었다.

누루하치는 어느 지역을 공격하려면 미리 그 지역 출신의 병사 수십 명씩을 선발하여 그들에게 후한 상금을 베풀어 심복을 삼아 공격지에 척후병으로 내보냈다. 이번 무순성 공격을 위해서도 마찬가지였다. 후한 상으로써 이미 많은 여허족의 첩자를 확보하였고, 하루 간격으로 매일 척후병을 내보내 적의 위치를 파악하게 하여 적의 사정을 어느 정도 파악한 다음 양황군을 투입하였던 것이었다.

척후병들이 돌아오자 사할리언의 부대는 범하산으로 이동했다. 이곳은 소향로봉으로부터 북쪽으로 오십 리 쯤 떨어진 곳으로 산세가 자못 아름다운 곳이었다. 이곳을 택한 이유는 몸을 숨기기 쉽고, 적의 기습에 대비할 수 있을 뿐 아니라 적의 모습을 멀리서 조망할 수 있기 때문이었다.

암바가 보낸 척후병들이 가지고 온 정보에 의하면 무순성 동쪽에 흩어져 있는 여허족은 12촌, 그중 현재 위치가 파악되는 부족은 여섯 개 촌락이라 했다. 누루하치는 적을 공격할 때 수뇌부를 먼저 쳤는데, 수뇌부를 약화시키면 나머지 군사는 수의 많고 적음에 상관없이 오합지졸이 되기 때문이었다. 사할리언도 이 전법을 구사하여 여섯 개 부락 중 가장 강한 부락부터 공격하기로 했다. 공격 시간은 새벽으로 정했다.

공격 명령을 받은 진중은 적막감에 싸였다. 생전 처음 전투에 나서는 한손은 긴장했다. 동물을 상대로 사냥만 하다가 인간을 죽여야 하는 싸움을 해야 한다는 것이 몹시 괴로웠다. 더구나 한손의 입장에서는 아무런 은원(恩怨) 관계가 없는 사람들이었다. 또 한편으로 상대를 죽이지 못하면 자신이 죽을 수도 있다는 생각에 공포가 밀려오기도 했다. 그러나 그로 하여금 다시 전의(戰意)에 불타게 하는 것은 사할리언의 약속이었다. 그는 출전하기 직전 한손을 자신의 숙소로 불러 손수 술을 따르며 말했다.

"자네가 이번 전투에서 큰 공을 세운다면 할아버지를 만나게 해주겠다. 또 하나 메이쉬를 자네에게 하사하겠다. 좋은 집과 함께."

아미(蛾眉)같은 초승달 위로 엷은 구름이 스치는 듯하더니 어느 순간 먹구름이 하늘을 뒤덮고 잣나무 가지 위에 눈송이가 떨어지기 시작했다. 내리는 눈발 사이로 인기척이 느껴졌다. 멀리서 들려오는 인기척 소리가 예사롭지 않았다. 새까만 가죽옷에 몽골식 털모자를 깊이 눌러쓰고 각종 무기로 온몸을 감싼 수십, 수백, 수천의 기마병들이었다.

그들은 내리는 눈 속에 발자국을 감추며 설원의 고요에 둘러싸인 마을을 향해 말을 달리고 있었다. 아무 소리도 지르지 않았다. 잠들어 있는 마을에 나사고싸 불화살을 쏘았다. 타오르는 불길이 어둔 밤하늘을 밝힐 무렵 하늘을 깨우는 비명 소리가 들리기 시작했다. 화염에 휩싸인 집들 사이로 옷도 입지 못한 여허족 전사들이 칼을 움켜쥐고 나오다 어디서, 누가 쏘는 화살인지도 모른 채 화살을 맞아 쓰러졌다.

"철저히 짓밟아라. 우리에게 겨누어질 단 하나의 복수의 칼날도 남기지 마라. 남자는 무조건 죽여라. 어린아이든 노인이든 절대 살려두지 마라."

시체 타는 냄새, 타다 남은 집 사이로 짙게 베어 나오는 피비린내, 여자들의 울부짖는 소리, 창칼이 부딪히는 소리…. 한손의 전신은 피로 얼룩져 있었다. 그는 얼마나 많은 사람을 죽였는지도 몰랐다. 닥치는 대로 내려쳤다. 처음에는 구경만 했다. 그저 다른 군사들의 뒤를 따를 뿐이었다. 그러나 벌거숭이의 적이 갑자기 창으로 옆구리를 찔러 올 때 그는 몸을 비끼며 칼로 그를 내리쳤다. 그것이 살상의 시작이었다.

동이 텄다. 우두머리의 신호에 따라 침입자들은 들어온 모습 그대로 철수하기 시작했다. 여전히 눈이 내리고 있었다. 내리는 눈은 그들의 발자국을 감추어 주었다. 다음날도 마찬가지였다. 한손이 속한 부대는 마치 저승사자처럼 꿈속에 젖어있는 여허족 부락을 하나씩 짓밟기 시작했다. 다섯 개의 부락을 공격할 때까지 그들의 흔적은 때마침 내리는 눈으로 인하여 쉽게 찾을 수가 없었다.

하늘은 며칠 동안 눈을 내려 이곳에서 일어난 잔인한 일들을 다 감춰버리고 아무 일도 없었던 듯 오랜만에 따스한 햇살을 내렸다. 새벽녘의 전투로 곯아떨어진 사할리언의 병사들은 말발굽 소리에 잠자리를 박차고 일어나 무기를 챙겨 들고 군막 밖으로 뛰쳐나왔다. 오랜 전쟁으로 야전 생활에 익숙한 이들은 누구의 지휘도 받지 않고 순식간에 공격 진법을 갖추었다. 산 아래에는 수십 명의 무장한 여허족 전사들의 모습이 보였다. 그들 중 하나는 흰 깃발을 들고 있었다.

"항복이냐?"

저항하는 자에게는 무자비했지만 항복한 자에게는 관대한 것이 누루하치 군대였다.

"협상이다."

"협상은 필요 없다."

"우리는 여허족의 대표들이다. 당신들이 원하는 것이 무엇인지를 알고 싶다. 오늘 축시(丑時) 무렵, 자리를 마련하겠다."

"나가지 않는다면?"

"나오는 것이 좋을 것이다."

그들은 협상 장소와 시간을 일방적으로 말하고 사라졌다. 제대로 잠을 자지 못한 병사들은 다시 깊은 잠에 빠져들고 정동식과 사할리언은 대장 막사에 마주 앉았다.

"저들이 요구하는 것이 무엇일까?"

"저들의 요구 조건은 중요하지 않습니다. 중요한 것은 우리가 이번 전투에 나선 목적을 실현시켜야 한다는 것입니다. 우리가 그동안 공격하여 파괴시킨 부족은 다섯 개, 척후병의 보고에 의하면 열두 개 부족이 있다고 했으니 저들은 나머지 일곱 부족의 연합일 것이고 병력도 우리보다 많은 삼천 정도는 될 것입니다. 처음에 우리가 기습으로 적을 유린할 때에야 저들에게 우리는 공포의 대상이었지만, 이제 저들도 우리의 위치를 파악한 이상 뭔가 대처 방안을 세웠을 것입니다."

"저들이 이제 우리의 위치를 찾아냈고 병력도 우리보다 많은데 왜 협상을 하겠다고 찾아 왔을까?"

"뭔가 함정을 파고 있거나, 아니면 주변에 흩어져 있는 부족들을 모을 시간적 여유를 벌기 위한 것일 겁니다."

"그러면 어떻게 해야 되지?"

"저들이 연합군을 형성했다면 오히려 잘 되었습니다. 지금까지의 기습전을 버리고 원래 계획대로 저들을 향로산 쪽으로 몰고 가야 할 것입니다."

"그러면 협상 장소에 나가자는 말인가?"

"군사를 끌고 나가서 여차하면 공격하는 것입니다. 오랜 전쟁에서 익힌 사기(四旗)진법은 이제 절정의 경지에 올랐습니다."

범하평원. 범하강과 의로하(懿路河)를 사이에 두고 끝없이 펼쳐진 평원이다. 이곳에서 백리 쯤 북쪽에 있는 철령까지가 여허족의 본거지다. 사할리언의 기마대는 눈이 녹아 질퍽거리는 벌판을 물보라를 튀기며 진군하여 드디어 약속 장소에 도착했다. 전방에는 일렬로 도열한 수천의 여허족 기마병들이 집어삼킬 듯한 자세로 이쪽을 노려보고 있었다. 일촉즉발의 팽팽한 긴장감, 두 기마대의 중간에는 커다란 몽고식 이동장막인 파오 하나가 쳐져 있었다.

사기진(四旗陣)의 북쪽 진(陣)이 열리자 아이지에게 청혼하였던 구로보라가 앞장서고 그의 뒤에는 호위무사들에 둘러싸인 사할리언이 뒤따랐다. 좌령인 구로보라는 자신의 마군영을 이끌고 사할리언의 호위부대가 되어 참전하였다. 그는 자신의 마군영 장정 중 무예가 뛰어난 장정들을 선발하여 사할리언을 호위한 채 협상 장소에 들어갔다.

이들 속에는 한손도 섞여 있었다. 정동식의 추천으로 호위무사가 되어 따라 나선 것이었다. 정동식은 그동안의 전투에서 한손을 유심히 지켜보았다. 처음에는 주저하는 빛이 역력했지만 전투가 거듭될수록 익숙해져 많은 공을 세웠다. 특히 검술이 뛰어나 그의 앞을 가로막는 적은 여지없이 쓰러졌다. 오늘 그를 특별히 사할리언의 호위병으로 추천한 것은 좁은 장막 안에서 전투가 벌어질 경우 그의 검술이 큰 도움이 될 수 있으리라는 판단과 함께, 혹시 있을 지도 모르는 적의 함정을 미리 발견하는데 사냥꾼으로서의 그의 감각이 필요했기 때문이었다. 한손은 정동식의 명령을 받자 그동안 등에 메고 다니던 본국검과 함께 양 허리에 짧은 예도 각 한 자루씩을 패검한 채, 표창을 허리춤에 감추고 사할리언을 따라나섰다.

장막 가운데는 식탁보를 씌운 탁자가 놓여 있었고, 변발을 한 무사들의 호위 속에 여허족의 대표인 듯한 사람이 주빈석에 앉아 있었다. 여허족은 몽고의 풍속을 많이 따랐다. 파오 내부에는 중앙에 상이 놓여 있는데, 상의 중앙은 귀빈석이며 중간 왼쪽은 주빈석, 오른쪽은 손님석이며 중앙 서북쪽은 신을 모시는 곳이라 앉지를 않았다.

여허족 도위는 일어서서 정중하게 사할리언을 귀빈석으로 안내했다. 사할리언이 자리에 앉으려는 순간 구로보라는 다급히 그를 제지하고는 식탁보를 들쳐보았다. 이상이 없었다. 구로보라가 눈짓을 하자 그제야 사할리언은 자리에 앉았다. 그가 앉자 여허족 도위도 착석하였다.

"너무 조심이 많으십니다. 이 자리가 어떤 자리라고 저희가 이상한 생각을 하겠습니까?"

"조심은 할수록 좋은 것이지요."

가벼운 신경전으로 두 사람의 대화가 시작되었다.

"장군님의 신출귀몰한 재주는 저희가 도저히 감당할 수가 없습니다."

여허족 도위가 먼저 인사치레의 말을 하자, 사하리언 냉정하게 그의 말을 자르고 말했다.

"과찬의 말씀은 그만하시고 본론부터 말씀하시지요."

"강화를 맺고자 합니다."

"우리에게 강화란 없소. 항복을 하든지 끝까지 싸우든지 둘 중에 하나만 택하시오. 단, 항복을 한다면 지금 그대로의 생활은 보장하겠소."

"도대체 저희들에게 원하는 것이 무엇입니까? 말입니까, 여자입니까, 철입니까? 아니면 금과 은입니까?"

상대는 항복이라는 말을 하지 않았다.

"당신들이나 우리나 알고 보면 다 같이 고구려와 금나라의 후예로 같은 동족이 아니오. 그럼에도 불구하고 당신들은 명나라에 의지하여 우리를 무시하고 우리와의 교역을 끊은 지 오래되었소. 더구나 당신들은 우리 칸에게 바치기로 약속한 여인까지 명나라 무순성의 도독에게 넘김으로 인하여 우리 칸의 진노를 불러 일으켰소. 결론부터 말하면 그동안의 잘못을 인정하고 명나라와의 관계를 끊은 다음 우리의 세력권 내로 들어와 우리 동족끼리 자생의 기반을 마련하자는 것이오."

"약간의 오해가 있는 것 같습니다. 먼저 제 술이나 한 잔 받으십시오."

사할리언이 꾸짖듯이 말하자 가만히 듣고 있던 상대는 술병을 들었다. 빙그레 미소를 띠는 모습이 마치 아버지가 아들을 대하는 것 같았다.

식탁 위에는 따듯한 고기와 술이 준비되어 있었다. 여허족 부족장이 마유주를 가득 따라 사할리언에게 권했다. 사할리언이 술잔을 들려하자 구로보라가 나서서 제지했다. 사할리언은 멈칫하며 들어 올리던 술잔을 내려놓았다. 긴장감이 흘렀다.

"저희는 그런 비겁한 수는 쓰지 않습니다. 마음 놓고 드십시오."

여허족 도위가 어색한 침묵을 깨고 껄껄 웃으며 자신이 먼저 술을 들이켰다. 하지만 구로보라는 끝내 양고기와 술을 한 모금 맛 본 뒤에야 사할리언에게 잔을 넘겼다.

한손은 사냥꾼의 직감으로 장막 안에 흐르는 살기를 느꼈다. 하지만 아무리 둘러보아도 근원지를 발견할 수가 없었다. 긴장하면서 벌어지는 일을 예의 주시했다. 몇 순배의 술잔이 돌았다.

"장군님께서 저희 사정을 이해해주셔야 합니다. 저희라고 어찌 동족끼리 잘 지내고 싶은 마음이 없겠습니까? 하지만 저희들은 지리적으로나 역사적으로나 명나라의 지배권을 벗어나 살 수가 없습니다. 이번의 여자건만 해도 그렇습니다. 저희는 약속한 여인을 누루하치 칸에게 바치기 위해 보냈습니다. 하지만 무순성 성주가 가로채는 것을 저희가 어떻게 막을 수 있겠습니까? 이런 만부득이 사정이 있었으니 이해 해주시리라 믿습니다. 하하하!"

웃음이 신호였을까. 식탁보 밑에서 뭔가 꿈틀거림이 있었다.

— 쾅.

앉아 있던 사할리언의 의자가 넘어지면서 땅바닥에 사정없이 쓰러졌다.

"윽!"

뒤를 이어 날카로운 비명소리가 들렸고 한손의 손에 피 묻은 칼이 들려 있었다. 모든 일이 순식간에 일어났다. 사냥꾼의 감각으로 살기를 느낀 한손은 오른 발로 사할리언이 앉아 있는 의자를 걷어찼다. 거의 동시에 식탁 밑에서 칼날이 불쑥 나왔다. 한손은 오른손에 표창을 뽑아들어 식탁보 속의 움직이는 물체를 향하여 던졌다. 단발마의 비명이 들렸다 한손으로는 어느 순간 큼직한 본국검을 뽑아들어 정면에 앉아 있는 적장을 내리쳤다. 적장은 단 한 마디의 비명도 지르지 못하고 머리부터 허리까지 두 동강이 나고 말았다. 설명을 하기에는 긴 시간이었지만 이 모든 것은 찰나에 이뤄진 것이었다.

여허족 호위 무사들은 순간적으로 벌어진 한손의 기습을 멍하니 바라만 볼 뿐 입을 다물지 못하고 온몸이 얼어붙은 듯 서 있기만 했다. 놀라기는 사할리언도 마찬가지였다. 한손의 발에 채여 넘어질 때는 순간적으로 한손이 배반한 것이라 생각했나. 하지만 곧이어 벌어진 상황을 통해 그의 충정과 함께 놀라운 검술을 직접 목격했다.

마냥 감탄만 하고 있을 수 없었다. 정신을 차린 여허족 호위무사들이 칼을 뽑아 사할리언을 향해 몰려들었기 때문이다. 본국검을 집어넣고 양손에 예도를 빼어 든 한손은 몰려드는 여허족 무사들을 막기 위해 발로 탁자를 차서 넘어뜨렸다. 그러자 표창을 맞은 자객이 목을 감싼 채 괴로운 신음을 내뱉고 있었다. 그 옆으로는 사람이 하나 들어갈 만한 구덩이가 보였다. 한손이 몰려드는 여허족을 상대로 싸움을 벌이자 그 틈을 이용하여 구로보라는 호위 무사들과 함께 넘어진 사할리언을 부축하여 일으켜 장막을 빠져나갔다.

적들도 보통의 무사가 아니었다. 사나운 기세로 한손을 공격하기 시작했다. 가벼운 예도를 양손에 빼어든 한손은 비진격전세(飛進擊戰勢), 향우방적세, 향좌방적세, 휘검향적세 등의 검법을 펼치며 몰려드는 적들을 공격했다. 한손의 검세가 매우 빨라 수적 우위를 보이는 적들이 오히려 한손의 칼날을 막기에 급급했다.

어릴 때부터 산을 타며 하체를 단련한 한손은 여러 명의 적을 상대하고도 지친 기색을 보이지 않았다. 오히려 그의 쾌검에 적들이 배를 움켜쥐며 쓰러졌다. 검세가 절정에 달하자 그의 몸동작은 가속도가 붙어 더욱 빨라졌고 칼날은 예리해졌다. 적들은 뒷걸음을 치며 장막을 빠져나갔다. 한손도 그들을 따라 나섰다.

장막 밖으로 나가자 대치 상태에 있던 양쪽의 군사들은 흥미진진하게 이들의 싸움을 구경하기 시작했다. 한 사람이 여러 사람을 상대로 매서운 검세를 펼치자 때로는 저도 모르는 탄성이 흘러나왔다. 하지만 넓은 벌판으로 나오자 곧 상황이 달라졌다. 한손의 공격을 겨우 막던 여허족

무사들이 어느새 말에 올라탔기 때문이었다.

말을 탄 여허족 무사들의 행동이 달라졌다. 말을 탄 채 내려치는 검에 힘이 있어 한손은 사방에서 달려들며 내치는 공격을 막기에 급급했다. 적들의 검세가 상대적으로 더 날카로워졌다. 언제인지도 모르게 옆구리에서 피가 솟으면서 기운이 점점 떨어졌다.

위기의 순간 싸움판 한 가운데로 달려드는 무사가 있었다. 정동식이었다. 노련한 그는 적의 칼날을 대신 막으며 한손에게 말에 올라 탈 시간을 벌어주었다. 상황은 다시 역전되었다. 뛰어난 검술을 지닌 두 사람의 공격에 여허족 무사들이 밀리기 시작했다. 결국 그들은 말머리를 돌려 자신들의 본진으로 도망쳤다. 정동식은 추격하려는 한손을 말렸다.

그 순간 북소리가 울리며 두 사람의 머리 위로 화살이 비처럼 날아가기 시작했다. 북소리가 더욱 빨라졌다. 사할리언의 공격 명령이 떨어진 것이었다. 순식간에 사기(四旗)진은 학익진으로 변하여 적을 향하여 공격해 들어갔다. 오와 열을 맞춰 돌진해 들어오는 적을 순식간에 네 동강을 내버리고는 다시 말머리를 돌려 반대로 돌격하여 적진을 순식간에 여덟 토막으로 나누어 버렸다. 그러기를 몇 차례 사할리언의 기병대는 세 배나 더 많은 여허족의 기병대를 토막토막 난 오합지졸로 만들어 버렸다.

원래 여허족은 사할리언을 유인하여 암살하고 자신들의 병력이 더 많은 것을 이용하여 장사진(長蛇陣)을 펼쳐 건주 여진을 포위, 공격 섬멸하려는 의도였다. 그러나 싸움을 시작하기도 전에 여허족은 지휘관을 잃은 데다, 진법 훈련이 잘 된 건주 여진의 역습에 휘말려 토막 난 뱀의 꼴이 되어 난도질을 당했다.

다시 북소리가 울렸다. 서서히 진법이 변하더니 남쪽의 길이 트였다.

그러자 여허 기병들은 남쪽으로 후퇴하기 시작했다. 사할리언의 부대는 일정한 간격을 두고 그들을 추격하기 시작했다. 본격적인 여허족 잔존 세력에 대한 소탕이 시작됐다.

해질 무렵, 질펵한 물보라를 튀기며 후퇴하던 여허족 앞에 갑자기 대규모의 기마대가 나타났다. 매복해 있던 암바 대장이 이끄는 양황군의 주력부대였다. 앞뒤에서 적을 맞은 여허족 패잔병들은 어쩔 줄 몰라 우왕좌왕하다 두 손을 높이 들어 항복하기 시작했다. 혹자는 원수에게 항복할 수 없다며 끝까지 싸우다 한스러운 생을 마감하기도 했다.

완벽한 승리였다. 싸움에서 이긴 사할리언의 부대는 전승(戰勝)의 분위기에 휩싸였다. 여허족에게서 빼앗은 가축으로 오랜만에 화식(火食)을 했다. 건주 여진의 머리 아픈 홍주 대신 여허족의 몽골식 마두주를 마시며 전리품으로 얻은 여허족 여인들을 품에 안은 채 늘어지게 휴식을 취했다. 그동안의 고생에 대한 보상이 있어야 하기 때문에 사할리언은 제제하지 않았다. 그 또한 자신의 막사에 마군영의 우두머리들을 모아 양고기와 술을 베풀어 부하들을 격려했다. 장수들은 맘껏 술을 마시며 지난 한 달 동안 벌어졌던 전투에서의 무공을 자랑하며 승리감에 들떠 있었다.

이날 중심화제는 단연 한손이었다. 사할리언은 한손을 특별히 초대하여 그의 뛰어난 무예와 충성심을 칭찬했고, 전쟁이 끝나면 큰 상금을 내리겠노라는 말과 함께 자신의 목숨을 살려준 것에 대해 거듭 감사의 말을 전하였다.

이렇게 전승한 첫날밤이 지나갔다. 새벽 무렵이 되어서야 짙게 깔린 안개를 베개 삼아 잠자리에 들었다. 어둠이 더 깊어질 무렵, 안개를 헤치고 시꺼먼 그림자가 진중을 에워싸기 시작했다. 여진족의 이동식 장막인 타탕 앞에서 꾸벅꾸벅 졸고 있던 파수꾼의 목에서 흐르는 핏물이 땅바닥을 흥건히 적실 무렵 불화살 하나가 새벽하늘에 솟아올랐다. 이것을 신호로 하늘이 떠날 듯한 고함 소리와 함께 비명소리들이 새벽하늘을 물들이기 시작했다. 어스름 불빛에 드러난 이들의 복장은 분명 여허족이 아니었다. 털모자에 가죽옷을 입은 그들은 몽골족이었다. 그렇지만 코르친 부족도 아니었다. 코르친 부족은 요토의 부대에 의해 완벽하게 길목이 차단되었다는 소식을 이미 전해 들었다.

암바 바일러마저도 전혀 예상하지 못했던 또 다른 몽골부족, 치하르족이었다. 지리적으로 무순성과 멀리 떨어져 있었기 때문에 이들이 여허족, 코르친 부족과 함께 무순성을 중심으로 연합하고 있다는 사실을 모르고 있었다.

적의 기습을 받은 사할리언 기병대는 변변한 저항 한 번 해보지 못하고 쓰러졌다. 옷도 제대로 입지 못한 채 여허족 여인의 품속에서 칼을 맞고 쓰러진 사람, 도끼에 팔이 떨어져 나가 울부짖는 사람, 장창이 관통하여 내장이 몸 밖으로 나온 사람 등 그야말로 아비규환이었다.

한손은 축하연에 참석하였지만 전투에서 입은 부상으로 이내 자신의 막사로 돌아왔다. 부상의 고통으로 잠들지 못하다 미미한 말발굽 소리를 들었다. 이상하게 여긴 한손은 몸을 일으켜 양손에 예도를 빼어들고는 숙소 밖으로 나왔다. 곳곳에 불길이 치솟고 있었다.

'기습이다.'

상황을 파악한 그는 곧 말을 타고 사할리언의 숙소로 달렸다. 안개 속의 적들은 저승사자처럼, 취하여 비틀거리는 양황군 장정을 무자비하게 베고 있었다. 사할리언은 갑옷도 제대로 입지 못한 채, 호위 무사들에게 둘러 싸여 있었다. 분노가 치솟았다. 하지만 한손은 왜 자신에게 분노가 솟는지 알 수 없었다. 생사를 같이 넘나들었기 때문일까? 말에 박차를 가했다.

정동식은 별로 술을 마시지 않았다. 언제 어떤 일이 벌어질 줄 몰랐기 때문이었다. 야습이라는 말에 사할리언을 보호해야 된다는 생각으로 갑옷을 걸칠 여유도 없이 밖으로 나왔다. 상황이 매우 불리했다. 사할리언을 표적으로 겹겹이 에워싼 적들이 공세를 가하고 있었다. 호위병들은 사할리언을 둘러싸고 필사적인 싸움을 벌였지만 수적 열세를 감당하지 못하여 하나씩 쓰러졌다. 정동식은 사할리언을 구해야한다는 일념으로 적진에 뛰어들었지만 포위망을 뚫기에는 역부족이었다. 이십여 년 간 통일전쟁을 벌였지만 지금 같은 위기는 없었던 것 같았다. 구로보라도 달려왔지만 그도 적들의 공격에 점점 뒷걸음질 치고 있었다. 기적을 바랄 수밖에 없었다.

'싸우다 죽자.'

정동식은 죽음을 각오했다. 그것만이 명예로운 길이었다. 피가 사방으로 튀며 온 힘을 다 쏟았다. 그러나 점점 기운이 떨어졌다. 사할리언은 여전히 위기였다. 그때였다. 매서운 기세로 포위망을 뚫고 다가서는 단기(單旗)의 장정이 보였다. 양손에 예도를 빼어든 한손이었다. 그가 쌍검을 사용한다는 말을 들었지만 지난번 싸움에서는 워낙 급한 상황이라 의식을 하지 못했는데 이번에는 면전에서 그의 쌍검술을 볼 수 있었다. 너무나 빠르고 예리했다. 오른손으로 막고 왼손으로 찌르고, 왼손으로 막고 오른손으로 베고. 한 번 휘두를 때마다 한 명씩 쓰러졌다. 순간적으로 싸움이 정지되는 듯했다. 피아의 구분 없이 그의 무예를 넋을 놓고 바라보았다.

'운장도패수세.'

한손을 바라보던 정동식은 그가 펼치는 무술의 정체를 알아내고는 숨이 멎는 듯한 충격을 받으며 오랫동안 잊고 있었던 사람이 떠올랐다.

'그 사람이다. 그 사람의 손자다.'

놀라움과 반가움이 그의 얼굴에 교차했다. 가벼운 흥분마저 일었다. 한손의 등장으로 전세가 역전되기 시작했다. 사할리언의 호위무사들도 다시 힘을 내었다. 구로보라도 정동식도 힘을 보탰다. 마침내 길이 열렸다. 정동식은 재빨리 사할리언을 호위하여 포위망을 벗어났다. 구로보라도 뒤따랐다.

한손은 홀로 남았다. 적의 추격을 막기 위해 온 몸으로 버텼다. 멀리서 동이트기 시작했다. 이제 들판엔 한손 혼자 남았다. 30년이 넘는 통일전쟁에서 수많은 전투를 경험한 노련한 양황군의 병사들은 어느새 적의 포위망을 뚫고 어디론가 사라졌다. 한손만이 본능적으로 칼을 휘두르고 있었다. 어느 순간 그를 상대하는 적들도 없었다. 멀찌감치 떨어져 그를 지켜보기만 했다.

마지막 남은 기운이 다 빠져 나간 듯했다. 언제 어디를 찔렸는지 곳곳에서 피가 흘러 나왔다. 아침 햇살이 떠오르자 더 이상은 버틸 힘이 없었다. 그냥 주저앉고 싶었다. 모든 것이 귀찮아졌다. 굳이 살고 싶은 생각도 없었다. 적의 칼날에 맞든, 쓰러져 죽든, 지금의 이 고통을 끝냈으면 좋겠다는 생각뿐이었다.

— 쿵!

둥치의 나무토막이 떨어지는 소리가 울렸다. 말에서 떨어진 한손은 더 이상 일어나지 못했다. 쓰러진 그의 등 뒤로 두 개의 화살이 갑옷 사이로 꽂혀 있었다. 죽어간 사람들의 피로 흥건한 땅바닥에 얼굴을 처박은 채, 피비린내를 뼛속 깊이 받아들이며 한손은 점점 죽어갔다. 몽롱한 의식 속에서 한 번도 보지 못한 어머니를 그리며. 아이지의 얼굴이 떠올랐다. 지워도 지워도 아이지의 얼굴이 계속 떠올랐다. 눈물인지 핏물인지 모르는 짙은 체액이 흐르는 것을 느꼈다.

'할아버지, 저는 이렇게 죽습니다. 할아버지를 두고 죽을 수 없는데….'

인기척이 느껴졌다. 서늘한 칼날의 기운과 함께. 운명에 맡겼다. 아니 자신의 힘으로 이제 할 수 있는 것은 없었다.

"죽이지 마라."

갑자기 낯익은 목소리가 들렸다. 한손은 힘들게 고개를 돌려 보았다. 겨우 상대를 확인했다.

"한손, 대단하더구나."

"가, 가라보. 너였구나. 그때 무사히 빠져 나갔구나."

그러나 한손의 목소리는 입안을 빠져나오지 못했다.

"이것으로 너와 나의 은원(恩怨)관계는 끝난 걸로 하자. 네가 그리웠는데…."

가라보의 목소리는 차가웠다.

"저 자를 말에 태워라."

여허족 족장 가라보. 한손의 도움으로 무사히 자신의 부족으로 돌아간 그는 부족의 재건에 힘썼다. 그러던 중 해가 바뀌고 건주 여진의 침입이 있다는 소리를 들었을 때 그는 여허족 도위와 의논 끝에 몽골의 코르친 부족에게 원군을 청하러 갔었다. 그러나 이들마저 건주 여진의 요토 장군에 의해 유린당하여 길목을 차단당하자 멀리 떨어진 치하르 부족에 도움을 청하였던 것이었다.

가라보가 이끄는 치하르와 여허족 연합군이 싸움터에 도착하였을 때는 이미 싸움의 승패가 결정된 뒤였다. 너무 늦었다. 그들은 반격의 기회를 노리고 있다가 오늘 새벽 기습을 가했다. 가라보는 멀리서 한손의 모습을 발견했다. 그로 인하여 상황이 반전되는 것도 지켜보았고 그가 쓰러지는 것도 보았다. 그는 한손을 죽일 수 없어 그냥 바라만 보고 있었다.

1618년 4월, 혼하(渾河) 강변에 위치한 무순성 밖에 무수한 말발굽소리가 들렸지만 강가의 짙은 안개는 이 요란한 소리들을 다 덮어버렸다. 고요히 잠들어 있던 무순성 사람들은 수레를 끄는 요란한 소리들이 천둥소리처럼 들렸을 무렵에야 비로소 깨어났다.

무순성 도독 유격대장 이영방(李永芳)은 혹시나 하는 생각에 군사들을 불러 모았다. 혼하 너머 여허족 마을에서 크고 작은 전투가 벌어지고 있다는 소리를 듣긴 했지만 건주 여진이 명나라 영토인 무순성을 공격할 것이라는 생각은 하지 않았다.

갑옷을 입고 성곽의 망루에 올랐으나 지척의 거리도 분간하기 어려웠다. 때마침 성을 무너뜨릴 것 같은 소리도 더 이상 들리지 않았다. 하지만 이상하게 불길한 예감이 들어 성루를 떠나지는 못했다. 이영방은 안개 너머 보이지 않는 공간을 계속 응시했다. 아침 해가 높이 솟아오르면서 안개가 점점 걷혔다.

"헉!"

눈앞에 벌어진 광경에 이영방은 숨이 멎는 것 같았다. 안개가 걷힌 얼어붙은 혼강 위에 수만의 군사들이 펄럭이는 여덟 종류의 깃발아래 도열해 있었다. 암바 바일러가 지휘하는 양황군이 무순성 근처의 여허족을 완벽하게 차단하자 누루하치는 마침내 역사적인 무순성 공격의 명령을 내렸다.

"성문을 굳게 닫고 포를 준비시켜라. 전군 동원령을 내려라. 어서!"

다급한 이영방의 명령이 하달되기 시작했다. 그러나 때는 늦은 것 같았다. 채 전열을 갖추기도 전에 후금 진영에서 발사한 돌이 성 안으로 날아들었다.

"포를 쏴라!"

이영방의 다급한 명령은 계속 이어졌다. 무순성은 화약을 이용한 강력한 대포를 보유하고 있었다. 이것이 후금이 공격하지 못할 것이라는 이유 중 하나이기도 했다. 하지만 오랫동안 사용하지 않은 대포를 쏘기에는 너무나 많은 시간이 필요했다. 그 틈을 후금의 누루하치는 놓치지 않았다.

충차병과 운제병이 어느새 성 가까이 접근해왔다. 다급한 명나라 군이 활을 쏘며 저지했지만 별 소용이 없었다. 성 안의 명나라 군사들이 우왕좌왕하는 사이 운제병들은 사다리를 성곽 위에 걸쳤고 충차병들은 단단한 무순성문을 이미 반쯤 부순 뒤였다.

성문이 열리자, 선봉에 선 정백, 양백 두 기병대는 소토리 장군의 지휘를 받으며 장창을 곧추세우고 맹렬한 기세로 열려진 성문을 향하여 돌격해 들어갔다.

"발사 준비가 아직도 안 되었나?"

이 도독은 군사들을 독촉했다.

"다 됐습니다."

"빨리 쏴라!"

— 쿵, 쿵, 쿵.

마침내 대포소리가 울리기 시작했다. 포탄은 얼어붙은 혼하 위로 사정없이 떨어져 돌격하던 기병들을 말과 함께 순식간에 얼음구렁텅이 안으로 빠트렸다. 포탄은 연이어 떨어졌다. 포탄이 떨어진 곳마다 웅덩이가 만들어져 마침내 혼하를 거대한 해자(垓字)로 만들었다. 더 이상 돌격할 수가 없었다. 소토리 장군은 결국 후퇴 명령을 내렸다. 1차 공격이 실패한 것이었다.

2차 공격은 구멍 뚫린 강이 다시 얼어붙기를 기다려서 할 수밖에 없었다. 누루하치는 밤새 혼하의 물이 다시 얼어붙기를 기다렸다. 다음날 아침 또다시 공격이 시작되었다. 하지만 상황은 어제와 달랐다. 성 안에서는 운제병과 충차병의 접근을 허락하지 않았다. 마차가 접근하자 돌과 화살은 물론이고 포탄이 비 오듯 쏟아졌다.

"후퇴하라."

이번에는 성 근처에도 가보지 못했다. 누루하치는 참모들을 불렀다. 그리고는 오랫동안 뭔가를 의논한 후 새벽 무렵 일단의 군대를 이끌고 무순성을 떠났다. 그 후로 오랫동안 후금군은 무순성을 공격하지 않았다. 그저 성을 포위만 하고 있었다.

'오랑캐 놈들이 감히….'

성 안의 이영방은 대포를 쏠 때마다 나자빠지는 후금의 군사들을 보며 점점 기세가 올랐다. '노는 꼴들 하고는…. 쯧쯧.'

"공격!"

마침내는 인내하지 못한 이영방이 성 밖의 후즐그레한 오랑캐를 멀리 내쫓기 위해 공격 명령을 내렸다. 성문을 열어젖히고 나선 명나라 군을 후금의 군대는 맞서질 못했다. 치열한 백병전 끝에 후금군은 마침내 등을 돌리고 도망가기 시작했다. 사기가 오른 명나라 군사는 숨을 곳 하나 없는 허허 벌판을 향해 도망가는 후금 군을 맹렬한 기세로 추적했다. 이렇게 추격하기를 50여 리, 눈앞에는 평야 한 가운데 불쑥 솟아난 철배산의 모습이 보였다. 후금군은 산 속의 골짜기를 향해 쏟아져 들어갔다.

'매복이 있을지 모른다.'

추격하던 선봉장 파정상이 말을 멈추었다. 그는 제대로 배운 장수였다.

"왜 멈추나?"

뒤따라온 이영방이 숨을 헐떡이며 물었다.

"매복이 있을 것 같아서입니다. 이 정도면 적을 멀리 내쫓았습니다. 그만 돌아가시는 것이 좋을 듯합니다."

"무식한 오랑캐들이 무슨 머리가 있어 그런 어려운 작전을 세우겠나. 다시는 이 근처에 얼씬거리지 못하게 혼쭐을 내줘야한다."

평소 여진을 우습게 여기던 데다 첫 전투에서 손쉽게 승리를 거둔 이영방은 파정상의 말에 귀를 기울이지 않았다. 그는 철배산 계곡으로 말을 계속 몰았다. 그들이 계곡에 들어서서 한 참 추격전을 전개하고 있을 때였다. 둥둥둥 큰 북소리가 계속에 울리더니 도망가던 후금 군이 몸을 돌려 반격해 오기 시작했다. 동시에 천둥 같은 고함 소리와 함께 파란색과 붉은색 깃발을 흔드는 수많은 기마병들이 계곡 아래로 쏟아져 내려왔다.

"후퇴하라."

이영방이 사태를 깨달았을 때는 이미 돌이킬 수 없는 상황에 이르렀을 때였다. 물살 센 여울목에 들어선 배처럼 이미 골짜기에 들어선 군사들이 한꺼번에 몸을 돌려 빠져나가기란 쉽지 않았다. 결국 사방에서 몰려드는 후금 군에 의해 명나라 군사들은 피를 흘리며 무더기로 쓰러졌다. 아비규환의 참상이 벌어지기 시작했다. 이영방은 무예가 뛰어난 선봉장 파영상 덕분에 겨우 계곡을 빠져나올 수 있었다.

삼천여 기병들이 성을 빠져 나와 후금 군을 공격했는데, 죽음의 계곡을 빠져 나온 군사는 몇백여 기밖에 되지 않았다. 회한의 눈물을 삼키며 도독은 무순성으로 말을 되몰았다.

"성문을 열어라 도독이 돌아오셨다."

성문 앞에 이르러 파영상은 힘껏 소리 지르자 수병(戍兵)들이 성문을 열었다. 이영방은 무거운 기분으로 성 안으로 들어섰다. 이상했다. 성 안 곳곳에 낯선 붉은 색 깃발이 나부끼고 있었다.

"저게 뭐지?"

이영방은 물음에 답한 것은 놀랍게도 후금의 창날과 칼날이었다. 어디서 나타났는지 활과 창을 겨눈 후금 군이 이들을 겹겹이 포위했다. 도독은 순순히 말에서 내려 무기를 내려놓고 손을 들었다. 완패였다.

5. 알목하의 은둔자

백두산은 산이 삼층으로 되어있고, 그 꼭대기에 큰못이 있는데 남쪽으로 흐르는 것이 압록강이고 북쪽으로 흐르는 것이 송화강과 혼동강, 동북으로 흐르는 곳은 호하강과 속평강, 동쪽으로 흐르는 것이 두만강이다.

백두산에서 속평강을 따라 7~8일 걸리는 거리에 회령도호부가 있는데, 속평강 너머에 있는 고라이, 사오이동, 상가하, 아적랑이, 하다가사, 벌인, 무을게, 상도량, 중동량, 하동량, 어후강, 후훈, 박가천, 검천족 등 건주 여진을 경계하기 위한 곳이다.

회령도호부는 여진 말로 알목하라 한다. 고려 시대 때 두만강 건너, 이곳에 공험진을 설치하고 산성을 쌓았다는 기록이 있지만, 조선 태종 이후로 건주 여진 족장 동매가첨목아가 들어와 거주하면서 이곳은 여진의 요충지가 되었다. 세종 때 김종서가 이를 염려하여 이곳을 다시 빼앗고 성보(城堡)를 쌓아 회령도호부라 하고 절제사를 두어 건주 여진을 경계하게 하였다.

회령도호부의 진산(鎭山)이 되는 산은 오산(鰲山)으로 도호부의 서북쪽 50리 밖에 위치했다. 이곳은 깊은 산림지대로 인적이 끊긴 곳이었다. 뜻밖에도 이곳에 십여 채의 집들이 마을을 이루고 있었다. 앞쪽으로는 속평강이 흐르고 뒤쪽은 험한 바위산이 병풍처럼 둘러서 있어 산채(山寨)와 다름없는 마을이었다.

보름 동안의 사냥을 끝내고 휴식을 취하고 있던 고요한 마을에 갑자기 개짓는 소리가 들렸다. 가죽을 말리던 십여 명의 장정들은 마을을 돌며 쌓아올린 목책 주위로 몰려들었다. 속평강을 건너는 두 명의 이방인, 마래기를 눌러쓰고 표범 가죽옷을 입은 그들은 여진족임에 틀림없었다. 최근 몇 년 간은 여진족들이 이곳까지 나타나는 경우는 없었다. 저들 사이의 전쟁 때문에 조선 땅을 기웃거릴 틈이 없었기 때문이다. 아마도 사냥에 나섰다가 길을 잃은 사람이겠거니 하는 생각으로 활과 칼을 내려놓았다. 약탈자가 아니면 굳이 적개심을 가질 이유가 없었다.

그러나 그들의 발걸음은 망설임이 없었다. 봄날의 기운을 받아 산림이 울창해졌고 기세 오른 나뭇잎들은 이 마을을 잘 숨겨 주어 외부에서는 쉽게 발견될 수 없는 곳인에도 이들은 마치 이곳 지리에 익숙한 자들처럼 주저함이 없이 이곳을 향했다. 내려놓았던 활을 다시 들어 올렸다.

숲을 헤치고 개활지로 나선 이방인, 큰 키에 두툼한 입술, 불거진 광대뼈, 당당한 자세, 낯선 사람이 아니었다. 지난 2년 동안 애타게 찾던 인물이었다. 마을 사람들은 사냥 나간 한손의 소식을 알기 위해 백두산 기슭을 넘어 여진의 경계까지 가보지 않은 곳이 없었다. 마을의 젊은이와 사냥개를 풀어 샅샅이 뒤졌으나 결국 찾아낸 것은 한손의 말과 장창

(長槍)뿐이었다. 체념의 마음이 점점 짙어져 이제는 마음에 남아둔 존재였는데 그가 나타난 것이었다.

살아서 돌아온 한손을 마을 사람들은 머리를 끌어안고, 얼굴을 비비며 마치 자신의 아들을 맞이하는 듯 기뻐했다. 물론 이들 속에는 박인웅처럼 어색하게 한손을 맞이하는 사람도 있었다.

왁자지껄 반갑게 맞이하던 이들의 마음에 오래지 않아 의구심이 생기기 시작했다. 변발에 여진식 복장, 그리고 그와 동행한 여진사람.

"너 복색이 그게 뭐냐. 그동안 여진사람이 되었다는 말이냐?"

손자의 무사 귀환을 지켜보던 할아버지는 마을 사람들의 환호와 반김이 끝나길 기다려 낯선 복장에 대한 궁금증으로 반가움을 대신했다.

"안에 드신 후 말씀드리겠습니다. 절부터 받으세요."

사연이 많을 것이라 생각했다. 할아버지는 뒤늦게 손자를 꼭 껴안은 뒤 그의 손을 이끌고 집으로 향했다. 너무나 그리웠던 집이었다. 세간살이 하나하나 그립지 않은 것이 없었다. 동네 사람들도 한손을 따라 방으로 들어왔다. 정동식도 뒤를 따랐다. 그는 상대의 관상부터 살폈다. 이미 환갑 가까운 나이임에도 불구하고 혈색이 좋았을 뿐 아니라 불거진 광대뼈가 매우 강한 인상을 주었다.

한손은 할아버지에게 큰절을 올렸다.

"다시는 할아버지를 못 뵈는 줄 알았습니다."

"네가 그런 말을 하다니 험한 꼴을 많이 본 모양이구나? 어디 한 번 얘길 들어보자."

한손은 그동안 있었던 일을 다 말했다. 자신이 보고 들은 이야기만 할 수밖에 없었지만 전투에 참가하여 전공을 세워, 전쟁이 끝난 뒤 정6품의 요기교라는 벼슬을 얻어 오십 명의 마군영을 거느릴 수 있는 장수가 되었다는 것도 자랑스럽게 말했다. 수십 경의 땅과 전투에서 노획한 수십 마리의 말과 소, 돼지 그리고 수십 필의 비단과 주옥 등을 하사받았다는 말도 잊지 않고 말했다. 다만 메이쉬와 관련된 일만은 숨겼다. 왠지 쑥스러웠기 때문이었다. 마지막에 정동식을 소개했다. 자신을 잘 돌봐준 조선인이라고.

"조선인이 여진 사람의 신하가 되다니…."

할아버지는 정동식인지, 한손인지 딱히 구분 짓지 않고 꾸짖듯이 말했다.

"어떤 역사관을 가졌느냐에 따라 다를 뿐이죠."

묵묵히 한손의 행동과 말을 지켜보던 정동식이 가볍게 말했다.

"그래요, 당신은 어떤 역사관을 가지고 있소?"

정동식의 말이 흥미로운 듯 할아버지는 약간은 냉소적인 표정으로 그에게 관심을 돌렸다.

"최소한 고구려 혼을 죽인 자들의 후손을 어버이라 섬기지는 않습니다."

"그렇다고 예의도 모르는 오랑캐를 섬길 수는 없는 법!"

할아버지의 말에는 굵은 가시가 돋쳐 있었다.

"오랑캐는 명나라 놈들이 자신과 달라 그렇게 부를 뿐, 여진족은 여전히 고구려와 발해의 전통과 문화를 숭상하는, 조상을 숭배할 줄 아는, 예를 아는 나라입니다. 자기 조상과 역사를 버리고 남의 나라 역사와 사람을 숭배하는 조선과는 다르죠."

정동식도 지지 않았다.

"……."

할아버지는 무슨 이유에선지 갑자기 침묵을 지켰다. 어색한 침묵이 오랫동안 흘렀다. 그 사이 사람들은 하나씩 빠져 나가고 방안에는 한손과 정동식, 그리고 할아버지 셋만이 남았다. 두 사람 사이에는 한 마디 말이 없었지만 치열한 기(氣)싸움이 벌어지는 듯 서로를 오랫동안 노려보았다.

"동이족은 크게 세 지역에 살았죠. 산악지대의 예맥조선 땅, 불한 조선이라 불리는 요동의 거대한 벌판, 그리고 마한이라는 조선 땅. 이 중 한나라, 당나라, 몽골, 명나라의 외침에 한 번도 점령당하지 않은 곳은 예맥조선 땅입니다. 그곳에서 고조선이 망한 후 고구려가 나왔고, 고구려가 망한 뒤 발해가 나왔으며, 금나라 나왔습니다. 이들이 한 번 일어설 때마다 고조선의 기운은 다시 살아났고 또 만리장성의 동쪽 땅은 다시 동이족의 품안으로 돌아왔습니다. 이제 그 예맥조선의 땅에서 동이족의 또 다른 후예인 여진족이 후금을 세우고 다시 일어섰습니다. 조상을 삼켰던 명나라를 만리장성 너머로 쫓아내기 위해서입니다."

오랜 침묵을 깨고 정동식이 말했다.

"허허, 여진족이 명나라를 치겠다고!"

할아버지는 웃음을 지었지만 태도는 냉소적이었다.

"우리는 이미 무순성을 점령했습니다."

"뭐라고!"

할아버지는 깜짝 놀라며 한동안 생각에 잠겨 아무 말도 하지 않았다.

"태풍이 불겠군. 조선을 삼킬만한…."

"우리는 조선과 싸우고 싶지 않습니다. 조선이 우리의 싸움에 개입하지 않는다면 말입니다."

"한낱 무순성을 점령했다고 여진이 명나라와 싸워 이긴다는 것을 장담할 순 없지."

할아버지는 이전과 달리 신중한 태도로 말했다.

“산골짝 졸본 땅에서 주몽이 고구려를 세울 때 그들이 나중에 천하를 점령한 당나라를 이길 줄 몰랐으며, 함경도 산골짝에서 아골타가 군사를 일으켜 금나라를 세웠을 때 송나라를 양자강 이남으로 쫓아낼 줄 누가 알았겠습니까? 주몽이 고구려를 세운 성스러운 땅 졸본부여, 바로 그곳에서 우리 애신각라 누루하치 칸이 다시 군사를 일으켰습니다. 만주어 애신각라는 한어로는 김 씨입니다. 김 씨 누루하치가 주몽이나 아골타가 되지 말라는 법이 어디 있습니까?”

“상대는 명나라일세.”

“당은 명보다 강한 나라였고, 송나라는 오늘날 조선 사람들이 숭배하는 사람들이 무더기로 배출된 최고의 문화를 지닌 나라였지요.”

“당신은 누루하치가 명나라를 이길 수 있다고 믿소?”

“중국의 왕조는 200년을 넘기지 못했습니다. 명나라가 세워진 지 이제 200년이 되었습니다. 명나라는 임진왜란 때 조선에 원병을 보낸 이후 국력이 기울어졌으며, 외척과 내관들에 의해 정치는 혼란스럽습니다. 명나라의 기운은 이미 다 했습니다.”

“…….”

할아버지는 정동식의 말을 경청하기 시작했다.

“조선이 문제입니다. 조선은 고구려의 혼을 스스로 포기하고 조상의 혼을 짓밟았던 화하족 문명에 굴복하여 그들을 어버이로 숭배하고, 그들의 사상을 통치이념으로 삼아 우리를 오랑캐라 무시하고 있습니다. 따지고 보면 조선을 세운 이성계도 오랑캐인데 말입니다.”

“그건 또 무슨 말이오?”

“이성계의 조상은 몇 대에 걸쳐 여진의 땅에서 여진의 족장으로 지내면서 여진족 여인들과 결혼했습니다. 그러니 그의 피 속에는 당연히 여진의 피가 섞였을 것이고 여진의 문화가 녹아들었다고 할 수 있을 것입니다. 그런데 그 후손들은 자신들의 조상을 오랑캐라 하여 무시하니 참으로 어리석다는 것입니다."

"그런 억지 논리는 더 이상 말하지 마시오."

"억지 논리가 아닙니다. 엄연한 역사적 사실이며 여진족이 명나라를 상대로 싸우고 있는 것은 또한 역사적 현실입니다."

"배고플 텐데 식사나 합시다."

할아버지는 더 이상 정동식과 이야기를 나누기 싫어서인지, 아니면 그의 말에 반발할 마땅한 말이 떠오르지 않아서인지 저녁 식사준비를 한다며 밖으로 나갔다.

이들의 대화에 가장 관심을 기울인 사람은 한손이었다. 지금까지 들어보지 못한 이야기를 들었을 뿐 아니라 정동식의 자신 있는 말투에서 나오는 역사관은 그의 마음을 움직였다.

"어르신이 저와 함께 이곳까지 따라오신 이유가 단순히 절 감시하러 온 것이 아닌 것 같습니다."

한손은 정동식이 여기까지 동행한 이유가 갑자기 궁금해졌다.

"다른 식구는 없는가?"

정동식은 한손의 말에는 대답하지 않고 화제를 다른 데로 돌렸다.

"부모님은 임진왜란 때 돌아가셨고, 할아버지 혼자 절 키웠습니다."

한손은 정동식의 말에 감복되어서인지 그를 대하는 태도가 달라졌다. 할아버지가 두 사람을 위해 손수 저녁상을 준비하는 동안 한손은 젖동냥으로 보낸 유아기와 사냥과 무예수련으로 보낸 어린 시절 이야기 등 자신이 자란 환경에 대해 이야기했다.

산나물에 제법 토실한 꿩고기로 진하게 국물을 우려낸 밥상을 차려왔다. 한손은 할아버지가 손수 장만하신, 오랜만에 맛보는 정겨운 산나물과 꿩고기 맛에 정신을 잃고 밥을 먹었다. 하지만 나머지 두 사람은 밥을 먹는 둥 마는 둥 깊은 생각에 빠진 듯했다.

"어떻게 어린 아이를 전쟁터에 내보낼 수 있단 말이오?"

숭늉마저 한 사발 비운 뒤에야 할아버지가 먼저 입을 열었다.

"한손은 포로였습니다. 포로가 팔기군이 되어 전쟁터에 나선 것은 매우 큰 영광입니다."

"그래도 어린아이 아니오?"

"한손은 누구보다 큰 공을 세웠습니다. 그 결과 명예롭게도 마군영을 이끄는 팔기군의 장수가 되었습니다."

"머루주가 가 있는데 술 한 잔 하시겠소."

할아버지는 뭔가 반박을 하려다 말고 화제를 바꾸었다.

"좋습니다."

할아버지는 다시 부엌으로 나갔다가 주전자에 술을 채운 채 다시 들어와 한 잔 가득 정동식에게 따랐다.

"여기는 뭐 하러 왔소?"

정동식이 술 잔 비우기를 기다렸다 할아버지는 무뚝뚝한 표정으로 물었다.

"임진왜란이 일어났을 때 누루하치 칸께서는 국서를 보내 조선을 돕겠다는 말을 했습니다. 하지만 조선은 오랑캐의 도움은 필요 없다며 거절하였지요."

이번에는 정동식이 할아버지의 물음에 답하지 않고 화제를 돌렸다. 먼 길을 에둘러 가려는 듯 먼 곳의 이야기부터 끄집어낸 것이다.

“그건 나도 알고 있소.”

할아버지는 정동식과 달리 지름길을 재촉하듯 말했다.

“그때 칸께서는 조선인 출신들을 모아 함경도 땅으로 보내 정찰 활동을 하게 하였습니다. 일본군에게 연패를 한 조선에서는 급하게 군사를 모집하였습니다. 저는 그때 함경도에서 조선군에 입대했습니다. 금위군 교위 출신의 이혼이라는 사람의 휘하에 배속되었지요.”

“…….”

이혼이라는 말에 할아버지는 약간 놀란 눈빛으로 상대를 잠깐 바라보았다. 하지만 이내 평상심을 되찾고는 정동식의 다음 말을 기다렸다.

“우리는 그때 한양이 위급하다는 소리를 듣고 한양방어를 위해 남하하였습니다.”

정동식은 당시를 떠올리듯 지그시 눈을 감았다.

옷 속으로 풀모기가 계속 파고들었다. 쾌자 자락을 내려 전신을 덮었지만 소용이 없었다. 겨우 잠이 드나 했더니 이번에는 이곳의 터줏대감인 뱀들이 자신의 허락 없이 몸을 눕혔다며 어지럽게 몸 위를 지나다녔다. 위장 풀은 옷 속으로 흘러내려 온 몸을 간질이고 새벽이슬로 젖은 몸은 불쾌감을 극에 달하게 했지만 꼼짝할 수 없었다. 적의 척후병이 숨어 아군의 모습을 정탐하고 있을지 모르기 때문이었다.

1592년 여름 양주군, 부원수 신각은 한양 방어선에서 패배한 군사들을 모아 밤새 이동하여 임진강이 내려다보이는 감악산 게재(적유령)의 고개 위에 매복한 채 왜적을 기다리고 있었다. 도성을 적에게 내 준 조선으로서는 이 고개마저 빼앗기면 이제 겨우 임진강 나루 변에 도착한 어가(御駕) 행렬이 큰 위험에 빠질 수 있었다.

율곡의 문하인 신각은 전쟁이 일어나기 전 황해도 연안 부사로 있었다. 그는 일본에 통신사로 다녀왔던 황윤길의 말을 듣고는 곧 전쟁이 발생할 것이라 예상하고 같은 율곡 문하의 조헌(朝憲)의 도움을 받아 성곽을 보수하고 도량과 연못을 파서 비봉산 시냇물을 끌어들이는 등 전쟁 준비에 만전을 기했다.

예상대로 왜란이 일어났다. 왜군의 진격 속도가 빨라지고, 믿었던 신립이 탄금대에서 전사하며 패배하자, 조정에서는 황급히 그를 불러 부원수로 임명하고 도성(都城) 사수를 명령했다. 왜군이 도성에 접근하자 도원수 김명원은 싸우지도 않고 임진강 나루로 후퇴하고 말았다. 남은 군사로는 도성을 방어하기 힘들다고 판단한 신각은 도성을 포기하고 남은 군사를 이끌고 이곳 양주의 게재까지 후퇴하여 적의 진격을 기다리고 있는 중이었다.

다행히 그의 곁에는 도성 후원군으로 들어오다 자신의 부대에 합류한 어릴 적 친구인 이혼이 있어 든든했다. 내금위 교위로 있다 동인들이 권력을 잡은 후 함경도로 쫓겨 갔던 그는 여진족과의 전투 경험이 풍부한 부위(副尉) 이정구, 박치의, 유인발 등을 이끌고 와 천군만마를 얻은 것 같았다.

매복한 자리에서 꼼짝 못한 채 잠 못 이루다 자신도 모르는 사이에 잠이 들었던 신각을 깨운 것은 이른 아침의 따가운 햇살이었다. 얼른 고개 너머를 바라보았다. 멀리 임진강 나루가 보이고 굽이굽이 게재 아래로 울창한 신록이 펼쳐 있었지만 적의 움직임은 보이지 않았다.

"동이 트자마자 날쌘 군사 몇 명을 풀어 주변을 수색했는데, 적의 척후가 다녀간 흔적은 보이지 않았네. 다행히 적은 그동안의 승리로 인해 긴장감이 풀어진 듯하네."

잠이 깨기를 기다린 듯 이혼이 곁에 다가왔다.

"그러면 적의 척후는 오지 않는 것일까?"

"반드시 올 것이네. 다만 조선군에 대한 경계심이 풀어져 아침 먹고 느긋하게 올라오겠지."

"알겠네. 우리도 주먹밥으로 요기하고 기다리세."

신각은 준비해 온 주먹밥을 부하들에게 나눠줬다. 어쩌면 이 밥이 지상에서의 마지막 음식이 될 수도 있다는 생각에 한 입 한 입 음미하며 씹었다. 머리 위로는 성찬(盛饌)을 기다리듯 까마귀 떼가 감악산 하늘을 선회하고 있었다. 쉬지 않고 울어대는 매미와 뻐꾸기의 울음소리만이 폭풍 전의 적막감을 깨치고 있었다.

왜적의 전력을 알 수 없었다. 아직까지 한 번도 그들을 이겨본 부대가 없었기 때문이었다. 조정에서 가장 믿었던 신립마저 탄금대에서 참패를 한 마당에 얼마 되지 않는 병력으로 왜군과 싸워 이길 수 있을지 불안했다. 그의 곁에는 함경도에서 신립과 함께 여진족과 수많은 전투를 벌였던 백전노장 이혼이 버티고 있었다. 이것이 그가 안심할 수 있는 유일한 이유였다.

언덕 아래에 움직이는 것이 언뜻 보였다. 생각에 빠져 있던 신각은 얼른 고개를 들고 자세히 살폈다. 무장을 한 채 말을 타고 느릿느릿 움직이는 것은 지금까지 본 적이 없는 군사들이었다.

'적 척후병이다.'

신각은 부하들에게 꼼짝 말고 숲 속에 몸을 숨기라는 수신호를 보냈다. 여름이라 무성한 풀숲을 헤치며 느릿느릿 주변을 정탐하던 척후병들은 신각의 부대가 숨어 있는 고갯마루로 점점 다가왔다. 말들의 거친 숨소리와 함께 진한 술 냄새가 풍겼다. 신각은 자신도 모르는 사이에 칼자루에 손이 갔다.

순간 자신의 손목을 붙잡는 강한 힘을 느낄 수 있었다. 어느새 자신의 곁으로 다가온 이혼이었다. 그는 입에 손을 대고는 서두르지 말라는 신호를 했다. 여기서 들키면 작전은 끝이라는 것을 알고 있는 신각은 자신이 너무 긴장하고 있다는 것을 깨달으며 적의 동정을 살폈다. 땀이 비오듯 쏟아졌다.

적의 척후병들은 길고도 험한 게재를 수색해 오면서 지쳤는지 눈앞의 고갯마루까지 오르고는 말에서 내려 휴식을 취했다. 멀리 임진강 변을 바라보다 알아들을 수 없는 자기네 말로 크게 떠드는 것이 마치 싸우는 소리 같았다. 조선군에 대한 염려는 전혀 없는 듯 조심하는 말소리는 전혀 아니었다. 그들은 다시 말에 올랐다. 다시 긴장감이 흐르면서 신각의 오른손은 또다시 칼자루에 옮겨져 있었다. 말에 오른 척후병들은 더 이상 수색을 하지 않았다.

"나는 꼭 들키는 줄만 알았네."

척후병들이 고개 아래로 내려간 후에 신각이 안도의 한숨을 쉬며 말했다.

"저들이 조선 군대를 얕보았기에 다행히 들키지 않은 것 같네."

"조금 있으면 저들이 본대가 오겠지."

"당연하지."

"긴장되네."

"전투가 처음인가?"

"그러네."

"어차피 목숨은 하늘에 달린 것일세. 살 사람은 사는 것이고."

"자네는 전투 경험이 많아 나처럼 떨리진 않겠지?"

"기마전을 주로 펼치는 여진족과의 전투 경험이 보병 중심의 저들에게 통할지 나도 염려되네."

"여진족은 어떤가?"

"잔인하지. 용감하고…."

"자네가 곁에 있어 줘서 든든하네."

"나도 마찬가질세. 이길 수 있다는 확신을 가지게."

"고맙네."

"자 이제 나는 저편의 내 자리로 돌아가 공격 시점이 오면 칼을 들어 신호를 보내겠네. 그때 공격 명령을 내리게."

"알았네. 건투를 비네."

적의 척후병이 돌아가고 오각의 시간이 흐를 무렵, 빨갛고 하얀 깃발의 출렁거림이 보였다. 신각은 얼른 고개 아래를 내려다 봤다. 별다른 경계도 없이 대오도 맞추지 않고 왜군들이 고개를 오르고 있었다. 어림잡아 오백여 명은 되어 보였다. 신각의 입술은 바싹 타들어 갔다. 반대편 언덕의 이혼이 손을 들어 침착하라는 신호를 보냈다. 적들이 반 마장 가까이 접근할 때까지도 이혼은 공격 신호를 보내지 않았다. 선두에 선 적의 눈동자가 뚜렷이 보일 무렵 번쩍이는 빛이 보였다. 햇빛에 반사된 이혼의 칼날이었다. 신각은 칼을 높이 들었다. 순간 가늘고도 긴 게재 골짜기에 북소리가 울리기 시작했다.

게재 골짜기에 북소리가 울리자 병사들은 고함을 지르기 시작했다. 순식간에 좁은 골짜기는 북소리와 함성 소리로 가득 차 골짜기가 무너져 내릴 듯한 기세였다. 왜군은 당황한 채 그 자리에 멈추었다. 그 순간 그들의 머리 위로 화살이 세찬 바람처럼 날아들었다. 도성 함락의 기쁨에 경계심을 풀고 술에 취한 채 갑옷도 입지 않고 고개를 오르던 왜병들은 누가 쏜 화살인지도 모른 채 맥없이 쓰러졌다.

골짜기에는 이제 세마치장단의 북소리가 새롭게 골짜기를 메우기 시작했다. 북소리에 맞춰 풀 섶에 몸을 숨기고 화살을 날리던 이혼이 오십여 명의 부하들과 함께 불쑥 몸을 드러냈다. 전신에 풀을 꽂은 채 불쑥 나타난 그들이 왜군의 눈에는 마치 숲 속의 도깨비인 양 낯설고도 두려운 존재였다.

"돌격!"

이혼이 명령하자 그들은 장창을 길게 내뻗은 채 고함을 지르며 고개 아래로 내달리기 시작했다.

"와~."

그들의 기세는 무서웠다. 함경도의 변방에서 니탕개를 상대로 한 전투에서 단련된 정예 병사들은 고개를 오르던 적의 일선을 순식간에 무너뜨렸다.

"공격!"

이번에는 함경도 병사들의 선전을 지켜보던 신각이 공격명령을 내렸다. 그토록 두려워하던 왜적이 맥없이 무너지는 것을 목격한 한양의 군사들은 용기를 얻어 맹렬한 기세로 돌격을 감행했다. 기세에 눌린 당황한 적은 자중지란(自中之亂)에 빠져 추풍낙엽처럼 쓰러졌다. 그러나 시간이 지날수록 상황은 달라졌다. 제대로 먹지도, 자지도 못한 군사들이 적개심만으로 적을 상대하기에는 적이 너무나 많았다.

정동식은 달려들던 기세로 호기롭게 네 명이나 되는 적을 목 베었다. 하지만 전열을 재정비한 적이 그를 에워싸며 공격하자 점점 수세에 몰리고 있었다. 길바닥에 깔려 있는 시체들로 인하여 마음대로 움직일 수가 없어 더욱 고전했다. 언제 찔렸는지도 모르게 왼쪽 어깨에서는 피가 흐르고 있었다. 점점 기운이 빠졌다. 눈앞의 왜군 하나가 머리 위에서 칼을 치켜드는 모습이 보였다. 무의식적으로 칼을 받아쳤다. 하지만 기운이 떨어져 칼을 놓치고 말았다. 순식간에 적들이 몰려들었다. 꼼짝없이 죽었다는 생각이 들었다. 비록 같은 민족이긴 하지만 남의 싸움이었다. 남의 싸움에 이렇게 죽는 것이 너무 억울했다. 조선 땅에서 태어나 자랐지만 조선 군사들이 지켜주지 않아 힘없는 백성이 되어 마을을 침탈한 건주 여진의 포로가 되어 여진 땅에 끌려갔다. 그곳에서 여진족과 어울려 별다른 차별 없이 자랐고, 남다른 힘을 인정받아 기군에 뽑혔다. 전쟁터에서 공을 세우면서 겨우 사람대접 받고 살기 시작했는데 엉뚱한 곳에서 죽게 되니 싫었다. 찰나 같은 짧은 순간이었지만 만 가지 상념이 되살아났다. 그의 의식을 되돌린 것은 왜적의 서늘한 칼날이었다. 온몸에 소름이 확 돋았다. 눈을 감았다. 비명소리가 들렸다.

"으윽!"

하지만 자신이 지른 비명 소리가 아니었다. 얼른 눈을 떴다. 칼을 들었던 적의 목은 이미 잘려 있었다. 이혼이었다. 내금위 최고의 무예가로 인정받던 그는 특유의 쌍검을 빼어 들고 닥치는 대로 적을 베고 있었다.

고맙다는 정동식의 인사에 이혼은 가볍게 눈인사를 나누고는 멀리서 전투를 지휘하고 있는 적장을 향해 말을 달렸다. 그의 앞은 아무도 막을 수가 없었다. 뛰어난 마상술과 검법을 상대할 적은 없어 보였다. 적의 호위 무사가 달려 나왔다. 하지만 관운장이 펼쳤다는 마상술인 운장도 패수세를 펼치며 쌍칼을 휘두르는 그의 기세를 막기에는 역부족이었다. 오른손으로 칼날을 막고 왼손으로 텅 빈 가슴을 가르는 이혼의 칼에 적들은 피를 내뿜고는 쓰러졌다.

이혼은 기세를 죽이지 않고 바로 적장에게 달려들었다. 이번에는 좌격세였다. 왼손으로 칼날을 막으며 오른손으로 바로 적의 목을 쳤다. 한 칼에 목이 잘렸다. 피가 쏟아지는 적장의 목을 칼끝에 꿴 다음 높이 쳐들었다.

“적장의 목이다!”

전세는 순식간에 기울었다. 우두머리를 잃은 적은 어쩔 줄 몰라 도망가기에 급급했다. 좁은 계곡을 서로 빠져 나가려다 밟혀 넘어지는 자, 추격한 조선군의 창칼에 가슴이 찔려 괴로워하는 자, 인정사정없는 칼날에 목이 잘려 손만 살아 꿈틀거리는 시체로 넘쳐났다. 신각은 반격이 있을지 모른다며 도망가는 적을 더 이상 추격하지 않았다.

대승이었다. 왜란이 일어난 후 관군이 거둔 최초의 승리였다. 진중은 감격했다. 저절로 만세 소리가 나왔다. 정동식은 이혼을 찾아 자신을 구해준 것에 대한 고마움을 표했고, 신각도 이혼의 활약상을 이야기하며 감사했다.

“자네 덕에 이겼네.”

“천만의 말씀, 자네가 잘 지휘한 덕분에 이겼네.”

“아무튼 자네가 곁에 있으니 든든하이.”

“나 또한 자네가 우리의 지휘자라 생각하니 걱정이 없네.”

“아무튼 고마우이. 어서 시신을 수습하고 장계를 올려야지.

그들은 아군의 시신을 잘 묻어 준 다음 양주 관아로 들어가 임진왜란 최초의 승리에 대한 장계를 작성하여 임진강 너머의 피란 조정에 급히 파발을 올렸다.

양주 관아에서 휴식을 취하고 있던 그들에게, 장계를 올린 지 채 반나절도 되기 전에 조정에서 파견한 관리가 나타났다. 장계에 대한 응답이 너무 빠르다는 생각도 들었다. 하지만 왜적이 침입한 이후 관군이 거둔 첫 승리였기에 조정에서 승리한 군사들을 한시바삐 위무하기 위해 급히 사자를 보냈으리라 추측했다. 사자들이 나타나자 군사들은 비록 진중이긴 하나 두둑한 포상에 대한 기대로 들떠 그들 근처로 모여들었다.

그런데 이상했다. 그들은 예조에서 보낸 임금의 사자가 아니었다. 의금부의 도사였다. 금부도사는 도착하자마자 신각을 찾았다. 신각이 앞에 나서자 다짜고짜 그를 체포했다.

"부원수 신각은 도원수 김명원의 명을 어기고 도성을 포기하고 도망하여 전군을 큰 혼란에 빠뜨린 죄가 너무 크므로 일벌백계로 다스려 진중에서 참(斬)하여 다시는 이런 일이 발생하지 않도록 하라는 어명이오."

"뭐라고! 도망간 것은 도원수 김명원이오."

어명을 받고 있던 신각은 황당한 듯 손을 가로 저었다.

"우리는 모르오. 단지 어명을 집행할 뿐이오!"

"우리는 지금 게재에서 왜군을 물리치고 대승을 거두었소. 우리의 장계를 받아 보고도 이런 어명을 하였단 말이오?"

"죄인은 더 이상 변명하지 말고 어명을 받으시오."

금부도사는 어명을 핑계로 더 이상 말을 들으려 하지 않았다. 순간 곁에서 듣고 있던 이혼은 칼을 빼어 들었다.

"네놈들을 목 베고 어명을 받은 적이 없다고 하면 그만이다."

사자는 순식간에 얼굴이 파랗게 질리며 당황하기 시작했다. 이혼은 칼을 높이 들었다.

"우, 우리는 어명을 받들 뿐이오."

사자는 두려워 떨며 목숨을 애걸하기 시작했다. 이혼은 치켜든 칼을 차마 내치지 못하고 잠깐 망설였다. 그 순간 등 뒤로 신각의 목소리가 들렸다.

"물러서게나. 어차피 신하는 임금을 위하여 목숨을 바쳐야 하는 것 아닌가?"

"이런 엉터리 임금을 위해서도 말인가?"

"저들의 말도 일리가 있지 않나. 나는 도성 사수의 명령을 받았는데, 여하튼 후퇴한 것은 사실 아닌가?"

"그건 김명원이 도망갔기 때문이 아닌가?"

"어쨌든 군령을 어겼네."

"자네 진정 이들에게 목을 내 놓을 생각인가?"

"어명을 거절하면 역적일세. 자식들을 역적의 후손으로 살게 버려둘 순 없지 않은가?"

이혼은 더 이상 붙잡을 수 없었다. 신각은 모든 것을 포기하고 금부도사에게 순순히 목을 내밀었다. 금부도사는 망나니를 시켜 재빨리 신각을 처형하고는 황급히 달아나듯 돌아갔다.

왜란을 예견하여 부임지인 연안에 모든 전쟁 준비를 마쳐 나중에 후임자로 하여금 연안대첩을 거두게 한 장본인이며, 조선군 최초의 승리를 이끌었던 명장 신각은 어이없게도 왜군이 아닌 조선에 의해 목숨을 잃고 말았다.

이혼은 목 잘린 신각의 시체를 얼른 수습하여 양지 바른 곳에 잘 묻어준 다음 나무를 잘라 간략하게 묘비를 세웠다. 이혼의 부장 이정구와 박치의 등은 분노에 떨며 지켜보고 있었다.

"어떻게 이럴 수가 있습니까. 도대체 이제 우리는 누구를 위하여 싸워야 하는 것입니까?"

"이 싸움은 단지 왜군과의 싸움이 아니다. 내부의 적과도 싸워야 하는 힘든 싸움이다."

"무슨 말씀입니까?"

"지금 신각이 죽은 것은 그가 율곡의 제자인 서인(西人)이었기 때문이다. 영의정 이산해와 이이첨 등이 전쟁을 이용하여 지난번 기축옥사 때 당한 분풀이를 하는 것이 틀림없어. 전쟁이 끝난 뒤 권력을 유지하기 위하여 정적을 미리 제거하는 것이란 말일세."

"너무도 어이가 없습니다. 임금이 도성을 비운 채 피란을 가고 백성들이 목숨을 잃는 판국에 뛰어난 한 명의 장수를 정적이라는 이유로 제거한다는 것은 도저히 이해가 되지 않습니다."

분노한 이정구의 말이었다.

"물론 도저히 이해할 수도 용서할 수도 없는 일이다. 하지만 이산해 일당들은 그러고도 남을 인물이다."

"지금 당장 달려가 그 자들의 목을 벱시다."

박치의도 흥분하여 말했다.

"나도 그러고 싶지만 지금은 전쟁 중이다. 다만 기회가 오면 언젠가는 오늘 이 일에 대한 복수를 하고야 말 것이다."

모두들 어이없는 상황에 침통한 얼굴로 이혼만을 바라보았다.

"이제 우리는 어떻게 해야 합니까?"

냉정을 되찾은 이정구의 물음이었다.

"일단은 이 전쟁에서 빠지자."

"군사들은 어떻게 합니까?"

"떠나고 싶은 사람은 자유롭게 떠나고 나머지는 양주 관아에 인계하게."

"교위님은 어떻게 하실 것입니까?"

"나는 함경도로 돌아가겠네."

"저도 따르겠습니다."

이정구가 나섰다.

"난 함경도로 돌아가면 다시는 조선 땅에 발을 들이지 않을 것일세."

"저도 마찬가지입니다."

"한양에 남겨둔 가족들이 있네. 그들을 먼저 찾아봐야 하네."

"저도 마찬가집니다."

"그럼 함께 한양으로 들어가세. 박치의 자네는?"

"저는 여주에 식구들이 있습니다."

"그럼 나중에 함경도에서 만나세. 자 얼른 떠나세."

전투에서 승리한 승장을 처형하는 모습을 본 정동식은 더 이상 조선 땅에 머물고 싶지 않았다. 싸움에 이기고도 어쩔 줄 몰라 하며 갈 곳을 찾는 장수들의 모습을 보면서 그는 남은 부하들을 이끌고 여진 땅으로 급히 되돌아갔다. 이 싸움은 조선군이 이길 수 없는 싸움이라는 것을 느끼고.

정동식의 회상은 여기서 멈추었다.

"그 이야기를 왜 아시오?"

할아버지는 무표정한 표정으로 물었다.

"지난 무순성 싸움에서 저는 이십여 년 전 이혼이라는 장수가 펼치던 무예와 꼭 같은 무예를 보았습니다. 나의 목숨을 구해주었기에 절대 잊을 수 없던 장수가 펼치던, 조선 궁궐을 지키는 내금위 소속의 장수들만이 익히는 육예(六藝), 그리고 운장도패수세를 펼치며 쌍칼을 휘두르는 모습…."

정동식은 이 부분에서 할아버지의 답을 기다리기라도 하는 듯, 말을 멈추고 할아버지의 표정을 살폈다. 정동식의 이야기가 진행되는 동안 때때로 할아버지의 표정을 살피며 숨죽인 채 그의 말을 듣고 있던 한손 역시 긴장된 표정으로 할아버지의 대답을 기다렸다.

"할아버지가 이혼이라는 분이십니까?"

궁금증을 이기지 못한 한손이 할아버지를 보며 물었다.

"……."

할아버지는 한손의 물음에 침묵을 지켰다. 대신 시선을 이기지 못하여 애써 그를 외면했다.

"오늘은 먼 길 오느라 피곤하니 일찍 주무시오. 이왕 이렇게 왔으니 며칠 쉬었다 가도 괜찮소. 참 한손은 여진 땅으로 다시 보내지 않을 것이오."

할아버지는 무덤덤하게 말하고는 자리에서 일어서서 밥상을 치우려 했다

"한손이 가고 안 가고는 어르신이 정하실 문제가 아니라 생각합니다."

"무슨 뜻 이오, 그 말이?"

할아버지는 일어서려다 말고 주춤거렸다.

"한손이 가고 싶다면 데려 갈 것이고, 그렇지 않다면 데려가지 않을 것이니 그 점은 염려 마시라는 말씀입니다."

순간 할아버지의 얼굴이 붉게 상기되었지만 어두운 방안이라 다른 사람은 눈치 채지 못했다.

"어르신의 말씀이 맞습니다. 떠날지 말지는 제가 결정하겠습니다."

한손이었다.

"저는 저의 조상에 대해 관심이 많습니다. 할아버지는 한 번도 이런 말씀을 해주시지 않았습니다. 할아버지의 정체에 대해서도 말씀입니다. 사냥꾼이 알아야할 것은 아무 것도 없다는 말씀뿐이었습니다. 계속 말씀해주십시오."

한손은 여진 땅을 떠나올 때 다시 여진 땅에 돌아가지 않을지도 모른다는 생각을 했었다. 하지만 정동식의 말을 들으며 자신의 생각이 성급했다는 판단이었다. 정동식의 말을 듣는 동안 가슴이 뛰었고 주먹을 자신도 모르게 굳게 쥐곤 했다. 비로소 사는 목적을 찾은 듯했다. 그의 말을 더 듣고 싶었다. 한손의 말에 할아버지는 주춤거리더니 슬며시 자리에 다시 앉았다. 손자의 뜻밖의 말에 두 사람을 두고는 잠시도 자리를 비울 수 없다고 판단 한 듯.

"조선은 복잡한 신분제도에 동인과 서인이라는 원한이 얽혀 도저히 화합할 수 없는 정치집단이 있는 나라다."

정동식은 이제 상대를 할아버지에서 한손으로 바꿔 말을 이어갔다. 이 기회에 자신의 역사관을 한손에게 완전히 심어 주어야겠다는 작정을 한 듯.

"조선에서 서자(庶子) 출신은 아무리 재주가 많고 뛰어나도 높은 벼슬자리에는 오를 수가 없단다. 이홍이라는 사람도 마찬가지였지. 서기 출신이라 문관으로는 출세할 수 없다는 것을 안 그는 무술을 익혀 무관이 되어 니탕개의 난을 진압하는 등 변방을 지키기도 하고 내금위에 들어가 임금을 호위하기도 했지. 결국 신분 때문에 능력에 걸맞은 대우를 받지 못하고 종적을 감추었지."

"종적을 감춘 이유가 뭘까요?"

"신분 때문만은 아닐 것이야. 본인이 가장 잘 아시겠지만."

정동식은 할아버지를 힐끔 한 번 쳐다본 후에 말을 계속 이었다.

"아마도 그분은 신각이 처형당하는 것을 보시고는 이 전쟁이 단순히 일본군과의 전쟁이 아니라 동인들과 서인들과의 전쟁도 겸한다는 사실을 깨닫고는 조선 땅을 떠나신 것이 아닐까? 실제, 전쟁이 끝난 뒤 따져보니 나라의 위기를 보고 몸을 던져 싸운 사람들인 서인(西人)의 조헌과 신각, 김천일, 고경명, 김덕령 그리고 정여립의 난 때 최대의 피해자였던 동인인 남명 조식 선생의 제자인 곽재우, 정인홍, 김면 등과 동인의 지지를 받았던 이순신 등은 뛰어난 능력과 우국충정으로 말미암아 큰공을 세웠지만 결국은 전사를 하거나 아니면 전쟁 중, 혹은 전쟁이 끝난 뒤 상대 당파의 모함을 받아 대부분 숙청당했어. 결과적으로 임진왜란은 왜적과의 전쟁이면서 동시에 동인과 서인들과의 또 다른 전쟁이 전개된 셈이었지…. 물론 종적을 감춘 다른 이유도 있겠지만."

"또 다른 이유?"

점점 미궁에 빨려드는 느낌이었다. 한손은 할아버지의 태도는 개의치 않고 물었다. 할아버지 또한 정동식이 다음 말이 궁금한지 그의 말을 막을 심산은 아니었다.

"조선의 성리학자로 가장 뛰어난 분으로 이황과 이율곡이라는 분이 있지. 하지만 이분들 말고도 이들과 필적할 만한 분이 계셨어. 율곡 선생이 예학에서는 자신보다 낫다고 한 송구봉(송익필)이라는 분이지."

"송구봉!"

뜻밖에도 구봉 선생의 이름이 나오자 할아버지는 자신도 모르게 단발마를 내뱉었다. 한손과 정동식은 할아버지의 이런 태도를 놓치지 않았다.

"서자 출신인 그는 벼슬은 하지 않았지만 율곡, 성혼과 사귀었는데 그만 동인과 서인의 싸움에 말려들고 말았어. 동인의 이산해가 율곡을 모함하기 위해 구봉 선생에게 도움을 청하였는데 그가 거절하자 앙심을 품고 송구봉이 법적으로는 서자가 아닌 노비라는 것을 밝히고 소문을 퍼뜨렸어."

"저런 나쁜 놈들!"

한손은 추임새를 넣듯 정동식의 말에 힘을 실어 주었다.

"이로 인해 송구봉 할머니의 전 주인인 안 씨가 구봉 선생 집안사람을 잡으러 다녔고 결국 구봉 선생의 집안은 쑥대밭이 되었어. 구봉 선생도 인적이 드문 곳으로 피난생활을 할 수밖에 없었어. 제자들도 천한 종과는 거래를 할 수 없다고 발길을 끊게 되었지."

"조선은 아무리 능력이 있어도 신분이 천하면 아무 것도 할 수 없는 나라군요."

"송구봉은 조선의 제갈량으로 비유될 만큼 뛰어난 인물이라, 그냥 물러서지 않았어. 한 때 이율곡의 제자였다가 율곡이 죽자 재빨리 이산해의 동인에 붙어 스승을 욕하고, 불순한 마음을 가진 정여립을 역모로 몰아 자신을 곤경에 빠뜨렸던 동인들을 하나씩 제거하면서 복수를 하기 시작했어."

정동식은 다시 한 번 한이배기의 표정을 살핀 뒤 계속 다음 말을 이었다.

"세상에서는 그 사건을 기축옥사라 하는데, 그 결과 무려 일천 명의 동인들이 이 사건에 관련되어 목숨을 잃거나 화를 당하였지. 그 후 조선에서는 송구봉의 이름을 떠올리기를 싫어하였어. 아니 무서워했다는 표현이 더 어울리겠지."

"그것과 이혼이 몸을 숨긴 이유와 무슨 관련이 있습니까?"

"송구봉 선생 혼자서 일천 명이나 되는 사람을 대적할 수는 없었다는 것이지."

"무슨 뜻입니까?"

"수족처럼 움직인 사람이 따로 있을 수 있다는 말이지."

"누굽니까?"

한손이 다급하게 물었다.

"이혼! 자신이 가장 존경하던 선생님이 서자라는 이유로 당했던 설움과 고통을 같은 처지의 신분으로 견딜 수 없었던 것이지. 사실상 송구봉 선생보다 더 무서운 분은 바로 이혼이라는 분이다."

정동식은 할아버지의 얼굴을 뻔히 쳐다보며 마지막 말을 마쳤다. 한손도 할아버지의 얼굴에서 눈을 떼지 못했다.

"……."

"할아버지가 이혼이라는 분이십니까?"

한손이 더 이상 궁금증을 견디지 못하여 할아버지를 다그쳤다. 할아버지는 한손의 시선을 피한 채 앞에 놓인 술잔을 깊이 들이켰다. 잔이 비자 다시 가득 채운 후 또다시 들이켰다. 서너 잔을 거푸 들이킨 후에도 할아버지는 한동안 아무 말도 하지 않았다.

"내가 이혼이오. 하지만 나는 이미 속세와의 인연을 끊은 사람이니 더 이상 나와 우리 한손에게 무리한 요구는 하지 마시오."

마침내 할아버지는 자신의 정체를 밝혔다. 그리고는 또다시 거푸 술을 들이켰다. 한손은 할아버지의 정체를 듣고는 아무 말도 하지 못했다. 오랜 세월 동안 이 엄청난 사실을 숨기고 살아야만 했던 할아버지의 아픔이 밀려왔기 때문이다.

"어르신, 저는 누루하치 칸의 밀명을 받고 여기에 왔습니다."

상대가 누구인지를 안 정동식은 조심스럽게 새로운 화제를 끄집어냈다.

"밀명!"

잠시 할아버지가 반응을 보였지만 그 이상은 없었다.

"어르신께서 조선이 우리와 명나라의 전쟁에 개입하지 않도록 힘을 써 주십시오."

"나는 임진년 이후 속세와의 인연을 끊은 사람이오."

"어르신이라면 지금과 같은 이 난세에 조선과 후금 사이의 조정자 역할을 할 수 있을 것이라 생각하였습니다. 조선에 전쟁이 아닌 평화를 줄 수 있는."

"조선의 일이라면 더욱 관심이 없소."

"조선의 권력자가 이이첨이라면, 조선의 국방을 책임진 사람이 박엽이라면 다르지 않겠습니까?"

"……."

"서인의 우두머리인 김류는 이이첨을 쫓아내기 위해 사람을 모으고 있습니다."

이이첨, 박엽, 김류의 이름이 거론될 때마다 할아버지의 얼굴 근육이 움찔거렸다. 하지만 더 이상의 반응은 없었다. 정동식의 말에 더 이상 대꾸를 하지 않고 묵묵히 일어서서 밥상을 들고 문밖으로 나갔다.

한손은 따뜻한 온돌방에 할아버지와 함께 나란히 누웠다. 계절은 봄날이었지만 산 속은 아직 한기가 남아 있어 그는 구들장 위를 덮고 있는 이불 속에 온 몸을 들이밀었다. 편안했다. 추위와 싸우며 전쟁했던 것이 불과 몇 달 전 이야기였다. 포근한 기운이 몸을 감싸자 한손의 머릿속에 제일 먼저 떠오른 것은 메이쉬였다. 정말 오랜만에 할아버지를 만나는데, 그토록 그리던 할아버지였는데 메이쉬가 먼저 떠오르다니. 한손은 가볍게 자신의 머리를 쳤다. 그러나 오래지 않아 그녀의 뽀얀 젖가슴, 사근사근한 목소리, 환한 미소가 다시 떠올랐다. 고향 땅에, 할아버지에게 돌아왔는데 넓디넓은 홍경성의 모습이 떠올랐다. 한손은 세차게 머리를 흔들었다.

"부상당한 곳은 어떠냐?"

"화살 맞은 곳이 아직도 아프긴 하지만 다른 곳은 괜찮아요."

"네가 호랑이한테 당했다는 말을 듣고 얼마나 고통스러웠는지 모른다."

"누가 그렇게 말해요?"

"인웅이가 그러더라. 말렸는데도 말을 듣지 않고 호랑이를 뒤따라갔다고."

"맞아요. 인웅이 말리긴 했죠. 인웅이는 잘 지내고 있죠?"

"잘 지내고 있다. 너를 잃고 한동안 힘들어 했지만. 할아버지도 이제 늙어서 인웅이한테 의지하는 바가 많아. 이제 네가 돌아왔으니 안심이긴 하지만."

"……."

"나는 부모도 없는 너를 젖동냥을 하며 어렵게 키웠다. 네가 성혼을 하고 후손을 보아야 눈을 감을 수 있고 저승에 있는 네 애비, 어미를 볼 면목도 선다. 너도 이제 나이가 들었으니 올 가을에는 여자를 찾아 혼례도 올리자꾸나."

"할아버지, 제 일은 제가 알아서 할게요."

"뭐!"

한손이 할아버지 말에 순종하지 않은 적이 없었다. 비록 말은 공손하게 했지만 이혼은 한손의 말에서 그가 여진 땅에서 뭔가 자신이 알지 못하는 일이 있었다는 것을 순간적으로 깨달았다.

"너 거기서 무슨 일이 있었구나."

"……."

"여자를 만난 게로구나."

"……."

"어린아이에게 미인계를 쓰다니…."

"할아버지, 전 어린아이가 아니에요. 스물을 넘겼다고요. 제 한 몸 책임질 수 있어요."

"그게 무슨 말이냐, 이미 그들에게 마음이 기울었단 말이냐?"

"평생을 이렇게 사냥꾼으로 사는 것보다는 보다 넓은 세상에서 대의를 위해서 사는 것이 더 나은 일이라고 생각해요."

"여진을 위해서 일하는 것은 대의라고 말할 수 없다."

"아까 두 분의 말씀을 듣고 보니 조선에 충성하고 싶지 않아요. 여진을 위하는 것이 결국은 우리 민족의 정기를 되찾는 것이라는 생각이 들기도 하고요."

"그렇게 쉽게 판단할 문제가 아니다. 조선은 너를 낳아주고 길러준 너의 어머니 같은 나라다. 그래서 조국이라 부르지."

"그 조선이 제게 해준 것이 뭔데요. 결국은 제 부모님을 죽였고, 목숨을 바친 할아버지를 이렇게 내쫓아 버렸잖아요?"

"그래도 조상의 나라는 쉽게 버릴 수 없는 것이다."

"잘은 모르겠지만 정 군사의 말을 들어 보면 오히려 여진 편에 서는 것이 조상의 뜻을 버리지 않는 것이란 생각도 들어요."

"……."

"저는 여진의 장군이 될 거예요. 말을 타고 땅 끝까지 정벌하여 예맥족의 기상을 떨치는 장부로 삶을 살고 싶어요. 명나라를 부모의 나라로 섬기며 하층민으로 살아가고 싶지 않아요."

한손은 마침내 자신의 속에 잠들어 있던 욕망을 끄집어냈다. 뭐라 말할 수 없었던 꿈틀거림이 정동식의 말을 들으면서 구체화 되고 또 명분이 되어 나타난 것이었다.

"그럼 할아버지는, 할아버지는 누굴 믿고, 또 어떻게 살라는 것이냐?"

"저와 함께 여진 땅으로 가세요. 제가 잘 모실게요. 손자들도 안겨드리고…."

"이 년이라는 세월이 너를 참 많이 변하게 했구나."

"죄송해요."

"……."

할아버지는 오랫동안 침묵을 지켰다. 한손의 마음은 죄스러움으로 가득 차 아무 말도 할 수 없었다.

"싸움터에서는 절대 인정을 베풀지 마라. 조그만 자비가 너의 목숨을 빼앗을 수 있다. 역사의 정통성은 선한 사람이 잇는 것이 아니라 살아남는 자가 잇는 것이다. 이긴 자는 절대선(絶對善)이 되고 패자는 절대악(絶對惡)이 된다."

"……."

"너를 붙잡을 수 없을 것 같아서 하는 말이다. 넌 어릴 때부터 한 번 결심을 하면 고집을 꺾지 않았어."

"……."

"정공법이 통하지 않을 땐 암수를 생각해라. 암수(暗數)도 능력이다.

이기는 수만을 생각해라. 이기는 자에게 역사를 조작할 자격이 주어진다."

"명심하겠습니다."

한손은 할아버지의 말이 무엇을 의미하는지 깨닫고 마음에 새기듯 또렷하고 분명하게 대답했다.

"어린 너에게 이런 말을 할 수밖에 없는 것이 안타깝다. 하지만 너도 이제 스물이 넘었고 전쟁에도 참전해봤으니 세상이 얼마나 잔혹한지 알 것이라 하는 말이다. 앞으로도 많은 전투가 벌어질 것이다. 절대 싸움에 져서는 안 된다."

"절대 할아버지를 두고 죽지 않을 것이며, 패하지도 않을게요. 그리고 반드시 할아버지를 모시러 올게요."

"그래야지. 먼 길을 오느라 피곤할 테니 이만 자자."

6. 인연

금방이라도 비를 몰고 올 것 같은 먹구름은 초저녁 달빛을 가렸고, 남산 북사면에 위치한 청학방(坊) 개울가의 송구봉 집에는 개구리 울음소리가 조금씩 들리기 시작할 무렵이었다.

1584년 여름, 초가 집 마당 한 가운데에 놓여 있는 널찍한 평상 위에는 소년 김류와 신경진, 박엽이 구봉 선생에게 예학을 배우고 있었다. 신경진은 지루한 기색이 완연했고 김류는 어두워지는 날씨에 상관없이 구봉 선생에게 쉼 없이 질문을 했다. 박엽은 가만히 이들의 대화를 듣기만 했다.

"선생님, 사기를 읽다보니 李尹放太甲(이윤방태갑)이는 말이 있는데, 신하인 이윤이 임금인 태갑을 쫓아 낸 것이 잘못입니까? 아니면 잘 한 것입니까?"

"너는 어떻게 생각하느냐?"

"임금이 법도를 뒤엎고 난폭하고 무도하니 내쫓을 수 있다고 생각합니다."

"그러면 너는 무왕이 주(紂) 임금을 몰아내고 주나라를 세운 것도 정당하다고 생각하느냐?"

"주 임금은 난폭하여 성인이라 일컫던 기자까지 내쫓았으니 정당하다고 생각합니다."

"주무왕의 반란을 막으려 했던 백이숙제의 행위에 대해서는 어떻게 생각하느냐? 사마천은 이들의 절의를 칭찬하였는데."

"주(紂) 임금 같이 잔인무도한 임금을 치려는 것은 정당하기에 백이숙제의 행위는 의롭다 할 수 없을 것입니다. 더구나 주 무왕이 주나라를 세웠기 때문에 주공 같은 분이 밝은 도를 세상에 펼칠 수 있었다고 생각합니다."

김류는 주저함이 없었다.

"백이숙제가 주 무왕(武王)을 거부했던 것은 신하가 임금을 내치는 선례를 남기지 않기 위해서였을 것이야. 결론적으로 말하면 무왕이나 백이숙제나 다 옳다고 봐야지."

"그런 결론이 어디 있습니까, 둘 중의 하나는 잘못했기 때문에 싸우는 것 아닙니까! 아무리 신하된 자가 임금을 내쫓아서는 안 된다고 하시만 임금이 백성들의 삶을 외면했을 때는 더 이상 임금이 아니라고 생각합니다."

"역사를 배우는 것은 과거를 통해 현실의 교훈을 얻자는 것이지 꼭 잘 잘못을 따지자는 것은 아니다."

"하지만 잘 잘못은 가려야 후세 사람들이 교훈을 얻을 것 아닙니까?"

"북저는 장차 임금이 잘못을 저지르면 내쫓으려 하겠구나."

박엽이었다. 그는 웃고 있었지만 눈매는 매섭게 김류를 노려보고 있었다.

"뭐!"

김류는 박엽의 말에 깜짝 놀라 얼굴을 붉히며 주변을 살핀 후 반격을 가했다.

"법도가 제대로 서지 않은 시절의 이야기를 법이 올바르게 선 요즘에 적용시킬 수는 없는 일일세."

"옛날의 잣대를 들이밀면 현실은 더 법도가 없는 것 아닌가?"

박엽도 물러서지 않았다.

"이제 그만하지. 이미 사방이 어두워졌는데."

다른 때처럼 두 사람의 공방이 쉽게 끝날 것 같지 않자 신경진이 김류의 옆구리를 쿡 찌르며 말했다.

"자네는 노는 데만 관심이 있고 학문은 멀리 하니 장차 어찌하려고 그러는가?"

자신도 모르게 역의(逆意)를 말한 김류는 얼른 말머리를 신경진에게 돌렸다.

"자네가 있지 않은가, 자네가 잘 되면 설마 동문수학한 나를 저버리겠나. 하하하."

"뭐라고? 이 사람아 내 앞가림도 쉽지가 않네."

"자 이제 날도 어두워졌고 비도 올 것 같으니 오늘은 이만 하자꾸나."

송구봉은 젊은이들의 대화를 빙긋이 웃으면서 듣고 있다 공부를 끝내려 하였다.

"예, 알겠습니다."

공부를 마치자는 말에 신경진은 얼른 대답을 하고는 책을 덮었다. 그때였다. 사립문 밖에서 낯선 목소리가 들렸다.

"이리 오너라."

퇴청(退廳)길에 스승인 구봉 선생의 집에 들러, 툇마루에 걸터앉아 구봉 선생과 제자들이 공부하는 모습을 유심히 듣고 있던 이혼은 사립문께로 나섰다. 미복을 한 오십 대의 양반이 이십 대 초반의 젊은 선비를 대동하고 사립문 밖에 서 있었다.

"누구시온지요?"

"이판 대감이시오"

이혼의 물음에 수행하던 선비가 한 발 나서서 말했다. 큰 갓 너머로 날카로운 눈초리가 예사롭지 않았지만 웃는 표정이었다.

"예! 이판 대감께서 이 누추한 곳에 어인 일이시옵니까?"

이혼은 얼른 고개를 숙였다.

"구봉 선생은 안에 계신지요?"

수행 선비는 예를 갖추어 점잖게 말했다.

"잠깐만 기다리십시오. 안에 말씀드리고 오겠습니다."

이혼은 가볍게 고개를 숙여 상대의 양해를 구한 다음 송구봉에게 이산해가 왔음을 알렸다. 이산해라는 말에 송구봉은 얼른 자리에서 일어나 사립문께로 나섰다.

"아계(이산해의 호)께서 어인 일로 이런 누추한 곳까지, 안으로 드시지요."

"고맙소."

공부를 파하고 집으로 돌아가기 위해 마당에 내려섰던 김류는 이조판서가 왔다는 말에 길을 틔워주고 머리를 조아렸다.

"젊은 선비들이 열심이구만."

이신해는 김류와 박엽, 신경진을 바라보며 인사를 건넸다.
"감사합니다."
김류가 다시 한 번 머리를 조아렸다 고개를 드는 순간 지나쳐 가려던 이산해는 유심히 김류를 쳐다보았다.
"선비의 이름은 무엇인가?"
"김류라고 합니다."
"기상이 매우 당당한 것 같네."
"감사합니다."
이판 대감의 덕담에 김류는 다시 한 번 고개를 숙였다. 이때 그를 날카롭게 쳐다보는 눈이 하나 있었다. 이산해를 수행한 젊은 선비였다. 그는 한동안 김류의 관상을 살피다가 송구봉을 따라 방안으로 들어갔다.
"이상한 사람들이구만."
짧은 만남이었지만 이상하게도 김류의 마음속에는 이들의 인상이 쉽게 지워지지 않았다. 그중에서도 말 한 마디 나누지 않은 젊은 선비는 더했다. 고개를 갸웃거리면서 그는 친구와 함께 선생님의 집을 나섰다.
이산해와 젊은 선비는 방으로 안내되었다. 취나물과 고사리를 안주로 한 가벼운 주안상이 차려졌다. 이산해와 송구봉은 상을 두고 마주 앉았으며 젊은 선비와 이혼은 한 발 물러선 곳에 자리를 잡았다.
"대접할 것이 마땅치 않아 죄송합니다."
"하하하, 처사의 집에서 무슨 대접을 바라겠소. 성찬(盛饌)으로 여기겠습니다."
"역시 넓은 아량을 지니셨습니다."
"그동안 별고 없으셨소?"

이산해는 말과 달리 주안상을 한 번 쳐다만 보았을 뿐 젓가락을 들지 않았다.

“저야 대감 덕분에 무고했습니다만, 어쩐 일로 이런 누추한 곳까지 다 왕림하셨습니까?”

“부탁이 하나 있습니다.”

이산해의 단도직입적인 말에서 송구봉을 대하는 그의 마음을 엿볼 수 있었다.

“저 같은 한사(寒士)에게 무슨….”

“당대 최고의 문장가요 예법의 대가이신 구봉께서 너무 겸손하십니다.”

“과찬의 말씀이십니다.”

“좀 어려운 부탁인줄 알지만 실례를 무릅쓰겠소.”

“…….”

이산해의 성격을 잘 알고 있는 구봉은 다소 긴장하는 듯했다.

“구봉께서 요즘의 조정 일에 관심이 있으신지 모르겠지만, 제가 좀 어려움에 처했습니다.”

“그래요!”

구봉은 의외라는 듯 가볍게 반응을 했다.

“내 문하의 박근원과 송운개, 허봉이 율곡을 탄핵하다 귀양을 갔소. 율곡, 성혼의 문하생들 그리고 정철 등이 상소를 올렸기 때문이오.”

“그야 허봉 등이 율곡을 너무 심하게 공격하였던 까닭 아닙니까?”

“아무리 병조 판서라 하지만 임금의 허락도 없이 군사를 움직인 것은 탄핵을 받아 마땅한 처사지요.”

“우리 영토 내에서 살고 있던 여진 족장 니탕개가 반란을 일으켜 경원부 성을 함락시키는 위급한 상황에서, 초기에 저들을 진압하기 위해 군사를 움직인 것이 큰 잘못은 아니라고 생각됩니다만."

"군사를 움직인 후에라도 임금의 재가를 다시 받아야지요."

"물론 율곡도 그러한 마음을 가졌지만 지병인 빈혈 때문에 좀 늦어진 것 아닙니까?"

"그렇다고 잘못을 지적한 그들을 귀양까지 보낼 필요는 없었지요."

"……."

구봉은 더 이상의 논쟁이 불필요한 것을 알고 아무런 대꾸를 하지 않았다.

"구봉 선생의 문장이라면 어느 누구도 감복하지 않을 수 없을 것이오."

이산해도 잠깐 말을 멈추고 구봉을 쳐다보다 갑자기 목소리를 낮추고는 말을 이었다.

"무슨 말씀이신지…."

"나를 좀 도와주시오."

"……."

"율곡을 탄핵해야겠소."

이산해는 자신의 방문 목적을 더 이상 감추지 않고 송구봉의 표정을 살피며 말했다.

"그분은 올 봄(1584년)에 고인이 되지 않았습니까?"

"그 문하생들과 정철의 기세가 등등합니다."

"율곡과 저는 대감과 저의 관계 못지않게 막역한 사이였습니다."

"……."

두 사람은 어느덧 팽팽한 긴장감을 유지하기 시작했고, 언제 내리기 시작했는지 마당을 세차게 때리는 빗소리가 온 방안에 가득했다.

"구봉 선생의 출생에 대해 좋지 않은 소문이 있더군요."

침묵을 먼저 깬 사람은 뜻밖에도 이산해의 뒤에 앉아 대화를 듣고 있던 젊은 선비였다.

"……."

송구봉의 표정이 심하게 일그러졌다.

"선생의 외조모인 감정(甘丁)은 속량되지 않은 안 씨 집안의 여종이라는 말이 무성합니다. 더구나 선생의 부친인 송사련은 기묘사화(1519년) 때 주인인 안 씨 집안을 몰락시키고 그들의 재산과 노비까지 차지했다더군요."

"젊은 선비의 존함은 어떻게 되시오?"

송구봉은 한동안 말을 잇지 못했다. 촛불에 비친 송구봉의 얼굴은 상기된 듯했지만 목소리는 의외로 차분했다.

"이이첨이라고 합니다."

"근거 없는 소문으로 말을 너무 함부로 하시는 것 같소."

송구봉의 목소리는 높지는 않았지만 분명 질책하는 목소리였다.

"사실이 아니라면 제가 실례를 했습니다."

구봉이 정색하고 말하자 젊은 선비는 곧바로 사과의 말을 했지만 입가의 야릇한 미소는 쉽게 지우지 않았다.

"저는 동인과 서인을 구분하지 않습니다. 더구나 율곡과는 막역한 사이였습니다."

송구봉은 다소 흥분된 마음을 가라앉히듯 침묵을 지키다 이산해에게 시선을 돌렸다.

"율곡은 당신을 막역한 친구로 대접하지 않은 걸로 알고 있소."

"……."

"자친께서 돌아가셨을 때 비명(碑銘)에 쓴 율곡의 글귀 말이오."

구봉은 어머니가 돌아가셨을 때 비명을 율곡에게 부탁하였는데, 그는 '막덕지묘' 라는 비명을 썼다. 구봉의 어머니는 양반집 규수가 아닌 천민 출신이었다. 이로 인해 그는 당대 최고의 예학자였음에도 불구하고 벼슬길에 나서지도 못하고 후학들을 가르치며 세월을 보냈다. 구봉의 부탁을 받은 율곡도 그녀를 친구의 모친으로 대한 것이 아니라 신분이 낮은 한 여인으로 대하였다. 구봉은 그때 남몰래 서러운 눈물을 흘린 적이 있었다.

"율곡이 나를 어떻게 생각하였든지 그에 대한 제 생각은 변함이 없습니다."

"그렇게 단순히 처신할 일이 아니오."

"그 어떤 말씀을 하셔도 제 뜻은 변하지 않습니다."

송구봉은 단호했다.

"며칠 여유를 주리다. 잘 생각하여 판단하시오."

"아니 기다릴 것 없습니다. 나를 인정해주고 평생을 벗하며 지낸 친구를 모함하는 일은 절대 하지 않을 것이오."

"가족들도 생각하셔야지요. 가족들을 다시 안 씨 집안의 종으로 살게 할 것입니까?"

뒤에 있던 이이첨이 다시 나섰다.

"……."

송구봉은 말을 잇지 못했다.

"돌아가겠소. 생각이 바뀌면 말해주시오."

노한 표정으로 송구봉이 이이첨을 노려보자 이산해가 자리를 털고 일어서며 말했다.

"공사다망(公私多忙)하신 줄 알지만 애써 마련한 주안상이니 한 잔 드시고 가시죠."

이산해는 고개를 돌려 목소리의 주인공을 찾아냈다. 구봉의 뒤에 서 있는 중년의 선비였다. 중키의 약간 길쭉한 얼굴에 불거진 광대뼈를 가진 전형적인 무인상(武人像)이었다.

"허허, 참."

이산해는 감히 자신을 막아서는 자가 초라한 차림새임을 알고는 마른 기침만 했다.

"빈한한 살림에 창졸간에 마련하다 보니 박주산채(薄酒山菜)입니다만 한 잔 드시고 가시죠."

이혼은 물러서지 않았다. 그의 목소리에는 거절할 수 없는 위압감이 서려 있어 이산해가 주춤거렸다.

"선생의 성의도 있으니 한 잔만 드시고 가시죠."

이번에는 뒤따르던 이이첨이 조소하듯 이혼을 쳐다보며 멈칫거리는 이산해에게 권했다.

"그럴까."

이산해는 어색한 웃음을 지으며 다시 자리에 앉았다. 이혼이 다가서며 한 잔 가득 술을 따랐다.

"취나물이 괜찮습니다. 안주 삼아 한 접 드셔보시지요"

이혼은 이산해가 술잔을 내려놓자 다그치듯 안주를 권했다. 이산해는 불쾌한 듯 그를 노려보다 억지로 취나물 한 접을 입에 넣었다.

"외람되오나 소인이 한 말씀 드려도 되겠습니까?"

이혼은 물러서지 않고 말했다.

"어험!"

이산해는 불쾌한 마음에 마른기침만 했다.

"만약 그때 병판께서 군사를 투입하지 않았다면 조선에는 큰 병화가 있었을 것입니다."

"자네는 누군가?"

얼굴표정이 확 일그러진 이산해가 불쾌한 듯 물었다.

"구봉 선생의 제자이며 내금위 교위인 이혼이라고 합니다."

"하급무사주제에 무슨 근거로 그런 말을 하는가?"

"저는 신립 장군과 함께 니탕개 난을 진압하기 위해 참전했습니다. 저들의 뒤에는 누루하치가 버티고 있었습니다."

"누루하치?"

"새롭게 일어나는 여진족 출신의 장숩니다."

"그깟 오랑캐들이야…."

"우리 같은 무사들이 목숨을 걸고 싸워 겨우 난을 진압할 수 있었지요."

"뭔가 자네가 말하려는 것이?"

"사건의 본질을 보셔야 한다는 것입니다."

"허허 고연지고…."

이산해의 얼굴은 여전히 일그러진 채였다.

"무슨 버릇없는 말인가? 어서 사과의 말씀 올리게"

이산해를 수행해온 젊은 선비가 두 사람 사이에 개입하여 이혼을 꾸짖으며 말했다.

"제 말이 지나쳤다면 용서하십시오. 그러나 북쪽이나 남쪽에는 조선을 위협할 세력들이 자라고 있다는 것을 위정자들께서는 분명히 아셔야 합니다. 파벌싸움을 할 때가 아닙니다."

이혼은 사과의 말을 했지만 이미 할 말은 끝낸 뒤였다.

"이군 가세."

이산해는 불쾌한 표정으로 방을 빠져 나갔다.

"하급무사가 너무 세상물정을 모르는 것 같군. 내 당신의 이름을 꼭 기억하겠네."

이산해의 뒤를 따르던 이이첨이 멈춰 서서 매서운 눈을 한 채 이혼을 다시 한 번 꾸짖고는 방을 빠져나갔다.

"만만하지 않을 것이오."

이혼은 돌아나가는 이이첨의 등 뒤로 나지막한 소리로 말했다. 나가려다 말고 이이첨은 잠깐 멈췄다. 그러다 그는 곧바로 방문을 빠져 나갔다. 송구봉은 이들을 만류했지만 이산해와 이이첨은 이제 막 내리기 시작한 세찬 비를 맞으며 돌아갔다.

"자네가 너무 무례했네."

이산해를 배웅하고 돌아온 송구봉은 이혼을 꾸짖었다.

"저들이 선생님을 협박하는 것 같아서 그만…."

"저들은 작정을 하고 왔네. 자네의 말이 저들의 결심에 변화를 주지는 않네."

"예?"

"그동안의 행위로 봐서 저들은 반드시 위해한 짓을 할 것일세."

"그럼 어떻게 해야 합니까?"

"형님네와 동생들에게 알려 일단은 식구들을 피신시켜야지."

"염두에 두신 곳이라도…."

"황해도 백천에 있는 멸악산에서 한 때 불경을 공부한 적이 있지."

"그 다음은…."

이혼은 말을 잇지 못했다. 구봉 선생이 명상에 잠겼기 때문이었다. 서자로 살아온 지난 삶의 회한을 떠올리는지 그는 한동안 말이 없었다.

"이대로 물러서지는 않을 것이야."

평생을 예학자로 살아온 그답지 않은 결론이었다.

"방법이 있습니까?"

이혼은 스승인 구봉의 심정을 헤아리며 침통한 표정이 되어 물었다.

"세상에 나는 예학자로 알려져 있지만 사실 내가 병법가인 것을 아는 사람은 몇 되지 않을 것일세. 조헌과 자네 등을 빼고는 말이야 하하하."

송구봉은 의외로 호탕하게 웃었다.

"나는 평생을 천대받고 살아왔어. 물론 율곡과 같은 좋은 친구들도 많았지만. 서자로 살아온 것도 서러운데 내 어머니를 거론하며 내 신분을 자꾸 들추는 자를 더 이상은 용서할 수 없어. 내 후손들을 위해서라도."

"……."

선생이 이런 말을 하기는 처음이었다. 이혼은 놀란 표정으로 그를 바라만 볼 뿐이었다.

"나를 도와주겠나?"

"물론입니다."

이혼은 주저하지 않고 말했다.

"내일 아침 날이 밝기 전에 식구들과 함께 떠나겠네. 자네는 장승을 만나게."

"수표교 다리 밑에 거주하는 각설이패 말입니까?"

"그를 통하면 장안의 모든 소식을 알 수 있지. 그중에는 이산해 일당이 속한 동인을 공격할 꼬투리도 들어있을 것이네."

"무슨 말씀인지 알겠습니다."

이혼은 심각한 표정으로 고개를 끄덕였다.

"뒷일을 자네에게 맡기네."

30여 년 전 이산해, 이이첨과의 첫 만남은 잊을 수가 없다. 모든 것이 어그러지기 시작한 첫 출발점이었기 때문이었다. 그때 조금 더 혈기를 눌렀어야하는데 그러지 못한 것이 후회되기도 했다. 하지만 조선 땅에 서자로 태어난 자신의 운명은 결코 순탄치 못했을 것이라 생각하면 이 곳에 은둔해서 산 세월이 후회되지 않았다. 오히려 당쟁에 휘말려 역풍을 맞으며 살았던 시절에 비하면 마음이 편했다. 그런데 환갑이 다 된 나이에 또다시 광풍이 불어오고 있었다.

한손이 떠났다. 이십 년이 다 되도록 살아온 산골 생활이었는데 대처의 삶을 맛본 후 불과 열흘을 버티지 못하고 정동식과 함께 홍경성으로 떠났다. 씁쓸했지만 붙잡을 수 없었다. 무사하기만을 바랄 뿐이었다.

정동식은 열흘 동안 이혼과 함께 조선의 역사에 대해서 많은 이야기를 나누었다. 이혼은 이전과 달리 적극적으로 자신의 생각을 밝혔다. 마지막 날 정동식은 이혼의 손을 굳게 잡으며 한 달 후에 누르하치 칸의 밀서를 가지고 다시 오겠다는 말과 함께 박엽에게 전해달라는 문서를 은자 삼천 냥과 함께 남기고 떠났다. 이혼의 의견은 묻지 않았다. 내키지 않으면 밀서를 불태우라 했다. 삼천 냥의 쓰임새에 대해서는 관여하지 않겠다고 했다. 한손을 내준 고마움에 비하며 너무 약소하다며.

한손이 떠난 뒤 이혼은 잠을 이룰 수 없었다. 집 터 뒤에 있는 조그만 동굴에 들어가 가부좌를 트는 날이 늘어났다.

게재 전투이후 이혼과 함께 다섯 명의 전우들이 각자 가족을 데리고 이곳으로 왔다. 조선 땅도, 여진 땅도 아닌 깊은 산 속에 집을 짓고 삶의 터전을 일구었다. 조선에서의 신분과 계급이 이곳에는 없었다. 제일 연장자라는 이유로 자신이 마을의 촌장이 되는 것만은 어쩔 수가 없었지만 마을의 대소사는 마을 사람들이 같이 의논을 하였으며, 사냥을 하든, 농사를 짓든 소산품은 함께 나누었다. 마을에 공동 곡식창고, 공동 마구간, 공동 식당 등을 만들어 같이 사냥하고 같이 먹으면서 인간의 체취를 느끼며 살아왔다. 서자로 태어나 가슴에 품었던 한이 점점 잊혀졌다.

산림에 묻혀 살면서도 가끔씩 세상으로 나가 전쟁 소식도 들었다. 동인의 모함으로 김덕령이 억울하게 죽었으며, 유성룡의 지원을 받았다 하여 이순신이 고초를 당했고, 이순신과 더불어 왜군이 가장 두려워하였던 곽재우도 죽을 고비를 여러 번 넘겼고, 조헌, 양산주, 고경명 등이 전사하였다 한다. 전쟁에 명나라와 조선의 힘이 집중된 사이 여진이 세력을 팽창하고 있다는 소리도 들었다.

여진에 대한 감정은 없다. 사냥을 하면서 그들과 접할 기회는 많았다. 여진 마을에 초대되어 가기도 했다. 그들과 접해 본 결과 그들은 상당한 문화를 가지고 있었다. 다만 그것이 중국식이 아니라는 것뿐이었다. 몽골과의 교류로 자신들만의 문자도 가지고 있었으며 고구려의 시조인 주몽을 숭배하며 해마다 제사를 지내는 부족도 있었다. 조선에는 이미 끊어져 버린 낭가사상이 남아 있는 부족도 있었다.

한손이 박인웅과 주봉 등 친구들과 함께 어울리는 동안 이혼은 정동식과는 많은 이야기를 나누었다. 이혼이 마음을 열어 솔직한 자신의 생각을 말하자 정동식도 자신의 생각을 솔직하게 말하였다. 놀랍게도 두 사람의 생각은 같은 것이 많았다. 역사의 정통성, 고조선에서 고구려,

발해로 이어진 역사를 계승해야 할 고려와 조선은 민족사를 잃어버렸다는 것에 똑 같이 안타까움을 느꼈다. 오히려 그 정통성을 여진족이 이어가려 애쓰고 있다는 말에도 공감했다. 이곳에 살면서 조선보다는 오히려 여진 쪽에 마음이 더 쏠리는 것도 사실이었다. 그렇다고 평생을 여진족과 전투를 벌이며 살아왔는데 여진 편에 설 수는 없었다. 그것은 자신의 삶 전체를 부정하는 것이었다. 문제는 아이들이었다.

한손은 알목하에 갇혀 사는 것을 갑갑해 했다. 혼자서 사냥을 나가는 횟수가 점점 늘어났다. 그런 그가 다시 나타나 이제는 산골생활이 싫다며 여진의 장수가 되겠노라고 나섰다. 그렇다고 조선으로 보낼 수는 없었다. 조선에서는 평생 노예나 다름없는 삶을 살아야 하기 때문이었다. 여진은 기회의 땅이었다. 한손 정도의 무술이면 얼마든지 통할 수 있을 터였다. 그는 일부러 떠나는 한손을 붙잡지 않았다. 다른 아이들은? 손자나 다름없는 아이들을 이곳에서 결혼도 못한 채 늙어가게 할 수는 없었다.

정동식은 다시 세상에 나서길 기대하며 많은 돈을 주고 갔다. 조선과 명나라와의 관계를 뒤집을 수 있는 주요한 밀서도 떠넘겼다. 이제 더 이상 세상에 미련을 두지 않아야하는데 이상하게 마음에 큰 소용돌이가 일어나고 있었다.

알목하의 은둔 생활 후 처음으로 점을 쳤다. 역학을 가르치던 구봉 선생은 귀신이 장난을 할 수 있으니 함부로 점을 치지 말라 했다. 일생에 한두 번 정말로 전환점이라고 생각되는 때만 점을 치라 했는데, 나이가 들면서 그 의미를 깨우칠 수 있었다. 인간이 수도하면 하늘의 뜻과 세상의 이치를 어느 정도 알 수 있었기 때문이었다.

택화혁(☱☲)의 구사효(九四爻)가 나왔다.

九四는 革之盛也니 陽剛은 革之才也요 離下體而進上體는 革之時也요 居水火之際는 革之勢也요 得近君之位는 革之任也요 下无孫應은 革之志也요 以九居四하야 剛柔相際는 革之用也라.(양의 네 번째 괘는 성함이니, 양강은 변혁의 재질이고 하체를 떠나 상체로 나아감은 변혁의 때이며, 물과 불이 만나는 곳에 있음은 변혁의 형세고, 인군과 가까이 있음은 변혁의 책임자이며, 아래로 매여 응함이 없음은 변혁의 뜻이고, 양으로써 사효 자리에 있어 강함과 부드러움이 서로 만남의 변혁의 쓰임이다.)

천하의 운세가 변혁의 형국이며, 자신이 서 있는 자리가 바로 물과 불이 만나는 자리이며, 믿음이 있으면 길하다는 궤 풀이다. 정동식과 함께 나타난 한손이 변혁의 불을 가지고 온 것이었다. 믿음을 갖고 일을 하면 변혁의 주체가 된다. 가슴에 묻어 두었던 한이 다시 꿈틀거리기 시작했다.

運籌每筮臍운주매서제 매일 점을 쳐도 이미 늦었고
枯骨盡黔黎고골진검여 백성들만 뼈가 말라 가네
海月連戈劍해월연과검 칼과 방패는 바다의 달까지 이어져 있고
山風響鼓聲산풍향고성 전쟁의 북소리는 산바람을 타고 들리는데
將軍貂續拘장군초속구 장군이라는 자는 담비에 개꼬리를 잇듯 무능하고
謀士鶴同鷄모사학동계 학 같은 모사꾼이라던 자들은 닭과 같이 아둔하고
聞說天驕子문설천교자 소문을 들으니 세상에 교만한 사람이
稱王鴨錄西칭왕압록서 왕이라 칭하며 압록강 서쪽에서 나왔다 하네

조선과 명나라의 운세가 다했으며 여진 땅에서 새로운 기운이 일어날 것이라는 구봉 선생의 시가 생각났다.

'과연 세상이 바뀔 것인가, 여진족이 명나라의 상대가 될 것인가, 여진족이 명나라를 대신하여 천하를 지배하는 그런 믿기지 않는 일이 과연 일어날 수 있을까, 그리고 이제는 다 삭아버린 내 마음 속의 응어리도 풀릴 수 있을 것인가?'

정동식이 떠나면서 남긴 말도 되새겨 보았다.

"전국시대 때 한비자는 자신의 조국인 한(韓)나라가 진(秦)나라에 멸망당했지만, 700년 동안 끌어왔던 전쟁으로 황폐해진 중국 전체 백성들의 삶을 위해, 더 이상의 전쟁을 막기 위해, 자신을 천거한 절친한 친구인 이사(李斯)에게 죽임을 당할지도 모르는 위험을 무릅쓰고, 자신의 조국을 멸망시킨 진시황을 위해서 기꺼이 자신의 지혜를 아끼지 않았습니다. 그것이 결국 한(韓)나라를 위한 길이라는 것을 깨달았기 때문입니다. 반면, 삼국시대 때 제갈공명은 자신이 세상에 나서서는 안 될 와룡(臥龍)인줄 알면서도 유비의 간절한 청에 이끌려 결국 세상에 나서 천하를 삼분하고, 중국 백성을 끝없는 전쟁의 소용돌이 속에 집어넣어 결국은 북방 민족에게 중국 전체를 빼앗기고 말았습니다. 지금 어르신께서 취하셔야 할 것은 제갈공명이 아니라 한비자의 지혜일 것입니다."

'무엇을 할 수 있는가? 누구를 위해서? 내 속에 아직도 남아 있는 미련은 무엇인가? 내가 나선다고 세상이 달라지겠는가?'

7. 청혼

홍경으로 되돌아온 한손을 맞이한 것은 커다란 새집이었다. 한손이 정동식을 따라 알목하를 다녀온 사이 사할리언이 홍경성 밖에 새로 장만한 사방 3묘 정도의 땅에 3채로 이루어진 띠집이었다.

당시 여진의 권력자들은 기와집이었지만 대부분의 집들은 띠집이었다. 짚단이 없기 때문에 풀이나 수수깡을 사용하여 엮지 않고 묶어서 지붕을 만들었다. 집들은 대부분 일자 방식인데 돌로 축대를 쌓아 기초를 튼튼히 한 다음 사방에 벽돌을 쌓아 처마 밑까지 이르게 하는데 처마가 짧아 햇빛이 잘 들었다.

처마가 짧기 때문에 비가 새는 것을 막기 위하여 창에는 기름종이를 발랐다. 벽돌을 쌓을 때는 한 번은 가로로 한 번은 세로로 쌓아올리고 벽돌과 벽돌 사이에는 회를 이겨 붙였다. 회를 섞을 때는 고운 흑토나 풀을 잘게 썰어 함께 넣는데, 이렇게 하면 검푸른 빛깔이 날 뿐 아니라

질기면서도 갈라지지 않았다. 벽돌을 쌓아 올린 위에는 서까래를 가로 질러 놓는데 이렇게 되면 옥상은 편편하게 된다. 여기에 흙이나 석회를 바른 다음 짚이나 기와를 얹으면 비가 잘 새지 않고 트지도 않았다.

방바닥에는 캉을 깔았는데, 캉은 먼저 한자 반 쯤 됨직한 캉기(抗基)를 설치한 다음, 넓지도 높지도 않는 골(연기 구멍)을 만들었다. 다음으로 깨진 벽돌조각을 바둑판처럼 놓아 굄돌을 삼고 그 위에다 온전한 벽돌을 차례차례 쌓는데, 서로 엇갈리게 쌓아 열기가 고루 퍼지게 했다.

아궁이는 바로 캉 앞에 설치하여 한 개의 벽돌로 덮어놓았다. 아궁이 깊이는 무릎이 빠질 정도다. 수수깡 한 움큼을 꺾어서 불을 지피면 불꽃이 바깥에서 빨아들이는 것처럼 잘 탄다. 이는 불목 밑에 독 하나 들어갈 만큼 땅을 파놓았는데 이 구덩이에서 바람을 몰기 때문이었다.

한손이 새집으로 들어가자 무순성 전투에서 포로로 잡은 한인들로 구성된 하인들과 메이쉬가 나와서 인사를 했다. 이번 할아버지 집 나들이에서 역사의식과 웅대한 뜻을 품게 된 한손의 마음에는 누루하치에 대한 충성심이 절로 생겨났다. 이곳에서 한손은 오랜만에 메이쉬의 극진한 간호를 받으며 부상을 치료하고 편안한 휴식을 취할 수 있었다. 한손이 휴식을 취하고 있는 사이 정동식은 사할리언을 만나 이혼을 만나고 온 결과를 보고했다.

"한손의 할아버지는 만나 보았소?"

"예. 그렇습니다. 예상했던 대로 그는 이혼이라는 인물이었습니다."

"성과는 있었소?"

"부정적이지는 않았습니다. 떠나올 때 누루하치 칸의 이름으로 은 삼천 냥을 전달하고 왔습니다."

"잘했소. 그런데, 그를 통해 무엇을 기대해 볼 수 있소?"

"두 가지입니다. 첫째는 조선 정부와의 비밀 연락선(線)을 갖는 것입니다. 이는 그가 조선의 무인들 사이에서는 지명도가 있기 때문에 어렵지 않을 것이라 생각됩니다. 일단 박엽을 만나고 싶다는 밀서를 전했으니 어떤 조치를 취할 것이라 생각합니다. 다음은 우리가 궁극적으로 원하는 것인데, 조선에 친후금 정부를 세우는 것입니다. 현재 조선은 워낙 친명적이기 때문에 이는 시간을 두고 장기적으로 가야할 것 같습니다."

"칸께서도 조선 때문에 걱정이 많소."

"조선에 대해 강경책을 내세우는 분이 많이 계시지요?"

"홍타시(뒷날의 태종. 정묘, 병자호란을 일으킴)가 특히 강경하지."

"조선과 일전을 벌이는 것은 무슨 수를 써서라도 막아야 합니다."

"조선과 일전을 치른다면 너무 많은 타격을 입을 것이오. 한손은 어땠소?"

"가며올 때 많은 역사의식을 심어준 데다가 주군의 배려에 힘입어 강한 충성을 다짐하고 있습니다."

"이제 한손은 내 사람이 된 것이오?"

"거의 주군의 사람이 다 되었습니다."

"거의라니? 아직도 부족한 면이 있단 말이오?"

"아닙니다. 충성심을 갖게 된 것은 틀림없습니다만, 마지막 한 문제만 더 해결한다면 금상첨화일 것 같아서 그렇습니다."

"마지막 한 문제?"

"한손이 사모하는 여인이 있습니다."

"여자? 메이쉬를 그에게 주지 않았소?"

사할리언은 의외라는 반응을 보였다.

"물론 메이쉬가 잘하고 있습니다만, 한손이 좋아하는 여인은 따로 있었습니다."

"그래요! 그게 누구요?"

"아이지입니다."

"나만 장군의 외동딸?"

사할리언은 뜻밖의 인물에 깜짝 놀랐다.

"예. 그렇습니다."

"아이지는 소토리 장군의 장남인 구로보라와 정혼한 사이가 아니오?"

"맞습니다."

"힘들 것이오."

사할리언은 고개를 가로 저었다.

"제가 나서서 한 번 명첩을 보내볼까 합니다."

"함부로 나섰다가 소토리 장군의 미움을 사게 될지도 모르는 일 아니오. 난 자신이 없소. 정 군사가 알아서 하시오."

무순성 전투를 승리로 이끈 뒤 집에서 휴식을 취하고 있던 나만 장군의 집은 분주해졌다. 무순성 전투에서 사로잡은 많은 포로들이 그의 집으로 배당되었을 뿐 아니라 새로운 농토까지 하사받아 새롭게 살림을 꾸미느라 바빴다. 이런 와중에 구로보라가 찾아왔다. 나만 장군은 기쁘게 그를 맞아 들였다.

"지난 전투에서 많은 공을 세웠다고 하더군?"

"아닙니다. 장군님의 공에 비한다면 아주 미미한 것입니다."

"위기에 처한 사할리언을 여러 차례 구했다고 하던데?"

"제 할 일을 했을 뿐입니다."

"겸손할 줄도 알고. 그래 어쩐 일인가, 아이지 때문인가?"

"예. 무순성 전투도 끝났으니 약속하신 대로 아이지와 혼인하고 싶습니다."

"큰 전투에서 공도 세우고 무사히 돌아왔으니 아이지도 더 이상 거절을 못할 것이네."

"감사합니다."

"아이지는 어떻게 생각이 좀 정리되었다고 합니까?"

나만 장군은 곁에 있는 부인에게 물었다.

"글쎄요, 애가 통 말을 하지 않으니…."

"이제 생각이 바뀌었을 것이오. 아이지를 불러 의견을 한 번 물어 보고 그 애가 괜찮다면 명첩을 받아들이시오."

"그래야지요. 하지만 아이지가 워낙 고집이 있어서…."

부인은 쉽게 동의를 하지 못했다.

"승낙하신 걸로 알고 날을 잡아도 되겠습니까?"

구로보라는 불안감을 느꼈음인지 확답을 받으려했다.

"그러세."

"그럼 전 이만 물러가겠습니다."

구로보라가 승낙을 받고 막 자리에서 일어서려 할 때였다. 장남인 아이준이 손님이 방문했음을 아뢰었다.

"아버님 정동식 군사께서 찾아오셨습니다."

"정 군사께서? 어서 모셔라."

정동식이 방안에 들어서자 나만은 자리에서 일어서서 맞았다. 구로보라도 반가운 얼굴로 그를 맞이했다.

"구로보라도 와 있었군."

"예, 이 듬직한 청년이 제 사위가 될 것 같소이다."

나만 장군은 흐뭇한 미소를 띠며 정동식에게 자랑하듯 말하였다.

"그렇군요. 무순성 전투가 끝난 후 처음 뵙게 되는데 그동안 별고 없으신지요?"

정동식은 구로보라에게 미소를 띠운 후, 곧바로 시선을 나만 장군에게 돌렸다.

"덕분에 아주 잘 지내고 있소만 그동안 격조 하신 것 같소이다."

"예. 저는 조선에 잠깐 다녀왔습니다."

"조선이요?"

"조선과의 화의 문제 때문입니다."

"아, 그 문제를 정 군사가 맡았죠. 그 일은 잘 되어 가오?"

"이제 시작이라서 뭐라 할 수 없습니다."

"조선이 말을 듣지 않으면 쳐들어가 철저히 짓밟아야죠."

"그렇게 안 되게 막아야죠. 앞뒤의 적을 상대로 싸우기는 쉽지 않을 터이니."

정동식과 나만은 여허족 연합군과의 전투에 참전하여 생사를 같이 넘나들던 전우였다. 따라서 둘 사이는 매우 친밀하였지만 조선 문제에 관한한 생각이 달랐다. 나만은 홍타시와 더불어 조선에 대해 강경책을 주장하는 인물이었다.

"저는 먼저 일어서겠습니다. 두 분께서는 많은 말씀 나누십시오."

두 사람이 복잡한 정책 이야기를 꺼내자 구로보라는 자리를 피하려 했다.

"그러겠나. 날이 잡히면 명첩을 보내게. 기다리고 있겠네."

구로보라는 나만과 정동식에게 절을 하고 나갔다. 나만은 흐뭇한 표정으로 그가 사라질 때까지 쳐다보았다.

"연락도 없이 갑자기 어쩐 일이오?"

구로보라가 나가자 나만은 정동식의 방문을 의아하게 여겼다.

"사실은 어려운 부탁을 하나 드리러 왔습니다."

"어려운 부탁?"

"청혼하러 왔습니다."

"청혼?"

나만 부처는 동시에 두 사람의 얼굴을 쳐다보며 의아한 표정을 지었다.

"예. 댁의 따님에 관한 일입니다."

"정 군사가 내 딸에게 청혼한단 말이오?"

나만은 불쾌한 표정을 지었다.

"하하하, 제가 어떻게…."

"그럼 누구요?"

"한손이라는 청년입니다."

"한손!"

나만과 그 부인의 입에서 동시에 같은 소리가 튀어나왔다.

"한손이라면 지난겨울 우리 집에서 종살이하던 애가 아닙니까?"

나만 부인은 어이가 없다는 듯 반문했다.

"그렇습니다."

"허허, 참."

나만은 불쾌하다는 듯 말을 잇지 못했다.

"한손은 장군님 댁에서 잠깐 종살이를 하긴 했지만 그것은 저의 의도였습니다. 지금 그는 당당히 팔기군이 되었고, 이번 무순성 전투에서 큰 공을 세워 사할리언 장군으로부터 단번에 마군영을 지휘하는 요기교로 발탁되었습니다."

"단 번에 마군영을 이끌게 되었다고? 난 그런 소문을 듣지 못하였는데. 암바 장군의 양황군에서는 구로보라가 가장 큰 공을 세웠다고 들었소만…."

나만은 의아한 듯 고개를 저었다.

"공으로 따지면 당연히 한손이 최고지요."

"그래요?"

나만은 믿기지 않는다는 표정이었다.

"아무리 그래도 그런 근본도 모르는 놈에게 아이지를 내달라는 것은 너무 무례한 것 아닙니까?"

나만 부인은 불쾌한 듯 말했다.

"그는 장차 팔기군을 이끌어 갈 인재가 될 것입니다. 물론 구로보라는 소토리 장군의 장남으로 장래가 촉망되는 훌륭한 젊은이임에 틀림없습니다. 하지만 한손도 그에 못지않은 젊은이입니다."

정동식은 주눅 들거나 주저하지 않고 당당하게 말했다.

"도대체 그는 어느 부족 출신이오?"

정동식의 말에 화만 낼 수 없어 나만은 약간 화를 누그러뜨리며 물었다.

"조선인입니다."

"조선인!"

나만 부처 입에서 짧은 신음이 터져 나왔다. 한손이 이 집에서 종살이를 했지만 나만 장군 부처는 종들의 신상에는 관심이 없었기에 한손의 출신에 대해서도 잘 모르고 있었다.

"어떻게 만주족도 아닌 젊은이에게 우리 딸을 줄 수 있겠소?"

조선인이라는 말에 나만 부인이 불만 섞인 소리로 말했다.

"한손의 할아버지는 조선 궁궐을 지키던 금위군 출신의 무장입니다. 결코 근본이 없는 집안의 자식이 아닙니다. 더군다나 지금 후금 군 내에서 검술로는 그를 당할 자가 없을 것입니다."

"설마 그러려고요."

나만 장군은 믿으려 하지 않았다.

"저도 한손에게 졌습니다."

"정 군사가요?"

나만은 믿기지 않는다는 듯 두 눈을 크게 떴다. 정동식은 검술로는 자타가 인정하는 후금 군 내의 최고수 중 하나였기 때문이었다.

"정 군사와 한손은 어떤 관계요?"

나만은 정동식이 너무 한손을 비호하는 것 같아 둘의 관계를 물었다.

"제가 그의 대부가 되기로 했습니다."

"같은 조선인이라서?"

"아니요, 지난 전투에서 나의 목숨을 살려준 은인이기 때문이오."

"정 군사의 목숨을 살렸다고요!"

정동식의 입에서 나오는 말 하나하나는 나만으로서는 도저히 믿을 수 없는 말이었지만 평소 정동식의 말을 생각해 볼 때 믿지 않을 수도 없어 그저 놀랄 뿐이었다.

"그렇소. 그는 사할리언 장군의 목숨도 여러 번 살렸소."

"……."

나만은 정동식의 말을 듣고 잠깐 동안 생각에 잠겼다. 하지만 침묵은 오래가지 않았다.

"우리 가문이 소토리 장군 댁과 혼인 관계를 맺는다는 것은 큰 영광이오. 나는 이 기회를 놓치기 싫소."

나만 장군은 정중히 정동식의 말을 거절했다.

"그건 저도 잘 알고 있습니다. 그래서 어려운 부탁이라고 말씀드렸던 것이고요."

정동식이 나만 장군댁을 들어올 때는 모든 상황을 인지하고 있었다. 그래서 쉽게 물러설 기색이 아니었다.

"제가 말씀드리고 싶은 것은 따님의 의견을 꼭 물어 봐 달라는 것입니다. 따님이 원치 않으신다면 다시는 이런 말을 입 밖에 내지 않겠습니다."

"아이지에게?"

정동식의 말은 두 사람에게 큰 충격이었다. 나만 부처는 동시에 놀란 표정이 되어 서로의 얼굴만 쳐다볼 뿐이었다.

"전 이만 가보겠습니다. 혹시 마음이 바뀌면 다시 찾아오겠습니다."

정동식이 돌아간 뒤 나만 장군은 아이지를 불러 구로보라와 정동식이 다녀간 사연을 말했다. 이야기를 다 듣고 난 아이지는 의외로 담담했다.

"아이지, 너는 우리 집 종으로 있던 자가 네게 청혼했다는 소리를 듣고도 아무렇지도 않느냐?"

나만은 아이지의 태도가 의외로 담담하자 질책하듯 물었다.

"사실 제 마음 속에는 구로보라보다 한손이 더 큰 비중으로 자리 잡고 있습니다."

"뭐라고!"

아이지가 용기를 내어 자신의 생각을 말하자 나만 부처는 입을 다물지 못했다.

"둘 사이에 무슨 일이 있었느냐?"

"그런 것은 아닙니다만, 저도 모르게 그를 사모하는 마음이 생겼습니다."

아이지는 그동안 일어났던 일과 함께 자신의 마음을 솔직하게 다 말했다. 나만 부처는 어찌해야 좋을지 몰라 입만 벌린 채 한동안 말을 잇지 못했다.

"여자의 일생은 어떤 남자를 맞이하느냐에 따라 달라진다. 더구나 네가 소토리 장군 댁에 시집간다면 우리 집안으로서는 큰 영광이다. 한손과의 일은 절대 말하지 말고 앞으로는 만나지도 말고 구로보라에게 시집을 가라."

나만 장군은 가만히 고개 숙이고 있는 아이지를 향해 명령하듯 말했다.

"저도 구로보라를 신랑으로 맞이해야 된다고 생각하고 있습니다."

고개를 숙이고 있던 아이지가 아버지의 얼굴을 쳐다보며 차분하게 말했다.

"그래야지."

나만은 당연하다는 듯 말했다.

"그런데… 그가 쉽게 잊히지 않습니다."

"혼인을 하고 나면 다 잊게 될 것이다."

어머니도 남편의 말을 거들었다.

"아버님 말씀처럼 여자가 어떤 남자를 맞이하느냐에 따라 인생이 달라진다면, 오히려 한손을 택하는 것이 제 삶을 더 행복하게 할 것 같습니다."

"뭐라고! 어떻게 구로보라와 한손을 비교한단 말이냐?"

나만 부인이 먼저 화를 내었다.

"저는 그가 밤마다 남몰래 무예를 연마하는 것을 훔쳐본 적이 있었습니다. 그의 무예는 후금 최고입니다. 이번 무순성 전쟁에서도 그의 뛰어난 무예로 인해 여러 사람이 목숨을 구했다는 소문을 들었습니다."

"그래서."

"앞으로 명나라와 벌일 기나긴 전쟁을 생각한다면, 지금은 후금의 건국 초기라는 것을 고려한다면, 구로보라보다는 한손이 훨씬 전도양양할 수도 있겠지요. 더군다나 그는 이미 사할리언 장군이 가장 신뢰하는 장수가 되었습니다."

아이지는 부모님 앞에서 자신의 생각을 차분히 말했다.

"너 지금 그걸 말이라고 해!"

듣고 있던 나만 부인이 화를 누르지 못하고 버럭 소리를 질렀다.

"아무리 그의 무예가 뛰어나고 앞길이 양양하다 해도 그런 뿌리 없는 애와 소토리 장군 댁과는 비교 대상이 될 수 없다. 빨리 한손을 잊고, 구로보라에게서 명첩이 오면 따라갈 준비를 하고 있어라."

나만 장군은 아이지의 말을 무시하고 단호하게 말했다.

"아까도 말씀드렸지만 저도 아버님과 어머님의 생각을 따라야 한다고 생각합니다. 그러나 마음속에서 그가 지워지지 않습니다."

"더 이상 그런 말 하지 말고 아버지 말을 따라라."

아이지가 다시 한 번 간청했지만 나만 장군은 딸의 말을 묵살했다.

"부인은 아이지의 혼례 준비를 서두르시오."

4. 갓주지 사랑법

장맛비가 짧은 처마의 창문을 강하게 때리고 있었다. 기름을 바른 창호에는 송골송골한 물방울이 주르르 미끄러져 내려 바라보는 사람의 마음을 심란하게 만들었다. 아이지는 밤늦도록 잠을 이루지 못하고 어린 시절 할머니가 들려주었던 7대조인 갓주지 할아버지의 사랑 이야기를 떠올리며 깊은 고뇌에 빠졌다.

'며칠 후면 나는 구로보라의 아내가 되어야 한다. 과연 나는 그의 여자가 되어 한평생을 살아갈 수 있을까? 물론 그는 좋은 가문의 훌륭한 아버지를 둔 사람으로 후금이 망하지 않는 이상 한 평생 부귀와 영화를 누리고 살 것이다. 하지만 그는 한손에게서 느낀 남자다움이 없다. 그와 결혼하면 평생 한손을 그리며 살아갈지 모른다.'

아이지는 갑옷을 입고 칼을 빗겨 찬 한손의 당당한 모습을 떠올리며 가지 못하는 길에 대한 아쉬움을 되새겼다.

'한손이 보고 싶다. 왜 그는 이럴 때 침묵을 지키고 있을까? 청혼까지 했으면서. 구로보라처럼 내 집에 나타나 당당하게 말할 수도 있으련만.'

빗소리가 더욱 거세지고 있었다. 빗줄기를 하나하나 세면서 그녀는 자신의 고뇌를 되새겼다. 새벽이 다 되도록.

끊임없이 이어진 속평평야의 수수밭 사이를 아이지는 달렸다. 달려도 달려도 들판 한 복판에 있는 연못에 다다르도록 지치지 않아 쉬지 않고 달렸다. 연못에는 연꽃이 피어 있었다. 그때서야 아이지는 뜀박질을 멈췄다. 결코 맑지 않은 물가에 피어난 연꽃이 그녀의 시선을 끌었다. 진흙탕에서 피어난 연꽃. 갑자기 연못에서 소용돌이가 일기 시작했다. 바람도 거세졌다. 거친 바람은 아이지를 안고 멀리 하늘 높이 날아 올라갈 것 같았다. 아이지는 털썩 땅에 주저앉았다. 그리고는 두 무릎사이에 고개를 박고 기도했다.

'조상님 저 좀 살려주세요. 갓주지 할아버지 저 좀 살려주세요.'

바람이 잠잠해졌다. 아이지는 살며시 눈을 떴다. 그때 눈앞에 붉은 색 갑옷으로 무장을 한 무사가 하나 우뚝 서 있었다. 아이지는 놀라서 다시 고개를 숙이고 눈을 꼭 감았다.

"아이지야!"

뜻밖에도 부드럽고 다정한 목소리로 그가 자신을 불렀다. 아이지는 살며시 눈을 떴다. 그가 웃고 있었다.

"누, 누구십니까?"

"너의 칠대조인 갓주지 할아버지다."

"예! 갓주지…."

"어여쁘게 잘 자랐구나."

아이지는 대답을 못하고 얼굴만 붉히고 있었다.

"아가야 이리 온."

할아버지가 손을 내밀자 아이지는 갓주지의 품에 안겼다. 품 안은 따뜻했다. 아이지는 그 안에서 편안한 마음을 느꼈다. 그녀를 오래도록 안고 있던 할아버지는 그녀를 다시 풀숲에 내려놓았다.

다시 바람이 불기 시작했다. 아이지는 거센 바람에 자신도 모르게 두 눈을 꼭 감고 그 자리에 풀썩 주저앉았다. 바람이 잠잠해졌다. 아이지는 두 눈을 떴다. 갓주지 할아버지의 모습은 보이지 않았다.

"할아버지."

아이지는 자신의 소리에 놀라 잠에서 깨어났다.

'꿈이었구나.'

아이지는 자신의 가슴에 손을 댔다. 아직도 갓주지의 체온이 남아 있는 듯 따뜻했다.

'왜 이런 꿈을….'

아이지는 꿈의 의미를 생각해 보았다. 창밖은 여전히 비가 내리고 있었다.

'가자! 사랑은 기다리는 것이 아니다. 갓주지 할아버지처럼.'

아이지는 벌떡 자리에서 일어나 먹을 갈고는 편지를 한 장 썼다.

'저는 어릴 때부터 꿈꾸던 갓주지 할아버지와 같은 사랑을 하겠습니다. 평생을 회한과 그리움에 사는 것보다는 제 마음이 이끄는 곳으로 가겠습니다.'

편지를 눈에 잘 띄게 탁자 위에 올려놓은 아이지는 곧 간단한 옷가지를 챙겨 마구간으로 향했다. 빗소리 때문에 아무도 그녀가 말을 타고 집을 빠져나가는 소리를 듣지 못했다.

아이지는 홍경성을 빠져나와 한손이 산다는 곳으로 말을 몰았다. 세찬 비가 그녀의 얼굴을 강하게 때려 눈을 뜰 수가 없었고 옷이 이미 젖어 온 몸에 달라붙었다. 모진 바람은 그녀를 날려 버릴 듯이 강하게 불었다. 하지만 그녀는 멈추지 않았다. 멀리 집 한 채가 보였다.

메이쉬를 품에 안고 잠들어 있던 한손은 문을 세차게 두드리는 소리에 잠을 깼다. 비바람 소리에 가늘게 들리는 음성. 한손은 자리에서 벌떡 일어섰다. 메이쉬가 놀라 잠을 깼다. 그는 그녀를 조용히 밀어내고 옷을 입고 밖으로 나왔다. 바람 소리에 섞인 여인의 목소리가 분명히 들리는 듯했다. 급히 문을 열었다. 한 여인이 비를 맞고 서 있었다.

"당신이 어떻게 여기에…."

한손은 와락 그녀를 끌어안았다. 아이지는 쓰러지듯 그의 품에 안겼다. 한손은 그녀를 번쩍 들어 사랑채로 걸어갔다. 뒤따라 나온 메이쉬가 이 모습을 지켜보고 있었다. 방에 들어선 아이지는 주춤했다. 메이쉬를 발견했기 때문이었다. 그녀는 놀란 눈으로 한손을 쳐다보았다.

"……."

한손은 뭐라 대답할지 몰라 주춤했다.

"어서 오십시오."

메이쉬가 고개를 숙이며 인사를 했다.

"내가 잘못 왔군요."

아이지의 목소리는 떨려 나왔다.

"아닙니다. 제대로 오셨습니다. 저는 사할리언 장군의 명으로 장군님을 모시는 메이쉬라고 합니다."

메이쉬는 자신을 시녀라고 소개했다.

"사할리언 장군의 명?"

"무순성 싸움에서의 공입니다."

한손은 메이쉬의 지혜로운 말에 비로소 변명할 말이 생각난 듯 다소 여유로운 태도로 말했다.

"당신이 무순성 싸움에서 큰 공을 세웠다는 말이 사실이었군요."

"쑥스럽습니다. 그런데 비 내리는 이 밤중에 어쩐 일로…."

한손은 비로소 그녀의 등장이 궁금해졌다.

"당신이 내게 청혼하지 않으셨습니까?"

"청혼?"

"정동식 군사가 명첩을 보내 저에게 청혼하지 않으셨나요?"

"정 군사께서?"

한손은 지난번 할아버지 집을 다녀올 때 한손의 홍경성 삶에 대해 꼬치꼬치 캐묻던 기억이 떠올랐다. 그때 자신은 메이쉬도 좋지만 사실은 사랑하는 여인이 있다는 고백을 한 것 같았다. 그녀가 아이지인 것도. 비로소 한손은 모든 상황을 알아챘다.

"맞소. 그분을 통해 내가 청혼하였소. 하지만 당신에 대한 내 마음을 말했을 뿐 이렇게 당신이 찾아올 줄은 정말 상상 못했소. 정말 고맙소. 이렇게 와 줘서."

한손은 비로소 모든 상황을 이해했다. 그리고 그녀가 자신을 찾아 준 것이 진심으로 고마웠다.

"당신은 머나먼 하늘에 있는 별이었소. 도무지 손이 닿을 수 없는. 그런데 당신이 직접 찾아오다니…."

한손은 메이쉬가 지켜보고 있는 것을 알면서도 아이지를 꼭 껴안았다.

"당신이 너무도 그리웠습니다."

아이지는 한손의 품에 안겨 떨리는 목소리로 말했다.

"메이쉬. 이 분을 모시고 가 갈아입을 옷을 한 벌 내 주시오."

한참의 포옹이 끝난 뒤 한손이 메이쉬를 향해 말했다.

"예, 알겠습니다."

메이쉬는 아무 감정이 없는 시녀처럼 한손의 말에 고개를 숙이며 말했다.

새 옷을 갈아입은 그녀는 아름다웠다.

"참으로 아름답소."

아이지는 얼굴만 붉혔다.

"무슨 일이 있었소. 하필 이렇게 비 내리는 밤에?"

한손은 그녀가 자신을 찾은 이유를 알고 싶었다.

"난 며칠 후면 혼례를 올려야 합니다."

"구로보라와 말이오?"

"그래요."

아이지의 목소리는 힘이 없었다.

"……."

"갓주지 할아버지가 내게 깨달음을 주셨어요. 당신 품으로 가라고."

"그러면 당신은 나에게…."

"예. 난 당신의 아내가 되기 위해서 왔어요. 나를 내쫓지 마세요."

"내쫓다니요. 난 절대 당신을 이 집에서 내보내지 않을 것이오. 어떤 일이 벌어져도."

한손은 자신에게 다짐하듯 말하고는 다시 한 번 그녀를 꼭 끌어안았다.

"안방에 이부자리를 깔아놓았습니다."

메이쉬가 눈밖에서 조용히 말했다. 약간은 흐느끼는 듯한 목소리 같기도 하고.

"……."

순간 한손은 메이쉬를 떠올렸다.

"왜 그러세요."

"아, 아니오. 안방으로 갑시다."

"좋은 꿈꾸십시오."

돌아서는 메이쉬의 맑은 눈에 눈물이 맺혔다.

한손은 그녀를 꼭 끌어안고 거칠게 입맞춤했다. 그는 오랫동안 입을 떼지 않았다.

"당신의 이 입 때문에 내가 살아났소."

"당신이 너무도 그리웠습니다."

"다시는 헤어지지 맙시다. 아니 당신을 절대 놓아주지 않을 것이오."

아이지와 함께 안방으로 자리를 옮긴 한손은 불을 끄고 그녀와 함께 한 자리에 누웠다.

"무순성 전투에서 부상을 당했다던데 몸은 괜찮으세요?"

아이지는 한손의 안부부터 물었다.

"괜찮소. 우리 그런 얘기는 하지 맙시다."

한손은 아이지를 품안에 집어넣고는 허물을 벗기듯 단추를 끌러 그녀의 웃옷을 벗겼다. 탐스런 젖무덤이 손에 만져졌다. 한손은 조심스럽게 깨어지기 쉬운 보물을 다루듯 그녀의 가슴을 만졌다. 아이지의 입에서 짧은 신음이 베어 나왔다. 한손은 손을 아래로 뻗었다. 볼록한 두덩이 만져졌다.

"우리 풍습에 첫날밤은 여자의 가슴만 만져야 합니다."

아이지는 살며시 말하고는 한손의 손을 내려놓았다.

"우리 풍습에는 신랑이 신부의 옷을 벗기고 여자의 모든 것을 가져야 하오."

한손은 다시 손을 둔부로 뻗고는 거칠게 그녀의 바지 단추를 끌렀다. 여진 복색(複色)은 여자도 바지를 입었는데 고름이 없이 단추로 양옆을 잠그게 되어 있었다. 아이지는 거절하지 않았다. 아무에게도 몸을 허락한 적이 없었던 그녀는 한손이 이끄는 대로 몸을 맡겼다. 한손은 거침없이 그녀의 잘록한 허리와 볼록한 둔부, 어린 시절의 속살을 그대로 간직한 부드러운 허벅지 살을 계속 어루만졌다. 여자의 온 몸은 뜨거웠다. 남자의 손길을 한 번도 받은 적이 없는 그녀는 한손의 손길이 스칠 때마다 짧은 신음소리를 내며 그리던 남자를 온 몸으로 받아들였다.

옆방에 자리를 깐 메이쉬는 자신의 배를 어루만지며 서러운 눈물을 흘렸다. 새롭게 잉태하고 있는 새 생명의 앞날을 생각하며.

밤새 내리던 비는 거짓말처럼 그치고 맑은 햇살이 다시 천지를 비치었다. 비온 뒤의 하늘은 비단옷을 갈아입은 듯 새로웠고 파란 하늘을 가르는 하얀 구름은 순풍에 미끄러지듯 흐르는 한척의 돛단배 같았다. 새소리는 맑았고 쭉쭉 뻗은 나무들은 기지개를 펴며 평화로움을 노래하는 것 같아 어제와 다른 별천지였다. 메이쉬는 아침 일찍 일어나 집안의 하인들을 깨워 잔치 준비를 시켰다.

"무슨 잔치를 하는 것입니까?"

"혼례다."

"누구의 혼렙니까"

"주인어른의 혼례다."

"그럼 마님과 주인의 혼례를 오늘 치르는 것입니까? 진작 말씀해주시지 않고."

갑작스런 마님의 지시에 당황한 하인들은 기분 좋은 불만을 터뜨렸다.

"내가 아니다. 새벽에 찾아온 손님."

"예!"

"돼지를 잡아라."

메이쉬는 집안 곳곳을 바쁘게 돌며 혼례준비를 서둘렀다. 이때 대문을 박차고 들어오는 왁자지껄한 소리들이 들렸다.

"한손이 네 이놈 어디 있느냐?"

아이준이 집사와 집안 종들을 데리고 들이닥쳤다.

"어서 아이지를 내 놓고 잘못을 빌어라."

아이지와 격정을 치른 후 느지막하게 일어나 이제 막 늦은 아침을 들고 있던 한손은 사태를 짐작하고 숟가락을 놓고 일어섰다. 아이지가 불안한 눈으로 쳐다보았다.

"절대 당신을 뺏기지 않을 것이오."

한손은 아이지를 향해 자신의 결심을 밝힌 후 두 자루의 예도를 허리춤에 차고 방문을 나섰다.

"네 이놈, 어서 무릎을 꿇고 포박을 받아라."

사오이동 부족 출신의 충성스러운 집사는 한손을 보자마자 다짜고짜 소리부터 질렀다.

"욱!"

한손은 그를 힐끔 보고는 아무 말 없이 주먹을 내리쳤다. 비명소리를 한 번 지르고 나자빠진 집사는 숨을 헐떡일 뿐 일어서지를 못했다.

“여기는 내 집이고, 나는 후금국의 일대 마군영을 이끄는 양황군의 요기교다. 걸맞은 예를 갖춰라.”

한손은 집사를 노려보며 말했다.

“언제부터 벼슬을 하게 됐다고. 종놈 주제에….”

아이준은 어이가 없다는 듯한 마디 뱉고는 곧바로 칼을 뽑아 들었다.

“나는 한순간도 종인 적이 없었다. 네놈들이 그런 틀 안에 잠시 나를 가두었을 뿐이다. 나는 지금 팔기군의 요기교다. 예를 갖추기 싫으면 내 집에서 나가라. 쫓아내기 전에.”

한손의 목소리에는 기가 넘쳤다. 원래 남에게 고개 숙이기를 싫어하는 면도 있었지만 할아버지의 정체를 알고 난 뒤부터는 심적으로 자신감이 생겨 이전보다 훨씬 당당했다.

“건방진 놈, 까불지 말고 내 동생이나 내놓아라.”

“아이지를 나를 찾아온 사람이다. 절대 내 줄 수 없다.”

아이준 앞에서 한손은 한 발도 물러서지 않았다.

“뭐라고! 아이지는 내 동생이다. 더구나 며칠 후면 혼례를 올려야 해.”

“알고 있다.”

“알았으면 빨리 내놓아라.”

아이준은 칼을 내리칠 듯 한손을 위협하며 말했다.

“나도 그녀의 남편이 될 자격이 있다. 능력이 있으면 나를 죽이고 데려가라,”

“네놈의 버릇을 고치지 않고는 그냥 갈 수가 없구나.”

아이준은 머뭇거림 없이 칼을 내리쳤다. 그의 칼날은 한손의 목을 향해 궤적을 그리며 날아갔다. 순간 두근거리는 마음으로 이 광경을 지켜보던 집안 여자들의 입에서는 비명소리가 나왔다.

아무 일도 벌어지지 않았다. 한손은 가볍게 칼날을 피했다. 한손이 손쉽게 자신의 칼날을 피하자 아이준은 일순 당황했지만, 곧바로 연이은 공격을 퍼부었다. 한손은 이리저리 피하기만 했다. 그러던 어느 순간 한손의 칼이 그의 목을 겨누고 있었다. 아이준은 깜짝 놀랐다. 언제 그가 칼을 뽑았는지 도무지 보지 못했다.

"어떻게 이런 일이…."

"아직도 모르겠나. 난 양손잡이다. 하하하."

아이준이 칼을 휘두르며 한손의 오른손을 주목하는 사이 한손은 그의 공격을 피함과 동시에 왼손으로 칼을 뽑아 그의 목을 겨누었다. 이 모든 것은 순식간에 일어난 일이었다.

"칼을 버려라."

아이준은 눈앞에 벌어진 일을 도저히 믿을 수 없어 놀람과 분노로 몸을 떨었다.

"어서!"

한손의 다그침에 아이준은 손을 떨며 칼을 내려놓았다.

"전장이었으면 넌 죽었다."

한손은 떨고 있는 아이준을 목을 매섭게 겨누고 말했다.

"난 절대 아이지를 보내지 않겠다. 그리고 나는 내일 아이지와 혼례를 치른다. 부모님께 전해라. 참석하셔서 축하해주시면 고맙겠다고."

아이준은 분한 마음에 온 몸이 떨렸다. 그렇지만 흥분할 수는 없었다. 차분하게 대응해야겠다는 생각을 했다.

"아이지의 뜻을 확인해보고 싶다."

"……."

한참을 노려보던 한손은 허락의 뜻으로 목에 겨눈 칼을 걷어 들였다.

"아이지!"

아이준은 큰소리로 그녀를 불렀다. 문지방 뒤에서 숨죽이며 모든 광경을 지켜보고 있던 아이지가 나섰다.

"네 뜻을 묻고 싶다."

"나는 옛날부터 갓주지 할아버지와 같은 사랑을 하고 싶었어요. 싫어하는 사람인데도 부모가 짝지어주었다는 이유 때문에 억지로 결혼하기보다는 내가 좋아하는 사람을 찾아 그와 함께 살고 싶어요. 이것이 내 뜻입니다."

아이지는 오빠 앞에서 자신의 뜻을 분명히 말했다.

"돌아가자."

두 사람의 생각을 바꿀 수 없다는 것을 강하게 느낀 아이준은 더 이상 시비를 걸지 않고 아랫사람들을 데리고 돌아갔다.

장남을 한손의 집으로 보내놓고 마당에 서서 초조하게 결과를 기다리던 나만 장군 부처는 아들을 통해 한손이 의외로 강경할 뿐 아니라, 아이지의 생각도 확고하다는 소리를 전해 들었다.

"불과 며칠 후면 혼례를 치러야 하는데 이런 난감한 일이…. 어서 군사를 풀어 그놈을 잡아들이세요."

나만 부인은 흥분하여 어쩔 줄 몰라 했다.

"……."

하지만 나만 장군은 말없이 생각에 잠겼다.

"왜 그러세요."

나만 부인은 안타까운 듯 말이 없는 남편을 바라보았다.

"아이지가 갓주지와 같은 사랑을 하고 싶다고 하였소."

"예! 설마 부모가 되어 그런 근본도 알지 못하는 놈에게 딸을 보내겠단 뜻은 아니겠지요?"

나만 부인은 놀란 표정이 되어 남편을 바라보았다.

"내게 생각이 있소."

"무슨?"

"아이준! 구로보라를 데려오너라."

한걸음에 구로보라가 달려오자 나만 장군은 조심스럽게 말을 꺼냈다.

"아이지가 어릴 때부터 사모하는 사람이 하나 있었네."

"예! 누굽니까?"

구로보라는 놀라 따지듯 물었다.

"갓주지."

모르는 인물이었다.

"야인 여진 지역에 전해 내려오는 전설적인 영웅이지."

"아, 그렇군요."

구로보라는 비로소 안도의 한숨을 내쉬었다.

"지금부터 백팔십여 년 전 이야길세. 그때 조선에는 세종이라는 임금이 있었는데 그는 조선 건국 이후 애매한 국경을 확정지으려 북방에 군사를 내보냈네. 호랑이라 불릴 만큼 용감하고 지혜로운 김종서라는 사람이 책임자였지. 그때 우리 야인 여진은 그에 맞설 만한 장수가 없어 점점 생활 터전을 빼앗기고 두만강 너머로 쫓겨나고 있었지. 당시 두만강 너머에는 고라이족, 사오이동족, 상가하족, 벌인족, 무을게족 등 많은 부족이 살았는데 이들은 같은 동족들이 자꾸 쫓겨 오자 자신들의 삶이 터전까지 잃지 않을까 전전긍긍하여 여러 부족끼리 연합군을 편성하였네. 이때 우두머리로 추천된 장수가 고라이 족장 갓주지였네. 그는 힘이 장사인데다 무예와 지략을 겸비하여 김종서의 좋은 적수가 되었지. 그가 여진 연합 세력을 지휘하여 김종서에 맞서니, 이제까지 밀리기만 하던 여진은 조선군과 대등한 세력을 갖추게 되어, 속평강을 사이에 두고 조선군과 치열한 공방전을 벌여 일진일퇴를 거듭하였네. 그러던 어느 날이었네. 김종서 장군이 조선 조정의 부름을 받아 한양으로 가자, 그의 부관 박사량이 부대를 지휘하게 되었는데 그는 김종서 장군의 딸과 정혼을 한 사이였네. 그는 장인 될 사람이 돌아오기 전에 공을 세우고 싶은 욕심에 음모를 꾸몄네."

"……."

구로보라는 나만 장군이 무슨 말을 하는지 몰라 매우 긴장한 채 이야기를 듣고 있었다.

"당시 갓주지에게는 할램이라는 동생이 있었는데, 그는 힘은 있었지만 머리가 조금 모자라는 사람이었네. 박사량은 조선족 여인을 그에게 접근시켜 그를 유혹하여 조선군 쪽으로 데려와 사로잡았네."

"저런 비겁한…."

"곧이어 박사량이 할램을 미끼로 하여 갓주지에게 협상을 제의했지. 동생과 포로로 잡힌 조선군 군관을 맞바꾸자는 제의였네. 갓주지는 부하들의 만류를 뿌리치고 협상을 하기 위해 포로들을 데리고 조선군 진지로 건너갔지."

여기까지 단숨에 말한 나만은 물을 한 컵 마시고 숨을 고른 다음 이야기를 계속했다.

"그런데 비겁한 박사량은 약속을 깨고 협상하러온 갓주지를 사로잡아버렸네."

"저런 나쁜 놈."

구로보라는 안타까운 듯 한 마디 거들었다.

"포로가 된 갓주지는 조선군의 갖은 매를 맞으며 옥에 갇히는 신세가 되고 말았네. 박사량은 사로잡은 갓주지를 김종서에게 보여주기 위해 그가 돌아올 때까지 옥에 가두었는데, 물외에는 아무런 먹을 것을 주지 않아 갓주지는 배고픔과 분노, 절망감에 휩싸였지. 그러던 어느 날 밤, 갓주지가 갇혀있는 감옥으로 복면인이 뛰어들었네. 그는 갓주지가 갇혀 있는 감옥을 부수고는 갓주지를 구출해 내어 속평강가까지 인도해 주었네. 알고 보니 그는 바로 박사량과 정혼한 김종서의 딸이었네."

"예!"

구로보라는 이야기에 빠져들고 있었다.

"일반적인 조선 여인과 달리, 변방에서 자란 그녀는 말을 잘 타고 무예가 뛰어났었는데, 평소 아버지 같은 사람과 결혼하기를 원하였지. 아버지를 통해 갓주지의 무용담을 자주 들은 그녀의 마음속에는, 평소 탐탁지 않게 생각하던 박사량 대신 갓주지를 사모하는 마음이 자라나기 시작하였네. 그러던 중 박사량이 비겁한 수를 사용하여 갓주지를 사로잡자, 남자답지 못한 행동이라 생각하고 갓주지를 탈출시키고 말았네."

"오!"

구로보라는 감동을 받은 듯했다.

"아직 내 이야기는 끝나지 않았네."

"어떻게 말입니까?"

"그녀의 미색과 마음 씀씀이에 반한 갓주지는 그녀에게 같이 여진 땅으로 동행해주길 권유했지."

"그래서 따라 나섰습니까?"

"물론 응하지 않았지. 대신, 그녀는 박사량과 정정당당히 겨루어 이기면 그때는 생각해보겠노라며 회령도호부 쪽으로 가버렸네. 그러자 갓주지는 증표로 칼을 강에 던지며, 반드시 당신을 데려갈 것이라 말하고 헤어졌네."

"그래서 어떻게 됐습니까?"

구로보라는 이야기에 깊이 빠져들었다.

"며칠 후 갓주지는 여진의 연합군을 이끌고 회령도호부로 쳐들어가, 박사랑과 전투를 벌였네. 박사랑은 갓주지의 적수가 되지 못하여, 갓주지는 그를 죽이고 김종서의 딸을 데리고 만주 땅으로 유유히 되돌아 왔지."

"아주 멋집니다."

"갓주지는 김종서의 딸과 결혼하여 많은 아들, 딸을 낳고 천수를 누렸지. 물론 조선과 여진의 경계를 만들기 위해 김종서와의 싸움도 중단하지 않았고."

"정말 멋진 사랑이야기입니다."

"어린 시절 나는 아이지를 무릎에 앉히고 갓주지 이야기를 자주 해주었지. 아이지는 자기도 자라서 갓주지와 같은 멋진 사랑을 하겠노라는 말을 잊지 않았어."

나만 장군은 구로보라를 똑 바로 쳐다보며 갑자기 화제를 아이지 쪽으로 바꾸었다.

"무슨 의미입니까?"

구로보라는 갑자기 불안해졌다.

"아이지에게 문제가 생겼네."

나만 장군은 어젯밤에 일어난 일을 구로보라에게 차근히 말했다.

"이 이야기를 저에게 하신 의도는…, 아이지를 사랑한다면 갓주지처럼 싸워 이겨서 데려와라…."

"……."

나만은 긍정도 부정도 하지 않았다.

"장군님의 뜻을 알겠습니다."

구로보라는 자리에서 일어섰다. 주먹을 꽉 쥔 채.

한손의 집은 분주했다. 메이쉬는 신부가 찾아 왔으니 혼례를 올려야 한다며 한손을 설득해 혼례 준비를 서둘렀다. 비록 예빈이 없는 집안 잔치지만 주인의 혼인 잔치라 온 집안 식구들은 들떠있었다.

— 다그닥, 다그닥.

또다시 울리는 불안한 소리. 한손은 방안으로 들어가 풀어놓았던 예도를 허리춤에 차고 나섰다.

"한손, 어디 있나."

구로보라가 요란한 소리와 함께 여러 명의 부하들을 이끌고 나타났다.

"무슨 일인가? 나의 집에서 소란을 떨고."

한손의 모습은 당당했다. 불과 일 년 전, 그의 말 옆에 엎드려 시중을 들던 모습이 전혀 아니었다.

"네 주제를 알아야지. 네놈이 감히 어떻게 아이지를 데려갈 생각을 한단 말이냐?"

구로보라는 한손의 변화된 모습을 무시하고 꾸짖기 시작했다.

"네놈의 주제는 어떤가?"

한손은 조금도 위축되지 않았다.

"뭐라고!"

구로보라는 한손이 자신의 말에 대꾸를 하자 어이가 없었다.

"나는 줄곧 자유인이었고, 지금은 마군영을 거느리는 요기교다. 충분히 한 여자를 거느릴 자격이 있다."

한손은 자세를 꼿꼿이 하고 구로보라를 향해 당당하게 말했다.

"나는 소토리 장군의 아들이다. 어떻게 감히 족보도 없는 놈이 나의 정혼녀를 가로챌 수 있단 말인가? 용서할 수 없다."

"아이지는 나를 택했다. 내 품에 들어와 나의 보호를 받기 원하는 여자를 나는 절대 내 놓을 수 없다."

한손은 물러서지 않았다.

"그 하찮은 칼 솜씨를 믿고 그렇게 자신 만만해 하는 거냐?"

구로보라는 너무 어이가 없었다. 만주 사회에 아무런 배경이 없는 놈이 감히 자신을 상대로 대결을 벌이겠다는 것이 너무 가소로웠다.

"구로보라, 대장부로서 약속하자. 만약 네가 나를 이기지 못한다면 깨끗이 포기해라."

"내가 너 같은 놈과 입씨름한다는 것조차 수치다."

구로보라는 빨리 한손을 베고 아이지를 데려가려는 마음에 기습적으로 칼을 뽑아 한손을 내리쳤다. 순간 집안의 이곳저곳에서 여자들의 비명소리가 들렸다. 비위가 약한 여자들은 손으로 얼굴을 가린 채 끔찍한 광경을 보지 않으려는 듯 고개를 숙였다.

"윽!"

외마디 비명과 함께 오랜 침묵이 흘렀다. 눈을 뜨고 대결을 지켜본 사람들은 도저히 믿을 수 없는 광경을 보고 말았다. 칼을 내려친 것은 분명 구로보라였는데, 땅바닥에 나뒹군 것도 그였기 때문이었다. 구로보라의 기습을 예상하고 있던 한손은 재빨리 오른손으로 칼을 뽑아 그의 공격을 막음과 동시에 왼손으로 예도를 뽑아들어 그의 배를 갈랐다. 단

일격이었다.

"아이지는 나를 택했다. 사내답게 물러서라."

한손은 약간은 우쭐한 마음으로 말했다. 구로보라는 자신이 단 한 칼에 당했다는 사실을 도저히 받아들일 수가 없었다. 다만 놀라움과 수치스러운 눈으로 아픈 배를 움켜쥐고 한손을 바라보았을 뿐이었다.

작가의 말

추호(秋毫) 드는 것을 힘이 세다고 하지 않고, 해와 달을 보는 것을 눈이 밝다고 말하지 않으며, 천둥소리 듣는 것은 귀가 밝다고 하지 않는다. 용병을 잘하는 자는 이기기 위한 준비를 다하고 싸우기 때문에 쉽게 이긴다. 지혜롭다는 소리도 듣지 못하고 용감하다는 칭찬도 듣지 못한다. 하지만 그는 항상 이긴다.

손자병법에 나오는 말이다. 어려운 타구를 쉽게 잡는 유격수보다는 어렵게 잡는 선수를 더 높이 평가하는 것이 세상의 이치다. 항상 이기는 장수는 그냥 쉬운 싸움을 이긴 것이라 대접받기 마련이다. 싸우지 않고 이기는 장수에 대한 대접은 어떨까? 싸우지 않았기에 어려운 싸움을 쉽게 이긴 장수보다도 형편없는 대접을 받는 것이 일반적일 것이다. 광해군과 박엽, 그들을 두고 하는 말이다. 싸우지 않고 이겼기에 이긴 줄도 모르는 것이 이들에 대한 역사의 평가다.

남북의 팽팽한 대립, 한반도를 둘러싼 중국과 일본, 러시아와 미국의 긴장과 갈등. 합종연횡의 군사 외교적 긴장감이 항상 넘치는 한반도…. 사람들은 19세기 말 조선을 둘러싼 청나라와 일본, 러시아와 영국, 미국 등의 갈등과 대립적 상황만을 떠올린다. 결국은 식민지라는 나락으로 떨어진 민족의 역사를 교훈 삼으며 21세기의 상황에 적용한다. 일본, 후금(훗날의 청), 명이라는 절대강자가 조선을 위협하던 시절의 광해군은 떠올리지 않는다. 싸우지 않고 이긴 장수인 광해군은 염두에 두지도 않는다.

세종은 대왕이다. 명나라에 사대(事大)만 하면 국방과 외교가 해결되는 시기에 임금이 되었다. 변방을 어지럽히는 야인여진들이야 몇 개 부락의 연합이니 쉽게 평정할 수 있었고, 아버지 태종이 내치의 기반들을 마련하였으니 탄탄대로 위에서 문화의 꽃을 피울 수 있었다. 그 덕분에 대왕이라 불린다.

광해군은 군(君)이다. 조(祖), 종(宗)의 반열에도 끼지 못한다. 인조반정에 성공하여 광해군 쫓아내고, 세상 물정 모르고 명분론에 휩싸여 명나라를 지원하다 삼전도에서 여진족 칸에게 3배 9고두의 수모를 당한 서인들이 그렇게 만들었다. 후손들이 광해군의 본래 자리인 대왕으로 되돌려 주길 원한다.

광해군이 집권했던 시기는 조선이 건국된 이후 가장 어려운 시기였다. 남쪽은 임진왜란에서 패하긴 했지만 지구상에서 가장 많은 조총을 보유한 강대국 일본이 언제 다시 재침공할지 모르는 상황 속에서 망가진 나라의 경제를 다시 일으켜야 했으며, 북쪽은 당시 지구상에서 가장 강한 나라였던 명나라가 쇠퇴기에 접어들면서, 후일 중국 역사상 가장 넓은 영토를 차지했던 청나라가 발원하여 명 · 청간의 갈등이 본격적으로 시작되는 시기였다. 이들은 자신들의 대결 한 복판에 조선을 끌어들이려 했다. 명나라는 임란 때 조선을 도운 어버이 같은 나라였으며, 모든 대신들이 명을 지지했으니 파병하지 않을 수 없었다. 국경을 맞대고 있으며 고구려와 발해를 세운 주역인, 조선과는 사촌관계라 무시할 수도 없는 후금은 끊임없이 자신들을 지지하기를 강요했다. 그 어느 쪽의 의견도 무시할 수 없었던 시기에, 누가 이길지도 모르는, 잘못하면 조선이 나락으로 떨어질지 모르는 시기에 광해군은 박엽과 함께 평양삼수병을 육성하여 싸우지 않고도 어려운 시기에 승자로 남았다. 21세기의 벽두 남북이 첨예하게 대립하고 미국과 일본, 중국, 그리고 러시아 사이에서 수많은 압력을 받는 한국인들의 삶에 이정표가 될 만한 인물이다.

21세기, 남북은 분단된 상태인데 백면서생들이 수많은 이상들을 쏟아내고 있다. 하늘처럼 떠받들던 미국은 흔들리고, 기술 강국 일본은 호시탐탐 무장을 논하고 있는데 무시하던 중국이 미국을 압박할 만큼의 힘으로 성장했다. 북쪽에서는 군사강국, 자원강국의 러시아가 무서운 힘으로 다가서고 있다. 이겨낼 수 있을까? 백면서생들이.

광해군을 논하지 않을 수 없다. 백면서생 같은 서인들에 의해 쫓겨나지만 않았던들, 조선은 청나라와 명나라, 그리고 일본 사이에서 멋진 자주독립국가가 되었을 것이다. 후손들이 고 고구려의 혼을 이야기하며 한국인의 특성은 진취적 기상이라며 온 누리를 제집삼아 살고 있을 것이다.

광해군과 그의 사람들인 박엽, 이이첨, 그리고 청나라의 파트너들을 이야기하려 한다. 인조반정에 성공한 사람들에 의해, 탐욕스럽고 사악한 인물로 묘사되어 역사책에서 사라진 사람들. 그러나 시대를 제대로 읽었던 사람들을 말하려 한다. 싸워서 이긴 장수 이순신이 아닌 싸우지 않고도 이긴 위대한 조선의 장수 박엽, 조선 최고의 모사꾼 이이첨과 고구려의 또 다른 후손 여진족이 엮어가는 위대한 고구려의 혼.

한반도가 무대가 아닌 대륙으로 향하는 진취적 기상을 논하는 내 소설의 첫 출발점이었던 『팔기군』, '대왕 광해군' 이라는 제목으로 다시 살아나길 바란다. 물론 부족하다. 능력이 있는 사람들이 더 많은 이야기를 해주었으면 좋겠다.

동서인 계보도

<table>
<tr><th>임금</th><th colspan="3">동인(東人)</th><th colspan="2">서인(西人)</th></tr>
<tr><td rowspan="3">선조</td><td colspan="3">조식계열 : 김효원 최영록 정인홍 곽재우
이황계열 : 유성룡 김성일 우성전
기타 : 허봉 박원근 이발 정여립 (율곡문하 출신)</td><td colspan="2">율곡 · 성혼문하 : 조헌 이귀 황신 안방준
율곡 · 성혼교우 : 심의겸 송익필 정철 김천일
화담문인 : 박순 윤두수 윤근수</td></tr>
<tr><th>남인(南人)</th><th colspan="2">북인(北人)</th><td colspan="2" rowspan="4"></td></tr>
<tr><td rowspan="3">우성전 유성룡
김성일 이경중
이덕형 이원익
정경세</td><td colspan="2">이 발 정인홍
최영경 정여립
이산해 이이첨
홍여순 남이공</td></tr>
<tr><td rowspan="2">광해군</td><th>대북</th><th>소북</th></tr>
<tr><td>이산해
이이첨
정인홍
기자헌</td><td>남이공
유영경
유희분
박승종</td></tr>
<tr><td rowspan="4">인조</td><th>남인(南人)</th><th colspan="2">북인(北人)</th><th>청서 · 윤서</th><th>훈서</th></tr>
<tr><td rowspan="3">이원익 정경세
이성구 이광정
이 준</td><td colspan="2" rowspan="3">남이중</td><td>김상훈(청서)
윤방자(윤서)</td><td>김 류 심기원
신경진 이 귀
김자점 최명길</td></tr>
<tr><th>소서(소론)</th><th>노서(노론)</th></tr>
<tr><td>이 귀 장 유
나만갑 정홍명</td><td>김 류 김상용
신 흠 오윤겸</td></tr>
</table>